尘埃边境

天荷星

盈熙星域

荧星
(位于幽影星系)

# Void of Light

## 光渊
### 边境传说
BIANJINGCHUANSHUO

## LEGENDS OF THE FRONTIERS

美国电影协会「MPA」
一等奖
**沥书**
+
乔治·R.R.马丁
地球人奖
**余卓轩**

著

重庆出版集团
重庆出版社

## 图书在版编目(CIP)数据

边境传说 / 沥书,余卓轩著. —重庆:重庆出版社,2020.10
(光渊)
ISBN 978-7-229-15154-6

Ⅰ.①边… Ⅱ.①沥… ②余… Ⅲ.①中篇小说—小说集—中国—当代 ②短篇小说—小说集—中国—当代 Ⅳ.①I247.7

中国版本图书馆CIP数据核字(2020)第118973号

## 光渊:边境传说
### GUANGYUAN:BIANJING CHUANSHUO

沥 书 余卓轩 著

责任编辑:邹 禾 唐弋淄 许 宁
装帧设计:谢颖设计工作室
责任校对:郑 葱

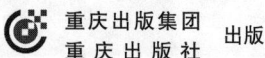

重庆出版集团
重庆出版社 出版

重庆市南岸区南滨路162号1幢 邮政编码:400061 http://www.cqph.com
重庆出版社艺术设计有限公司 制版
重庆豪森印务有限责任公司 印刷
重庆出版集团图书发行有限公司 发行
E-MAIL:fxchu@cqph.com 邮购电话:023-61520646
全国新华书店经销

开本:890mm×1230mm 1/32 印张:10.875 插页:32 字数:284千
2020年10月第1版 2020年10月第1次印刷
ISBN 978-7-229-15154-6
定价:78.00元

如有印装质量问题,请向本集团图书发行有限公司调换:023-61520678

版权所有 侵权必究

# 目录
# Contents

传　承 ……………………………………………1

尘埃边境 ………………………… 余卓轩　著 / 6
　第一幕 ……………………………………7
　第二幕 ……………………………………12
　第三幕 ……………………………………16
　第四幕 ……………………………………19
　第五幕 ……………………………………22
　第六幕 ……………………………………28
　第七幕 ……………………………………31
　第八幕 ……………………………………34
　第九幕 ……………………………………39

第十幕 …………………………………………… 49

第十一幕 ………………………………………… 56

第十二幕 ………………………………………… 63

第十三幕 ………………………………………… 70

第十四幕 ………………………………………… 76

第十五幕 ………………………………………… 82

第十六幕 ………………………………………… 91

第十七幕 ………………………………………… 96

终幕 ……………………………………………… 101

飓光 ……………………………………… 沥书 著 / 104

楔子 ……………………………………………… 105

一　没落遗族 …………………………………… 107

二　晶纹始开 …………………………………… 112

三　巨疯团 ……………………………………… 118

四　往事难明 …………………………………… 125

五　囚星巨穹 …………………………………… 133

| 六 | 流年 | 140 |

| 七 | 过去与新生 | 147 |

| 八 | 灵动战影 | 154 |

| 九 | 飓光再现 | 162 |

| 十 | 无形封膜 | 171 |

| 十一 | 联盟审判 | 178 |

| 十二 | 刑罚 | 186 |

| 十三 | 永指向前 | 191 |

| 十四 | 浴火重生 | 200 |

| 十五 | 飓光战阵 | 205 |

| 十六 | 临终幕曲 | 213 |

尾声 未知航路 ……………………………… 221

雾殇 ……………………………… 沥 书 著 / 225

| 零 | 楔子 | 226 |

| 一 | 血色沙雨 | 228 |

| 二 | 金属风暴 | 235 |

| 三　一生守护 | 241 |
| 四　沉睡迷雾 | 246 |
| 五　异种原罪 | 255 |
| 六　沙场对战 | 261 |
| 七　元人遗迹 | 269 |
| 八　被遗忘者 | 276 |
| 九　隐藏星系 | 280 |
| 十　百年孤独 | 288 |
| 十一　决战时刻 | 295 |
| 十二　第二太阳系 | 303 |
| 十三　毁灭边缘 | 309 |
| 十四　涅槃重生 | 317 |
| 十五　再度启航 | 327 |

筹　码 ………………………… 余卓轩　著 / 331

# 传 承

沥书——著

降落舱从运输舰弹射而出，划过寥冽星的大气层，落在星球地表。

舱门打开，十几个面容青涩的瑟利战士走了出来，步伐犹豫，战战兢兢。他们是刚入伍的新兵，没有煊赫的家族背景，因此被发配到这颗荒凉的星球，向驻扎于此的边戍军报到。

这里属于光域的边境，距离欧菲亚星球将近一百光年。覆盖无数星系的欧菲亚之光到了这里已经无比薄弱，承载的技术信号久远而陈旧，无法驱逐新兵体内的寒冷，也无法调和他们脑中的恐惧。

但即使这儿的光来自百年前，它依旧能压制赛忒的活性，为这区域划上光域联盟的边界。

嶙峋的冰山隐没在暗紫色的迷雾中，隐约传来某种异兽的啼号。宏大而破败的建筑残骸矗立在深谷之中，那是老式的天空之城，尚未经历文明扩张的繁华便在战斗中坠毁。

"兵蛋子，都给我滚到车上来。"

一个穿着黑色战甲，浑身散发着酒气的教官出现。他驾驶一架快散架的悬浮车，将这批新兵如货物般带到了边戍军的营地。

营地建造在冰崖之下，好像一个大型的垃圾堆，各种半毁坏的战舰和武器随处堆积，拿着酒瓶的老兵们神态粗俗，要么嘶吼唱歌，要么混乱厮打，完全没有星域中普遍瑟利军的优雅气质。若非能够感受到老兵们散发出微弱的微晶气息，所有新兵都怀疑他们是埃萨克人，那些拒绝了微晶进化的野蛮种族。

放眼看尽这儿的一切，新兵们对边戍军的失望超出了预期。他们知道这支军队是瑟利文明中最底层的，是被其他军队淘汰的劣兵、兵痞，还有体内微晶不合格的军人。他们和各大家族的精英战士天穹守护之间的距离，就如同边境和欧菲亚行星一般遥远——差了一百光年。

新兵们看见了自己的未来。他们将一辈子驻守在最贫瘠和危险的地方，疏于军方管理，自生自灭。

教官带着新兵们七拐八绕，停在一幢异常突出的莲花状建筑前。它外形完好，无比整洁，在这肮脏混乱的营地中显得格格不入。新兵们认出这是祭殿，是安置瑟利人遗体的地方。无论距离多远，光域中的瑟利文明依旧拥有一些共同的传统。

"给我滚进去。"那个眼神浑浊的教官吼道。年轻战士惶惶不安地走了进去。

祭殿中无比寂静，周围一圈花瓣台上躺着十几具老兵的尸体，神色安详，身体上尽是恐怖的伤口。

"他们一个月前，用命阻止了游离赛忒对居民区的进攻。"教官粗着嗓子说，"都给我好好地敬礼。"

新兵们听令，齐齐地敬礼，凝重的情绪在他们体内的微晶场中激荡鸣响，但更多是恐惧，而不是对老兵的敬重。

"听好，死亡并不是生命的终点。"

一个苍老的女渲晶师突然从旁走出来，她头发花白，身形佝偻，但目光湛蓝，仿佛参透生死，手臂内侧有玫红色的晶纹，标志着她渲晶师的身份。

"英雄已逝，魂归来兮。"

她吟唱着古老歌谣，手臂上的纹路发出光亮，莲花台瞬间燃起等离子火焰，苍蓝色的火苗包裹着逝者的遗体。

新兵们沉默地注视着。

焚烧后的花瓣台上笼罩着一层微亮的薄雾，莹莹闪动。这是逝者体内的微晶。细胞内的微晶是瑟利人独有的生命源质，从母亲体内诞生起就伴随其一生，躯体虽灭，依旧残留。

渲晶师继续吟唱着歌谣，在她复杂的手势指引下，花瓣台表面如脉络般微微闪亮,将这些逝者的微晶吸收进花瓣之中。那些花瓣其实是高级微晶过滤器,将微晶体不断萃取提炼。淡红色的微晶体被过滤出来,沿着花瓣台的须根部分流出,融入底座的复杂纹路,汇集到花瓣台座的中心。

渲晶师的手臂光亮更甚,猛然抬手,这些微晶也随手势从下面蓬勃而出,盘旋起舞,烈动不止,如同一团燃烧的血红色火焰。

"逝者的意志,"教官神色严肃地注视着新兵,"将由你们来传承。"

新兵们神色愕然,想不到刚踏上边境星球的第一天,老兵们便愿意将微晶传给他们。这代表他们得以一部分继承老兵的作战能力,甚至是战术思维。然而,它却也会带来一个巨大的隐患。

"还愣着干什么?"教官一脚脚将新兵们踢了进去,这团微晶之火很快将他们包裹其中。

这团火并没有平常火焰的高温,但里面的微晶粒子撞击着他们的皮肤,深入他们的血肉,进入他们的器官,和他们本身的微晶不断激荡冲击。

年轻战士们发出痛苦的声音。这团火灼烧的不是皮肤,而是他们的意志,他们的灵魂。

通过微晶之火,新兵感受到逝去老兵的记忆,他们多年坚守在边境的感受,他们同赛忒的战斗技巧,他们守护光域的不屈信念。此时新兵们终于明白,边戍军虽然看似放荡不羁,被光域视作军队垃圾,但是他们的灵魂竟如此纯粹。

渲晶师引导着属于瑟利人的特别仪式,推进微晶带来的进化延续。

微晶的火焰越来越小,最终完全熄灭。

新兵们缓缓睁开眼睛,眼瞳中原有的光芒已消退,取而代之的是

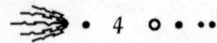

沉稳的黑暗。这是一场涅槃般的蜕变，先前的青涩和稚嫩一扫而空。继承老兵的知识和信念后，他们对赛忒不再感到恐惧。

"行了，"教官吼道，"滚出去吧，等你们死了，你们的微晶也会传承给新兵的。"

"是。"

这些蜕变的"新兵"走出祭殿，立即与那些老兵们一起喝酒，一起欢呼，好像很熟悉了一般。从现在开始，他们已经真正属于这支边戍军。

其中一个新兵抬起头，看着夜空中的繁星。他隐约记得自己之前似乎为了什么而难过。离别远方的家乡星球，有什么无法割舍的情绪。他忆不起来，却也觉得没必要了。

现在的他举起酒杯，为对抗赛忒，守护边境的荣耀，雀跃不已。

（全篇完）

# 尘埃边境

余卓轩——著

## 第一幕

在幽静的黑暗中,即使细微的光影也变得特别明亮。

艾翡德悬浮水中,双眼轻闭,双臂张开,姣好的肌肤在水中反射微光。然而与往常不同,今天的他难以集中精神,总有一股不祥的感觉萦绕于心。

"艾菲①……"妻子的声音穿过水波传入脑海,将他的思绪拉了回来。

是的,仪式尚待完成。他心想。

他点点头,一家四口开始了最后的唱诵。

身为埃蕊人,在他们意识里,水的声音就像不同频率的心跳声——持续变幻,没有一刻相同,仿佛一种轻细的低语不停呢喃。艾翡德强迫自己定下心来,嘴唇微张,哼起歌。

漂浮在他对面的是妻子娜妮西,同样在水中闭着眼睛,敞开双

---

①艾翡德的昵称。

臂，柔美的灰发随歌漂晃。两旁是六岁的男孩阿瑞堤和八岁的女孩蒲耶堤。

蒲耶堤正轻轻哼着歌。虽然才八岁，她的歌声已能与周围的海水产生共鸣，有几次甚至唤起了浅浅的海流，令所有人大吃一惊——那通常是成年埃蕊才拥有的能力。然而她对面的小男孩阿瑞堤却难以安心，总是偷偷睁开眼，身子在水中不停扭动，从来没法准确唱出频率。

水波晃动，艾翡德缓缓睁开眼。不出所料，阿瑞堤又脱离了自己的位置，在女孩面前摆弄鬼脸。蒲耶堤似乎察觉到什么异状，开眼的一刻着实吓了一跳，但她依然稳稳掌控自己的声调。

艾翡德板起脸，刻意在眉间挤压出怒色，淘气的儿子才缩回自己的位置。他感到些许无奈——自己的亲生孩子竟然抓不住族人的仪式要领。

他望向周围，瞥见不远处几个幽荡的身影。那是七位手持长戟的护持祭司，正以环形阵势将他们一家人围在中央。他们都是年轻的埃蕊人，直属艾翡德之下。

艾翡德低头，试图将思绪集中在这个仪式最终的一刻。他们要将歌声献给啼欧拉——埃蕊人所崇敬的开族先辈，庇护全族的神灵。啼欧拉也是第一个埃蕊人的名字，拥有"第三性"。

几乎是无意识地，艾翡德缓缓张开修长的五指，仰头拉开嗓，从喉间发出震鸣。妻子的歌声也迎了上来，然后是女孩蒲耶堤甜美的孩童之音，最后才是阿瑞堤。小男孩青涩的嗓音依稀带着不确定，但很快便接上母亲的歌声。四重声调交叠，糅合成舒服的波动在身边荡漾。他们一家人哼着祥静的歌曲，却像一道坚实的音壁，不断往外扩张。

漂浮在周围的七位护持祭司也唱起低音，像一双朦胧却厚重的大手，托举起艾翡德一家人的歌声。

　　水中的歌声愈渐高亢。这时不知从哪儿飘来一道光波，如翡色的薄纱扫过所有人的身躯，又消失于身后的黑暗里。

　　艾翡德挺起胸膛，鼓起肺腔，让身体向上漂去，并带动一家人上浮。在他们周围，大片亮光逐渐清晰，那是埃蕊人在水中的球形空井，更过去则是位于海陆断层间的壳形建筑。

　　埃蕊文明的居处时常从大自然借取灵感。在这儿，城市的早期规划者依附着建筑物的水中根部搭建无数海底天井，模样如同海洋鱼类的双层囊形眼珠，所以被称为球形空井。它们的表面有一层层的波浪形褶痕，像鱼眼能从各角度导入天然光，不断折射到往海底延伸的管状建筑物的内部。

　　而"壳形建筑"则大量地铺开在海底，是埃蕊人运用一种名为"生岩科技"的方法建造的水底之都。不同于陆面上的建筑，埃蕊人殖民一个有海的星球时，会在海底的岩层植入特殊的金属网物。通过两种弱电流的导入，这些金属网吸引海中的矿物沉淀和固化，在微晶的导引下慢慢形成建筑结构。埃蕊人善于计算海流潮汐的周期，在水底释放大量的微晶来牵引分子结构改变，加速了这步骤，造出像有棱纹的贝壳一般的结构物。

　　演变至今日，海底都市已经可以规律地自主扩张。因此不同于陆面建筑，这座城市在水底的部分仍会随着时间而天然生长。

　　越接近海面，便会见到越多身影，如同纷乱的鱼群在游动。七位护持祭司与艾翡德一家人道别，朝远方岩壁的光点游去。艾翡德则带着妻子和两个孩子，缓缓游向海岸。

　　冒出水面的一刹那，耳边的声音由昏沉转为空旷，仿佛有人掀开了阻塞在耳中的棉布。水滴从脸颊散去，鸟的鸣叫、风的拂音立刻清晰。艾翡德睁开墨黑色的眼眸，任由海水在胸前拍打。

在他们面前的，是埃蕊人的聚落——凡蒂亚城。

这是一片新月形的沙滩，四周的植物生长得极为茂盛。海风轻拂，叶幕柔和摆荡。到处都是步伐轻盈的埃蕊子民。更远处，三座螺旋形的建筑耸立，表面如同玻璃般晶莹平滑，有光点舞动，反射着不知哪儿的水波。这些半透明的螺旋建筑里隐约可见更坚实的远古遗迹，仿佛有神秘而巨大的王座隐藏其中。

凡蒂亚城是天谐星上唯一的城市，人口不到两万。无论以哪个种族的标准来衡量，它都算是规模较小的殖民都市。

艾翡德一家人踏上海岸，滑溜的肌肤闪烁着粼粼的波光。艾翡德仰望蔚蓝的天空，而在他跟前，小女孩蒲耶堤似乎一时无法适应阳光，眯起了眼睛，阿瑞堤却已经兴奋地跑向前去，开心踩着水花又叫又跳。艾翡德露出微笑，伸手牵引他的妻子。

两人手臂交绕，五指的尖端轻轻触碰，以典雅而自然的姿态踏着水波向前走。他们看着面前的两个孩子，仿佛看见了百年前的自己。

依循埃蕊文明的传统，在艾翡德出生以前，他的父母便已领养了娜妮西。他俩自小学习相处的礼仪，共同面对埃蕊社会的习俗。从有记忆开始，直到遥远的未来，他们都会是命运指定的终身伴侣。

在所有人类种族里，只有埃蕊人有三种性别，生育文化极具特色。由于遗传的特点，男女结婚后，普通女性无法生育出女孩，只能生育男孩。第三性啼欧拉则能生育出女孩或者又一代的第三性。因此一般家庭必须通过领养女孩来与亲生儿子结合，繁衍后代。

在阿瑞堤出生的前两年，他们领养了一个不怎么爱笑的小女孩，取名为蒲耶堤，意为"珍贵的花儿"。当他们的儿子在浅滩出生，号啕的哭声响彻整片海面，肥胖的小手在风中乱舞，当时娇小的蒲耶堤却半爬半游到婴孩的身旁，意外地露出了笑容，用自己的小手握住了婴儿的手臂。

……握住代表希望的手。

当时，看到这一幕的艾翡德想起了啼欧拉的教义。他和妻子的眼中闪烁起泪光。

但现在看着两个孩子的背影，艾翡德不自觉地叹了口气。阿瑞堤根本记不得族人的传统，也不在乎夫妻从幼时就得培养的礼节。小男孩追着未来的妻子跑，踩着水浪大呼小叫。

忽然，艾翡德的目光越过了他们，看到岸边一个熟悉的人影。

## 第二幕

  大祭司长与往常一样,面带和蔼的神情。他是天谐星的最高领导者,在那张和善的脸孔后面,是经年累月引领族人步伐的智慧。他没有孩子,因此早已将整个生命奉献给了天谐星。
  但艾翡德知道,大祭司长那择善固执的坚持,早已过时了。
  "庞努伊。"艾翡德走上岸,松开了妻子的手。水从他下斜的锁骨散去,沿着手臂淌流,滴落于指尖。
  大祭司长作势将双手五指轻合,微微点下头。他的声音深沉缓和:"一切是否无恙?"
  "刚完成第三次的家庭仪式,"艾翡德回道,"啼欧拉庇佑,十分顺利。"
  "是吗?"大祭司长浅浅一笑,"我想,阿瑞堤依然没学乖吧?"他望向相互追逐的两个孩子,他们的笑声响彻整片晴空。蔚蓝色的天幕似乎将白云全推往城市后方。
  "他还小,未来几年我们会好好教育他。"艾翡德停顿一下,给了妻子一个温柔的眼神。娜妮西点头,便踏着水波朝孩子们走去,留下丈夫与大祭司长两人。

艾翡德舒展了脖子,站在庞努伊身旁面对碧绿色的海洋。他大概已猜出庞努伊来找他的目的。

大祭司长再度开口时,语气稍显不同了:"我听说瑟利的边境探索舰队又来向我们申请停泊许可了?"

"是的。"艾翡德轻声回应。两条带状的鱼儿来到他的脚边,绕几圈后朝海里游去。

"这是第几次了?"

"两个满月以来,第三十六次。"

"是吗……"庞努伊沉默了一会儿,"米芮说,这一次我们尚未回绝。有什么事干扰你吗?"

艾翡德面不改色,但他无法克制脑中思绪翻腾。他思索到底该不该现在就告诉大祭司长陨石的事。他害怕开口后无法说服庞努伊,那么事态就无法扭转了。最终,艾翡德换了个理由说:"这次申请的舰队规模已降。印象中是有史以来第一次。因此我们正在讨论,或许这次应该——"

"艾翡德,"大祭司长转过头望着他,深黑色的瞳孔闪过一丝不悦,"你又来了。"

"我知道……但仅仅二十五艘舰艇过境,无妨吧?"

"你应该很清楚,这与他们有多少舰船没有一点儿关系。"

艾翡德低下头,感觉双肩无比沉重。他沉默片刻,然后正色面向大祭司长,降低声音问:"像我们这种在光域边境的星球,难道不应懂得变通些?"

"拒绝任何武装舰船进入我们领土,这是千古不变的原则。别说二十余艘,就算只有一艘也不能让他们进来!"庞努伊严肃地回答,

"瑟利人和埃萨克人的种族纷争到现在还未解决。事实上，瑟利自己内部的问题只会越演越烈，各家族之间的角力早把他们又一次带往内战边缘。这些你并非不知道，对吗？我们埃蕊绝不选边站。"

他停顿几秒，见艾翡德没有回话，才语重心长地说："现在各方势力的冲突越来越复杂，我们收到的片面情报总是繁多又诡异……当作什么都不知道，什么都不参与，才是最好的选择。就算战火延烧所有星域，我们依然中立，这是埃蕊人延续文明的优良传统。"

有那么一瞬间，艾翡德心想就这么算了。他早知一切都是徒劳。然而心底的某个声音促使他开口反驳："现在光域边境的所有战端，几乎都是针对赛忒的骚扰。"他试着稳住自己的声音，即使压抑已久的情绪正在沸腾，"庞努伊，你难道没有想过，万一赛忒军团攻打过来怎么办？百年前的战争就因为它们扩张如此迅速，几乎不费吹灰之力就可占据大半片星域。它们的目光迟早会落在我们头上，即使这里是欧菲亚联盟的边境。"

大祭司长投来的眼神表示他根本无法被说服，然而急切的心情使艾翡德愿意做出任何尝试，他继续说道："你别误会，我也不支持参与纷争。但我们难道不该与来到边境的舰队保持联络，听听他们带来的消息？我们在如此偏僻的地方，一旦出了状况，能有什么选择？在这里，天谐星完全是孤立——"

大祭司长张开手掌，让艾翡德住口。

"赛忒有自己的逻辑，你别多做设想。"庞努伊的语气变得非常沉重，"艾翡德，过去几年，冲突从未真正波及我们，你认为原因是什么？"

艾翡德犹豫了一下。"因为这里太偏僻……"

"错了，"庞努伊纠正他，"是因为我们没有赛忒需要的东西。我们在光域文明的最边缘，这星球除了水，还有什么？我们连补给资源都必须从首都埃蕊艾尔那调度。"

"这就对了，要真出了事，首都派援军过来，都至少得两个月！"

"但我们并非孤立，艾翡德。所有埃蕊的行星都属于中立地带，全受到联盟法律的保护。我再说一次，"庞努伊厉声说道，"中立，不参与任何纷争，是我们埃蕊自古以来的生存之道。永远别忘记这一点。"

艾翡德深吸口气，感觉脖子紧绷得难受。他沮丧地想：一切努力都是没用的，庞努伊的视野已完全被局限住了……

他撇过头，毅然决定不再尝试。每次与大祭司长起冲突都是因为同样的理由。或许庞努伊说得没有错，埃蕊族人有自己的传统。但这一次……我们面对的危机，能由传统解决吗？他叹口气，茫然地盯着眼前看似平静的海面。

## 第三幕

"陨石群的情况怎么样?"艾翡德走进一个小型球状房间,里面坐着好几名值班人员,正在座位上操控着复杂的微晶光弦。他们身体的轮廓发出淡淡的绿光,表示实体并不在房间内。在他们周围,眼花缭乱的荧光屏幕附着在圆形玻璃上,隐约可见外面的海底景象:鱼群悠然游过,高如巨塔的海草在底下漂晃。

"主祭司……"正中央一个女人朝艾翡德挥手。她是米芮,整个房间只有她是真身。

艾翡德来到她身旁,环视玻璃屏幕,目光停在左上方的某一处。

"不太妙,丝毫没有偏离轨道的迹象。"米芮抬起手,肌肤上有电流般的微晶光纹,一直从手腕延伸到指尖。她指向一个红点,用五指放大,红点立刻从玻璃板放射开,在他们眼前形成密密麻麻的陨石影像。"而且它们有扩散的迹象。群体的总径值已增加了一倍。"

"我们有多少时间?"

"请稍等。"米芮摊开另一只手掌,皮肤上光纹闪烁,仿佛有水流从底下经过。她转动五指,做了个轻轻前抛的动作,立刻有束筒状的绿光投射出来，扫射过陨石群之后，激起一连串跃动的数字。米芮选择性点了好几个数值，不断用手指将它们捏起合并。

艾翡德每次看到她这举动都感到吃惊。

在欧菲亚联盟的人类种族里，埃蕊和瑟利的体内有"微晶"。那是原子量级的极微小机械，存在于细胞里，可发展不同功能，也可透过生育传承。瑟利人的科研人员把微晶分为三大类：信息微晶、能量微晶、功能微晶，当中又以功能微晶的种类最为繁多。瑟利文明总喜欢把微晶视为控制夸克、强子等基本粒子的研究物，操控它们来形成新的物质结构，创造出自然界中原本不该有的法则。但对于埃蕊人，他们只希望运用微晶来辅助灵修的作用。

但米芮不同于众多埃蕊，她与生俱来的运算能力就如同艾翡德的妻子弹琴一般轻松。

十七世纪以前，人们透过追踪大脑内的神经元电流，制作出能够与脑波互动的穿戴界面，用以控管"信息微晶"所接收的外来信息。后来微晶技术在黄金时代大幅提升，人们进一步发展出内在的意识界面。然而时代的衰落反常地促成了意识入侵的可能性，微晶科技变成足以操控人心的利器，因而引发了瑟利种族的大规模内战。

有了历史的警讯，埃蕊人从诞生起就把能与意识强互动的功能微晶视为永远的禁物。他们更倾向运用传统的指掌物理互动技术，只有受过严格训练的人员可以用脑中的微晶协助运算。米芮便属于此类人员。

艾翡德的目光直盯着不停缩小的总时间值，心里越来越不安。

片刻过后，米芮手上捧着最后一个数字说："速度最快的一批陨石，应该是四天后抵达。"一旁的人员似乎听见了，纷纷转过头来，泛着绿光的脸庞全都写满担忧。他们的视线都落在身为指挥的主祭司——艾翡德的身上。

艾翡德屏息片刻，问出最令他害怕的问题："这群漂流陨石当中……轨迹与我们直接重合的有多少？"他在心底祈祷，希望陨石群持续扩张，在接近天谐星时分散稀疏。

然而，当米芮用五指投射出光网扫过陨石群中央，手心中弹出的数字却令所有人陷入沉默。

大祭司

艾翡一家

水中颂歌

友谊

艾翡德和杰力姆

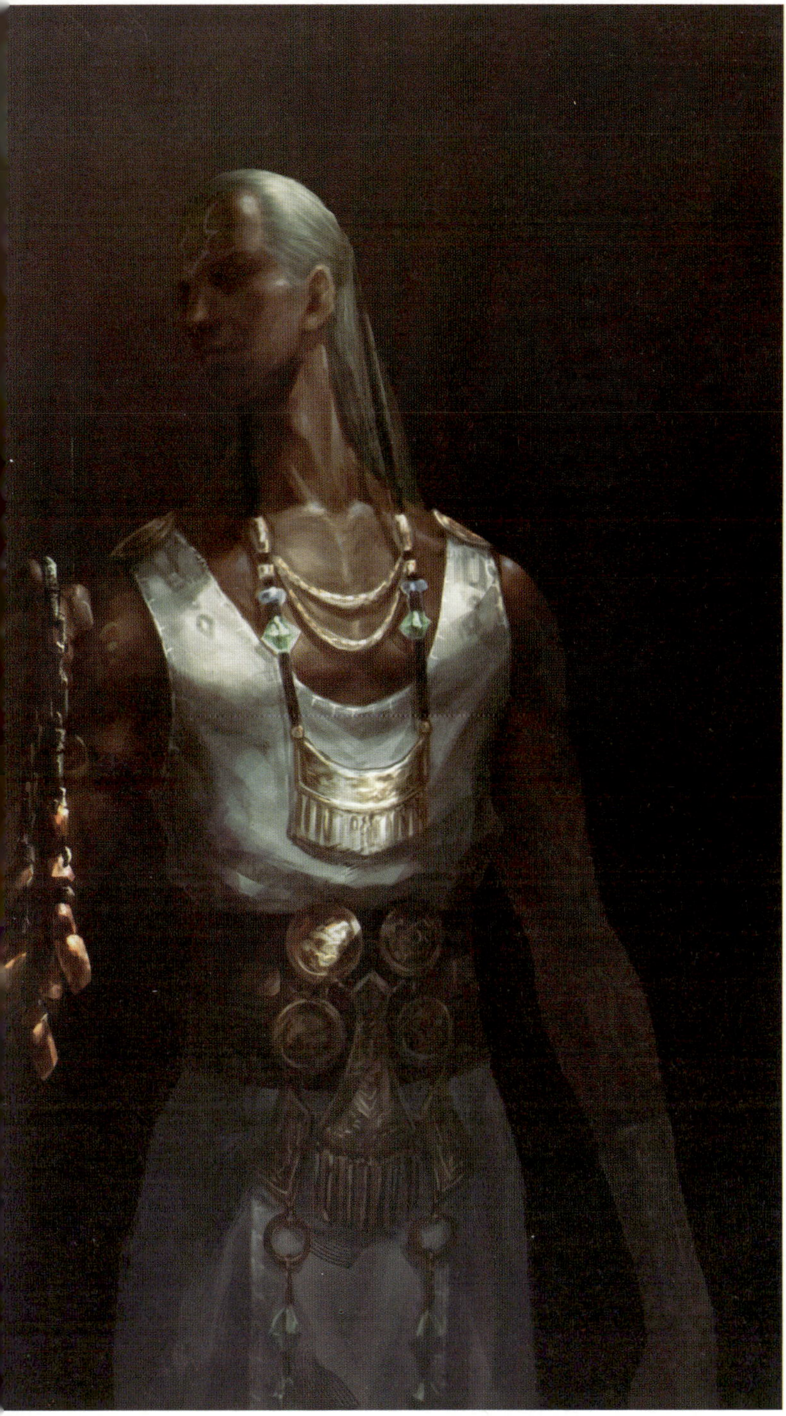

天谐星的液璃盾

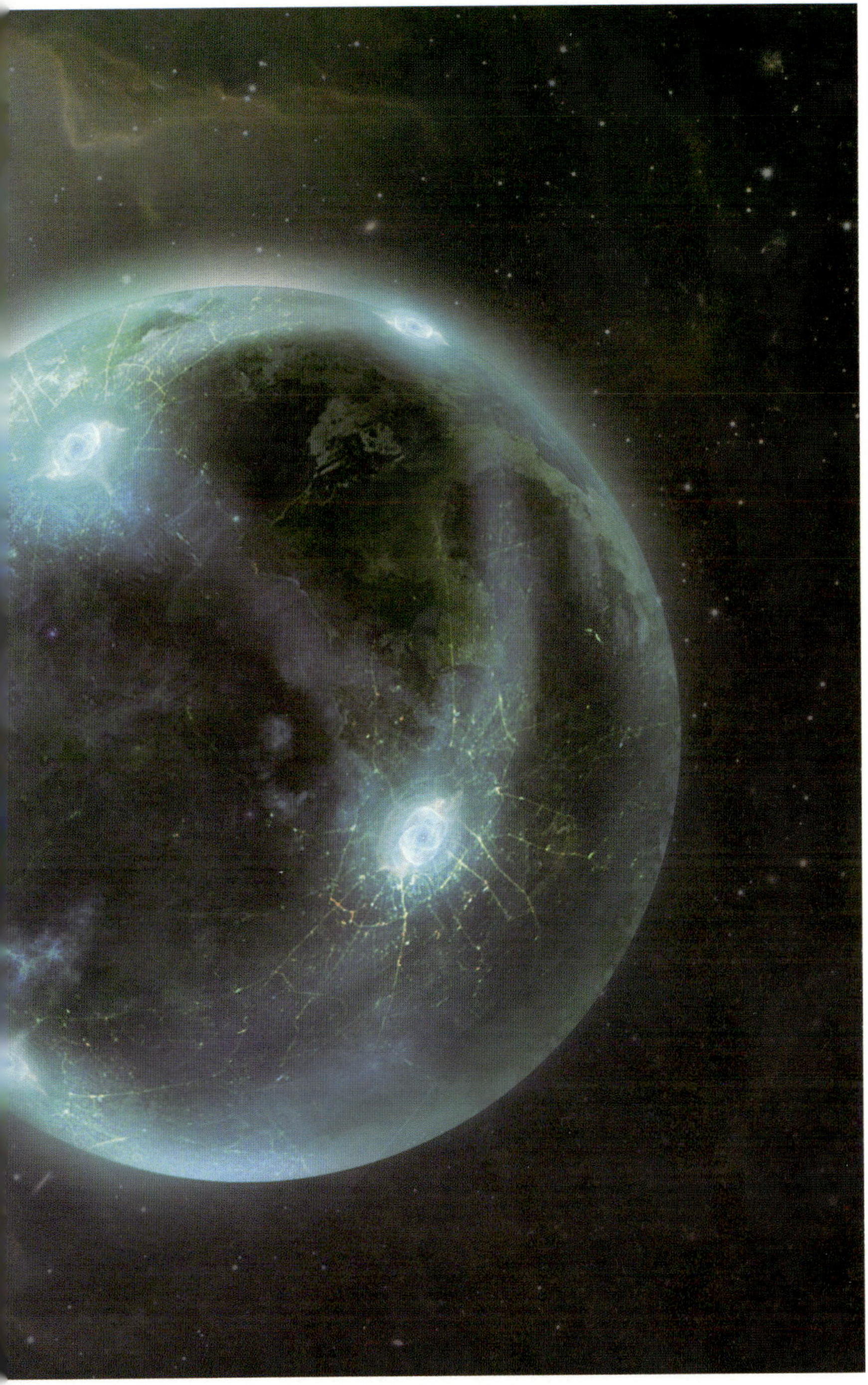

临界值

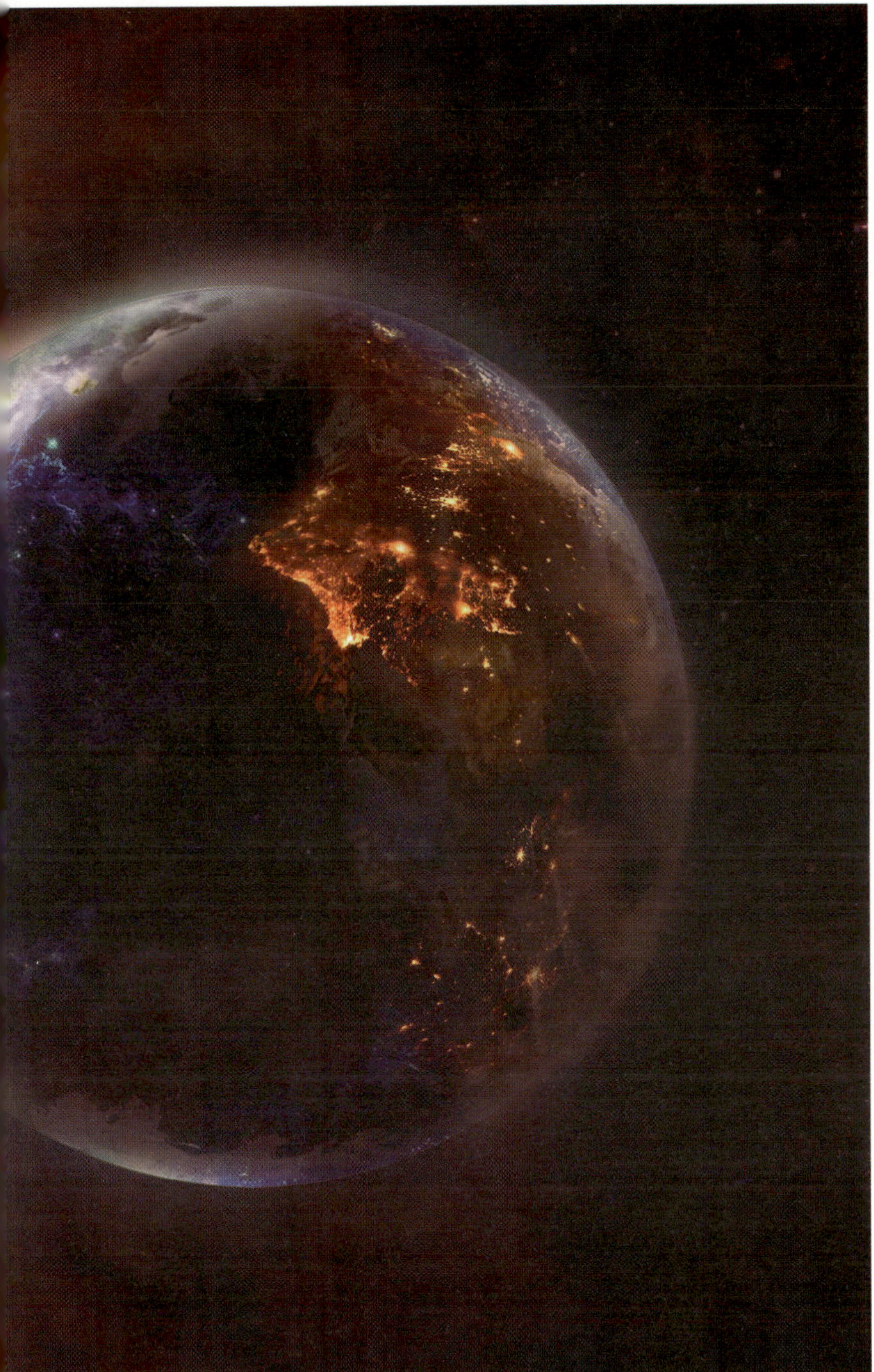

入侵

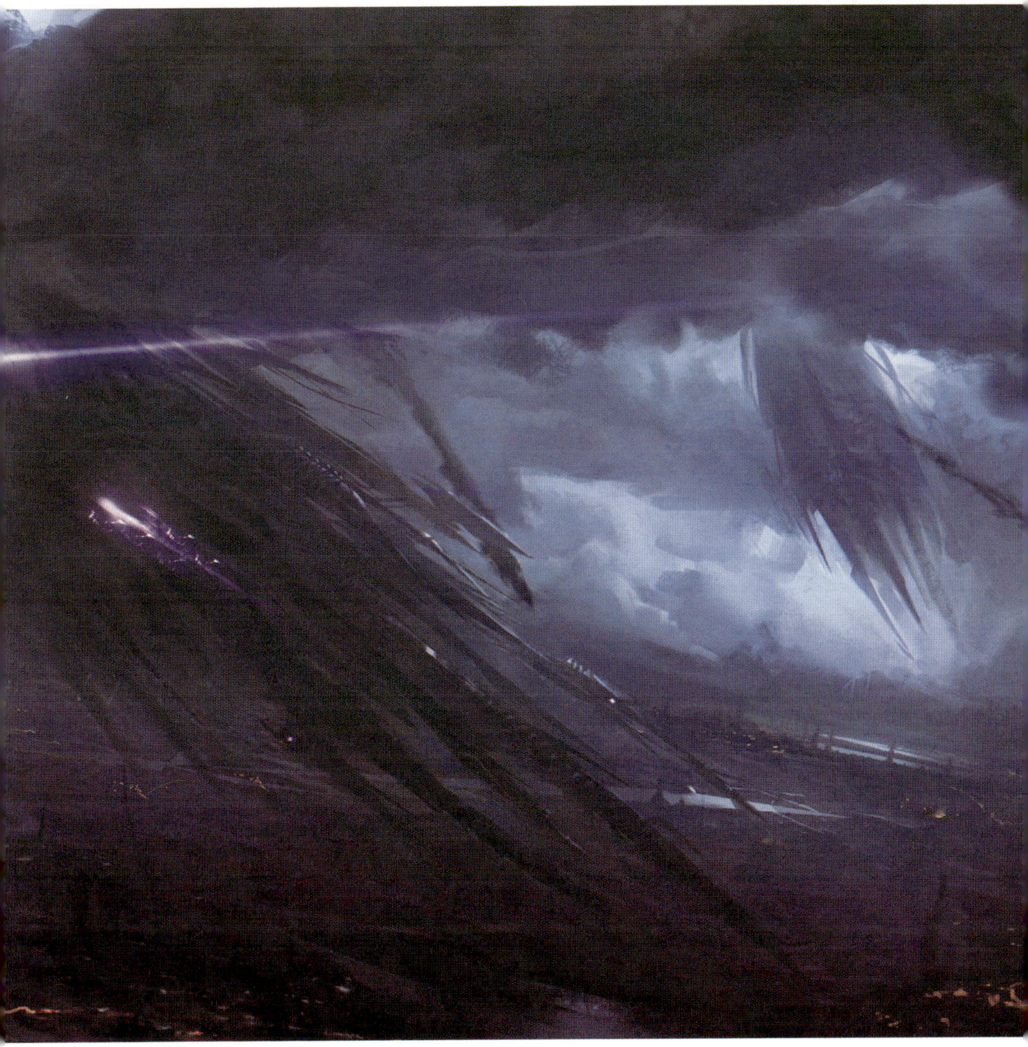

银白舰队

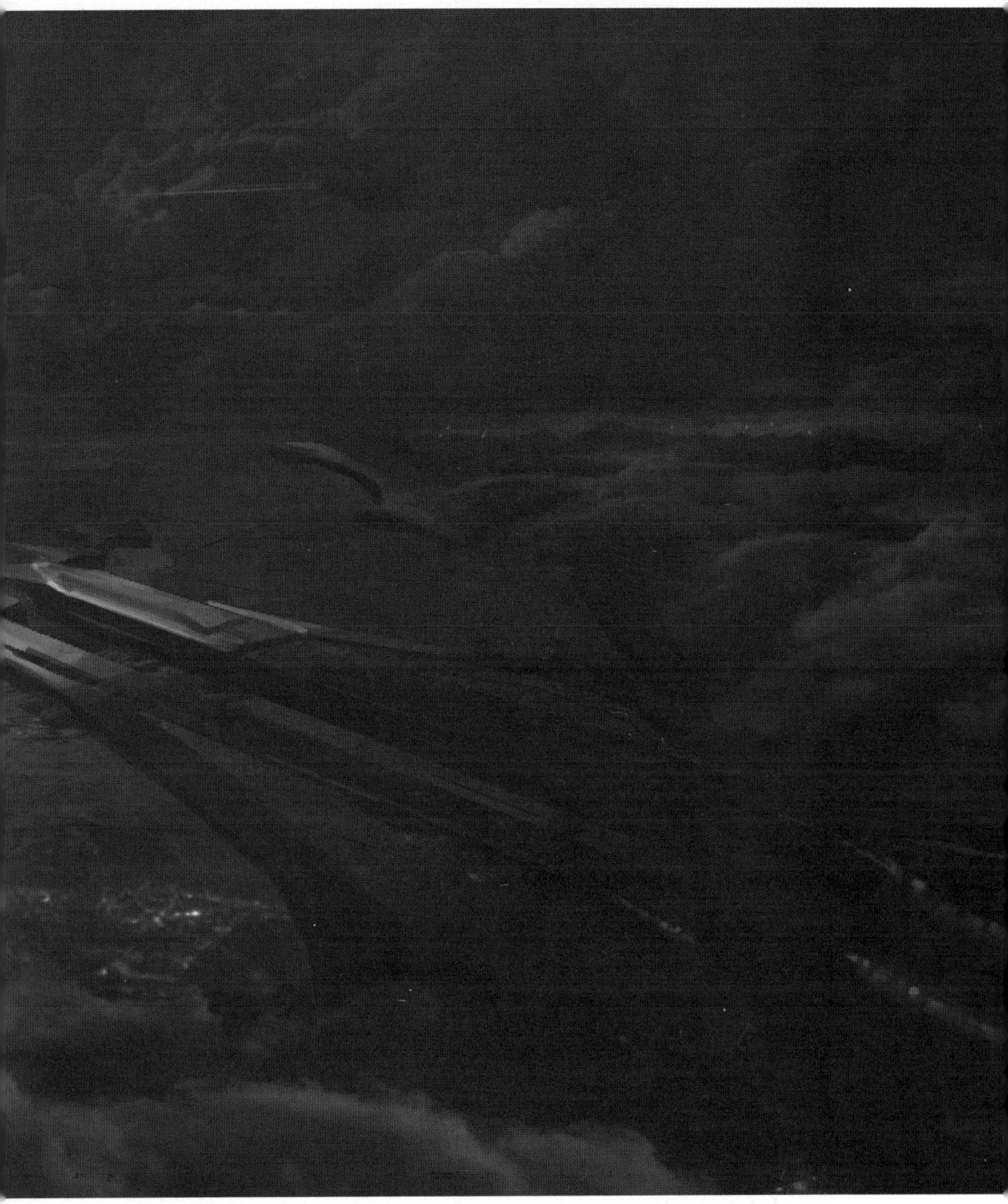

凯因特尔

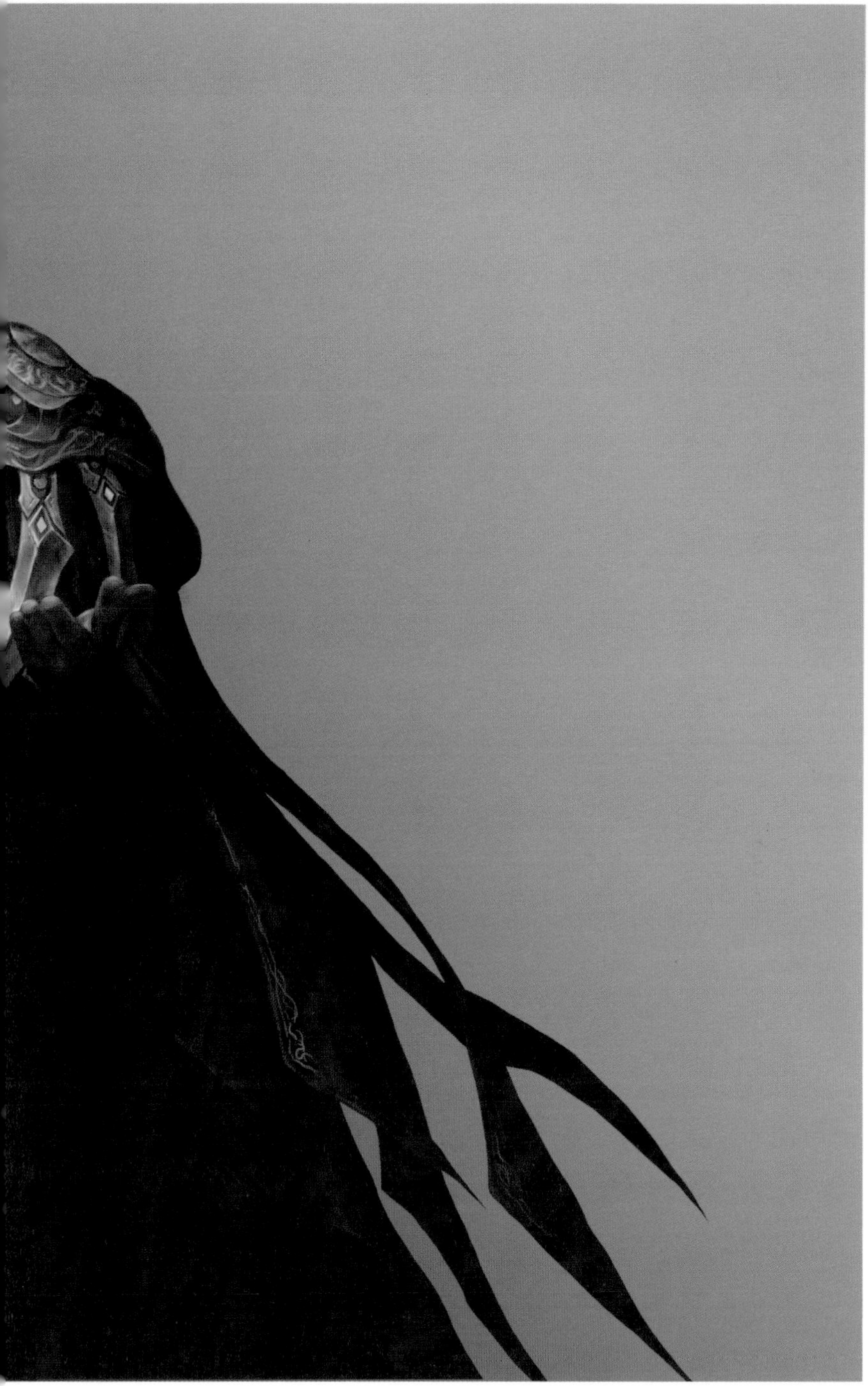

绝望与希望

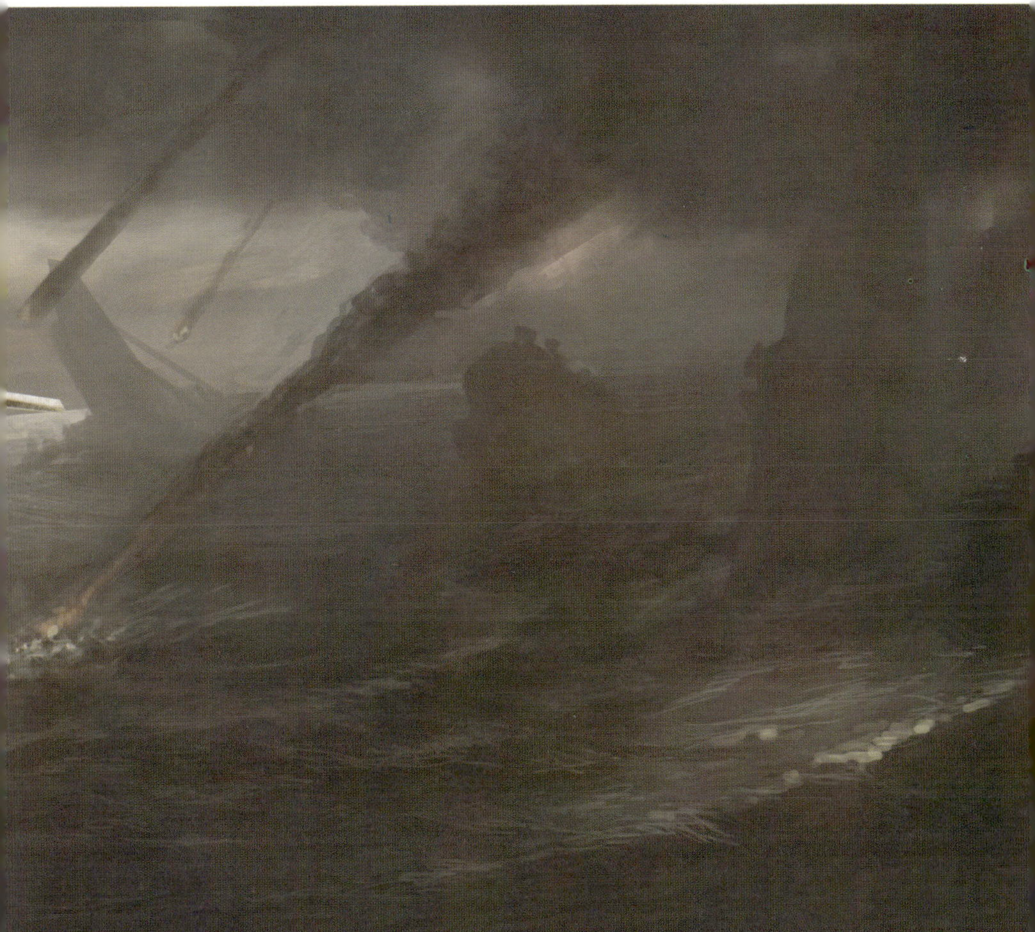

载具设计　埃蕊　雷霆舰艇和精灵战机

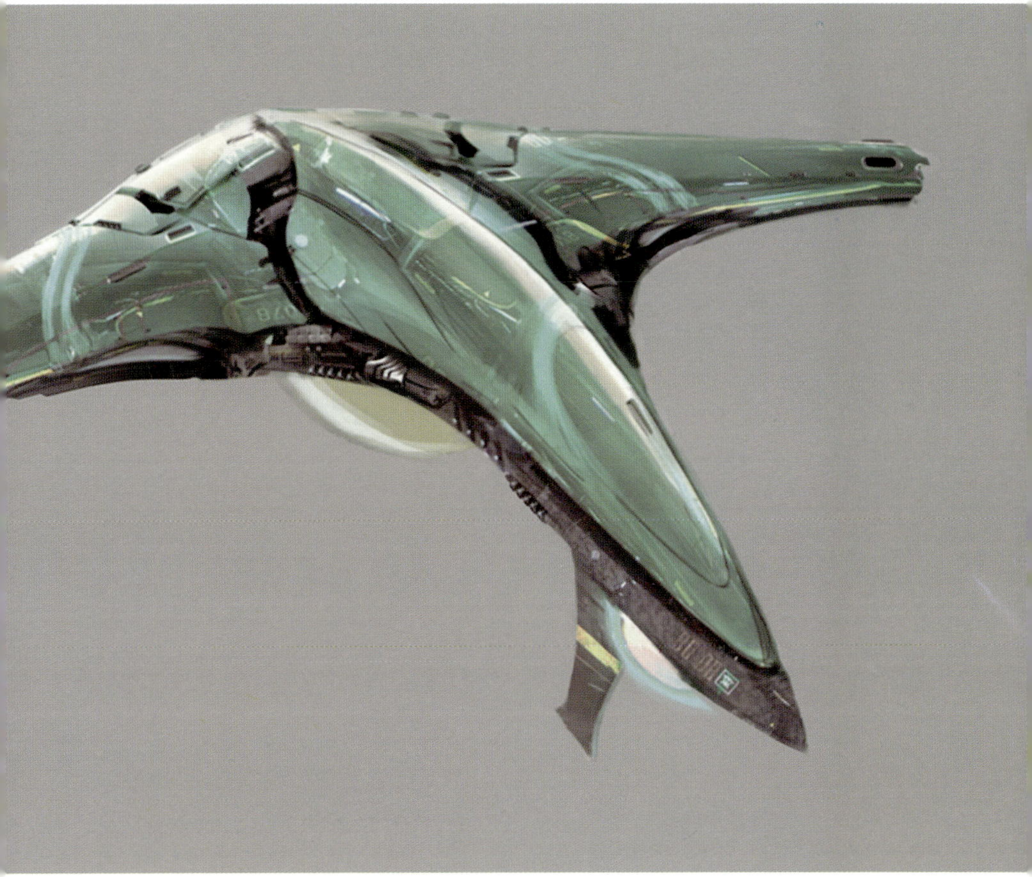

载具设计 埃萨克战舰

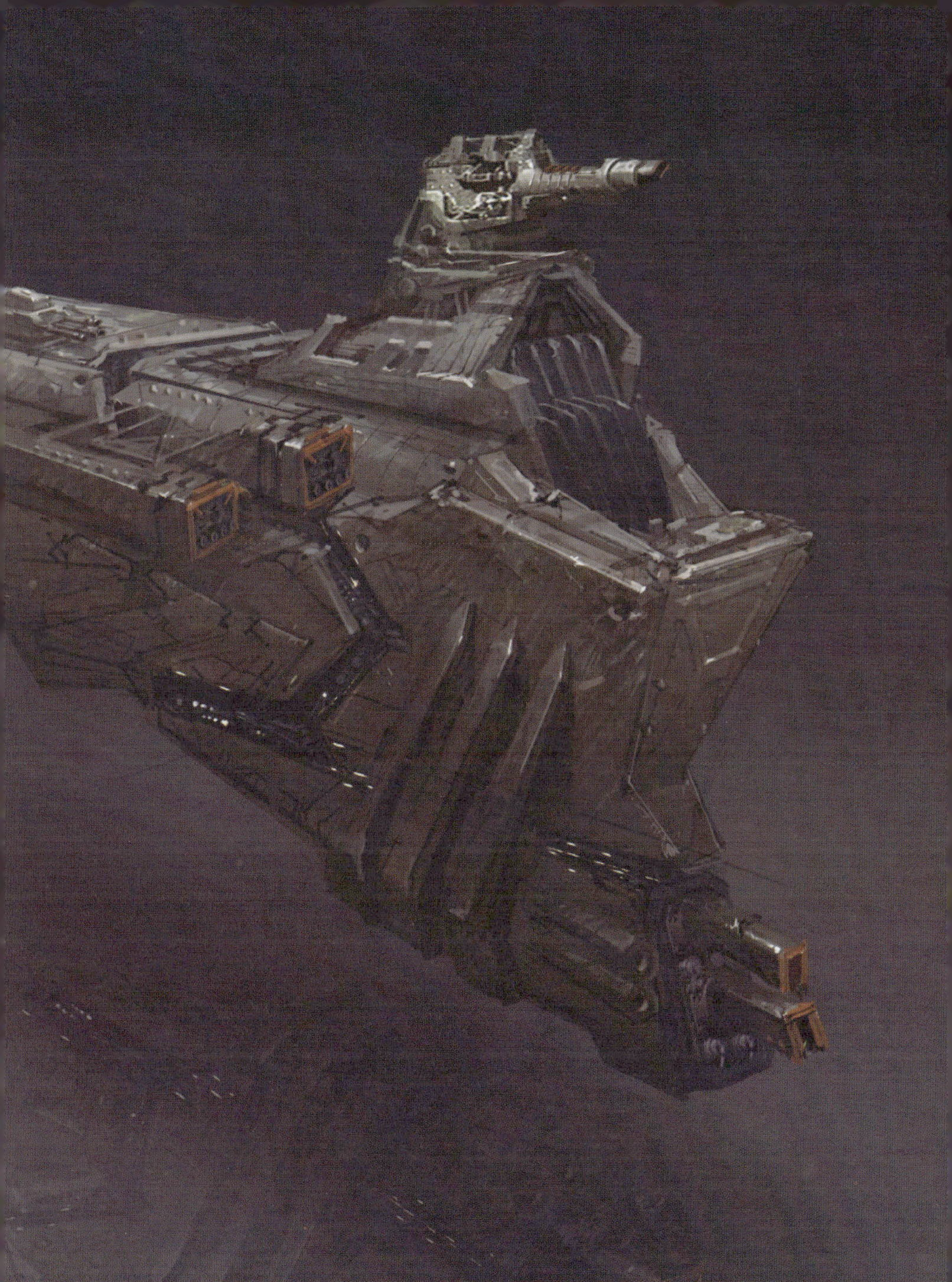

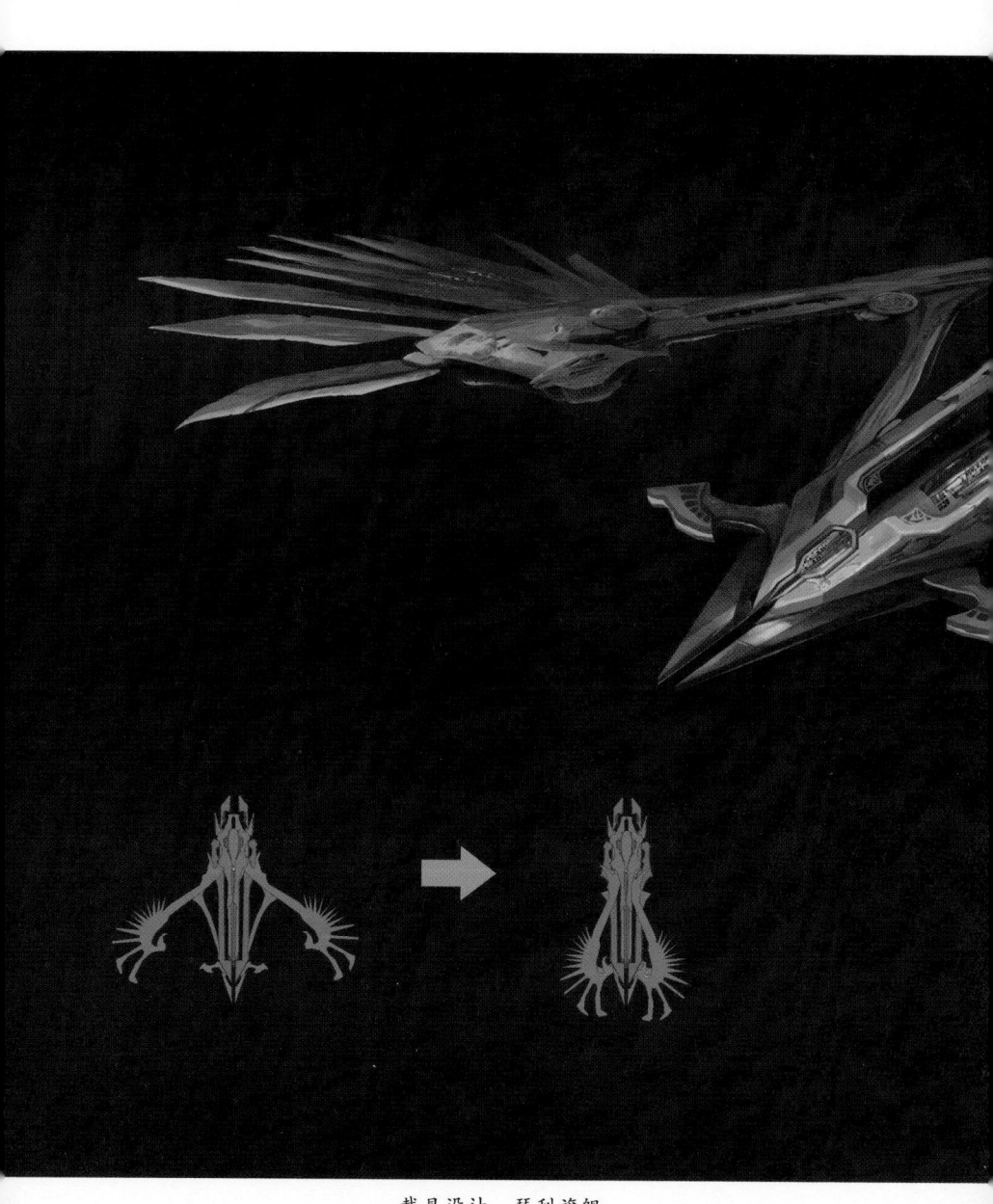

载具设计　瑟利旗舰

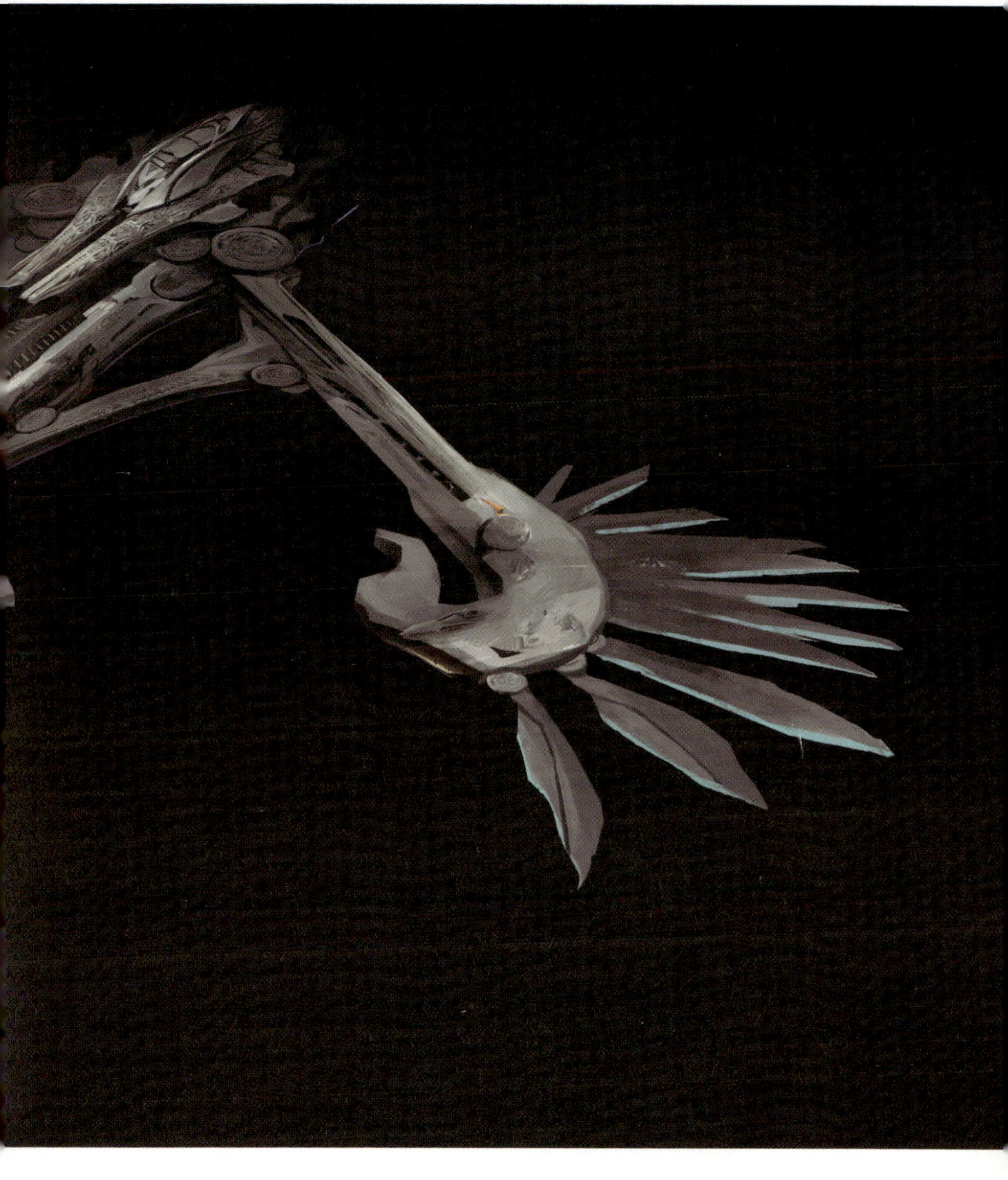

载具设计　赛忒飞船

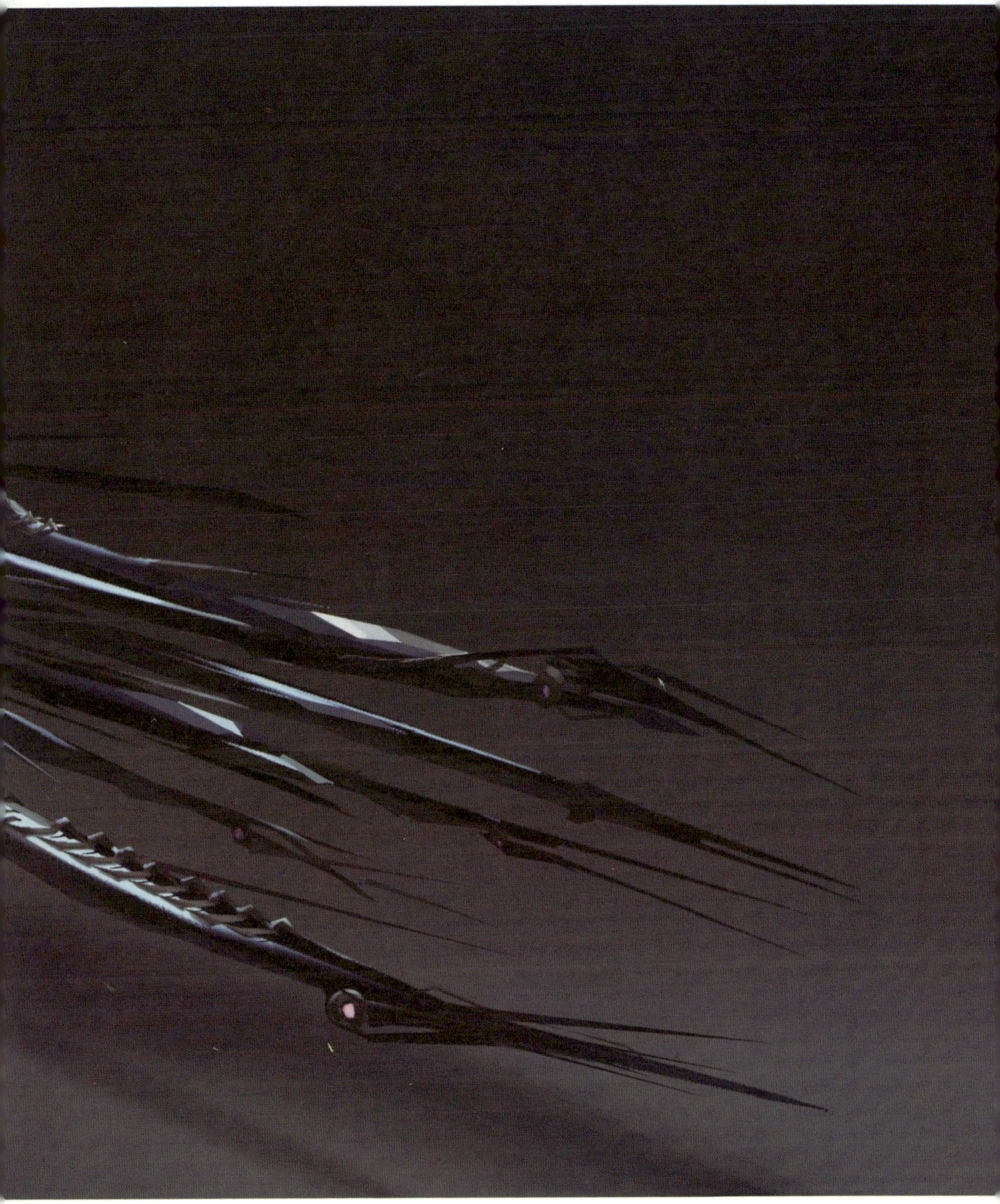

凡蒂亚城一角

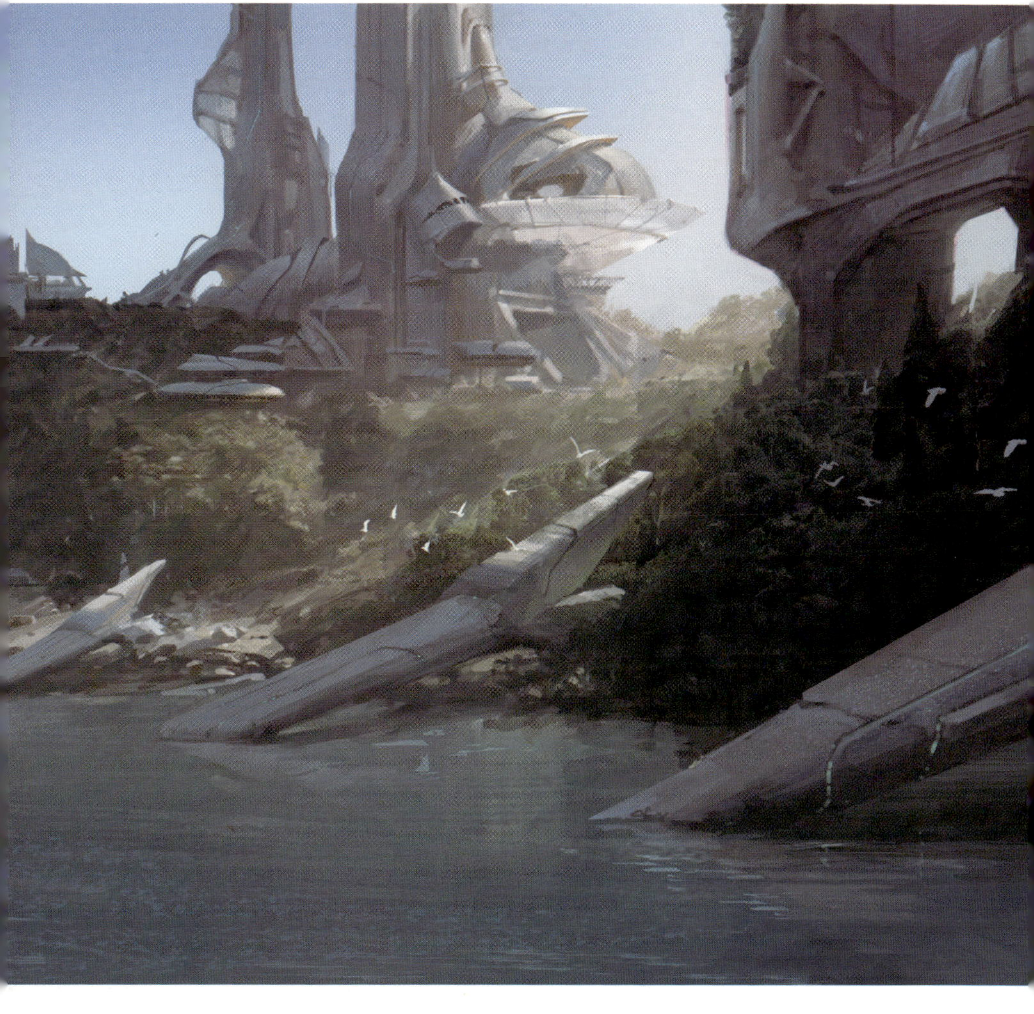

凡蒂亚城内的螺旋古建筑

## 第四幕

"我真是不敢相信!"艾翡德愤怒地走进卧房,朝墙壁挥了下手臂,水流立刻沿着壁缘渗透出来,逐渐覆盖地板。

房间一侧是开放式的,他站在墙边,感觉轻风拂来。天色已黑,眼前的城市轮廓在荧光的照耀下显得静谧祥和。这一带的房子多以典型的埃蕊风格为主,层叠的三角屋檐和细长的螺旋尖塔,处处可见水波反射的光晕。从他房间的角度,隐约可见更远处的半透明建筑,光点从里头的远古建筑透了出来,像是抵着黑色苍穹的巨大贝壳。

妻子跟着来到他身边,轻触艾翡德的肩膀。"艾菲,怎么了?"

埃蕊人的屋子都会端放先祖的水镜图像,摆满雅致的家具,并陈列当地的文化饰品。卧房一角是片圆形的木板地,依循传统作为灵修之室,因此散发着淡淡的植物清香。艾翡德的祖父曾带领首批拓荒者,为好几个无人星球种下埃蕊的文明种子。

现在,他与妻子站在这静谧的房间,水没过两人的脚踝才停止流动,镜面般平静。底下有不知从哪儿投来的光晕,反射到水面上形成文字,在他们身后映出一片熟悉的导文。

"我不敢相信庞努伊会这么做！"艾翡德看着外面，凝重地摇头道，"他竟然叫人回绝瑟利的探索舰队。这完全是越权行为！"

"他是大祭司长。"娜妮西直视着他的双眼，伸出手温柔抚摸丈夫的颈部。

艾翡德瞥了妻子一眼，深深地吸了一口气，几秒后才缓缓吐出。他双肩垂得更低了。身为主祭司，艾翡德在天谐星的权力仅次于大祭司长。但为什么我总感到如此无力？

"族人的事……别太放在心上，尽力就好。"娜妮西静静地说，"这种事已发生过许多次，天谐星的反重力护盾一向招架得住。"

"你知道有多少陨石正朝着我们袭来？"他猛然转过身说，"一百零七颗！"

娜妮西微微睁大了眼。

艾翡德接着说："我们正在直接撞击的轨道上！天谐星从来没有遇过这样的危机。而且，若陨石群没有以我们计算的方式扩散开，情况会更糟。"

娜妮西也露出惊讶的神色。但只一瞬间，她便立刻收起表情，轻柔地回应道："我们的防卫舰队应该有办法处理。这些都演练过了，不是吗？"

"现有的舰队无论数量还是功能都不够……"他摇头，"别说阻止意外出现的陨石群，我们现在就像水缸里的鱼，连外头发生了什么事都不知道。"

妻子不安地望着他。"艾菲……你在想什么？"

艾翡德只是沉默地盯着外面城市的宁静光景。妻子的触揉使他的情绪沉静下来。"我有很不祥的预感……"他叹了口气，说出深藏心底的话，"这星球的人们只在乎明日清晨的朝阳是什么颜色，能不能走出户外享受阳光，或是什么季节的海流会带来怎样的鱼类。星域间的事我们什么也不知道。"艾翡德曾以主祭司的身份，不断从首都高层打听更多关于联盟的消息，然而每次获得的答案都不外乎是"守好自己的本分，我们埃蕊不参与星域之间的纷争"。这与大祭司长惯说的话如出一辙。

他喃喃说道："我原本打算与这次经过的探索舰队联系，探问些星域间的局势，顺便请求协助，看能不能一同防范流浪陨石，却没想到庞努伊没跟我商量，就直接驱走了对方。"

娜妮西踌躇了一下。"庞努伊是大祭司长，行星的领导者必然有他的考量……"

艾翡德知道在这件事上，自己永远是被孤立的一方。他知道自己的想法与所有埃蕊族人不同，这令他万分沮丧。然而心底的某个声音告诉他，情况是有可能改变的，只要他拿得出某种证明……只要一次，只需做对一件事，或许他就能打开族人的心牢，或许他就能证明，埃蕊人根本不需被传统绑架……

水花四溅的声音惊动了夫妻俩。他们回过头，看见阿瑞堤跑进房间。小男孩在跨过门缘时绊到小脚，一头跌了进来，激起的涟漪完全打乱了光晕组成的导文。男孩抿着下唇，用小手揉着下巴，似乎要哭了。

女孩儿蒲耶堤也从门边探进头说："外头又有烟火了。"

"别哭了，"艾翡德抱起小儿子，对他微笑道，"我们去外面看烟火吧。"

## 第五幕

他们透过水波投影仪，看见远方夜空有一道道火纹划过天际。
烟花放射出炫目的光彩，四散成星芒般的残痕，又迅速消逝。
投影仪是个巨大的垂直圆框，把夜空当成漆黑的帆布，放映卫星在临近的宇宙空间捕捉到的绚丽景象。火光不断冒出，画出绮丽线条。朦胧声响中蕴藏着更深远的震鸣，仿佛来自宇宙的深处。

"漂亮！好漂亮！"阿瑞堤瘫软在母亲的怀里，拍着小手喊。他们位于住宅区的某处，庭院周围的透明墙上尽是藤蔓，不远处传来优雅涓滴的流水声。

娜妮西也笑了。"要时常心怀感恩哦。啼欧拉的教义告诉我们什么？'在最绝望的时候，请握住代表希望的手。'"她搓着儿子的小手说，"这是身为家人的真谛。"

艾翡德看着这一幕，欣慰地轻叹一口气，即使他知道小儿子根本没在听。

小女孩蒲耶堤坐在一旁，一贯地没什么表情，但每当出现特别大的烟花时，她便睁大眼，嘴巴微微张开。

"艾翡德先生。"小女孩说。

"什么事呢？"

"烟花出现就那么一瞬，马上又被黑夜给吞没。"她说，"我觉得它们……真是可怜。散了，就什么都不是了。"

艾翡德看着她，诧异八岁的孩子怎会说出这种话。"其实不然，蒲耶堤。看看现在，我们一家人在夜空下观赏焰火，这样的记忆会永远刻画在我们的心里。或许这就是烟花存在的意义，对吧？"

小女孩思索了一阵，然后点点头。然而在心底深处，艾翡德知道这对孩子来说已足够的话语，不过是随口说出的谎言。

有道烟火炸了开来，小男孩又拍起手大呼："好看！好看！"

蒲耶堤似乎若有所思，又问道："那么，为了让别人高兴，我们也该像烟花一样，选择发光一瞬，便消逝不见吗？"

艾翡德有点不知该怎么回答。"人……和烟化是不同的。"他突然感到心底一阵纠结。

一团特别大的烟花绽放开，他们仿佛可以听见伴随火光的响声。焰火逐渐消失后，却有道橘色的轨迹残留于天幕。它就像着了火的长蛇，燃烧得特别久，划过半片天空依然未熄灭。

"真美！好大的烟花！"阿瑞堤蠕动着身子大喊。

艾翡德盯着那道光，表情沉了下来。孩子们仍太小，他无法告诉他们事实。

他无法跟他们解释每一次烟火出现，都代表生灵的逝去。

他无法说越是耀眼的火光，越代表背后残酷的迹象。

那是星域间激战中，数百艘战舰交锋后的残影。

人类文明始于两千多年前的欧菲亚行星。当时，先祖已将微晶科技发展到了极致。他们体内拥有无数原子大小的晶体器械，不同的人们得以发挥不同的能力，通过生育代代相传。他们运用这些肉眼看不见的粒子与环境、器皿甚至整座城市互动，克服宇宙殖民的种种危险。这些拥有远古血脉、能操控微晶的人类，被称之为"瑟利"。

无数个世纪的优胜劣汰，让天生体内便拥有优良微晶的瑟利成为人类的等义词。

他们对微晶科技的积极研究，使这项技术不断升级、持续强化，提升战士所能承受的极限。瑟利人还开始探索反重力技术的真谛，试图建立起绵延天际的要塞。他们以钢铁般的秩序来稳固社会结构和科技爆发的反扑。不知从何时开始，瑟利的社会阶级已完全取决于什么人能够操控更强大的微晶技能。

不满统治阶级的瑟利越来越多。他们组织起游击军，掀起一次又一次反抗革命。但即便如此，胜方永远是那些能够操控强大微晶技术的统治者——他们的能力甚至能影响反叛军体内的天然微晶，进而操控他们的心智。反叛军根本无从招架。

铁掌政策下的人们对自由的渴望越来越强烈。他们想从这种与生俱来的束缚中解脱出来，而其中的关键，便是摆脱体内的诅咒——微晶。

不知何时起，出现了一群神秘研究员。他们的身份与行踪如谜，没人知道其真面目。众所周知的仅是他们的称号——"叹息的解放者"，以及他们最终成功净化人类的事实。被他们还原的人类，细胞内不再有微晶，而且这新兴人种透过基因改造，变得生性刚烈，成为反抗瑟利的主力。他们被称为"埃萨克"——古语的意思是"净化的火焰"。而在尝试的过程中，这群研究者还创造出另一个原型人种，体内的微晶存量并未减少，性情却意外出现了变化。这类种族似乎被剥夺了人类情绪中较为激烈的部分，不好争执，珍视和平。

他们被命名为"埃蕊"。

埃蕊人凝聚在一起，建立了自己的家园——埃蕊艾尔那，也是他们一贯的首都的名称。埃蕊族借由音波改变光谱的本质，以一种独特的方法把水和微晶融合，在陆地塑造出一种被称为"液璃"的透明强韧物质。埃蕊建筑师用液璃包覆古代人的建筑物，将其改造成为自己的居所。

液璃这种物质构成的外墙晶莹清澈，遇上袭击后能产生海啸级别的反作用力，足以抵挡瑟利人的激光热线和埃萨克人的炮火弹丸。敌人火力越强，液璃的韧性就越坚实，然而当普通埃蕊进出这些墙时，只会感觉走过一道水幕。

埃萨克与瑟利的战争愈演愈烈，战火横扫整片星域，成为人类文明的全面内战。"欧菲亚内战"之后，瑟利人终于启动新的引力技术让他们的城市升空，从此与埃萨克人占据的陆地分为两个独立文明。而在那场混沌之战中，天性爱好和平的埃蕊人亦采取行动，脱离了瑟利人的控制。

三个人类种族走过了接下来的五世纪。由于瑟利依然在引力和微晶技术上远远超过其他两个种族，俨然成为宇宙的霸主。

直到"赛忒"的出现。

没有人想象过会有这样的一天：数以亿计的钢铁异兽从银河的遥远彼端而来，大举入侵欧菲亚文明。领导它们的是至今依然无人能解释的意识体。那些高等意识体拥有宛若女性的身躯，但她们并非肉身，而是由变种微晶形成的骇人产物。无人知晓她们的动机，只知道她们热切地操控同样由变种微晶组成的强大装甲兽兵团，以骇人的机动力横扫银河防线。她们所操控的黑暗军团被称为赛忒，这个名字源自远古传说中带着镰刀，美丽的胴体散发着致命气息的死神。

那是第一次，三大人类种族摒弃前嫌，联合抵御赛忒的入侵。在那场叫作"末日之战"的恐怖战争里，人类文明险些灭绝。所幸，由于某个被后世堪称为奇迹的事件，赛忒被联合军击败，终于退回阴暗的宇宙彼端。

紧接着，欧菲亚联盟成立，重振战后文明，并且大幅提升"漫跃"技术。那是一种最先进的宇航加速科技，利用反物质驱动曲速引擎，在载具的周围制造出人工曲力场，改变空间曲率，从而使物体能在这个扭曲的时空泡中以超过光速的速度行进。新型漫跃让人类能以数百倍光速穿梭于星系之间，正式开启了宇宙殖民计划。

好景不长，没有了共同强敌的威胁，各种族之间纷争再起。扩张殖民也带来分裂，多角竞争造成了联盟更加混乱的局面。

距今约七十年前，埃蕊宣布永恒中立，包括首都埃蕊艾尔那，所有埃蕊族人所司的城市与星球，都纳入联盟法律的保护之下。由于埃蕊严格遵从了中立立场，久而久之，在日渐升级的纷争中竟形成了一个不成文的道德共识：不管蓄意还是意外，任何交战方只要波及埃蕊的地盘，均会被视为"邪恶之举"。这一点对后来星域间的政治关系起到了微妙的作用。

当然，赛忒不在这套准则的规范内。它们本就具有恣意破坏的天性，无视银河中的任何法规，潜伏在联盟星域之外虎视眈眈。

与世无争的天性使埃蕊永不受侵犯，但其他种族的战争却如风暴不断升级，疯狂肆虐：瑟利各大家族的明争暗斗，埃萨克各大部落的残暴冲突，以及这两个种族间的古老仇恨——天空之都、地面聚落之间永无止境的会战——让死亡的气息弥漫当今的欧菲亚联盟。

混沌局势逐日升温，似乎永无宁日。

埃蕊族就像暴风眼当中的无风地带，而这正是艾翡德所担心的。身为中立的一方，埃蕊族已经习惯和平太久了，甚至变得对光域中的变故漠不关心。没有人看得见潜在的风险。

艾翡德知道，只要庞努伊仍是大祭司长，他们的星球便会自我蒙住双眼。

身为埃蕊人,他也打从心底崇尚和平,尤其是每当瞥见星空中的焰火,都会提醒自己有多么幸运。然而在心底的某个角落,他知道真正的和平与自我孤立是绝对不同的。

"又来了!好大的烟花!"阿瑞堤开心地喊叫,小巧的手指指向夜幕中央的彩影。

艾翡德已经很久没有眨眼了。他直盯着那束特大的烟火爆开,点亮星空。燃烧的火尾以慢动作在夜空中绽放,碎焰四射,犹如挣扎中的某种生物。

他仿佛可以听见那些残留于远方天际的意念,发出了痛苦的嘶吼。

## 第六幕

毕剥——

幽暗的房间,响起细微声响。

娜妮西先醒了过来,她轻摇自己的丈夫。艾翡德才刚睁开眼,通讯系统便传来米芮清晰的声音。

"主祭司,请看影像。"

艾翡德在水床上舒展了下肩颈,挥手启动轻引力系统的传感器。冰水从地板边缘渗出,迅速攀上墙面、交汇于天花板,在房间的底端固定成四方形的薄幕。音频闪光器打开,墙面上数百颗小孔散透出细小的光束,伴随嗡鸣声穿透水幕,折射成清晰的彩影——艾翡德立即坐起身,深黑色瞳孔映射出好几架燃烧的巨大舰艇。

"这是观测卫星一小时前捕捉到的影像。"米芮的语音刚落,机身的火焰已慢慢熄灭。半数以上的舰船逐渐崩解,超出彩影的捕捉范围。仅存的三艘舰船则明显残破不堪,机身开了好几个大洞,暴露出里面的结构。

彩影逐渐放大,聚焦在某艘舰艇的侧腹上。那是一个橘色标记。

"属埃萨克人的兀鹫级航舰，卡多凯契部落第四十一编队的生还者。已收到求救信号。"米芮说。

类似的事情一年会发生好几次。天谐星上的埃蕊人会根据欧菲亚中立议定书制定的流程进行标准回应。这职责就落在艾翡德肩上，而这也是他越来越沮丧的原因。

现在，他再次目不转睛地凝视着受重创的船舰。

依程序做出通报后，米芮像以往一样说："那么，我立刻传回拒绝的信号——"

"等等。"艾翡德突然向前伸出手，感觉到空气中微微振动的声波。他扭转手腕，挥动手指，影像转换了角度，放大舰艇底端的某个装备。粗重的立方体，层层交叠。

他立刻认出了那是什么：多重粒子加农炮。

艾翡德不解地皱眉。这种兵器通常只会安装在更大艘的战艇上，他不清楚为什么边境船会拥有这样的武器。思索一阵后，他不自觉地屏住了气。

妻子此时也坐起身，盯着丈夫的侧脸。

"米芮，调整链接卫星，在反重力护罩上打开一条缝隙，直径一里。回讯给对方，他们只有20秒的时间。"

"主祭司，什么意思？"米芮不解。

娜妮西则惊讶地望着他，轻触他的手臂。"艾菲……"

"照我的话做。"

"主祭司，这违反联盟协议……"

"米芮，就照我说的做吧。"艾翡德心意已决。他仿佛在一瞬间预见了未来，知道这是他必须承担的风险，也是他一直等待的机会。娜妮西轻轻叹了口气，抽回自己的手，将目光转向残破的舰船。

米芮依然无法做出决定，她的声音略显迟疑："就算要申请特殊处置条例，也必须先由大祭司长向联盟议会交付提报——"

"我们没有一个月的时间。"艾翡德试着软化自己的口吻，轻声说，"况且面对境外的接触，这是直属于我的管辖范围。别担心，责任全由我扛。"

几秒钟的安静之后，传来米芮的声音："我明白了。"

很快，一道光波刷过房间的水壁，改变了投射在中央区域的影像。这是实时影像。

艾翡德看见那三艘舰艇的推进器发出断断续续的光影，进入了天谐星的大气层。

## 第七幕

埃萨克的战舰比传言大了许多。三艘舰艇尚未落地,已遮蔽了半片夜空。船身发出的鸣响震荡着海面,橘光洒满机翼,却因半失灵而间断闪烁,在暗夜里发出不祥的呻吟。

艾翡德站在海岸边,双手抱胸。他身后是一整排埃蕊卫士,手持小巧的防卫性电磁枪。

一个呼喝声从后方传来。

"你知道你干了什么事?!"庞努伊怒喊着,声音却被战舰的嗡鸣声淹没。风压让所有人的衣袍激烈鼓荡,大祭司长枯涩的灰发也更加纷乱。

他跑到艾翡德身旁,满脸的不可思议。艾翡德心想:**到了逼不得已时才有动作,这就是庞努伊**。艾翡德以坚定的口吻回应道:"面临天然危机时,中立星有权提出紧急号令,寻求任何一方的支持。"

"什么天然危机?!埃萨克是天性残暴的种族啊,他们才是最大的危险!"庞努伊咆哮,"而且这些是战艇!你可知道收留交战中的舰船,后果有多严重?!你把我们直接拉进联盟的混沌里!"

"我没有告诉过你，数百颗漂流陨石正朝着我们来。"艾翡德瞥了大祭司长一眼，"无论体积、规模、行进速度，在星球的历史里都属前所未见。"他停顿片刻。"其中有一百零七颗陨石会直接冲击天谐星。"

庞努伊惊呆了。海湾的两旁耸立着巨大机座，它们的钢铁触角伸入水中，送出一波波音频，并释放出微晶粒子。海面顿时平静下来，表面的密度变稠，成为临时停舰平台。埃萨克的战舰陆续落在胶状的水面上，缓缓朝岸边挪动，机械的鸣响逐渐消失。

大祭司长终于开口："这么重要的事，你……你怎么从未告知我？"

"我们昨天才看见明确的轨迹图。"而且就算提早告诉你，又有何用？艾翡德讽刺地想，你只会下令增强反重力防护网的级数。

"我们……我们必须提升反重力网的级数！"庞努伊略带惊慌地说，"等等，冲击时间呢？"

"两天后开始。"

三艘舰艇现在并排在湾岸边，机首稳固地停靠于沙滩，尾部则被海面支撑着。当海水逐渐恢复成原来的密度，舰艇笨重的后端缓缓下沉，翘起了焦黑的机首。

腹舱发出汽笛声，厚实的机门层层开启，即使从这么远的距离望去，也看得出里头站着许多异常高大的身影。此时海水已恢复为原状，浪潮拍打在战舰的旁侧。艾翡德身后的卫士发出局促不安的声音，紧握着手中的枪柄。艾翡德也咽了下口水，心跳加速。在天谐星，这是埃蕊历史上首次有他族的战舰登陆。

"你自己扯出来的事自己收拾，"大祭司长阴沉地说，"分给他们一些必要的补给，叫他们三天内离开！"庞努伊抛下这句话，便转身离去了。

艾翡德知道他不愿以天谐星最高领导者的身份会见对方，那等同于承认此抉择的正当性。

舰船上纷纷有人跳下来，激起更大的浪花。艾翡德吃惊地看着船舱内密密麻麻的人群，他估计有几百……不，或许上千人。海水刚淹到他们的腰，他们身上多包着绷带，套着破损的铠甲。

领头的埃萨克人踩着海水来到岸边，笔直地朝艾翡德走过来。他身后跟着两名护卫，看似一男一女，也都穿着厚重的甲胄。然而不知为什么，艾翡德感觉有哪些地方不太搭调。

那三个人摘掉了密封的钢铁面罩，捧在手中。

艾翡德在族人里已算挺高了，足足有两米，然而当对方来到面前，他发现自己竟矮了一大截，必须把脖子抬到最高才能正视对方。

"欢迎来到天谐星。我是艾翡德，凡蒂亚城的主祭司。"

那个埃萨克人有着棱角分明的面孔以及黝黑的肤色。他看起来疲惫不堪，紧绷着面容，严肃地点了下头。突然间，他眼神里原有的防备软化下来，丰厚的双唇挤露出欣慰的笑容说："卡多凯契部族，芬狮团第四十一编队，代理舰长杰力姆。"

## 第八幕

连艾翡德都没估算到,埃萨克的幸存者竟多达两千多人。

大祭司长禁止他们入城,因此艾翡德只得将他们安置在沙滩上,搭起许多临时避难所。

奇怪的是,埃萨克人几乎不使用那些设施。他们选择了离海水较远的干燥沙地,围成一群一群的,并用某种奇特的装置生起火来。好奇的埃蕊市民来到湾岸边,许多父母带着两个孩子站在树荫下,紧张地望着绵延沙滩的一团团火光。

埃萨克士兵解下厚重的铠甲,盯着火焰无人说话。海风从他们身上带来血和汗的气味——那是埃蕊人从不熟悉的气味。战士们坐在沙滩上,安静地吃着埃蕊人给他们的热食,包括经过高压处理的鱼肉和果肉。在一旁观察的市民无法理解他们为什么生火,然而更令人震惊的是,埃萨克人丝毫没有触碰给他们的杯子,大手一抓,便直接把储水桶往口中倒,自己饮完再传给下一个人。他们当中甚至有人直接用嘴巴含住出水口,这令许多埃蕊人作呕。

空气中一直弥漫着肃杀的气氛,不知是因为战败的关系,还是埃萨克的天性使然。埃蕊族人无法判断。对于埃萨克,多数埃蕊人只在教学课中接触过,现在围观活生生的实体,心中自然充满了恐惧。

　　一些埃蕊家庭鼓起勇气,慢慢走过去,递给他们自家准备的补给品。水晶般的篮子里装着食品和衣物。此举似乎让埃萨克的战士相当吃惊,或许他们从没料到除了星球管理中心外,竟有平民自愿提供帮助。

　　逐渐的,开始有埃萨克战士邀请埃蕊市民一起坐下。越来越多的市民加入进去,围到营火旁。


　　在过去的数小时,艾翡德一直积极奔走于各个护防单位之间,吩咐救难补给事宜。既然大祭司长不想管事,这职责就落到了他肩上,他得确保不会出差错。

　　现在他回到了海湾,却看见驻守在沙滩外围的整排卫士,依然神色紧绷。

　　"主祭司,让市民直接与他们接触……会不会不妥当?"卫士领队问。他是个年轻的埃蕊人,名叫坦恩。从他质问的口吻,似乎在害怕那些身材高大的异族人随时会站起来,怒吼着朝他们扑来。

　　"无妨,他们不过是些伤兵。"艾翡德喘了口气回道。他看见一些埃蕊孩子在营火间奔跑,似乎对沙滩上的景象感到无比兴奋。

　　"那么,我们是否继续留守在这里?"坦恩问。

　　"嗯,暂时先如此吧。至少得做个模样给大祭司长看。"艾翡德对坦恩露出无奈的笑容。这些年轻卫士负有保护家园安全的责任,而且多数都与艾翡德的意见一致,认为庞努伊的作风过于保守,导致天谐星成了一颗与世隔绝的星球。"我先去找他们的领袖谈谈。"艾翡德步下沙滩。他有许多问题想问,许多关于星域间的传闻。

　　战士们指引着他往边缘的营火走去,说代理舰长就在那儿。没多久，艾翡德看见了杰力姆的身影。他有着壮硕的体魄，在火光的照映下，可以看到半边脸上以深色颜料涂着战纹。他身旁的战士一个比一个高大。

艾翡德咽了下口水，不去理会心底浮现的莫名恐惧，小心翼翼地迎上前。"舰长，你们是否还有什么需要……"突然他的声音卡在喉间，呼吸骤然停止，双眼睁得老大。

栖身在十几位埃萨克战士之间的是个娇小的身影——他的儿子阿瑞堤。小男孩赤脚坐在沙地上，啃着比他手臂还长的鱼骨，两颗黑溜溜的眼珠望向他父亲。

"阿瑞堤！你在这儿干什么?!"艾翡德惊慌地喊，立刻跑过去把他抱了起来。小男孩舔了舔舌头，咯咯地笑着。

"你的孩子吗？"杰力姆也发出爽朗的笑声，"他挤进我们的圈子，说肚子饿了。"

"抱歉，"艾翡德满脸尴尬，不知所措，"我先带他回去……"

"没关系，主祭司也一起加入我们吧。这样热闹些，才不会死气沉沉的。"杰力姆诚挚地邀请，"我们还得感谢天谐星。我们相当幸运。"

艾翡德犹豫了好一阵子才点头，最后决定把儿子放回原位。两旁的战士们让出一个空缺让艾翡德也坐下。然而他脑子里一片空白，差点忘了该说些什么话。阿瑞堤毫不在意他父亲，径自吃得津津有味。

"舰长，我必须坦诚告诉你们一件事。"艾翡德决定直接切入主题，"天谐星并不是个安全的地方。"

接下来的时间里，他告诉埃萨克即将来临的陨石危机，说明所有细节，并承认天谐星无法绝对防范这种规模的陨石威胁。埃萨克的战士们静静听着，没人说一句话。

艾翡德最后说："我们不会过问你们遇到了什么事，也会尽全力帮你们修复舰船。但希望你能协助我们保护天谐星。"他试着不让这句听来像是条件交换,但局势急迫,他的口吻不自觉地匆促。

杰力姆面对着火光,沉思了一阵,"你要我们怎么做?"

"我记得你们的战舰上装有多重粒子加农炮,是吗?就武装能力而言,我们没有能与之匹配的火力。"

"只有两艘的武装还能用。严格说来,我们是护航舰队,你可以看到我们载了几艘野隼小型飞船,丝毫没有攻击力。就算是战舰上的主炮,也阻止不了那么多的漂流陨石。"埃萨克的代理舰长就事论事地回他,"只有专门组织战斗的巨型攻击舰,才有可能。但是……"他摸了摸下巴。"确实,如果动用加农炮把体积过大的陨石炸裂,至少你们的反重力护网挡下碎片的可能性会高一些。"

艾翡德点头表示赞同。

"一百多颗,要完美解决铁定不可能,但我们会尽力而为。"杰力姆转了口气说,"当然,首要条件是得把战舰修复好。"

此时,沙滩的另一端出现了歌声。浑厚硬朗的歌声乘着海风飘了过来。艾翡德觉得奇怪,转头窥视暗夜。

身为埃蕊人,他从未有过这样的体验。一个接着一个的营火接起那道歌声,越来越多战士和上那调子。不一会儿,两千名埃萨克人的声音已响彻海岸线。

艾翡德觉得埃萨克人唱的曲子都像唱战歌一般,但没多久,曲调却泛起暗暗的哀愁,仿佛是为了悼念死去的亡魂。

与埃蕊足以和海水引起共鸣的幽柔之音不同,埃萨克人唱起歌来,似乎连大地都会震动。他们的声音盖过浪潮,每个人都竭力高唱,仿佛把心肺都抛到火焰里搅和。这让埃蕊人觉得太过刺耳,他们根本五音不全,频频走调。但埃萨克人却不大在意,不断举起手臂迎合。艾翡德怀疑或许自己的小儿子都唱得比他们好……他瞥向阿瑞堤，惊讶地发现小男孩竟也聚精会神地跟着开口唱，肥柔的小手在空中挥舞。

艾翡德深吸口气，尴尬地将目光抛向前方的火焰。

## 第九幕

接下来的两天里，埃蕊派出多名技师和圆形的EI浮空球——一种伴随埃蕊微晶工程师的智能装置，提供激光定位和电路刻蚀等自动协助。一个埃蕊技师身旁漂浮着三至五个EI浮空球，大伙儿一同协助埃萨克人修复战舰。

从埃蕊人的技术水平来看，那些埃萨克舰艇简直是远古时代的产物。这理当不难修复，但问题是对损毁的部分，天谐星上找不到即时的替代品。

虽然城里停着几艘能做长程航行的雷霆舰艇，但庞努伊拒绝艾翡德挪用他们的备用设备。最后，艾翡德只得动用自己麾下的高级技师，键入微晶机能做修补。这等同于帮埃萨克的舰船强制升级。

这些埃萨克战舰本来使用的是"内循环激光脉冲动力"，以高能激光点燃的震波做推进。传统意义上，埃萨克部落常常运用可弃式地面发射台来提供脱离行星逃逸速度的能源，但内循环系统无须这道步骤，便可在舰尾瞬间激发数十亿瓦的激光能量，直接升空；这与埃萨克文明掌握了热能压缩技术有绝对关系，让他们得以携带大量的能源在船舰上，进行长途旅行。

但天谐星的埃蕊舰船大多采用"磁聚和音波融合动力"。埃蕊人的船舰都有个球体动力槽，里面是微晶音波融合器，运用磁力推动特殊功能微晶形成液泡，以音波来达成融合动力，在均匀塌陷的过程中造成空气的等量压缩，引发温度的异变。引擎内数百万度的能量瞬间形成动力。过程附加产生的液泡光，就是埃蕊的船舰在飞行时会发出的荧光。

技师们打算用微晶技术为埃萨克的舰船安装新的辅助动力系统，升空后可以交互切换。

以微晶制造精准的动力器械很耗时间。并且，由于埃萨克人天生体内便不存在微晶，无法直接操控，埃蕊的技师们还必须多做一层简易控制的界面。如此一来，埃萨克人将不得不在天谐星多待几天。

艾翡德感到恼怒。他不了解大祭司长脑子里怎么想的，既不希望埃萨克人留下来，又不想提供他们离开的必要资源。他只需要一艘雷霆舰艇的备用动力设备，便能为一艘埃萨克战舰的修复省下至少一半的时间，更重要的是能确保安全性。艾翡德站在岸边的一个平台上，看着那三艘庞大的舰船被数十个EI浮空球包围着。到处可见技师们渺小的身影，向船身投射出绿色的微晶光纹。

"艾翡德主祭司。"一位埃萨克女战士招呼道。

艾翡德抬头，记起她好像叫作潘芭，是杰力姆的副手。她将深色长发绑成粗大的结，战纹从脸颊延伸到脖子、锁骨，再往下绕过丰满的胸脯，消失在乳沟里。她的右手缺了两根手指。

"代理舰长请你过去一趟。"潘芭告诉他。

艾翡德随着她绕过沙滩时，看见一块块四处散落的铠甲。"你们是想赶紧离开吧？请放心，估计明天舰艇就能启动了。"

潘芭踩着沉重的步伐，沉默了几秒钟忽然问道："主祭司曾经去过任何埃萨克的星球吗？"

"嗯？没有。"艾翡德回道，"我在十几年前与埃蕊首都的使节团见面时，曾经一起探访依鲁赛亚星的浮空要塞。在那儿瞥见过底下的陆面都市。那大概是我离埃萨克的地面城市最近的一次。"

"依鲁赛亚星一直处于交战状况，到处是烟雾，什么也看不见。况且那儿的核心埃萨克文明都在地底下，你应该不曾见到。"她的口吻透露着某种情绪，艾翡德无法辨识。

因此他只好婉言回道："是，我听说了。如果未来哪天有机会，我也想亲身见识一下。"

"不，你不会的。"潘芭的语气转变了。海风吹起她的辫子，她直视着前方。"你们埃蕊人住在得天独厚的环境里，有蓝天和海洋，数不尽的绿叶。哼，这里的资源是如此的充沛。"她望向右方绿意盎然的城市：轻巧的建筑风格，半透明的街道被随风摇摆的植物笼罩，背景则是三座高耸的螺旋巨塔。"如果我生在这种地方，也会像你们一样毫不在意外界发生的事。这儿根本就是极乐世界。"

艾翡德的胸口一阵郁闷。原来外头的人们真是以这种眼光看待埃蕊人。

"不过，我是卡多凯契族怀着高贵荣耀的战士。再让我重生百万次，我也会选择居住在地底城镇，倾听大地的心跳声。这个地方少了火焰。火焰才是灵魂的归属。"潘芭斜眼看着他，"是的，主祭司，我们希望赶紧离开这儿。"

艾翡德沉默了。他深深地吸了口气，然后屏息，这似乎成了他最近的习惯动作。他们来到一片平坦的沙地，放眼望去，到处都堆积了埃萨克舰船运下来的货物。高大的战士们席地而坐，当中有一些瘦长的身影，那是埃蕊市民。艾翡德看着眼前的景象，稍稍感觉欣慰了些。

庞努伊是错的。他心想。只要给予埃蕊人机会，拆掉那层透明的保护膜，我们也能成为光域的一分子。我们无须落单于联盟边缘，无须被整个宇宙瞧不起。

艾翡德在人群中再次找到了代理舰长杰力姆。不出所料，阿瑞堤也在这儿。小男孩正把杰力姆的背当成最具挑战性的岩壁，奋力攀爬着，逗得杰力姆满脸笑容。女孩蒲耶堤则坐在一旁，用一根细长的笔管在沙地上画画。

小男孩以完全不协调的姿势依附在埃萨克人宽大的臂膀上。杰力姆伸手扶他，阿瑞堤却以双手握住杰力姆的拇指，喃喃念着："代表希望的手……"

"主祭司！"杰力姆发现艾翡德的到来，转头大喊，差点把背上的小男孩摔下来。

"叫我艾翡德就行了。"他坐下。

"你这儿子胆子很大，一点儿也不像埃蕊人呢！"

艾翡德的眉头再次出现皱痕。

杰力姆似乎完全没察觉，继续说："他竟然想向我的战士们教授埃蕊教义，哈哈哈，我们埃萨克人只崇拜战争殿堂里的众神！啊，如果他在我们芬鸠尔星长大，一定会成为一流的战士！"一旁几位埃萨克的士兵也放出笑声表示同意，"考不考虑让他和我们一起走？"

"这主意不错，"艾翡德回道，"这小子在家里可常给我添大麻烦。"他佯装笑容，却怀疑杰力姆的语气不像在开玩笑。

这时，艾翡德惊讶地看到一旁的某位战士双臂上，竟然吊着两个埃蕊小孩。一男一女两个孩童抓着他的手臂荡啊荡，发出兴奋的尖笑声。艾翡德仔细端看那名战士——他是目前所见的埃萨克人中，体形最为魁梧的一位，肩部和手臂肌肉虬结，肤色却比其他人淡了些。那战士留着胡须，颜料涂满了整张脸，白色的右眼似乎是盲的，看起来格外骇人。

"他叫坎姆,是我们肉搏战队的队长。"杰力姆介绍了名字,对方却一声不吭,连看都没看艾翡德一眼。坎姆的注意力全在两个埃蕊孩子的身上,轻易便把他们抛上双肩嬉戏。

艾翡德注意到那些孩子的家长也站在不远处,朝他欣然点头示意。艾翡德认出他们是俄努家的人。他们两家人住得近,孩子们经常一起玩。

俄努夫妻来到他身旁,轻声说:"我们听说是你做的决定,打开了天谐星的门。很感谢你,让孩子们有机会接触到其他族群的人。"他们把声音压得更低,"以前我们读到的关于埃萨克人的事,似乎……有些不全面。"

艾翡德回望着他们,一时间过于诧异,说不出话来。

俄努家的两个孩子现在坐到了坎姆的大腿上,好奇地拉着他的胡子。在埃蕊孩子的眼中,"胡须"是种传说中的东西。坎姆依然面无表情,任由孩子们拉扯嬉闹。

"艾翡德,"杰力姆的声音唤回他的注意力,"知恩图报是我们埃萨克的信念。芬狮团第四十一编队为感谢你的收留,特此赠上这个为信物。"杰力姆递出一条由整排火红矿石编成的项链。艾翡德接过来,惊讶地盯着手中的链子。切割工整的深红半透明矿石里,泛着淡淡的光,仿似焰痕。

"这该不会是……"

"焰灵石,"杰力姆直接告诉他,"我们部落的战士身上都有,上面刻着自己的家纹和名字。一旦他们阵亡,我们就会摘下它送回他的家乡。我们从船上挑了十几块,做了这条项链给你。这代表你永远是芬狮团的盟友。"

艾翡德感到一阵错愕。"不、不行,我怎能收下这么贵重的东西?"而且啼欧拉在上,我怎能把死去的异族士兵的遗物挂在自己脖子上?"

杰力姆直视他的双眼,沉默片刻,以低沉的声音说:"身为职业军人,大家多少都有面对死亡的准备。但这种感觉还是头一次。"

艾翡德不太理解对方的意思。

"我们缺乏燃料,一半的动力槽全毁了。我们眼睁睁看着身旁的战舰一个接一个化为灰烬,像尘埃一样飘散在宇宙里。你能想象吗?里面的人连尸骨都不剩。"他盯着艾翡德说,"大伙儿的心里,早就以为一切全完了。我们孤注一掷飞往最近的星球,明白埃蕊人绝不可能答应让战船进入。"

"然后星球的反重力网打开了一道细缝。"杰力姆接着说,"如果你能感受到大伙儿在那一刻的心情,就会知道什么样的回报都不嫌贵重。"

艾翡德微微低下头,想说些什么,却找不到话语。

"显然,埃蕊的年轻人都把你当成榜样。他们说打开护网是主祭司一人的决定。"杰力姆身体前倾,粗大的手掌罩住艾翡德紧握着项链的手,"收下吧。"

他有点儿不知所措。原以为埃萨克人十分现实,但他们似乎轻易便流泻出真切的情感,这令艾翡德无法适应,很是尴尬。最后他只好当场把项链戴上脖子。"……谢谢你们。"

杰力姆笑了笑。"那是我们该说的。从今天起,你和天谐星是我们永恒的朋友,直到星尘消逝,恒星殒落。有什么需要大伙儿帮忙的,只要不与我们的军职抵触,我们绝对在所不辞。"

"只要别叫我们带你参观瑟利人的天空要塞就行。"一旁的潘芭冷冷地补了一句。

艾翡德原以为那是幽默,险些发出应和的笑声,但他发现潘芭的神情一点儿不像开玩笑,便收起了不堪的笑容,赶紧转移话题问道:"你们和瑟利人还处于激战的对立局面?"

"对立是一定的,从创世之战起就是宿命。也有瑟利人和我们算友好,比方突勒斯家族,但那毕竟是少数中的少数。多数瑟利人和我们一碰上了就得见血。"

艾翡德沉默不语。

"在某些星域的大规模会战最为惨烈。"杰力姆接着说,"那儿有打不完的仗。只要瑟利那些混蛋研究出新的微晶兵器,就会朝我们的地面城市进击。我们的同胞则昼夜不停地策划入侵对方的空中要塞。盈熙星域也越来越严重,特别是泰努斯、泰恩特、安姆查特这三个星球,战争成了常态。"

"是吗……"艾翡德默默记下了这三颗行星的名字。

"不过,出了战乱地带就没那么严重了。我们在边境飞行时也会看到瑟利的船只,彼此间无言的协议就是假装没看到对方。尘埃边境存在太多未知的危险,不需要把联盟的意识形态带来这么远的地方。"

"嗯?"艾翡德忽然困惑地问,"你们的舰队并不是遭瑟利人袭击的?"

杰力姆摇头。"不,是……赛忒。"

几秒过去,艾翡德才会意过来。"什么?"他怀疑自己是不是听错了,"你们遇袭的地方离这儿多远?"

"所有成功逃出来的舰艇都做了一次短程漫跃。大概距离这里不出两天的航程。"

*如此之近?* 一股不祥的感觉攀上艾翡德的心头。"不可能,这一带从未出现过赛忒。"

"我们当初也这么想,所以派来做边境探索的四十艘舰船里,只有六艘备有重型武器。后来的事你已经知道了,最终逃出来的只剩我们三艘武装舰艇。其他的全灭了。"

　　从埃萨克人到来至今,埃蕊人并无意愿询问发生了什么事,主因正是身为中立方,他们本能地回避联盟的政治纷争。然而现在所发生的事已经超乎常理的范畴,令艾翡德不自觉打了个寒战。赛忒会攻击所有活着的目标,但来到光域边缘,究竟有什么理由?

　　"袭击你们的赛忒什么规模?"

　　"起码七艘巨型舰艇,而且是从未见过的模样。"杰力姆似乎忆起地狱般的画面,神情凝重。他指向停泊在海湾上的埃萨克舰艇道:"每一艘都比我们的大三倍以上,伴随着数不清的游离兽群。"

　　艾翡德听说过游离兽群。在赛忒的阶级中,它们似乎属于底层的钢铁妖兽,以几百只为一个单位。它们的骨骼就像扭曲的装甲,仿佛失了魂魄的躯壳,却能在宇宙自由穿梭。

　　艾翡德越想越不安,语气急切起来:"那些赛忒中,是否有明显的领头者?"

　　杰力姆搓了下脸颊,思考片刻。"无法确定,但十之八九有高层级赛忒。至于有没有'女妖'领头,这倒很难说。"愤怒再次点燃了他的眼神,"这次攻击确实很有组织性,让我们的舰队措手不及。"

　　这是不可能的事!艾翡德心想,若连女妖级别的赛忒首脑都出现了,那么天谐星已经身陷危机!

　　赛忒是种难以理解的生物,体内的微晶是突变种,目前没人能彻底了解。赛忒的社会生态更令人费解。他们的族群似乎有明确的阶级之分,每一层级的赛忒皆能操控为数众多的次级阶层。就连他们的能力也存在某种汇聚的联动性,像共享意识的蜂群:越往下层,数量和种类越繁盛,而"女妖"则是这生态体系顶端的将军级人物,每一位底下都掌控百万军团,即便她自己一人,也能单独击溃一整支舰队。

　　"为什么赛忒会出现在这里?"艾翡德疑惑,"就算在边境,这儿也是毫无资源的蛮荒地带，没有她们要的东西。"

"赛忒想要什么，谁说得准？她们的行为也无人可预料。那种族毫无信念可言，只追求纯粹的杀戮！"

艾翡德知道杰力姆说得没错。身为埃蕊，没有像埃萨克人在战火中的经历，他或许根本不了解情况。然而艾翡德总觉得事有蹊跷："赛忒中的女妖也拥有人类的模样。她们就像是突变的微晶衍生出来的异族吧，一定有某种动机在驱动她们。"

"哼，得了吧。"杰力姆似乎对艾翡德的说法不以为然。

艾翡德开始思考下一步该怎么办。没想到意外与埃萨克人会面，竟发现如此惊人的事。

"主祭司——"坦恩的声音从他后方响起。

艾翡德回过头，看见年轻的埃蕊人领着整排卫士走来。

"怎么回事？"艾翡德发现他们的眼神不太对，紧张中隐藏着某种情绪。他们手持电磁枪，包围住杰力姆和周围的埃萨克人。

"大祭司长他……"坦恩略低着头，没有直视他们，声音里带着负罪感，"大祭司长直接下达了命令，明天日落前，埃萨克的舰船必须离开天谐星。"

艾翡德闭起双眼，握紧拳头。他试图冷静地说："这是我们埃蕊对待宾客的方式吗？"他害怕星球名声受损，比所有人的安危还重要吗？

坦恩吞了吞口水。"抱歉，主祭司，若是最高领导者的命令，我们也只能照办。"他紧握了手中的枪柄，"如果明天日落时这些舰船还停在岸边，我们将——"

"够了！"艾翡德忍无可忍，猛然站起身。

然而一双厚实的手掌搭住他的肩膀。他回过头，看见杰力姆浅浅的笑容。

"没关系,我们已经很感激天谐星提供的庇护了。"埃萨克代理舰长的神情没有丝毫恐惧和不安,眼中折射出凛冽的光芒。他的目光挪向坦恩时,坦恩不自觉往后退了半步。"明天日落前,我们会离开这星球。"

## 第十幕

　　艾翡德立刻下达命令,在天谐星周围释放出更多监控卫星,并启动十多个球形观测室,全交由米芮主导,把寻找赛忒军团的行踪视为全天候任务。他警告城里的卫士部队,这一带的星系已有赛忒出没。
　　他想联络大祭司长,然而庞努伊拒绝和他会面,也拒绝撤销驱逐令。艾翡德只得自己处理这件事。
　　当天夜里,已陆续有侦测报告进来,说天谐星周围并未发现大规模的军团集结,大家认定赛忒出没的疑虑是过度担心了,或许事态并非如此严重。唯独艾翡德依旧感到不安。
　　埃萨克的所有战舰都在隔日正午完成修复,包括伤势最严重的一艘,现在腹部两旁的推进器看来像裹上了流线形的微晶外壳。埃蕊的微晶技师以最短的时间教会了埃萨克舵手如何使用新型辅助系统,一种简单的触控界面。
　　艾翡德看着几千名埃萨克人逐步撤回船上,在沙滩留下坑坑洼洼的痕迹。各种不祥的想法堆积在一起,令他无法思考,只能眼睁睁呆望逐渐落入海平线的夕阳。一整排埃蕊的卫士持枪站在不远处监看着。在他们身后，是大祭司长枯瘦的身影。

等到事情已成定局才出现，庞努伊的行为令艾翡德恼怒。但现在……说什么也没用了。只希望杰力姆会实现自己的诺言。

"天谐星的艾翡德！"临行的时刻已至，杰力姆挺起胸膛高喊。海风吹拂他的发辫，暮色将他的铠甲染得艳红，"随时欢迎你光顾芬鸠尔星，到时我们会带你去泡地底泉，比你们冰冷的海水好多了，包你上瘾！"

"嗯。"艾翡德勉强挤出一丝微笑。他多么希望自己也能说出一样的话，邀请对方随时拜访天谐星，却内疚地知道自己的文明不会允许此事。这种必须牺牲自由才能换来的安全……值得吗？

杰力姆凑到他耳边："你们已遵守承诺，所以我们也会做到当初答应你的事。离开这儿后，我们会在行星同步轨道停驻一天，就在你们凡蒂亚城上头的宇宙空间。一旦陨石出现，我们会尽力击碎体积最大的几颗。但之后怎么样，就看你们自己了。"

艾翡德紧绷着脸，无奈地点点头。

杰力姆咧嘴一笑，转身离去。

毕剥——某个尖锐的声音响起。杰力姆转过身，望向艾翡德的腰间。

艾翡德也露出疑惑的神情，掏出一个小巧的筒形装置。他按下侧边的芯片，荧光闪动，弹射出的影像悬浮在面前，伴随着不断跃动的数字。

"主祭司，不好了！"是米芮的声音，"陨石群——"密密麻麻的光点正朝着天谐星而来，最快的一波虽然不到十颗，但速度飞快。"它们的行进速度比我们估算的快，而且并没有如预期的扩散开来！"

"先别慌，"艾翡德和杰力姆交换了眼神后说，"告诉我情况。"

"有两百……两百多颗。直接撞击。"

**这会毁了天谐星**。艾翡德望向杰力姆，埃萨克的代理舰长似乎猜到他想问什么，以严肃的神情回道："这已远远超乎我们三台舰艇所能及的范围。"

"糟糕……"艾翡德感到背部肌肉紧绷。海风变得强劲，浪潮侵袭岸边，整片橘红天空弥漫着一股不祥的气氛。他忽然听见后方坚硬的脚步声，发现坦恩和卫士们贴了上来。

"主祭司，时间到了，他们必须离开。"坦恩断然说道，却不敢直视埃萨克人的双眼。杰力姆的目光带着杀气，直盯着坦恩。艾翡德的心脏急剧跳动，不敢相信大祭司长会选在这时候逼迫人。

"主祭司，首波陨石已进入卫星探测范围。"米芮的声音拉回所有人的注意力，他们全看向从艾翡德手中发出的荧光影像。图形放大，聚焦在一小群陨石上，大约有六七颗。"预计一小时后冲击星球的反重力护罩！"

"等等，刚才那怎么回事？"杰力姆突然说。

"什么？"

"回放几秒前的影像，"杰力姆说完，米芮却没有动静。

"米芮，照他的话做。"艾翡德急忙说道。这时面前的影像才出现变化，恢复了先前的模样。

然而此时，持枪的卫士们再度逼上来，坦恩提高音量，焦躁地说："主祭司！大祭司长有明确的命令——"

"难道你看不出来我们的星球正面临严重危机？！"艾翡德怒视着坦恩，让对方犹豫了。

反倒是杰力姆完全没有理会卫士们。他指向其中几颗陨石说："你们仔细看这里。"

一旁的卫士们也被搞糊涂了，直盯着观测室传来的影像。忽然，那颗陨石分裂成一半。过了几秒，又一颗出现分裂，但它们并未脱离原来的轨迹。艾翡德赶紧开口："米芮，那些分裂的陨石怎么回事？"

"飘流物质的崩解现象，构成的成分所致。可能是受到行星引力的影响，这种现象有时会发生。"

"不对，它们的轨迹不自然。再回放一次。"当影像再度播放，杰力姆指向两片分裂的陨石块说，"看到了吗？这里。真空状态下的崩解，轨迹应该会扩散开来，陨石块也会旋转。这是船舰判别陨石障碍必要的宇航依据。但现在这几颗，却还保持完全平行的轨迹。"

艾翡德睁大了眼，不安的预感掐住他的喉咙。"……所以呢？"

杰力姆斩钉截铁说出口："很可能是赛忒所为。"

卫士们都惊愕在原地，一副难以置信的模样。坦恩急切地反驳："你别胡说，我们派出的卫星全都搜索过了！赛忒从未出现在这一带，更不可能直接拿我们星球作目标！"

杰力姆却不改凝重的表情。"很有可能是我们几天前对抗的那群，它们追踪我们的舰船来到这儿。"

"啼欧拉在上……"艾翡德发现自己的呼吸急促起来，"那么现在……该怎么办？"

此时两名高大的埃萨克战士——女副官潘芭，以及独眼坎姆——踩着海水来到代理舰长后方。他们的神情疑惑，或许不确定为何杰力姆还不回舰上。杰力姆看着卫士坦恩问道："天谐星有什么防卫系统？"

"我们……运用反重力防护网……"坦恩说。

"呃，那对陨石或许有点用，但对赛忒不堪一击。赛忒这种生物本身就是玩弄引力的好手，能轻易抵消你们的防卫。"

"我们可以打开'液璃之盾'，从大气的里层保护这星球。"这是星球面临入侵时的防御主力，然而艾翡德想起一件事，"但是，一旦升起了它，你们的舰船就再也无法离开这儿……"

"艾翡德，你们在干什么?!"愠怒的咆哮打断了两人的谈话。

卫士们急着让开一条路，让大祭司长来到艾翡德的面前。庞努伊的神情有些扭曲，似乎正压抑着即将爆发的愤慨，这种举止在埃蕊当中非常罕见。他比艾翡德矮了些，怒视着对方，却刻意不去看身旁几位高大的埃萨克人。

"大祭司长。第一波漂流陨石很快会冲击我们的星球。"艾翡德试着缓和自己的紧张情绪，"我们有理由相信，有赛忒……躲藏在陨石的后方。"

庞努伊瞥了一眼埃萨克人的脚。"真是荒谬的言论！"

"这位是卡多凯契部落，芬狮团第四十一编队的代理舰长杰力姆。他们的舰队便是在距离这儿两天的地方遭遇赛忒袭击，险些全军覆没。"艾翡德严正地说，"这星球没有本钱做出错误的赌注。"

庞努伊左右张望一会儿，沉沉地回道："让观测室远程操控水母机，直接登陆陨石去搜索。"

"时间不够了，必须立即启动全城戒备。"艾翡德说，"而且我们还面临另一个严重的问题。陨石的数量和估算有出入，超过两百颗正在撞击轨道上。"

"先确定真实的情况，不然就是道听途说。"庞努伊的语气依然充满怀疑，似乎按捺不住焦躁，"最危急时，我们就把反重力保护网提升到最高层级。最糟的情况就是影响全城供电罢了。总之你还是得先确定事实，别听了什么就信！"坦恩等卫士站在一旁，神色紧绷。

艾翡德急切地想说服他："庞努伊，你得先了解我们对面的是什么。米芮的数据显示，目前情况前所未见——"

"别和我争辩！"怒意从大祭司长的嘴角泄露，令在场所有埃蕊吃了一惊，"主祭司，尽好你的职责！你若看不清大局，至少学习怎么听命行事！"庞努伊依然没有看埃萨克人一眼，似乎在避免泄漏对这些异族人的不信任和不屑。他把愤怒的目光瞥向海面。"让我提醒你,夕阳快消失了。"

艾翡德感到极度的不可思议,无法理解大祭司长的逻辑。"埃萨克的舰队有与赛忒作战的经验——"

"你听清楚!这一切都是你自己造成的。"大祭司长往前一步,鼻头几乎要碰到艾翡德的下巴,两人深黑色的眸子互瞪,"埃蕊人的事,由我们埃蕊人自己解决!"

艾翡德也发怒了。"现在情况尚不明确,我们需要帮助。先让他们再多待一阵吧!"

"我已经说得很清楚,尽好你的职责!这星球的安危交给我!"

"但你从来不关切星球外的事,你根本不知道我们面对的危机!"

"卫士!"庞努伊大吼一声,"把主祭司给——"

他的话突然中断。庞努伊瘫软着身子倒下去,脸埋入沙中,丧失了意识。在场所有埃蕊人一阵错愕,看着杰力姆把机枪重新扛回肩上。艾翡德不敢相信自己的眼睛,杰力姆竟然用枪托重击天谐星领导人的脑袋。

"埃萨克人!"卫士队长坦恩大喊,举起电磁枪。所有卫士们包围上来,枪口全对准了杰力姆。在他身后,独眼坎姆瞬间亮出两柄炮筒,女战士潘芭也架起了重型机枪。

"等、等一下!住手!"艾翡德赶紧站在两伙人中间。只要一方有人扣下扳机,一切全完了。

"你竟敢在埃蕊的地盘对大祭司长动手!"

"呃,原来他是大祭司长?"杰力姆耸耸肩,露出散漫的笑容,"抱歉啊,我不知道他是谁。我只知道从踏上你们的土地开始,就只有艾翡德接待我们。而且,小子,"他指向坦恩手中的电磁枪。"你们打算拿这个跟赛忒打吗?"

卫士们面面相觑，不知该如何回答。他们更不知该拿这埃萨克人怎么办，庞努伊已昏死过去，他们只得望向艾翡德。

其实他们所有人都清楚，天谐星需要埃萨克人的战舰。

杰力姆也转向艾翡德，严肃地说："你开口，我们就留下。"

思绪在脑中奔腾，此刻他却忽然犹豫。一旦液璃之盾升起，埃萨克的舰艇就得在这儿停留下来，直到所有事情平息——这是对大祭司长直接抗命的行为。不仅他自己会受影响，妻子娜妮西、他们的孩子阿瑞堤和蒲耶堤，他们全家人的未来都将被改变……

然而事到如今，他无法让埃萨克人这么离去。况且他已经和大祭司长摊牌了，最终只能交由所有埃蕊市民来裁决这一连串的决定是否正确。

"请你们留下，协助天谐星。"艾翡德听见自己生硬的声音。就算自己和家人得承担所有责任，他也要保护这个星球。

## 第十一幕

天谐星并不是个大星球，总面积近九成被海水覆盖，凡蒂亚城位于当中面积最大的陆地。早在殖民初期，埃蕊人便在星球各处的海底下建立了庞大的音频微晶发射器。

现在，天谐星启动了所有音频发射器，一道接一道巨大的水柱自海面升起，在空中扩散开后，结成软晶体状的透明薄幕。它们相互联结，迅速覆盖整片天空。人们抬头，只看见微微闪烁的彩光，仿佛某种晶莹的液体正在渲染墨黑的帆布。

半个小时之内，笼罩整颗星球的液璃之盾俨然成形。

暗夜降临。

如果说反重力护盾是由盘旋在星球周围的人造卫星释放，在大气层的外部形成一圈看不见、摸不着的力场，那么液璃之盾则是存在于大气层中央的一层保护膜，就像包覆着整颗星球的半固化液泡，对越强烈的冲击越有效。如此一来，天谐星有了双重保护。

艾翡德祈祷这样能顺利阻止即将到来的威胁。

低沉如号角的声音响彻整个凡蒂亚城。

一向宁静的星球首次扬起警报，催促市民回到家中。原本生机盎然的绿色街道，现在空无一人，连海风也停止吹拂，树藤垂首不动。所有卫士进入备战状态，数百架堪称"精灵战机"的小型巡航舰陆续腾空。

这种轻型巡航舰设有三个小型球体动力槽，两边的机翼可多角度旋动，有高度的机动力。它在尾端设置了多重风力涡轮，透过涡轮截取风力能产生至少500万瓦的辅助动力，适合在大气层内飞行。

虽然人们对赛忒入侵的警报半信半疑，但空气中已然弥漫了不安的气息，隐约可以看到建筑物中的居民身影，聚集在窗边眺望远方，似乎渴望见到什么。

祭司们游走在街道上，吟诵着轻轻的调子。歌声进入每户人家的开放式建筑，一对对父母拉着孩子的手，在各自的灵修之室里跪在浅浅的水泊中央，被整片波动的导文围绕着，一起祈愿。

艾翡德上气不接下气地奔跑，终于来到市中心的大湖。一艘球形空浮船半浸在里面。他跑过长廊踏了进去，看到十几名控制员早已准备就绪。卫士队长坦恩也在里面，神情极度紧张。

依照埃蕊的法规，艾翡德违抗大祭司长的那一刻，坦恩就该直接逮捕他。

坦恩朝他微微点头。艾翡德同样颔首示意，然后站上中央的指挥平台。

他面前是个齐胸高的垂直立台，以光影投射出数道屏幕，到处是冰冷的操控杆。周围仪器也不再是埃蕊市民热爱的水波屏幕、音频造影；战斗设备没有那种奢侈，而是简洁，重功能。

他点开通信网络。"米芮，我们还有多长时间？"

"七分钟接触反重力防护网。"米芮正在城市另一端，主司所有球形观测室，一旦出现问题，会随时通知艾翡德。

坦恩坐在艾翡德的右手边,戴上一个弧形的半面具,遮住右眼与右耳,开始确认城市各角落的卫士队伍是否已进入岗位。

球形空浮船离开了湖泊,朝着夜空垂直上升。微晶玻璃转为透明。艾翡德看见地面的景象急速缩小,整片城市露出了它的面貌——密集的暗绿色光点画出了凡蒂亚城的轮廓,它的半侧与漆黑的海洋相邻,另外半侧则埋身在同样漆黑的树林中。

他们来到半空,四周全是闪烁的荧光。那是静待中的精灵战机。更远处的海面,三艘庞大的埃萨克战舰也已腾空,发出暗橘色光芒。

艾翡德按下一个通信信号:"杰力姆,你那边情况如何?"

"不得不说,你们的微晶技术挺了不起。"芬狮团第四十一编队的代理舰长回应道,"现在舰船跟新的一样!"

"我们已经就位。陨石约五分钟后接触反重力网。"艾翡德试着隐藏语气中的焦虑。

上方的天空发出细微的彩光,艾翡德无法确定哪些是液璃的颜色,哪些是星星。他只是僵着头凝望。陨石群将直接撞击星球的这一面,凡蒂亚城的所在地。现在他们唯一的希望,就是两层保卫网能够阻挡住冲击。

浮空艇内一片安静。控制人员背对着艾翡德,在控制台前环坐。无人说话。他们的目光黏在面前的屏幕上,时而会有一两人不安地瞥向天空。

艾翡德不自觉地将手伸入袍子的内侧口袋,紧握小巧的筒形装置。那是他与娜妮西的私人通信设备。妻子带着两个孩子躲在家中,她已经答应艾翡德,若威胁波及城市,出了紧急状况,会随时联络他……

"主祭司!有东西从陨石里出现!"米芮大喊。

艾翡德的面前立刻弹出影像——之前分裂的陨石后方,出现了两个怪异的形体。凝视几秒后，艾翡德赫然发现它们正是战舰。

*真的是赛忒……*艾翡德感到胸口一阵疼痛。

他从未见过赛忒战舰。它们的体积大得惊人，但不知道为何观测卫星检视陨石的时候却未察觉。屏幕边缘弹出一堆不稳定的数字，艾翡德的目光迅速扫过。对于这些战舰，他们几乎没有任何有用的资料。

"主祭司，两颗陨石已进入反重力力场区。"随着米芮的声音，影像扩大了捕捉范围。他们看见赛忒的战舰仍跟在陨石后方，似乎缓下了速度，但陨石仍在笔直向前，速度丝毫不减。

突然间，陨石停止了动作，时间仿佛停止。

然后它们遽然向后弹开，朝反方向飞去，掠过了赛忒的战舰。

*太好了！*艾翡德在心底欢呼。

还没等他有时间松口气，屏幕旁的数值就一个个转为红色。

"米芮，发生了什么事？"艾翡德看着那些红色数值开始消失。

"主祭司，我们的反重力护罩……"米芮以空洞的口吻回道，"反重力护罩不见了……"

艾翡德愣了一下。"什么意思？什么叫不见了？"

"我不……我不知道。我这边显示天谐星已经没有反重力罩的保护。"

屏幕上的数值多已消失，只剩下几道红字不祥地闪动。艾翡德愤怒地问："怎么可能？反重力护罩怎么可能平白无故消失掉？！"然而数据所示正是如此，仿佛它从未存在过，"立刻检测投射机座，看是否遭到破坏。"

"它们都还在，依然飘旋在轨道上。但我试过了，全部失效，也无法重启。"

难以置信的消息令他双眼狰狞。影像显示赛忒的两艘战舰已经通过原本力场所在处的外缘，正式接壤大气层。

他抬头望着漆黑的夜空，心脏剧烈跳动，仿佛眼前随时会出现战舰的身影。

回应着他的恐惧，天空出现两道红光——电浆似的激光袭来，在头顶猛然炸裂。

"我们遭受攻击了！"

天谐星的第二层防御生效了。液璃之盾不为所动，紫红色电流在天顶残留了好一会儿才慢慢消去。此时人们的目光早已不在屏幕上，他们一个个斜着头盯着空中，神情已非震惊所能形容。

在液璃之盾的彼端，两艘巨大的战舰遮蔽了天幕。

艾翡德感到一阵寒意攀上脊椎。它们的形体像是某种生物的扭曲骨骼，包覆着冰冷的钢架，两侧是如爪子般反钩的机翼。它们的躯壳是黑晶色的，仿如夜空的一部分，唯独机身多处有暗红色光带。

所有人都倒吸了一口气。

刚硬的魄力，柔美的曲线，交错出一种诡异的美感——这就是银河中最令人惧怕的赛忒的战舰。亲眼见到的埃蕊人无不感到一股窒息，仿佛死亡已来到身边。

接着，更令人恐惧的景象出现了。数十只……或许上百只游离兽群从舰船腹部脱离，停滞在半空中，像一幅密密麻麻的骇人图画。每一只游离兽那不知是铠甲还是肌理的胸口，都闪动着幽暗的紫光。夜空犹如在瞬间被紫色的繁星占领。

"怎……怎么办，主祭司？"有控制员回头问。坦恩在一旁，惊讶得张着嘴说不出话来。

就在此时，埃萨克的舰艇挪入他们的视线中，仅隔着一道透明的墙与赛忒大军对峙，推进器的热焰在黑夜里无比耀眼。艾翡德咽了下唾沫，发自心底佩服杰力姆他们的胆量。

艾翡德对控制员说道:"派……派一部分的巡航舰队去支持埃萨克人。"

在他的命令下,几十艘小巧的精灵战机脱离主要队伍,离开城市往更高的地方飞去,停在埃萨克舰艇的正后方。

这时,奇怪的事发生了——游离兽群缓缓飞散开来。它们仍未接触液离之盾,只是往旁边挪移,仿佛想让出一大片空间给某样东西。

另一位控制员惊慌而疑惑。"主祭司,他们好像在等待什么……"

"有三颗陨石即将进入大气层!"米芮的声音一落,艾翡德的目光就从投影转往前方夜空。不一会儿,天幕中果然出现了燃火的光点,顷刻之间降临眼前。

第一颗陨石砸向液璃之盾时,空气中扬起激荡的嗡鸣,好似某种看不见的巨大羽翼在空中激烈震动所发出的频率,令所有人不自觉地眯起了眼,捂住了耳朵。前方的海面猛然变形,激起紊乱摇摆的巨浪,似乎整片汪洋都受到了冲击。有那么一瞬间,艾翡德认为希望破灭了,他以为液璃之盾被突破了。

当他睁开深黑色双眸,才看见惊人的一幕:巨大的陨石停在半空中,正卡在液璃之盾中央。陨石周围的空气发出撕裂的光波,但液璃之盾确确实实挡住了撞击。

**啼欧拉护佑**……液璃的原理本就是冲击力越强,抗性越强,但从未有人见证到它连陨石也阻挡得了。圆形飞船里发出震天的欢呼声。

另外两颗陨石也陆续撞击过来,均被卡在液璃之盾上。底下层层巨浪翻掀,而赛忒的兽群似乎因无法突破天谐星的防守而恼怒了,在悬浮半空的陨石后方胡乱飞翔。

"成、成功了!我们阻止了他们!"坦恩喊道。

"不愧是传说中的液璃盾!"杰力姆的声音也难掩兴奋之情,"这么一来,赛忒找不到法子攻击我们,自然就会撤退。"

艾翡德的脸上没有一丝笑意，因为他知道液璃的弱点。"那是敌人还认为这只是普通防护网。但如果……"他的心里一寒，停了片刻才说，"如果它们发现只需缓慢接触，忍受得了网内的电流就可以安然通过，那么就糟了。"

"这类型的赛忒战舰使用类似波动推进的引擎，最小幅度的动作也会出现相当的震荡，液璃之盾绝对会出现抗性，"杰力姆的声音听来充满自信，"其他那些兽群就不足以为惧。如果那些杂兵找到法子进来，就等着吃我们的加农炮炮弹吧！"

艾翡德凝望着前方，没有回答。

## 第十二幕

　　米芮独自坐在球形观测室里沉思着。她身旁坐着一排身发绿光的同僚影像，所有人都在急着操控各式屏幕。她担心，若天谐星一直处于现在孤立无援的状态，赛忒便不会那么轻易离开。

　　眼前闪动的数字和影像让她忽略了某件事。米芮侧过头，看到星球的立体缩图出现异样。好几道杂乱的红光出现在模拟苍穹的上方。

　　"这是……"她点开影像中的信息，用手指迅速翻动空气中的数字。米芮的心底浮现不安的直觉，然而这是第一次，她无法判断究竟发生了什么事。

　　她愣了片刻，突然想起什么，朝身旁的人员说："给我星球的断层剖析影像！还有液璃盾的所有数据，快！"

　　又一颗陨石落下，在天顶炸出撕裂的彩光。底下的海洋掀起巨浪，吞蚀掉先前埃萨克人降落的整片沙滩。艾翡德严肃地盯着海天之间变异的模样。

　　"海面的情况不太对，"某位控制员拉开城市边缘的影像说，"再这样下去会波及城里。"

"但再怎么样都比赛忒入侵要好吧。"一旁的坦恩喃喃说道。

艾翡德凝视着远方的赛忒兽群,它们不规则地缓慢翱翔,身后的两艘舰艇则不为所动。

两军中央隔着四颗悬浮于半空的巨大陨石,这画面有种说不出来的诡异。

一股不祥的感觉升起,艾翡德忽然害怕液璃之盾会承受不了持续的撞击。还有上百颗陨石尚未到来,如果它们抵达时,赛忒尚未离去,我们将无法重新张开反重力防护网做抵御……

"主祭司……"低微的声音响起,仿佛呢喃。

"米芮,怎么了?"

"天……天谐星……"她停顿片刻,似乎不知该怎么说出接下来的话。最后,她以颤抖的声音说:"星球的海洋,有重度沸腾的危险。"

艾翡德眨了眨眼,无法会意她的意思。"你说什么?"

"海水正在非常态地升温,与地热传导起了正向循环的反应。远海的某些区域已经开始出现水汽蒸发的现象。"

他从未听说过这样的事。一直专注在赛忒的进攻上,令艾翡德霎时间无法理解米芮的话,因此过了好几秒他才恍然会意。"发生了什么事?是什么原因造成的?"

米芮似乎得逼迫自己一个字一个字吐出来:"陨石的冲击力远远超过液璃之盾的反应范围,能量直接被海水反向吸收了……"

此时,艾翡德才真正理解她的意思。在一颗星球上搭建液璃之盾有个前提:该星球的海洋总面积和总体积必须占一定比例以上,因此并非所有埃蕊星球都拥有拉起液璃之盾的能力。天谐星的表面有九成是海洋,各处的音频发射器将海水激发上大气层,透过水融微晶酿成液璃。它以各个水柱为支点,像活性气泡一样包覆着整颗星球。通常情况下,任何一面遭受冲击,能量都会经由盾面分散开,并在这个过程中被水分子吸收并化解。然而陨石所引发的震荡远远超乎想象,超额的能量逆向对流,引发海洋不正常的活动。极端的情况下会瓦解整个星球的生态系统。

"我们现在正面临赛忒入侵的危机,那才是当务之急,"艾翡德从未质疑过米芮的判断力,然而这一次,他不得不再开口问道:"多核实几次,系统的运算有时会出错。"

"这与系统运算没多大关系,整个星球的规律都乱了。主祭司,你看看这些……"米芮抛来一系列图组,包含液璃之盾的部分模拟图:有陨石的地方均呈现夸张的凹陷,代表能量流的红色纹路分散于星球的每个角落,像无数道不规则的血光。接着她传来海洋波动值、大气压波动值,以及沸腾偏差指数。

艾翡德倒抽一口气。

偏差的指数已超过1.0,这是有史以来第一次。那代表海洋的温度在短期间剧升,牵动了星球大气与地热的异变;更糟的是它不停上下浮动,却持续朝2.0的数值飙升——也就是失控的临界值。

"有什么解决办法?"

"指导……指导教条手册说,必须立即解除液璃之盾,否则……一旦沸腾偏差指数超过2.0临界值,正向循环将螺旋性增强,再也无法逆转。"

"开什么玩笑?!"他盯着眼前的赛忒大军。

"这是……指导教条中陈述的……每次外部撞击都会让水分子的活跃性倍增,最后这整个星球……会变成一个高压熔炉……"米芮显然也不知该怎么办,有些语无伦次。

"那些人在撰写手册时,应该没把战争情况考虑在里头。"当然,有哪个埃蕊人会把战争情况纳入考虑?艾翡德苦笑,不敢相信发生的这一连串事情。他望向夜空中焦躁纷飞的紫光,立刻按下钮,把埃萨克人也拉入对话中。"杰力姆,听我说。液璃之盾暂时顶住了陨石的冲击,却让星球的海洋出现沸腾的风险,再这样下去整个星球会失控。我们有可能要暂时解除液璃之盾。"

信号的另一边出现骚动声。杰力姆不可思议地回答:"千万别那么做,没了液璃的保护,这星球就完了。"

米芮的声音响起,代替艾翡德回答埃萨克人:"液璃的设计本来就不是为了对抗陨石,那是反重力护罩的主要工作,但它已消失了。再这样下去,没人知道会发生什么事。"

"别闹了!你们没看到赛忒的大军吗?!"

"数据显示,赛忒方的军力是一百五十七只游离兽和两艘巨型舰艇。我方有你们三艘兀鹫舰艇,及三百零七艘精灵战机。"米芮刚硬地说着,丝毫不隐藏声音中的怒意,"我们有胜算。这是火力交叉比对后的结果。"

杰力姆几乎是咆哮着反驳:"你们这些没打过仗的埃蕊人,给我听着!面对赛忒不是用手指点点数字就能判断后果的!能不交战就别交战!"

"海洋温度的剧升牵动大气和地热,将使星球陷入高热状态,像个封闭的熔炉。最严重的情况下,连在空中的你们也会被烤熟。所有生命都将泯灭!这比任何战事都要急迫。"米芮也压抑不住愤懑,提高音量说,"我们得先让海水的情况稳定下来,若必须与赛忒一战,我们在水中也会有优势。"

艾翡德双手交抱胸前,感觉到自己的心脏急剧跳动。他必须做出决定,而时间正一分一秒消失。1.79——1.81——1.85——偏差指数急速逼近临界值。

城市边缘的整排灯光瞬间熄灭,仅剩下稀落的光点在闪动。城市中央也出现了震荡，建筑物间的大桥开始崩塌。就连水中的结构物也出现异样，不断有讯息传来，水底的居民正成群游离升温的海洋。艾翡德感到一阵晕眩，只觉得脑中一团慌乱，他不知道该怎么做。

"坦恩！赶紧叫城里的卫士进行……进行救援。"他转向一旁的卫士队长，勉强挤出这几句无力的话。

"听着，艾翡德，这个星球你们势必要放弃了，但你们还没搞清楚自己面对的是什么。"杰力姆迫切地说，"现在你们该做的，是叫居民躲到舰艇或陆地上的建筑中。能做漫跃飞行的舰船自然应该挡得了这种热度。能救多少人算多少人，我们别无他法，必须要撑到赛忒大军离开为止——"

"埃萨克人，你说得简单！"回答的仍是米芮，她的语调充满愤慨，"星球上能做长程漫跃宇宙的雷霆舰艇不到十艘，我们有两万居民，他们该怎么办?！"

"你还搞不清楚吗？战场上的生存逻辑莫过于此。"杰力姆恶狠狠地说，"现在你们仍有机会保证一部分人的生存，但如果让赛忒闯进来，大家都得死！"

"这种话你也有胆说出口！现在把你们的舰艇修好了，危机解除后你们大可拍拍屁股走人！但天谐星可是我们的家园！"

"米芮，别说了。"艾翡德严厉的目光从屏幕影像挪开，转往夜空中密密麻麻的紫色光点。埃萨克舰艇正在前线，引擎的橘光依然耀眼。他必须相信杰力姆是真心为所有人着想，至少在第一时间，他们并没有却步。或者该说……舰队遭歼灭后，身为代理舰长的杰力姆清楚地知道最恐怖的威胁来自何方。

然而艾翡德从未想过有一天他们可能抛弃这个星球，更没准备好面对这突如其来的决策。现在似乎做什么选择都不对。*如果庞努伊在这里，这决定该由他来做*……艾翡德深吸一口气，不知道自己将说出口的话是否正确。

"米芮，下一波陨石进入大气层的间隔是多久？"

"大约一个小时后。"

艾翡德闭起眼睛。

犹豫片刻后，他告诉所有人："一旦星球的海水沸腾，情况失控，我们不知道液璃之盾会起什么样的变化，说不定到时它仍会瓦解。我想做个赌注。"他沉默了一会儿，"米芮，把音频发射器的功率开到最大，在气压饱和的瞬间解除液璃之盾。"

通信器传来杰力姆的一阵咒骂。他喊道："这样有什么用？！"

米芮也惊愕不已。"这样只会加速情况失控——"

"液璃终究是微晶打造的混合结晶体，"艾翡德斩钉截铁地说，"现在星球的气压已到极限，炸裂开的一瞬间仍会是固体碎片，可对赛忒产生致命的伤害。这或许可帮我们争取一点时间。只要尽快击退赛忒，我们可以重启反重力护罩，阻挡之后的陨石。"然而艾翡德知道他们所面临的风险。"对这样做的效果我没有多大把握……你们……还是得做出交火的准备。"他恳求道，"埃萨克人，我们需要你们的协助。"

埃萨克方面一片寂静，好一阵子无人说话。最后，所有人再次听见杰力姆的咒骂。他开口时，口吻显得异常沉重："埃蕊族啊，你们这些躲在温室里的人，永远无法看清事态的严重性……但我们答应的事就会做到，这是身为埃萨克人的荣耀。"他仅如此说完，便没再作声。

艾翡德松了口气，望了坦恩一眼，对着通信器说："米芮，时间不多了，动手吧。"他已做出无法回头的决定，知道牺牲无法避免，只期望能够保护凡蒂亚城以及天谐星。

紧接着，艾翡德吩咐控制人员，命令精灵战机全部进入战斗状态,最后才告诉杰力姆:"谢谢你们。能抵挡多久算多久吧。"

杰力姆发出一阵唐突的嗤笑:"别傻了,战斗会在一瞬间分出胜负。如果你的计策没成功,接下来就是地狱了。"他大吼一声,叫所有战舰调整炮塔的角度。

音频发射器不断激起海水,持续输送微晶粒子转化的液体升入夜空。面前的各项数值全是红字,不断飙升,星球压力已远远超过饱和。海浪疯狂呼啸。

偏差值即将到达顶点。

1.92——

1.95——

1.99——

"液璃之盾解除。"

夜幕中出现了千万道细微的微晶光痕,仿佛整片夜空即将粉碎。时间静止了片刻——刹那间,星尘般的光影朝外放射,夜空激烈闪动。陨石碎裂,游离兽群被液璃碎片最后的固化状态击中,上百颗紫光点迅速在彩光的扑杀之下纷纷熄灭。

下一个瞬间,埃萨克加农炮齐发,三艘战舰瞄准了同一艘赛忒巨舰,集中光束贯穿了它。光火极度耀眼,艾翡德不自觉抬起手臂遮蔽视线。

不出几秒,当黑夜再临,艾翡德睁开了眼睛。

那艘赛忒战舰化为一团火,朝海面落去,原本占据天空的百只游离兽所剩无几。他还来不及呼吸,坦恩已站起身呐喊。所有控制人员都露出欣喜的神情,欢天喜地地大叫起来——直到原本悬空的四颗陨石崩解开来。

化为尘埃的陨石,释放出数十倍的游离兽群,以及整支赛忒军团的舰队。

## 第十三幕

庞努伊醒了过来。

他感觉背部有股凉意，浅浅的水波垫着自己的后颈。他有些想不起来自己怎么会在这里。庞努伊坐起身，搓揉后脑，左右张望，发现自己躺在一个半圆形房间里的水床上。

"卫士？"他低声呼喊，却无人回答。

不知哪儿传来骚动声。他回头，透过一扇巨大的窗户，可以看到外面的建筑。他感到哪里不太对劲——不知哪儿不间断地闪烁着火光。

他环视四周，才意识到这里是祭司大厦的顶层。艾翡德！他突然记起沙滩上的埃萨克人。

那个该死的艾翡德，竟敢擅自主张让埃萨克的舰艇登陆，还为掩饰自己的过错捏造出那么荒谬的理由——说星球遭到赛忒的威胁！庞努伊愤恨地站起身，水顺着背部滴落，他揉着后脑，感到一阵疼痛。赛忒从未出现在这一带，真正危险的是那些埃萨克人！

窗外连续发出几声巨响，脚下水波荡漾。庞努伊朝窗走去，看见外面有强烈的光芒在闪动。

　　**现在又出了什么事？** 他感到气急败坏，不管发生什么，一定与艾翡德脱不了关系。

　　二十年前，一场意外事故夺走了庞努伊妻子和孩子们的生命，从此，他决定将自己的人生奉献给天谐星，奉献给整个埃蕊族人。他决不允许艾翡德那家伙恣意破坏星球的和平，他决不允许任何人破坏埃蕊人的传统——

　　然后，庞努伊来到窗前，看到了城市的景象。

　　"杰力姆——"艾翡德看着放大的影像，朝着呼叫器呐喊。

　　数不清的游离兽落在埃萨克的战舰上，以钢铁利齿撕开船身。它们从口中发出电浆，炽热的紫红光束打穿了板壳，杰力姆的战舰已多处着火。

　　赛忒的阵营现在多了十几艘大小不一的黑色战舰，一字排开占据天幕。它们拥有同样畸异的躯体，布满阴冷的红光线条，依衬在夜空中，仿佛是黑夜淌流的血液。

　　它们射出致命的电浆炮，交叉击中杰力姆的战舰。震耳欲聋的爆裂声响起，战舰炸了开来，成为一团燃烧的火焰。

　　"啊！"艾翡德错愕地凝望着它的残骸，像烟花般四射，在夜空中化为千万粉尘。

　　另外两架埃萨克战舰似乎想惊慌地脱离战场，却在游离兽群的追击下陆续着火。艾翡德终于意识到杰力姆先前的话是对的，在赛忒的摧残下，任何舰艇都不堪一击。

　　坦恩颤抖地指着最大的一艘赛忒战舰。数据显示它有一千七百米长。那艘战舰的外观没有上下之分，像一道旋转的锥刺突破云层。

　　带着难以捉摸的恶意，赛忒正式入侵天谐星。

　　艾翡德对浮空艇内的所有人员下令："锁定它们！系统里能调出

什么?!"

"只有上一次末日战争的历史资料,和眼前的数据完全不符。"

"主祭司!它们来了!"一名控制人员回头喊。

上百只游离兽群从两侧绕开主要交战区,迅速来到城市上方。它们有着违逆逻辑的形体,眼中放射出紫光,仿如死神。

艾翡德急促地命令身旁的精灵战机迎战。仅几秒钟的时间,数不尽的电浆与微晶光束交错,凡蒂亚城的天空立即成为最凶险的战场。战机和赛忒兽群相互追击。

这些小型巡航舰从无作战经验,遇上来势汹汹的赛忒,丝毫没有招架之力。艾翡德只能眼睁睁看着他们一架接着一架被击落。战机残骸朝城市坠落下去,撞进居民住所,到处都是火光。

又一只游离兽落到一架精灵战机上。它张开扭曲的嘴喙,露出黑钻般的利齿撞破战机的玻璃,把里面的驾驶员撕为两半。那埃蕊人的肠脏飞洒出来,清晰可见。

周围已成一片混沌,到处是点燃夜空的电光。圆形浮空艇急着闪避交战双方,激烈摆荡,艾翡德只能紧紧抓着胸前的立台。

远方,一艘埃萨克战舰迫降在城市边缘的一片湿地上,那里刚刚遭到海水洗劫。另一艘仍在空中与赛忒舰艇交火。不下千只的游离兽群占满了视野,密密麻麻的紫光盖过黑夜。它们中有一些向战舰逼近过来,更多的却疾驰而下,直击住宅区。

"警告所有市民快逃!赛忒入侵了!"一名控制员大喊。然而这成了无用的事实;赛忒的动作太过迅速,顷刻间,已有上百只游离兽落在市中心的街道上。艾翡德大睁着眼,心头一阵恐慌。

"主祭司!巡航战队守不住了!是否叫他们撤退?!"坦恩指向远方的战场。

撤退?撤退到哪里去?艾翡德直盯着底下的城市,到处是着火的建筑和赛忒兽群放射的紫光。一波波市民冲出居处，却在街道上被成群屠杀。有些人被兽群啃食，躯体结成黑晶，化为怪物的一部分。人们慌乱地奔跑，整座城市仿如炼狱。

艾翡德握紧拳头喊道："所有精灵战机回到凡蒂亚上空，重整阵势，我们必须死守这里！坦恩，把城里所有卫士召集起来，叫他们把居民全带到遗迹里！"

城市后方的三座高大的远古建筑物，仍被螺旋形的液璃墙笼罩。

就在这时，一阵突如其来的撞击令艾翡德向后跌倒。

某架解体的精灵战机从一旁掠过，撞上浮空艇，把玻璃开了个大洞。冷风立刻灌了进来。紧接着，两头游离兽落到浮空艇上。控制人员发出惊叫，艾翡德也停止了呼吸，不敢相信近距离看见赛忒。

它们比想象中的更恐怖——张着饥饿的大嘴，钢牙上仿佛长满神经，分泌出黏液。黑色爪子扳开玻璃碎片，圆形空艇的侧面完全敞开了。它们以常人难以想象的速度挥动脖子，咔的一声咬开一名控制员的脑袋。那人只剩血肉模糊的下巴还连在脖子上，身子朝一旁瘫软，血液喷溅在尖叫的同伴身上。此时另一头游离兽想钻进来，但卫士队长坦恩迅速冲上前去，扣紧手中的电磁枪向它发动攻击。

一头赛忒被打回空中，然而另一头立刻做出反应，金属尾巴甩了过来，捆住坦恩的身子。但他丝毫没有犹豫，以最大的火力轰向它的脑子。游离兽的尾巴狠狠地收紧。

"啊——"坦恩吐出满口血，手中的枪却未失准，朝它的面部持续轰击。一阵炸响，游离兽的脑子爆裂开来。它的躯体在浮空艇边缘短暂摇摆后，往后跌去，尾巴却拖着卫士队长，落入黑夜之中。

"坦恩！"艾翡德想扑过去，却为时已晚。

"飞艇失控了！我们必须迫降！"一名控制员大叫。

艾翡德紧抓着破碎窗户的边缘，灰发在风中激烈飘荡。他看到周围好几架战机燃烧着坠落,像是火雨。

他们的浮空艇也在急速下坠。

浮空艇停在市中心的一片浅滩里。

艾翡德感到浑身酸痛,背部和脚上有好几处伤口。他勉强坐起来,看到操控室里仍有几位幸存者。

隔着碎裂的玻璃,他扫视周围的环境,突然不确定自己身在何处。残破不堪的建筑物,到处是火焰,这根本不是他所认识的凡蒂亚城。四面八方都是人群的尖叫,并不时传来金属碰撞声,和某种毛骨悚然的嘶吼。

他抬头,看见最后一艘埃萨克舰船拖着碎裂的身躯划过夜空,坠落在城市的另一端。

嘶哗——尖锐的声音从他腰间响起。艾翡德愣了一下,立即取出筒形装置。是妻子传送来的,他立即按下按钮。"娜妮西!你们还好吗?!"

"艾菲,阿瑞堤……阿瑞堤不见了……"妻子的声音结结巴巴。

燃烧的夜空下,艾翡德独自站起身,朝着联络器说:"别慌,告诉我发生了什么。"

"大楼遭到攻击,护持祭司都被杀了……我们跟着所有人跑……到处都是尸体……"妻子似乎想压抑住哭泣,声音却变得破碎,"我们跟着人群跑到遗迹里,可是阿瑞堤不见了……"

"蒲耶堤呢?!她跟着你吗?"

"她在这儿……"

"好,你们先躲好,我立刻去找你们。我会找到阿瑞堤。"艾翡德拎起自己的袍子,正想动身爬出,一阵嗡鸣声却让他止住了脚步。

"天、天空!"一位叫麻砮的控制员指着上方呐喊。

艾翡德跟着抬头,看到了迄今为止最骇人的景象:整排赛忒战舰缓缓驶入凡蒂亚的上空,如此之近。它们腹部的红光撕开夜幕,以一种诡异的频率闪动着。黑色的钢铁身躯发出刺耳的绞鸣声,机翼缓缓张开,洒下更多游离兽群。

"主祭司,怎、怎么办?"几名生还的控制员目光全落在艾翡德身上。虽然浮空艇已动不了,但他们依然是天谐星的指挥中心。

然而艾翡德心里很清楚,一切希望都破灭了。天谐星已毁了。他应该听从杰力姆的话,永远不该解除液璃之盾。这一刻,他只想逃离这里,奔到妻子和孩子的身边……就算要死,他也要死在家人的身边。

一股冲动推翻他的理智,艾翡德下了决心,便头也不回地爬出了破裂的浮空艇,再也顾不了其他人的眼光。

爆炸声遽然响起,逼着所有人蹲下身子。艾翡德原以为赛忒终于发动了最强火力攻击城市,然而当他再次抬头,却惊讶地看见整团悬空的烟火:一艘黑色战舰烧了起来,黑晶色的钢架在熊熊烈火包覆下变得更加扭曲,仿佛一张狭窄哭号的脸,迅速解体。

数道蓝光划开天际,直击另一艘赛忒战舰的侧面,战舰从腹部炸裂开,直接断为两截。

艾翡德睁大了眼,不敢相信自己看见了什么。

在天际线闪现的景象,是整群银白色的舰队。

## 第十四幕

更惊人的是，那支舰队超过了百艘——它们组成双菱形阵势，即使位在远方的暗夜中，依然像天使的羽翼般耀眼。

艾翡德无法清楚辨识它们的模样，只知道那舰队应该刚潜入大气层不久。它们银白的躯壳上亮起蓝色纹路，仿佛正在酝酿着什么。

静止仅一瞬间。

它们突然齐射出平行的光束。赛忒似乎已经警觉，光束在击中目标前便被弹开。艾翡德盯着那些光波弯曲、反弹的模样，这才意识到赛忒舰队已张开引力防护。

黑色舰队分散开来，迅速旋转，似乎想正面面对新出现的敌人。

*这次又是谁来到了天谐星？*艾翡德呆愣在原地。

这时，他手中的筒形仪器发出声响，是米芮。

"主祭司，我这边显示你们被迫落地了，您没事吧？"她听来相当急迫。

"我还好。米芮，你看到新出现的舰队了吗？他们袭击了赛忒！"

"从船型和微晶信号看来，是瑟利人的攻击型军舰！"

瑟利人？艾翡德想起几天前曾向他们发出讯号的舰队，正是瑟利的边境探索队，庞努伊未找他商量便回绝了对方。然而那支舰队规模不大，应该不是眼前的战舰群……那么，这些人是谁？

"还有更重要的事，主祭司。"米芮着急地说，"在与赛忒交战时，漂流陨石的主体已抵达我们星球的领空。"

艾翡德闻言吓了一跳，他已完全忘了陨石的事。现在星球没有液璃之盾的保护，暴露在危险之中。"那么现在呢？何时会撞击？"他不安地仰望天空，看着持续交火的两军。瑟利舰队占了优势，正逐渐向前推进。

"这正是奇怪的地方。那支瑟利舰队切入了漂流陨石的行进轨道，他们似乎摧毁了许多陨石！"

对了……他恍然大悟，直盯着那些银白色战舰。这是全副武装的攻击艇，绝对拥有阻止漂流陨石的装备！

"卫星图像显示，他们的舰队组成双头阵势，前方攻击赛忒，后方拦截陨石。"

"但陨石的主体有两百多颗啊……"艾翡德依然觉得不安。仿佛为了印证他心里的担忧，夜空的某处突然出现五六颗明亮的火光，急速扑入大气层！

就在此时，惊人的事情发生了——后方几艘银白战舰射出了网状的光束，交叉拦截陨石。

在艾翡德眼里，那些陨石就像猛然穿过一张极为细密的网子，瞬间被切为无数碎片，化为燃火的尘埃消失在夜空中。艾翡德极度诧异，他知道瑟利人拥有强大的微晶科技，却没预料到，对于埃蕊边境行星如此严重的威胁，在他们眼里竟如此微不足道。

艾翡德重新拾起指挥官的心态，猛然朝着浮空艇喊道："呼叫所有精灵战机，集中火力从一侧攻击赛忒舰队！"

浮空艇里的控制人员仿佛大梦初醒，立刻接通线路。

空中的战争持续着——炽热的晶蓝光束，飘渺的紫红电浆，毫不间断地交互着。时有赛忒突破瑟利的防护，击碎几架银白战舰，然而瑟利的舰队仍伫立远方，像道坚实的钢壁，丝毫不为所动。它们总把火力聚焦在一艘赛忒的舰艇上，直到穿透它的引力罩，一举击毙，再锁定下一艘。

艾翡德不敢相信眼前这一幕。上百艘瑟利的银白战舰对上十几艘赛忒的黑色战舰，它们的炮火在天空中交织成绚丽的光网。在那千万光网中，时间仿佛变得莫名缓慢。他几乎看得出了神。瑟利的实力在银河间众所周知，然而当两股如此强大的星际势力碰撞在一起，那场景难以用言语形容。艾翡德只觉得自己正置身在完全不同的世界。

一个埃蕊人从来无法想象的世界。

一阵嘶吼让他回过头，一群群游离兽离开地面，朝远方的瑟利战舰怒吼着飞去。然而，银白阵容仿佛已预料到它们的动作，施放出一阵光雨般的炮击，以倾斜的角度横扫赛忒兽群。不同于对抗巨舰的稠密光束，这些是如针般的细光，眼花缭乱地铺开。

游离兽群接连炸开，完全无法贴近目标。

此时，一波精灵战机从侧边出现，像一道突如其来的绿色流星，朝最左边的赛忒战舰猛烈射击。虽然埃蕊的炮火不断被弹开，但当他们持续逼近，似乎连赛忒都能感受到埃蕊人守护家园的怒意。黑色战舰微微挪动了角度，然而它已经被瑟利的光炮击破防护，炮火接二连三击中它，掀起一波波火光，直到它发出一声巨响，彻底散化。

很快，几艘赛忒战舰开始陆续上浮，然后以同一个动作迅速朝天顶飞去。

艾翡德简直难以相信自己的眼睛——赛忒想要撤离这星球！

必然是赛忒军团意识到了双方规模的巨大差异，担心这样消耗下去会战败。数不清的游离兽也跟着腾空,其中很多都被瑟利击落,但仍有大部分尾随着黑色舰队而去。艾翡德站在粉碎的建筑物之间,不自觉地哽咽,泪水积满眼角。**娜妮西……我必须去找她们。**

忽然他看到瑟利的阵容里,也开始有舰艇上浮。它们就像分裂出来的白光,紧追赛忒而去。

一阵恐慌揪住艾翡德的胸口。等等……**危机尚未解除,陨石的主体尚未完全消灭啊!**

他赶紧按下手中的仪器。"米芮,你在吗?赶紧联络对方的旗舰指挥官!"

"我已尝试了许多次!对方并未打开通信渠道!"

什么?怎么可能?艾翡德感到不解,难道对方前来的目的只是追击赛忒的舰队?他凝望着瑟利的战舰,它们陆续脱离原来的岗位,往暗夜飞去,犹如成群上飘的银白羽毛。他心里一阵挣扎,他应该要去找妻子和孩子们。或许阿瑞堤受了重伤,正孤独地躺在哪个地方等待父亲的出现。

他只能眼睁睁看着有能力解救这星球的舰队离去,天谐星的希望正在一分一秒地消逝——

"麻咨!查一下这附近哪儿有还能启动的浮空艇!"他朝着破碎空艇中的控制人员喊道。

"好。"麻咨立即扫动眼前充满噪声的屏幕,很快指向右侧,"那边大楼的转角处,有一艘单人艇。"

"这边交由你全权指挥,让卫士扫荡整座城市,看有没有落单的游离兽!"丢下这句话后,艾翡德踩着浅滩的水,尽全力奔跑。

他在一片废墟中找到那艘球形单人浮空艇。那是市民用的机种,所幸未被崩落的建筑埋没,却不知能否胜任接下来的挑战。他将双手贴上两侧的感应屏,手背的微晶发出绿光,眼前立刻浮现出透明的操控系统。

单人浮空艇绕过半粉碎的建筑升上天空。艾翡德看到城市边缘已全被海水淹没，地面上有许多生还的埃萨克战士，正拖着沉重的橘色铠甲，在埃蕊人的协助下游上岸。他们聚集在倒塌的建筑物上，有数百人。

*我要保护这座城市。我要保护这星球！* 艾翡德笔直朝着天际边的银白光芒而去。"娜妮西！"他对着手上的筒状仪器说，"城市的危机已解除，你先找个卫士陪伴，想办法找到阿瑞堤。我必须先去一个地方。"

"艾菲，发生——么事——你现在——"她的声音断断续续，或许是因为浮空艇已远离城市，朝着大气层的边缘疾驰，"刚才说什——我听不见你——"信号戛然中断。

艾翡德闭起眼，向啼欧拉说出祷文，希望小儿子平安无事，希望浮空艇能撑到目的地，希望自己还能赶上！

当他睁开双眼，他看到了依然被十几艘银白战舰拱卫着的瑟利人的旗舰。

闪耀的白银片甲依附着高度流线的躯壳，上面是细长、层叠的炮管。交错的机翼伸展开来，仿佛一体成形。它们如此壮丽，任何埃蕊人见了都会被震慑住。艾翡德不自觉咽了下口水。

突然间，前方所有战舰挪移了它们的炮口，朝艾翡德的方向转动。

"让我见你们的指挥官！"虽然知道对方根本接收不到，艾翡德仍死命拨弄屏幕发出信号，"别开火！请让我见你们的指挥官！"他逆着冰冷稀薄的空气，高声呼喊。

炮管定位的声音清脆而响亮，他知道自己已被锁定。他连数也不敢数,只确定起码有上百个炮口正瞄准自己。

微晶光波从五指闪现,他咬紧牙关,挥动手腕——浮空艇朝前方加速。

## 第十五幕

赛忒的黑色舰队看似已全数离开，没入漆黑的宇宙之中。

瑟利派了近半数的军舰去追击，幸运的是，仍有数十架银白战舰停滞在天谐星的大气层边缘。

全身是伤的艾翡德踏入瑟利旗舰的回廊，身后跟着两名瑟利士兵。他希望自己赶得上会见对方的指挥官。

几分钟前，对方在千钧一发之际开启了传讯通道。他报出自己的身份后，旗舰底部的微型空港打开了来。现在，艾翡德在士兵的护送下来到长廊尽头，踏上一片薄薄的浮动平台。

这是他第一次进入瑟利战舰的内部，也是第一次近距离接触在旗舰服役的瑟利士兵。他们全都穿着轻薄的铠甲，上面满是制式的微晶纹路，散发着幽蓝的光波。这两名士兵都有高挺的鼻梁，雕像般僵硬的神情，却带着一丝柔和的唇线。

浮动平台载着三人飞越狭窄的环形廊道，在他们两侧，墙面的投影跟着高速挪动，一堆图标与文字不停变化。艾翡德有种受到同步监视和扫描的感觉。他眯缝着眼，尚未看清楚上面写些什么，便飞出了廊道来，进入一个异常空旷的地方。

虽然无心观望环境，他依然吓了一大跳——舰艇里竟会有如此广大的空间：天花板高达好几层楼，底下也深达数层，电流般的微晶线路绕过地板与四方墙面。彼端竖立着高大的雕像，应该是瑟利文明的某个传奇人物。他们竟然在远程航舰里头放了雕像……艾翡德吃惊地仰望。

他还看见许多瑟利人站在小巧的浮动平台上，缓缓飞往各方墙面上的通道口。这儿给人一种迷你都市的错觉。可舰船里怎可能允许这么大的闲置空间？艾翡德心想这根本不合理，违逆了长程舰艇的建构逻辑。

他们飘过空旷的中央地带，前方有扇比人还高的八角透明窗。终于，他看见里头的人影，似乎正在等待他们到来。

浮动平台轻轻靠上一旁的闸门，艾翡德随着士兵走进一个洁白的房间，门无声无息在身后关上。

一旦进入室内，艾翡德立即发现情况不太对劲。整个房间除了悬浮的座位，只有一张透明桌子摆在正中央。那里坐了一个人，示意他坐下。后方的墙边也站了两名士兵。

艾翡德依循埃蕊的传统礼节，双掌五指轻合，微微点头，局促不安地在那人的正对面坐下来。

"欢迎来到飞洛寒家族的F-17军团，第201核心分队。"对方静静开口，"我是凯因特尔，军团旗舰'仙王号'的指挥官。"

飞洛寒家族……那是瑟利文明最具势力的五大家族之一。据说他们在联盟议会里，也握有强大的影响力。就连长年身处边境地带的艾翡德，也听过这家族的名字。

艾翡德努力稳住情绪，正视眼前的男子。对方穿着更加轻薄的甲胄，唯独双肩戴着像是鹰爪般的片铠，纹饰相当华丽。他的每段薄甲边缘都有微晶线,片甲之间有绒衣露了出来,层次复杂却不失典雅,深褐色的披风镶着与他的金发同样耀眼的金边纹路。相较之下,埃蕊的衣饰就简单多了;连身袍子,束腰,布裙。

众所周知,瑟利是个古老的种族,继承了传说中最原始的人类血统以及最纯粹的微晶高科技。凯因特尔正拥有那样的古典相貌:脸孔棱角分明,身材高挑健壮,双眼像狩猎中的鹰,双唇却总是紧闭。

"我是艾翡德,凡蒂亚城的主祭司。"艾翡德顿了一下,想马上切入主题。然而一股莫名的警觉让他犹豫了,房间的气氛有种说不出口的诡异。他逼自己压下焦躁的心,先恭谦地说:"感谢阁下……替我们阻挡了赛忒的入侵。"

凯因特尔那双淡得近乎透明的眸子,完全没有透露任何情绪。"我们追踪赛忒的踪迹已久。它们会选择来到这一带,也使我们产生了警觉。"

"是的,"艾翡德试探性地开口,"我看到阁下的舰队,有某种能够阻止漂流陨石的兵器。"

接下来发生的事,证实了他心头的不安。瑟利的指挥官只沉默地凝视着他,眼睛眨也不眨。艾翡德不确定该怎么反应。白色房间一点声音也没有,直到他尴尬得难以忍受,低声说道:"凯因特尔阁下……你们不仅驱逐了赛忒,还拦下了好几颗漂流陨石……"

对方单手倚着桌子,依然没有说话。

房间的气氛实在太古怪。艾翡德确信瑟利的舰队不可能没有探勘到两百多颗陨石正在撞击行星的轨道上。他知道不能再拖了。凡蒂亚城的命运落在我一人肩上,如果无法说服眼前这个男人……一切都完了。他坚定了决心,说道:"啼欧拉在上,知道天谐星将永世欠您恩情。但凯因特尔阁下,现在外面依然有一大群陨石朝着我们而来。这星球从没有遇过这样的事——"

"停留在大气层这段期间,我们已经摧毁了一大半。"凯因特尔若无其事地将指头放在透明桌上。弯月形的光谱连续浮现于桌面,他用手指画了几个圈,似乎找到了他要的数据。"还有九十一……不,八十九颗。"

他们摧毁了一半？艾翡德不敢相信自己刚刚听见的话,"原来……瑟利的技术,竟然……"他的胸口立刻燃起希望。

凯因特尔投来一个饶富兴味的神情。"主祭司从未接触过瑟利文明？"

"我吗？有的,"他并未察觉自己的声音活跃起来,"十多年前曾与首都埃蕊艾尔那的使节团一起出访过依鲁赛亚星,参观了瑟利的天空之都。当时的震撼,我到现在都记得。但这还是第一次亲眼见识到瑟利舰队的厉害。"

"依鲁赛亚星,那是优岚家族的要塞。"凯因特尔淡淡地说,"我听说过那次的事。"他的神情稍稍改变,转瞬即逝,但艾翡德无法解读那张面孔后面的思绪。指挥官接着说:"不过,为了拦截那些陨石,我们动用了光能粒子切割网,得转移部分舰船的晶体动力。这并非能持久的方式。"

"请、请你们……"艾翡德赶紧插口恳求,"请阁下的舰队协助我们,别让剩下的漂流陨石坠入天谐星。"

沉默了片刻,凯因特尔站起来,转身时依然斜视着他,然后朝墙边走去。

艾翡德着急了,望着对方的背影说:"您需要任何形态的能源,或是什么样的补给,城里能提供的我们一定不遗余力。阁下……"

坚硬的步伐声回荡四周,凯因特尔在房间的角落止步。白净的天花板出现几颗小巧的蓝光点,围成一圈下射,与地板相连。一声轻响,光束朝外展开一尺,中央的地面浮出一个半圆形的白色冰柜,正好在凯因特尔面前。冰柜里藏着一个细罐子,足足有人的前臂那么长。凯因特尔把那罐子取出时,冷雾跟着飘绕出来,艾翡德这才看清楚里头的金色液体。

瑟利的指挥官回到桌前时,手中已多了两个高脚杯。对方什么也没说,脸上亦无笑容,再度坐下后撬开了封罐的口,将那金黄色的液体倒入杯中。凯因特尔就这么盯着杯子,眼神里有种难以言喻的专注。

房间静得令人心慌,诡异的气氛让人窒息。艾翡德只听见杯中液体的声音,和自己的心跳声。

"你们从未让我们的探索舰队驻留。"凯因特尔的语气极度平淡,仿佛不经意地说出口,"却收留了埃萨克的叛军。"

有那么几秒,艾翡德尚未意识过来。随后,他慢慢顿悟了对方的话中之意,赶紧清了下喉咙回道:"那是因为他们放出求救信号,而且身负重伤。"迟疑片刻,艾翡德补上一句,"他们是与赛忒作战,才受到重创。"

"不收留武装舰队,不是中立星球的信条吗?"

艾翡德用眼角瞥了房间四周,四名持枪士兵矗立在墙边,依然如石雕般面无表情。他看着第二个高脚杯被倒满,感觉自己的呼吸变快了。"阁下,那是急切的状况,而……而且,他们并非埃萨克的主力兵种,不过是一支边境探索团队,"艾翡德说,"全队四十多艘舰艇,却只有不到六艘配置了主攻型兵器做护航,因此与赛忒对抗后……他们只剩三艘残破不堪的舰船生还,我们认为这不至于——"

"产于尘熙2021年,冷压悬浮的天域烈醇。这是我的私藏,品尝一下。"凯因特尔把一只酒杯无声地推往艾翡德,两人的目光再次相遇。瑟利的指挥官端起自己的杯子,啜饮了一口。"据我们观察,埃萨克的舰船确实有能力与赛忒对抗。这表示,你们违背了中立条款,这里已是战区。"

艾翡德的血液在瞬间冻结。他不可置信地回望,想破口反驳。

忽然,他意识到一件奇怪的事。凯因特尔刚才说了什么?难道早在液璃之盾解除时,他们便目睹了杰力姆的舰船抵抗赛忒?所以这些人从头到尾……都在一旁观战?

他愣住了,情绪在心底沸腾。粉碎的埃蕊战机、毁坏的埃蕊家园,所有画面涌入脑海,让他万千话语卡在喉间。艾翡德狰狞地望着面前的舰队指挥官。

某种与生俱来的直觉响起了警报,他知道现在自己必须谨慎。事情远比他想象的复杂得多,现在说出口的每一句话,都将直接影响天谐星的命运。

认清了这一点,艾翡德的手便不再颤抖。"凯因特尔阁下,"他拿过酒杯,那金色的液体又呛又烈,并非埃蕊人所好,但他没在意,吞了一大口,"我了解瑟利、埃萨克两个文明之间难解的仇怨……身为中立星球,要是在平常的状况,我们绝不可能做出有争议的动作。"

他再度啜饮一口,趁此观察凯因特尔的反应。对方依然面无表情,似乎正在聆听。艾翡德接着说:"但欧菲亚联盟的法规明示,若遭遇天然危机,中立星有权提出紧急号令,寻求任何人的支持。"

"你的话充满矛盾。"凯因特尔打断了他,"你们自认为是提供庇护的一方,还是寻求支持的一方?"

谨慎……回他的话,必须非常谨慎。"首先我们得修好他们舰船的动力系统,才能获得必要的帮助,不是吗?"

"哼,你有胆量和他们交换条件?"凯因特尔打量着他,冷冷地回道,"看来你并不了解埃萨克人。他们是个残暴的种族,接受帮助后,反而会夺取施善者的星球,类似的事件经常发生。你们这些崇尚和平的人,应该知道。"

**那是我做出的赌注。** 艾翡德有种为埃萨克人辩护的冲动。面对赛式的来袭，他们遵守了诺言，杰力姆甚至领导他的族人只身阻挡在最前线，并最终牺牲。然而凯因特尔的眼神让他咬紧牙关，决定先隐藏心中的想法。他有种不祥的预感，对方正在等他说出错误的话。

　　"你对那些埃萨克人的评价如何？"凯因特尔问道。

　　艾翡德想起杰力姆爽朗的笑容，以及那些高大的战士围着火焰而坐。他们丝毫没有踏进凡蒂亚城一步，只待在沙滩上，唱着哀愁的战歌。"阁下说得没错，他们是个残暴的种族。"

　　凯因特尔静默几秒，似乎满意地点头。

　　**娜妮西、阿瑞堤正在等我。** "若非必要，我们不会让他们登上埃蕊的土地，让那些肮脏的舰艇亵渎这星球的海水。若是……"艾翡德决定大胆说出口，"若是我们及早探知阁下的舰队就在附近徘徊，绝对先寻求您的协助。"

　　凯因特尔微微眯起了眼。

　　艾翡德试着挤出一丝笑容，接着说道："但事情的发展总令人感到欣慰。阁下非但替天谐星阻止了赛式，还抵挡了漂流陨石。这次危机解除后，我们会立即向联盟首都，欧菲亚行星的天穹城进行汇报，说飞洛寒家族挺身帮助一颗中立星球——解除了两大'天然危机'。"

　　语毕，房间再次变得安静。凯因特尔的视线从未离开他身上。

　　"对一个埃蕊人而言，你是块从政的料。"瑟利的指挥官轻声说道，"可惜了，你住在离联盟中心如此遥远的地方。"

　　"阁下过奖了，我不过是啼欧拉的子民。只要能在天谐星平静祥和地生活，我已不求什么。"艾翡德知道自己无需再多说，对方已知晓他的意图。

　　瑟利的指挥官轻轻摇了一下手中的高脚杯，看着里头的金色液体旋晃。"常备部队的军舰不允许私藏酒精饮品，若是在欧菲亚的其他星域，这是重罪。"他把杯子带到嘴边，畅饮了一大口。房间的四名士兵依然不为所动。"但在边境地带，死亡如影随形，常规在这里不适用。"从两人会面起，凯因特尔第一次露出淡淡的笑，"有些规矩，人们为了生存，势必得遵从，而有些规矩……则是为了出类拔萃的英雄而存在——为印证决心有多强烈。"

艾翡德突然感到颈部一阵僵硬。他在说什么？

凯因特尔一口喝完杯中的酒。"我们F-17军团没有足够的能源来阻挡所有漂流陨石。况且这件事结束之后，也没有必要了。"

——违背了中立条款，这里已是战区。

"你做了什么？"艾翡德睁大眼。

"天谐星与埃萨克的叛军私下勾结，必须予以歼灭，这是F-17军团的使命。"

"我们并没有和他们勾结！"焦虑猛然反噬，贯穿艾翡德每条神经，他不自觉将身子向前倾，无法抑制地提高了音量，"我已说过，我们非常清楚埃萨克人是什么货色！所以更加不可能——"他猛然止住话，因为凯因特尔正指向他的胸口。

艾翡德僵着前倾的姿态，低头看见自己宽松的袍子间，有条火红色项链落了出来。那串焰灵石闪动着淡淡的光，仿佛埃萨克战士的亡魂。"这是……"他吃惊地哑口无言。

"与世仇埃萨克人交战了数个世纪，我们决不纵容与他们同阵线的共谋者。尤其打着中立的名号，却与之私盟者。"

"事情绝非阁下所想的那样！"艾翡德用力扯下链子，红色石块散落在洁白的地板上。他慌张地说："这不过是礼节……是对方逼着我们接受的！它不说明任何事！我恳求您！别下那道命令！天谐星可以接待您的舰队——"

白色房间遽然暗下来，覆盖四方墙壁的影像出现了。那是从仙王号旗舰的位置看过去的天谐星天际线，捕捉了黑色的海洋与漫天星辰的宇宙。在艾翡德的正前方，也就是凯因特尔背后的墙面上，是一片跃动的火光——凡蒂亚城，正全面燃烧。

数百架瑟利的急速攻击艇不知何时已脱离他们的母舰，飞梭在城市上空，密集绞杀埃蕊的精灵战机。他们以精准的热线击落埃蕊战机，天空爆出一团团火光。更大型的运输舰正在投放数以千人计的地面部队。

"你们……怎么做得出这种事……"艾翡德双脚一软，瘫在桌前。凯因特尔近乎透明的双眸，在暗淡的光线下仿如银白，与背后影像中密密麻麻的银白战舰如出一辙。"你们怎能做出这种事！"艾翡德猛然跃上桌面，放声咆哮，这举动令凯因特尔吓了一跳。

艾翡德冲向前，拉开紧握的拳头——却被士兵擒拿住。他们扑上来，将他狠狠压在桌面上，酒水洒开，玻璃碎裂。"放开我！你们这些疯子！你们知道自己干了什么?！那些是手无寸铁的市民啊！"

"这么一来，'中立'的埃蕊文明会彻底学到教训。"凯因特尔冷冷地说，"看来你也被埃萨克人的野蛮感染了。但我们不在旗舰上宰杀使节，即使你是叛军。"

艾翡德竭尽全力想要挣脱，四名士兵一同钳制才按住他。喉间粗重的喘息，被不时发出的哽咽声打断。"求求你……求求你撤回军队……"艾翡德的额头压着满是碎玻璃的桌面，鲜血与酒水交融，"求求你……我求求你们……"

"天谐星的命运已定。"凯因特尔从怀里掏出一个手掌大小的环圈，上面布满微晶线路。他将环圈套在艾翡德的手腕上。"这是回馈你的勇气，别说飞洛寒家族不够大方。"他以讥讽的语气说道，"如果你侥幸不死，记得告诉全联盟的埃蕊人别再犯同样的错。把他带走。"

士兵们架起艾翡德，将他拖了出去。

## 第十六幕

瑟利人粗鲁地将艾翡德抛进浮空艇,然后直接将其从高空踢落。

星球的地心引力拉着他急速下坠。艾翡德凭着意志撑起身子,赶紧启动动力,稳住了浮空艇。他想用筒形设备联络娜妮西,但距离过长,试了好几次都无法接通。他心里一沉,加速往前飞行,不断尝试。

终于,妻子的声音在另一端响起:"艾菲——"

"娜妮西!你们在哪儿?!"

"我们在遗迹里,外面很多——"剧烈的风声掩盖掉她的话,但不难听出她正在啜泣,"隔壁的遗迹,他们已发现怎么通过液璃墙,正在屠杀避难的市民——卫士部队挡在前面——"

"我马上赶到!等着我!"越逼近凡蒂亚城,眼前的画面越令艾翡德禁不住颤抖。与之前赛忒兽群杂乱无章的袭击相比,瑟利人的攻势极具组织性:他们炸毁楼房、屠杀市民,完全以歼灭为目的,从凡蒂亚城的外围朝中央扫荡。

住宅区中央的浅湖广场聚集了一大群人,都是居民。他们半身浸在水里，周围的楼房全在燃烧。他们意识到逃不过死亡的命运，在这最后一刻拉着彼此的手，闭着眼，集体唱诵导文。父母将孩子们护在中央，那场景哀伤而典雅，有种凄凉的尊严。

瑟利人举枪从旁逼近，蓝光闪现，直接射穿市民的头颅。外围的埃蕊市民一排排倒下，浅湖的水立刻被染红。艾翡德在空中望着这景象，无法呼吸，眼睁睁看着瑟利人再次瞄准——

迎面扑来一股热气，浓烟挡住他的视线。过了好一阵子他才穿越烟雾，看见底下的火海。前方有数架战机互相射击，他飞过空中的战场，急速下降，并切换频道试着与米芮联系。

"主祭司！瑟利人——"米芮惊慌地说，"他们见人就杀，还派遣部队到水底，不放过任何幸存者……"她的语气已濒临崩溃。"而且……而且他们入侵了其他的球形观测室，所有联络人员都死了……"

艾翡德的双唇不停颤动，但他咬着牙说："别慌，赶紧联系联盟，报告瑟利人的罪行！"

"我一直在尝试，但他们屏蔽了信号发送，所有信号都受到干扰。"

艾翡德惊愕。难道……这就是那些战舰仍留在星球边缘的理由？他喊道："用无人精灵吧，发送远程传送机！"虽然他知道当那些信息传递机到了首都，一切都太晚了，但他绝对要瑟利人付出代价。

"好，我试试看……啊，你们干什么！"米芮的语气突然转变。有人闯入球形房间，她发出一声尖叫，接着艾翡德听见一阵热线的嘶鸣，炸裂声猛然响起。

"米芮——米芮！"他呐喊着，通信却已中断。刹那间，左方视线闯入一架银色的急速攻击艇，朝他发射激光波，艾翡德完全来不及闪避。

就在他认为自己必死无疑的一刻，光波却散了开来。他周围出现了一层淡蓝色的防护膜。

惊讶之余,他发现防护膜源于手上的微晶环圈。艾翡德感到愤怒,抓住那环圈想扯掉它。但残存的理智告诉自己,他需要这东西。**娜妮西、阿瑞堤,蒲耶堤,等着我!**

浮空艇离城市底端的遗迹越来越近。他再次看到人群在瑟利枪火前丧生。尘埃弥漫风中,艾翡德瞥见数百名高大的战士正集结抵抗。那些是埃萨克的战士,在建筑物间与敌人交火。

后方再度出现激光波,由左右两旁夹击他。防护膜帮艾翡德挡下交叉的热线,却无法保护浮空艇的底部被扫到。一阵机械碎裂的声响,浮空艇在空中解体——他脚下的机壳龟裂,球形浮空艇散为好几段,艾翡德本能地回身,单手扣住动力引擎,在高空平飞了数秒,然后,他看见切开市中心的长形湖泊,毅然放手。

落入水中后,他翻转身子,像海鳗那样往前游去。水中有浓烈的血腥味。他撞开好几具漂浮的尸体,在岸边探出头来。

艾翡德不敢相信自己的眼睛。街道成了最惨烈的战场,埃萨克的战士持着机枪,与瑟利的精装部队抵抗,两方中央是无数市民的尸堆。他感到一阵昏眩,双脚像黏在地面一样动弹不得。

某个身穿橘色战甲的埃萨克战士扛着巨炮连续发射,炮声轰然炸响。然而前方的瑟利部队早已做好准备,张开了个体防护网。炮火打在市民的尸堆上,炸成猩红的血肉,尸首纷飞。艾翡德逼自己向前跑。

他穿梭在倒塌的大楼间,踩着同胞的身躯,心中不断默念啼欧拉的名字。光束、流弹在身旁扫射,都遭防护膜挡下。他只是头也不回地奔跑,目光直盯着遥远的遗迹建筑。**娜妮西就在那儿……拜托,千万要平安无事……**

他跨越两条街道,突然停下脚步。

一群埃萨克人正守着一道防线，而在他们对面，身着蓝色微晶铠甲的敌人则步步逼近。艾翡德认出领头的埃萨克人：独眼的战士，留着杂乱胡须的高大身影。他是坎姆，肉搏战队队长，双手各抱着一个埃蕊的孩子，俄努家的小孩。

"快抓住活的埃蕊人！"坎姆不管孩子们死命的哭声，朝自己的队友呐喊。几个埃萨克战士从尸堆里找出依然生还的市民，不顾他们遍体鳞伤、拼命哀号，直接拖到战士们中央。另一位埃萨克人正在设置某种拍摄装置。坎姆怒吼："拿埃蕊人当盾牌！那些该死的瑟利人不敢蓄意对他们开枪！"

艾翡德本能地跑过去，想制止他。然而坎姆把两个孩子扣在胸前，朝敌人怒喊："别靠近我们，瑟利人！"孩子尖锐的哭声穿透整个战场，"你们胆敢对中立的埃蕊人开火，就是触犯联盟的法律！"

几道光束射来，直接打穿女童的脖子，射穿男童的身躯。坎姆重重倒地，压在他们身上。男童露出半个身子，依然在哭泣，声音沙哑。"不——"艾翡德往前跑几步，突然眼前发生了大爆炸。

防护膜挡住火花，却阻止不了突如其来的风压，艾翡德被弹往一旁，撞上碎石墙，失去了意识。

庞努伊恐慌地喘息，独自在巷弄间奔跑。

他以灵敏的听力判别战斗的方向，设法躲避瑟利的地面部队。他紧握着筒形令牌，知道这是保命的关键。那仪器协助年迈的他维持心律，并在身体周围张开一层看不见的防护网；这是大祭司长独有的特权。

这里已是炼狱，他得想办法逃离这星球。

他在一座倒塌的桥梁下攀爬，钻过漫长的黑暗，正准备起身，却迎面撞上三个瑟利军人。双方目光相接，庞努伊一口气全卡在胸膛。"啊呀……我……我不是……"

"呵,这儿有条漏网之鱼。"其中一名士兵说。

他们身穿微晶渲染的薄甲,戴着面罩,手中握着轻巧的激光枪。另一名士兵对他的同伴说:"看这家伙的穿着,应该有些来头。"

庞努伊伸出双手,赶紧喊道:"我、我是天谐星的大祭司长,带我去见你们的司令官!你们的行为完全违逆啼欧拉的教义,这是不齿的行为!"

第一位说话的士兵调侃道:"呵,我曾上过一个埃蕊女人,她的名字就叫啼欧拉。叫声比谁都响。"其他人跟着放声大笑。

他的同伴举枪瞄准庞努伊。"别逗他了。呐,听好,每人一次只准射一发,到他不动为止。帕尔达,你先从脚开始吧。"

庞努伊觉得血液麻痹了。"等、等等——"

他们全举起枪,蓝色光纹开始在枪口旋绕。就在扣下扳机的前一刻,一位士兵突然叫了一声,差点向前跪倒。庞努伊惊讶地看见一个小孩子拿着铁棍,不断打向瑟利士兵的后膝。那是艾翡德的小儿子,阿瑞堤。

他从哪儿来的?庞努伊惊讶地张开口。那士兵回身踹了一脚,阿瑞堤倒地翻滚。但小男孩似乎不死心,撑着铁棍又站了起来。此举惹恼了士兵,举枪对准阿瑞堤。他们的注意力现在全在男童身上。

庞努伊趁机钻回桥梁底下。他听见身后的电光声响。

## 第十七幕

艾翡德慢慢睁开双眸，已不知过了多长时间。

一片不祥的宁静，似乎一切已平息。热气笼罩整座城市，风中飘来一阵阵焦味与尸臭。他撑起疼痛的身子，环视周围。大地不时摇晃，天空已出现一丝微亮，让他看清楚了凡蒂亚城的惨况。

没有一幢建筑保有原来的样貌，到处可见战机残骸。埃蕊人的尸体像漂散的海草，遍及视野。埃萨克人也全军覆没。艾翡德独自走在街上，经过一名女战士的身旁。潘芭的盔甲碎裂，暴露出半边乳房。她少了右半脸，左眼却狰狞地盯着天空。

艾翡德抬头，看见远方瑟利的舰队已调转方向，像逐渐远离的银白色星芒，慢慢消失在天幕。

他拖着身子往前走。每隔几分钟天空便出现陨石，带着燃烧的火尾坠落在地平线彼端。巨大的震荡使更多建筑倒塌，时有海水淹过身旁。艾翡德急切地朝着遗迹建筑去，努力抵抗激烈啃噬自己的恐慌。他已濒临疯狂，想呐喊，喉间却出不了声。

庞努伊是对的……从头到尾，他都是对的。打从让埃萨克人登陆的那一刻，艾翡德已为天谐星写下了命运。是他杀了所有族人，是他亲手摧毁一直以来想守护的一切。

或许庞努伊也在某个地方阵亡了，而这些都是自己引起的……艾翡德希望自己这一刻就死去，与这个星球一起死去。然而……他必须先找到娜妮西与孩子们。

他的脚步飞快，万千思绪在脑中奔腾。我们这种族，就应该什么都不触碰。别幻想勇敢。别幻想改变。宇宙的规则不是我们定的。只要躲在水里就好了……好好活着就好了……眼泪在脸颊两旁滑落。

三座庞大的遗迹或许是城里唯一仍矗立的建筑。液璃就像螺旋状的贝壳，依然保护着它们。

当艾翡德踏进去，里头的景象让他立刻跪倒呕吐起来。支离破碎的尸体胡乱堆积，多达数千具。血水淤积，到处湿黏黏的一片殷红。虽然星球的自转使陨石的落点已偏离城市，但仍有陨石砸落在凡蒂亚的边缘，毁了半座城。

海水大量灌注进来，逐渐淹没凡蒂亚城。水流以极慢的速度渗透进液璃墙，数千具尸体浮了起来，犹如埃蕊的水中群体仪式。那画面极度诡异而哀伤，却有种天启般的安详。艾翡德游动在他们之间，推开一具具尸体，不断寻找自己的妻子。

他在第二座遗迹找到了她们。

娜妮西依然紧紧抱着蒲耶堤，激光热线直接贯穿两人的心脏。艾翡德在水中搂住两具尸体，紧闭着眼，泣不成声。他放声嘶吼，淡淡的泡沫从口鼻冒出。他竭尽全力咆哮，双手紧紧抓着她们依然柔软的肌肤。

阿瑞堤……艾翡德突然想起自己的小儿子。恐惧使他不敢放开妻子，他生怕连最后一丝希望也幻灭。

不……阿瑞堤，他一定还活着！一向顽皮的男孩，现在一定被困在某处，正在号啕哭着，等待父亲来救他。阿瑞堤正在等我……他正在等着我……

艾翡德吻了妻子的额头，游开了。他离开遗迹，借着暗视能力在水底绕过一座座建筑，只要有小孩的身影他便急着游过去，在成千上万具尸体中找寻自己的儿子。

最后他来到一个球形观测室，里头漂浮着两具死尸——埃蕊的控制员以及瑟利的士兵。他们似乎是在缠斗中双亡。艾翡德推开他们，伸出双臂。手臂内侧的微晶发出绿光，启动了仪器。平行的按键与文字交错放射出来，他开启生命探寻系统，想通过个人体内的微晶强弱来寻找生还者。

过了许久，系统依然未找到任何生命体。整个凡蒂亚俨然已成为亡者之城，没有半个人生还下来。"啊……啊啊啊啊啊啊！！！"艾翡德跪下，拉扯自己的头发，倾全力咆哮。"哈啊啊……"他用手指狠狠刮着自己的脖子，指尖掐进皮肤，直到流出血来。然而他完全感觉不到痛楚，只是死命呐喊，呐喊。

哔嗞——突然，系统侦测到某人的求救信号。

艾翡德急切地抬起头，看见屏幕上的某处有个亮点。仔细一看，屏幕上写着"紧急优先救援"——是来自大祭司长庞努伊的信号。

他发出歇斯底里的笑声，泪水、海水、哭喊与尖笑全混在一起。这就是啼欧拉的公平裁决？所以庞努伊……唯独他有资格活下来，是吗？

艾翡德瞥见瑟利士兵背在身上的枪。他恍惚地拎起那柄枪，把它反转过来，枪管塞进自己口中。

族人们会回到啼欧拉身边……生活在永恒宁静的大海里。再也没有恐惧。但我会去的地方，只有千百倍的烈焰和折磨，那是我应得的……别了，娜妮西。

然而，就在扣下扳机前的一刻，他迟疑了。艾翡德盯着那柄枪，屠害他族人的枪。不……必须有人活下来，告诉首都瑟利人的罪行。告诉首都，我的罪行。

他撑着最后的意志，把系统的信号转入自己的筒形装置内，依循指示方向游去。

不过才几天时间，先前绿意盎然、生气蓬勃的凡蒂亚城，已成废墟。他独自游过建筑的残迹，游过依然双手相系的埃蕊夫妻，游过破碎的肢体、朦胧的死城。

这一切，都是我的错……他竟然天真地以为自己真有办法掌控局势。在肆虐的银河战争中，埃蕊完全不堪一击。踏进去一步，便会被彻底撕裂。是他亲手将族人推进炼狱的火坑。

庞努伊早已警告过我……但我总以为只有自己知道什么是对族人最好的选择，以为自己拥有过人的远见……

在他心底最深处，突然有种极端的渴望，渴望受到折磨。要是自己就这么死去，才是对不起天谐星的所有亡魂。他的精神早已崩溃，饥渴地想在死前受到更多痛苦，渴望有人拿刀划开他每一寸肌肤，切下他的双眼，剖开他腹部。艾翡德舔了舔嘴唇，发出阴沉的笑声。他希望有人能缓慢地虐杀他，他已等不及了。庞努伊……我来了，我来了。

他在一座崩塌的桥梁下找到了大祭司长。庞努伊畏缩着身子，栖身在一个三角夹缝中。然而当艾翡德接近时，却发现巨大的桥桩早已压碎他的脊椎。大祭司长的手中仍握着发光的筒形权杖。艾翡德触碰他的脖子，已感受不到脉搏。

太迟了吗……艾翡德漂在他身旁，发现自己的心，与海水一样冰冷。

他发出嗤笑，打算就地找把枪结束自己的生命。

就在这时,他瞥见了大祭司长身子底下的小手。

仿佛有股电流直击心脏,艾翡德睁大双眼,用力扳开庞努伊的身体。

倾躺在大祭司长怀里的,是阿瑞堤。

男孩仍有呼吸,心跳强烈地鼓动着。艾翡德惊讶得浑身颤抖,奋力把小儿子拉出来。他这才看见大祭司长的身上有多处枪伤,但阿瑞堤却一点事儿也没有,只是昏了过去。

艾翡德紧紧抱住阿瑞堤,喉间哽咽得发疼。他的目光挪向大祭司长。庞努伊没有自己的孩子,却以生命保护了阿瑞堤。艾翡德无法想象究竟发生了什么事。

*庞努伊*……他闭起眼,轻触大祭司长的额头,想说些什么,齿间却不停颤动。他强忍住泪水,放下庞努伊的身子。

然后,他抱起阿瑞堤,向海面游去。

## 终幕

艾翡德从手中的微晶释放出绿光,双臂内侧拉开交错的光束,与雷霆舰艇的导航系统联机。

黎明的朝阳将天空染成粉红一片。艾翡德搂着沉睡中的阿瑞堤,驾起雷霆舰艇突破海浪,缓缓穿梭在废墟之间。看着毁灭的凡蒂亚城,埃蕊的尸体遍布视野的每一处,除了本能地操控舰艇,艾翡德心中一片空白,墨黑色的眼眸没有任何情绪。

艾翡德低头,望向怀里的男孩。

阿瑞堤睡得如此香甜,仿佛丝毫未察觉身边发生的事。艾翡德自己的命运已无法改变,他是全族的罪人,永无救赎,然而男孩却是埃蕊人的未来,他才是天谐星唯一的生还者。

艾翡德想起小儿子独自坐在一群高大战士中央的画面……他不知该如何思考下去。如果自己从未打开埃蕊的门扉,或许赛忒不会追踪埃萨克人而来,瑟利的舰队更不会尾随入侵,找到杀戮的借口。

心底深处,某个受压抑的角落,有个声音像想要挣脱牢笼的猛兽,不停冲撞着艾翡德的大脑。他亲眼见识到了宇宙的残酷,它能轻易剥夺人们的生命，侵蚀人们的理智，泯灭灵魂中残存的光。世间根本没有所谓的和平——在巨大势力的面前，一切都是惘然。

**银河中，只有力量得以称霸。**

他压下再次缓缓升起的复杂情绪。犯下的一切过错，他会用生命去偿还，然而现在，自己还有必须完成的事。

艾翡德拨弄操控系统的流光线条，将舰艇转换为宇宙飞航模式，准备在星系间进行长程漫跃。

他向啼欧拉祈愿，别在中途遇上任何其他种族的航舰。

突然，在视线前方，被海水冲刷的破碎建筑上，出现了几个身影。一小群埃萨克战士爬了上来，正朝着他挥手。

*对了……他们的体内缺乏微晶，因此瑟利的探测系统无法完全搜索到……*艾翡德凝望着他们。那些高大的人种浑身是伤，他们的舰艇已毁，更难以操控埃蕊的舰船，因此看见艾翡德时，似乎燃起一线生机。

艾翡德生长在这颗和平行星，一辈子没有杀过人。现在，他打开雷霆舰艇的武装炮，瞄准了那些埃萨克人。

他狰狞地盯着他们，压制不住体内冒出的恨意。他咬紧牙，颤抖的手紧握着炮火的发射杆，脑中不断出现战场上的画面，所爱的城市成为炼狱的画面。*我的灵魂已经死去，你们也该成为灰烬！*

那些埃萨克人拼命挥手。雷霆舰艇朝着他们笔直奔去，炮口已锁定——

有东西握住了他的手腕。

艾翡德低下头，看见小儿子依然沉睡，小手却抓住了父亲。艾翡德想拉下发射杆，却不知怎的，在小儿子紧紧相扣的手掌下，难以动弹。

*……在最绝望的时候，紧握代表希望的手。*

泪水莫名从眼角涌出，艾翡德克制不住地啜泣。他挪动操控方向的手臂，让舰艇遽然升空。杰力姆曾说过他们的舰船载有小型野隼飞船，那些埃萨克人是死是活，交由命运决定吧。

底下的海水正剧烈翻腾，凡蒂亚城已被完全淹没，只剩三座遗迹的尖端部分依然露在水面上。又有几颗陨石闯入大气层，坠入远方的汪洋，掀起及天高的水壁。剧烈的冲击声似乎要将星球炸裂，空压让舰艇激烈晃动。

一颗接着一颗炽热的光点陆续出现在暗红的天空中，带着灭世的意图降临。

雷霆舰艇脱离了大气层，艾翡德回头，目光穿越透明的机壳。天谐星的表面是无尽的海洋，反射着朝阳的金光。带状云层飘浮着，时而因陨石坠落而产生涡卷，又倏然散开。朦胧的震荡声响，像是星球的哀号，又如星球最后的心跳。

这是他一直以来的故乡，曾经祥和的天堂。人们曾经在这里悠然过着每一天，举行无数次歌声交融的海中仪式，这里是他与娜妮西共度一生的地方，他们四个人过往的家。

艾翡德回望了最后一眼。

然后他转过头，输入目的地："深泉星域。首都，埃蕊艾尔那。"

他紧紧抱住阿瑞堤，驾着舰艇，航向黑暗的宇宙。

（全篇完）

# 飓光

沥书——著

## 楔子

混乱而破碎的星系，上千艘联合舰队被潮水般的赛忒兽群紧紧围困住，它们的眼睛闪烁着狠戾的赤红色光芒，钢铁利爪划破战舰的能量层和外壳，锋利的獠牙咬向那些绝望的战士。

群兽的中心，妖艳的撒壬站在一只山一般高大的巨骸兽的顶端，神经触须悠然飞舞，正指挥着这数百万只巨兽的钢铁军团。

虽然舰队的激光、束流炮、离子辐射弹疯狂地反击，但依旧挡不住这些妖兽凌厉的攻击。

不断有战舰爆炸开来，频道里到处都是赛忒兽的嘶吼和人们绝望的哀号声，这支舰队眼看就要全部灭亡。

突然，一团白光乍现，几十个身披凝甲的战士破空而来，他们的眼睛露出淡金色的光芒，身后紧紧跟随着一支气势威严的军队。他们的战舰和战士的盔甲上，都镌刻着一幅图案——一团耀眼的光芒，向外分支形成七把利剑。

被困的人激动不已，他们认出来，这是飒因族的族徽，是飒因族倾全族之力来帮助他们。

"飓光不灭。"

人们记起他们的族语，记起他们传奇性的飓光凝甲。

撒壬突然发出尖锐刺耳的叫声，赛忒兽群眼中的红色光芒变得更加灼热，号叫着向飒因族的战士围剿而去。飒因族的舰队切割开赛忒兽的包围圈，战士们用血与肉将铁一般的防线生生撕开一道裂口！希望之火在被困的战舰间点燃，他们朝着这个裂口加速撤离。

战火弥漫，能量汹涌。

舰队终于成功逃出这片星系，向着欧菲亚星球撤回，而飒因族的军队则被赛忒兽的大潮团团围住。

耀眼的光明不断被黑暗吞噬，渐渐黯淡下去。

## 一　没落遗族

太空之中，恒星继续着亿万年的燃烧。

一颗普通的土黄色星球在轨道上运行着，但不普通的是，它的大气层外包裹着一层半透明球形晶膜，让整个星球看上去像一颗精致的水晶球。

这层薄膜在云层之中半隐半现，不时有纹路微微亮起，向不同的方向扩散。

薄膜之下，一座城市悬浮在距地面几千米的空中，缓缓飘动。

城市主体由三艘大小不一的恒星级战舰改造而成。它们头部相抵，像一片巨大的三叶草，而三叶草的中心，则是一个缓缓旋转的球状枢纽。

这就是舰合城，一座被遗忘的、飒因族的城市。

浓厚的火山霾笼罩着它，暗淡的阳光勾勒出城市残破的轮廓。行人在建筑的阴影中行走，身上不时显露出怪异的紫黑色瘢痕，让人触目惊心。

这座城市虽然在运转，但却如同死去了一般寂静。

水晶薄膜上的纹路突然开始紊乱，这是星系的太阳刚刚发生一场反常的黑子活动，薄膜的运行受到了影响。

整个城市仿佛被按下静止键，所有人都停止了动作，神情茫然，他们眼中原本的淡金色光芒突然变成紫黑色，神态也变得癫狂。

下一时刻，所有人如同失去理智般相互攻击，三五成团地殴打撕咬在一起，整个城市顿时陷入一片混乱，变成了最恐怖的杀戮场。

引擎的轰鸣声骤然响起，一辆红色摩托车急速行驶过来。莱修一身红衣，戴着防御头盔，车后绑着几十个他手工制作的布娃娃。

那些失去理智的人被摩托车吸引，疯狂地跟在后面。莱修操控着摩托，灵巧地左闪右躲，好几次差点被抓住，但都有惊无险。他不断丢下那些带血的布娃娃，人们争相去抢，却被娃娃身上突然爆出的一阵强力电流击晕过去。

"对不起了。"莱修抱歉地说，这都是为你们好。

摩托车沿街道开去，莱修一路丢着娃娃，渐渐整个街道的人都被电晕过去，这一片的骚乱暂时平定下来。

莱修舒了口气，紧绷的神经有所放松，这时突然从旁边闪出一个人来，他连忙侧过车头，失去了平衡。

摩托翻滚在地，莱修的身上多处蹭伤，头盔也掉落一旁，露出莱修瘦削且略显苍白的面容。

前面一群正在撕打的人被声响吸引，黑紫的眼睛齐齐盯着莱修。他们身上沾满血迹，手里拿着棍棒、铁杆等各种武器。

他们朝莱修一步步走过来，眼中闪着幽幽紫光，如同猎食的狼群。

莱修一边惊慌地向后爬，一边扔出一些自制的小道具，将他们的脚粘住，或是将他们网住。但是人数实在太多，莱修完全招架不过来，被击中好几次，嘴角已开始渗血，渐渐被逼入一个角落。

一个流着口水、身形魁梧的男人嘶吼着举起铁棍，凶猛地挥舞，莱修紧紧地闭上了眼睛。

就在这时，一个白影骤然出现，牢牢地将铁棍接住，同时一拳击向对方的颈动脉，男人瞬间昏倒在地。

"裴叔。"莱修看着来人的背影，惊喜地喊了一句，然后就因失血过多晕了过去。

白影身形健壮，衣服背后绣着优岚家族的家徽，肩膀上是第二舰队的司令肩章。他两鬓斑白，眼角一道淡淡的伤疤，散发着无数战争沉淀下来的威严感。

他身后跟着几个家族的士兵，个个战甲鲜明，器宇轩昂。他们很快将周围的人一一制伏。虽然经过严格的军事训练，但士兵们还是被整个城市的乱象所惊到。

"裴司令，这是发生了什么？"一个士兵呆住问。

裴络抬头看了眼天空，晶膜的运行还在紊乱中。

"维护秩序，但不能伤害任何人。"裴络严肃地命令道。

几个手下领命后，各自朝不同的方向飞去，以全面平息骚乱。

裴络背起昏迷的莱修，有些忧心忡忡。他骑上倒在一旁的红色摩托车，猛然加速，向城市的深处驶去。

黄昏的阳光经过天空薄膜的过滤后，是一片灰暗的血红色，为摩托车和上面的两人镀上一层凄迷的色彩。

太阳的黑子运动停歇，薄膜也恢复正常运行。城市里一片狼藉，街上的人也都清醒过来，狂热的紫色从他们的眼中逐渐消退。他们的身上或多或少都带着伤，但没有任何惊慌，只是沉默，似乎对这种情况司空见惯。虽然刚才还是厮杀争斗，现在却相互帮助疗伤。

驾驶着摩托的裴络看着这一幕，为飒因族的现状而深深动容。

飒因一族来源特殊，在欧菲亚古老的历史上，他们原本是一支维护和平的军队，秩序严明，战力强悍。里面的士兵经过训练都有特殊的"飓光"晶纹，能对环境中流动的能量做出感应。

因为这种特殊的晶纹，他们的身体逐渐进化改变，最明显的，是他们的眼瞳，带着暗淡的金色。他们的心智也变得特殊，可以产生相互的联系，久而久之，最终分化成为了一个亚种族，也就是现在的飒因族。

在那场几乎要终结欧菲亚文明的"撒壬之战"中，联合舰队被撒壬设计围困在斯坎星系，眼看就要被毁灭，是飒因族举全族之力，杀出一条血路，拯救了他们。

这一战，飒因族几乎被屠尽，死亡三十多万人，只有几万人幸存下来。

但命运从未放过对这些幸存者的折磨。

风吹起裴络的头发，摩托车行驶在由战舰改造成城市的顶层，旁边的飒因族士兵正抬着一些受伤的居民，他们的身体上都长着触目惊心的黑紫色瘢痕。

这就是蚀晶，一旦被感染，就永远无法摆脱。

撒壬之战后，幸存的飒因人都被赛忒的蚀晶所感染。但奇特的是，之前受到感染的瑟利人和埃蕊人都难以避免地转化为魔物，同化为赛忒，而飒因人却保留了相对完好的意识，似乎他们具备某种对抗赛忒蚀晶的特质。

为避免可能的感染扩散，联盟将飒因族隔离安置在长盛星域的这颗偏僻的火漠星上，这个星域是瑟利的突勒斯家族最活跃的地方，也有大量埃萨克部族的殖民地。火漠星天空中那层包裹整个星球的晶膜，就是用来隔离感染者的微晶造物——封膜。它能够凝聚天空之钥的信号，也就是"欧菲亚之光"，从而抑制蚀晶的恶化，但它会被恒星的活动所影响，所以才时不时会出现整个城市的人意识混乱的局面。

飒因族已经在这里沉沦了近百年，被这种无药可救的蚀晶病深深地折磨着，渐渐被联盟里其他的人所遗忘。

路边的士兵和居民整齐地站成两排，神色肃穆，默默注视着红色摩托上的红衣少年。裴络也通过后视镜看着摩托车后的莱修，突然露出微笑来。

还好，这压抑的城市中终于出现一道曙光。

莱修，飒因族的少主，唯一一个体内没有任何赛忒蚀晶的飒因后代。他的出现很可能会破解蚀晶的秘密，也将会改变整个飒因的命运。

摩托车驶进一栋伤痕累累的塔式建筑里，塔楼顶端飘扬着飒因族的旗帜，虽然有些破损，但却依旧在飘扬着。

## 二　晶纹始开

舰桥改建而成的飒因族长府邸，到处管道密布，曲折幽深。年久失修的循环系统不断滴着水，无精打采的侍卫四处游荡着。

最高处的一间房里，却是一片春意盎然，各色花草爬满墙壁，与贫瘠的外界形成鲜明的对比。而最引人注目的是角落的桌子，上面摆满半缝好的各种布娃娃。

莱修正被罚贴墙倒立，满头大汗，旁边一只浑身蓝色、额头一撮白毛的小动物正在蹭着他的颈部，让他不断打着喷嚏。

"蓝露，"莱修摇头想轰走它，"不要闹。"

裴络正站在窗户旁的阴影中，手中把玩着一个布娃娃，看不清表情。

倒立的莱修战战兢兢地看着裴叔的影子，对这个叔叔又敬又畏。从小时候开始，裴叔就会不定期来火漠星，给他讲各种故事，名垂青史的天穹守护、千奇百怪的星球，波澜壮阔的欧菲亚历史。

但有时候裴叔又很严厉，让他演练各种战术，疯狂地锻炼体能，更严禁他去府邸外面玩，而这些只是因为他的特殊体质。

"我不是让你好好在房间里待着吗?"裴络沉声,"万一出事怎么办?你是唯一一个没有被蚀晶感染的飒因人,是所有人的希望,要是出个好歹,你怎么向列祖列宗交代?"

莱修听着这些他说了不知多少遍的话,头都要炸了。谁能知道,这个军队里威严稳重的裴司令私下竟然这么婆妈啰嗦。

"我只是不忍心,"莱修有些委屈,"不忍心看到族人们自相残杀,所以才想帮助他们。"

"保护好你自己才是真正地保护族人,为将者应目光长远,"裴络又开始絮叨,"你的特殊体质才是治好他们蚀晶病的关键。"

"哦。"莱修只能点头,腹诽不已。

"为什么要做这些布娃娃?"裴络不满地问,有些失望一个男孩竟然会有这种女孩的爱好。

"我只是想多些人陪我说话。"莱修低声说。

裴络愣住,心像被刺扎了一下。

之所以这么严格,是担心过多和其他感染者接触会影响莱修的身体。看来长期一个人的孤独下,莱修才做了这些布娃娃,陪着他度过漫长的时光吧。

"下不为例。"裴络语气有些松动,莱修立马倒在地上,喘着粗气。旁边的蓝露噌地就跳上他的肩膀,不停地叫唤着。

"今天有个礼物送给你。"裴络拿出一个黑色的小金属盒,表面镌刻着繁复的纹饰。

莱修好奇地接过,轻轻打开盒子。里面的绸布上摆放着一件银色的金属袖套,表面有些生锈,中间贯穿几道细细的暗色管道。

"能……能环剑!"莱修惊喜地喊起来。能环剑是飒因的特属武器,一剑一甲,剑为能环剑,甲为飓光甲,相互配合,所向无敌。

他以前只在家族的藏书中看过一些照片,没想到今天能看到实物。他兴奋地套在手上，四处挥舞，蓝露害怕地向后躲避。

但是剑没有丝毫反应，莱修露出疑惑的表情，按照书里所写，能环剑应该能够凝出能量之芒，形成一把如同光打造的利剑。

"只有飓光晶纹才能和它共鸣，"裴络的神色变得凝重，"今天我来就是为了帮你唤醒这道晶纹。"

莱修忙正襟危坐，呼吸急促，这是飒因人成长的重要时刻。在以前，唤醒仪式非常的复杂和隆重，但现在的状况只能从简而行。

房间的空气似乎也凝滞不动。

裴络打开盒子的暗格，从中拿出一张古旧的纸状设备打开。一阵微光闪过，银河的全息图赫然悬浮在设备中间，它缓慢旋转着，不断快速放大星系无穷无尽的细节。

莱修感觉自己仿佛要被吸进去，星空的深邃引发了体内的莫名涌动。他突然感觉非常恐惧，这种恐惧虚无而不可名状，似乎来自宇宙的开端，生命在浩瀚前的渺小和无力感。

"看着它，"裴络缥缈的声音传来，"感受它。"

莱修咬牙坚持着，旋转的星空倒映在他眼中。他慢慢忘记了自己，和银河彻底融为一体，他就是虚无，就是永恒。

一股能量在他体内不断沸腾，四处奔走，寻找着宣泄的地方。伴随着极度的痛苦，莱修发出一声难明的哀号声，响彻整个空间，一道暗金色的纹路刹那间出现在他的眼瞳中。

晶纹始开，此为飓光。

这一刻，莱修开始感受到一些特别的东西，那是各种不同的能量场在周围的波动。

心脏的跳动，血液的流动，水冷气体里的涌动，恒星的脉动……

他的呼吸慢慢变得平稳。

下一刻，莱修佩戴着的能环剑光芒大盛，上面的锈迹不断剥落，中间的暗色管道一瞬间发亮,激射出汹涌的光芒。

莱修兴奋地大叫起来,抬手到处挥舞,差点把蓝露的毛烧掉。裴络怔怔出神,他也很久没有看过这个画面。

莱修还没挥舞几下,就突然疲惫地倒在地上,能环剑的光芒也悠然消散。

"你晶纹刚开,需要好好休息。"裴络轻声说,抱起莱修放在床上。他的话似乎带着催眠作用,莱修沉沉地睡了过去。

裴络从怀中拿出一根取样针,轻轻地在莱修胳膊上一点,采取了他的血液样本,针上面迅速闪出一些公式和化学结构。

窗外,夜已深,整个城市渐渐睡去,裴络转身离开了房间。

星系之中,一艘战舰以漫跃的状态前进着。它外形简洁,但每一个细节都彰显着威严内敛的气质,这就是裴络的座舰——翼虎号。

卧室里,裴络打开秘密频道,周围立刻出现一个全息的莲花状会场。这是欧菲亚联盟会议中心,如花瓣般排列的仪席上坐满了瑟利、埃萨克和埃蕊三族的数百名代表,个个都神色凝重。

众人的目光都看向刚出现的裴络的全息影像,被他的气度所震慑。

会场正中悬浮的发言台上,正站着一个身着蓝黑色正装的女性,一头栗色长发,英气逼人,目露锋芒。

尤旦希,飞洛寒家族最年轻的惩法长,以铁腕的作风在家族中推行了几项重要的军法,一革家族庞大臃肿的弊端,是年轻一辈中的佼佼者。今天,她更是代表家族出现在这里。

裴络和她的目光在空中相遇,碰撞出无声的火花。

"边境几个星球接连失联,赛忒已经在准备反扑我们,"尤旦希目光如炬,环视众人,"我们不害怕它们,但是我们不应该忽视,一颗就藏在身边的炸弹。"

她的身后出现了飒因人被蚀晶感染的大量影像，在场的人都倒吸口气。影像中，一个飒因人正慢慢变化为赛忒兽，狰狞而恐怖。

"我们飞洛寒有句古训，灾祸乱于细微，"尤旦希加重语气，"飒因人存活了这么多年，相互残杀，苟活到现在。他们已经不是人类，而是异族，是我们的敌人。各位欧菲亚的同盟们，是时候收起我们的仁慈，彻底消灭他们了，否则他们只会成为赛忒的力量。"

尤旦希的发言富有感染性，台下的议员都难掩惊恐的神色，赛忒兽的咆哮唤醒了他们内心深藏久远的恐惧。

尤旦希胜券在握地看着台下面无表情的裴络，飞洛寒和优岚这两大家族多年来摩擦不断，在对飒因族的态度上更是相互对立。优岚支持善待这些感染者，而飞洛寒则致力于彻底清除他们。

伪善的优岚族，尤旦希心中冷哼，只不过是在觊觎飒因族的武器技术而已。

裴络突然站起来，从空中点出一份报告，这份报告实时出现在所有议员面前。

"这是我刚做的血清报告，分析对象是飒因族的少主飒因·莱修。"裴络的声音沉稳而有力量，"报告中显示，他体内晶纹的遗传信息上藏着克制蚀晶的特殊代码。"

现场一片哗然。

"优岚也有句古训，希望藏于危机之下，"裴络环视众人，"我们很快就能从这个特例身上找到对抗赛忒蚀晶的秘密。"

所有人都窃窃私语，如果找到克制赛忒的办法，那么欧菲亚目前最大的威胁将迎刃而解。

尤旦希正想争辩，坐在首位的忒弥西议长站起来，挥手制止了她。所有人都恭敬地看着这个代表着智慧和威望的欧菲亚传奇英雄。

"文明的强大在于包容，"她的声音抚慰着人心，"现在进入决议环节。"

经过快速而短暂的投票程序后,联盟决议,保持对飒因族的监视政策,并督促优岚家族尽快研究出克制蚀晶的成果。

会议解散,代表的影像一个个消失。

裴络舒口气,正准备关闭远程通讯,尤旦希的影像却强行插入进来。

"你这是在玩火。"尤旦希目光阴冷。

"文明从来都是从玩火开始的。"裴络笑笑。

对方冷哼一声。

"这件事不会就这么结束。"尤旦希整理了下衣领,"别忘了,是谁把飒因族驱逐到火漠星的?"

尤旦希的身影消失,只留下面色有些惨白的裴络。

## 三　巨疯团

莱修正在做一个美梦，梦里，他带着已经被治愈的族人乘坐着家族战舰，行驶在太空中。战舰降落在一颗美丽的星球上，这里空气甜美，鸟语花香，所有人都来夹道欢迎。

连续的爆炸声响起，粗暴地打断了莱修的美梦，蓝露也被惊醒，一声声低号着。

莱修轻轻抚摸着蓝露，安抚它的惊慌。蓝露曾是飒因人最爱驯养的一种宠物，性格傲慢，独来独往。但在那场战争后也几近灭绝，现在只剩这一只，和它的主人莱修同命相连。

"怎么了？"他问门口的侍卫长，"那些埃萨克人又在打仗了吗？"

"不清楚，少主。"侍卫长回答，"不过有人报告，'巨疯团'刚离开舰合城，会不会是他们闯进了埃萨克的领地？"

莱修叹口气，头疼无比。

巨疯团，正如其名，这个小团伙由城里十几个喜欢玩闹的小孩组成，个个是疯疯癫癫，和其他受蚀晶感染的人低迷的状态完全不一样。

莱修第一次见到巨疯团是在他十岁那年。那时他还在房间无聊地雕刻着人像，蓝露却突然警觉地竖起耳朵，站起来。

"少主，有人潜入府邸。"侍卫长报告。

莱修愕然，猜想是谁有这样的胆子。

过了一会儿，侍卫长又报告说潜入者是十几个孩子，他们破解了警卫系统，还一次次地逃脱了抓捕。莱修露出微笑，无聊的生活终于有了些乐趣。他指挥府邸的护卫队，对这些小孩进行切断战术，在他面前，这些小孩的战略完全不堪一击。

很快，小孩们被围困在大厅里。他们闹闹哄哄，肆无忌惮，对被抓不以为意。为首的竟还是一个清秀俏皮的女孩。

莱修抱着蓝露，审视着他们，目光却不由自主地停留在女孩身上。

"没看过美女吗？小色鬼。"女孩哼道。

莱修的脸色有些微红。

"你们是谁？"他试图用审问来掩饰自己的尴尬。

"你连巨疯团的名字都没听过吗？"女孩的鄙视又加深了几分。

莱修郁闷地摇摇头，难道自己应该知道这么奇怪的东西吗？

"你们进来想干什么？"他问。

"当然是想绑架你，"女孩斜了他一眼，"以威胁执政官们降低使用飞摩的年龄限制。"

莱修苦笑，这种态度，难道在她看来绑架这件事很平常吗？这时女孩的眼睛突然一亮。

"这是什么？"她指着蹲在莱修肩膀上的宠物问。

"蓝露，名字是裴叔叔起的。"莱修炫耀地抚摸着宠物。

"好漂亮啊，让姐姐抱抱。"

"它比你还大。"

"是吗？那让妹妹抱抱。"

女孩嬉皮笑脸地朝他走来，就像她不是闯入者，而是相识多年的老友。莱修有些哭笑不得，突然他注意到树枝般的黑痕布满她如软玉般的手臂肌肤，那是被感染者的痕迹，但与一般感染者不同的是，这原本恐怖的纹路旁却不知为何多了一些彩色的涂鸦，二者巧妙地化为一体，看起来倒像是一个精美别致的文身。

"漂亮吗？"女孩突然问。

莱修脸又红了，心中非常讶异女孩的态度。他以前见过的感染者无一不想尽办法隐藏这些黑纹，从没有人这么张扬。他一眼扫过去，才发现这些孩子都有意露出他们的黑纹。

"嗯。"他突然笑起来，"确实很漂亮。"

"想摸摸看吗？"女孩眼神挑衅，语气充满诱惑。

莱修的脸越发红起来，有些不知所措。就在这时，女孩突然向他冲来，莱修刚想躲避，女孩的右手却早已接触到他，他突然感到全身各处的神经一阵麻痹。

女孩一手敏捷地抓住想咬她的蓝露，另一只手则迅速拿出早已藏好的锋利匕首，指着它的颈部，蓝露拼命挣扎却无济于事。

"我都说我是来绑架的。"女孩计谋得逞，得意洋洋，"限你三日之内完成我的要求，不然……哼哼。"

女孩一边威胁着，一边朝门口撤退。

"记住了，我叫萤琳。"女孩带着手下从窗户跳向停在那里的摩托，飞向高空，临走的时候高喊，"条件答应了，我就会放它回来。"

莱修无奈，只好说服执政官们通过了这些小绑匪的要求。当晚，一脸惊吓的蓝露不知怎地出现在他的房间里。

巨疯团尝到甜头，竟然隔三差五地过来尝试绑架他。他也乐得配合，只是蓝露每次看到萤琳都有些害怕，因为她总是喜欢拽它的尾巴。

萤琳作为他们的头领，性格古怪，打扮夸张，每天都穿着不同的奇装异服，给沉闷颓败的舰合城带来一道亮丽的风景。

莱修查过资料库，萤琳师从飒因族最著名的渲晶师，专门负责晶械的维修与制作。她戴的手套是渲晶师世代相传的专属络合器，能够帮助他们更好地控制微晶。

莱修和巨疯团之间的争斗日趋激烈，他们的战术水平也在不断提高。有一次莱修还真被他们绑架成功了，他一辈子也忘不了萤琳那时趾高气扬的神色。

爆炸声此起彼伏。

莱修越来越担心，不由得去想那个讨人厌的女孩会不会遭遇不测。

我就偶尔不听话一次，裴叔，不好意思，毕竟他们是我的族人，莱修无奈长叹。谁让他们总是这么擅长找麻烦。

他一把抓起还在熟睡的蓝露，打开房间的窗户，趁侍卫长不注意，跳到自己的飞摩之上。

伴随着蓝露的尖叫和侍卫长无奈的哀号，骑着飞摩的莱修如离弦之箭般驶向爆炸发生的地点。

火漠星的主体颜色为土黄色，遍布数量众多的活火山，常年喷发，火山灰弥漫整个大气层，使得环境的能见度极低。几乎寸草不生的荒原之上，无休无止的狂风不断旋转咆哮，摧毁着沿途的一切事物。

尽管生存环境如此恶劣，但是生命力顽强的埃萨克人依旧在这里生活了下来，这里的埃萨克人都属于克扎部落，他们风格古怪的建筑环绕在各个火山周围，用地热能维持着城市的运转。他们的任务是保护和维护封膜的控制中心——英祭塔。

莱修驾驶着飞摩灵巧地躲避着四处的狂风，很快就看见英祭塔巨大的钢铁身躯。与埃萨克族建筑特有的狂野风格不同，英祭塔完全是瑟利人的审美风格——流畅的线条和华丽复杂的结构。它的底部稳稳地扎根于大地之上，顶端消失在弥漫火山灰的大气层中，像一个巍然矗立在天地间的巨大支柱。

尘埃弥漫，莱修悬浮于半空，戴上护目镜，发现爆炸点在不远处一片嶙峋的石林当中。

借着灰霾的掩饰，他悄悄落在一处战火没有覆盖的地方，一边躲避着埃萨克人的攻击，一边依靠蓝露的嗅觉寻找巨疯团的踪迹。

片刻后，他发现他们都躲在一块巨石下面，个个灰头土脸，狼狈不堪。

"你们跑这里来是找死吗？"莱修发怒，压低声音，"你们发疯也得有个限度吧。"

他们看见莱修也是大为诧异，为首的萤琳虽然满身的泥，看到莱修却非常地开心。

"小色鬼，你怎么来了？"她调戏说。

"现在听我指挥。"莱修拉长脸，不想跟她争吵。

话音未落，莱修眼中的微晶纹路陡然闪亮，沿着瞳孔向四周扩散。

"哇，是飔光晶纹。"有人惊叹道。

莱修懒得理他们，环顾四周，感应着能量的分布情况，他"看见"空中一道道能量光彼此起伏交叉，炸出绚烂的光芒，片刻后便弄清楚了埃萨克的火力分布情况和攻击模式。

"小心跟着我走。"他小声地说。

莱修带着他们左闪右躲，同时不断制造假象让埃萨克人判断失误。

好在这些野蛮的埃萨克人几乎没有什么战术可言，只是简单粗暴地依靠人多的优势进行围剿。莱修借助着地形的掩护，顺利地带着他们绕出包围圈，离开了埃萨克人的火力射程。

　　萤琳突然从身上拿出一个仪器，外表看像是长满刺的棍子。她简单摆弄几下之后，一道绿光在尾部闪动，这个仪器陡然升空，消失在浑浊的大气层中。

　　"你在干什么？"莱修愕然。

　　"你迟早会知道的。"萤琳露齿而笑。

　　"疯子。"莱修低骂一句，刚才的响动已经引起埃萨克人的注意。

　　"你也一样。"萤琳噘起嘴，依然不忘抬杠。

　　莱修终于把他们带到他们停靠飞摩的地方。

　　"一个一个往城里飞，以免引起注意。"莱修低声命令道。

　　"你呢？"萤琳问。

　　"我很快就追上你们，"莱修摆出威严命令的姿态，"别废话了。"

　　萤琳吐吐舌头，有些不情愿地排在首位，蓝露更加不情愿地躺在她的怀里，其他人跟着一个一个启动飞摩，朝着天空飞去。

　　当最后一个人飞走后，莱修放下心来，也正准备离开，忽生警觉，猛地向旁边跳去，灵巧地躲开一颗飞来的子弹，却兜头落下一个网，网上闪动着两个字——莱修。

　　一个叼着雪茄的埃萨克小孩从一个隐蔽的角落悠闲地走过来，用枪猛地将莱修击晕过去。

　　一片黑暗。

　　疼痛袭来，莱修的意识一阵恍惚，隐约能听见周围的嘈杂声。

　　莱修迷迷糊糊感到自己正在地上被拖着前行，粗粝的石头不断刮擦着他的皮肤。片刻后，他被架抬到一个充满臭味的车上，朝某处驶去。

　　透过充血的眼睛，他模糊地看见一群群埃萨克人正以敌视的目光盯着自己，嘴里不断咒骂着什么。

"我把这小子给带过来了。"一个粗犷的声音说。

"很好。"这似乎是一个瑟利女人的声音，魅惑而威严，"你放心，我们肯定会帮你当上战酋的。"

莱修再次被人架了下来，这次却是瑟利的士兵。

他感觉自己进入了一个电梯里，电梯不断向上升着。朦胧中，他看到封膜变得越来越近，显露出更宏大的细节，如同一个巨大的手掌向星球的边缘沉去，而舰合城渺小得像是个随时能被压毁的黑点。

我难道是在塔里面吗？莱修想，他能感觉到奇特的微晶场在周围流动，像是刺骨的寒风。

剧烈的疼痛再次袭来，他终于彻底晕厥过去。

## 四　往事难明

四处燃烧的战火；
凄惨无助的号叫；
无处不在的尸体；
……
……

又是这个噩梦。

莱修在黑暗中奔跑着，无助而惶恐，突然一个面目狰狞的怪物冲过来，嘶吼着将他扑倒在地，他拼命地挣扎，却发现这个怪物长着一张熟悉的脸，那是萤琳的面孔。

他猛然惊醒，冷汗涔涔，发现自己正躺在一个完全陌生的房间里。

这里的装饰精致而奢华，墙壁透出淡淡的光芒，应该是在某艘战舰的内部。透过透明的穹顶，可以看见外面的星空——清晰而陌生的星空告诉他，他已经不在火漠星上，而是在太空之中。

莱修立刻变得兴奋起来，这是他第一次来到星球之外，第一次看见如此真实的星空。

周围不再是熟悉的城市和看不透的云层，而是深邃的星空和各种天体。莱修睁大眼睛，连眨也舍不得眨一下，像是要一次性看遍这所有的景色。长久以来奔腾在内心的躁动在此刻得到满足，他想，多年以前，飒因人是不是就肆意驰骋在这样无垠的太空之中，那是多么令人向往的生活啊。

不知过了多久，视野中出现一颗宏伟的星球。它如一颗镶嵌在星空中的璀璨宝石，美丽而又庄严。战舰缓缓降速靠近星球的大气层，数条巨大的锁链在窗外划过，它们周围闪耀着无数电光，如同坚固的城墙保卫着这颗美丽的星球。

战舰穿过繁华有序的检查站，各种风格不同的舰只来回穿梭，一幅繁忙盛华的景象。莱修内心澎湃，又带着一丝难以说出的苦楚。火漠星比起这里来，简直就是地狱和天堂的区别，在这里他感受到了火漠星所没有的东西，生机、希望还有繁荣，这是文明的气息。

"欢迎来到欧菲亚。"空中一个温柔姐姐的立体影像微笑地对他说。

原来这就是联盟的象征，光域的中心——那个富有传奇色彩的欧菲亚星球。莱修惊叹不已，却突然疑惑自己为什么会被带到这个地方来。

穿过检查站，战舰开始降落到大气层内，欧菲亚星球的细节在他的面前铺呈开来，巍峨雄伟的天空之城悬浮在朵朵白云之中，大地之上山川雄伟，江河磅礴，共同织就一幅壮阔的画卷。

接连的景象早已超过莱修的接受能力，他开始怀疑自己是不是在一个美梦中，但是却又不愿意醒过来。

飞船慢慢靠近一座天空之城，它凌驾于流动的云层之上，如一朵层层绽开的巨形莲花，宏伟又精致。莱修张大嘴巴，记得裴叔经常提起它，它就是瑟利人所有天空城中最负盛名的一个，也是联盟总部所在的地方——天穹城。这座莲花城的正中是一座耸立如剑的建筑，一道明蓝色的光线规律地闪耀着。

天空之钥，莱修默念出它的名字，这个曾经帮助联盟击退赛忒的神秘建筑，如今已经成为所有人的精神信仰。

正当莱修思绪万千的时候，舱室的门突然打开，外面的阳光直射进来，他转过身，发现一队制服鲜明的人出现在门边。

"你们是谁？"莱修紧张地问。

那队人没有回答，只是分成两列，神色恭敬。高跟鞋的声音不紧不慢地响起，一个女人从队列之中款款走来，莱修发现他们的衣服正中都有着一个共同的图案——围成圆圈的九颗亮星。他记起来，这是飞洛寒家族的家徽。

"你们是飞洛寒家族的？"莱修小心地问。

"你很聪明。"那个女人笑着靠近过来。

她身形高挑，衣饰华丽，衣角和裙边都有考究的纹饰，高跟鞋加上精致的妆容透出她骨子里特有的性感和艳丽。但她面目威仪，眼神中带着淡淡的寒意及拒人于千里的冷漠。

"你们带我来干什么？"他问。

"带你看一些东西。"尤旦希点点头，示意他跟上。

莱修顺从地走出舱室，发现自己正站在靠近天空之钥的一个圆盘上。这个圆盘直径约有几百米，带着一股肃穆和沉静之气，远不及其他的圆盘区那么热闹。它被透明的光幕纵横划分出不同的区域，每个区域都悬浮着大小不一的展台。每个展台上都摆放着各种物品，残破的战舰，损坏的武器，斑驳的头盔，甚至是某个人的躯体。

莱修露出好奇的目光，紧紧跟在女人的后面。

"这里是撒壬之战纪念博物馆。"她慢慢踱步，姿态优雅，"里面的每一件物品都记载着与赛忒那场战争的历史。"

莱修心生崇敬，仔细打量着每件展品。

荧牌上都用全息字幕写着展品的名称和来历：

索喀纳斯的狙击之矛；

秋明长老圣器"宁寂"的残骸；

忒弥西的"鸣凤"手杖；

……

……

每一件展品都凝结着历史的气息，诉说着无法被遗忘的过往。

片刻后，他们在一块外表粗粝，色泽暗淡，看上去非常普通的石头前面站定。

"这是一颗来自斯坎星系的陨石。"女人突然说。

莱修神色微变，心中的某根弦被轻轻触动——他想起飒因族的历史，想起那场惊天动地的战役，飒因族就是在斯坎星系救了联盟然后被感染的。

莱修呼吸急促，欲伸手去触摸陨石，却被隐形的力场挡住。同时，他发现这块石头并没有标出任何的介绍信息，如果不留意的话很容易被忽略，他疑惑地看着身旁的女人。

"你很想知道这段历史吧？我可以帮你，孩子。"

女人嘴角浮出含义复杂的浅笑，一个精瘦苍白的男子从她背后向莱修走过来。男子举起的右手上戴着一个精致的手套。莱修想起萤琳经常用这种手套对他恶作剧，心中突生警觉，本能地想躲开，却被女人的几个保镖牢牢困住。

"你们要干什么？"莱修大喊，"放开我，放开我。"

他徒劳地挣扎着，男人的手套上此时晶纹流动，很快在手掌上形成一个信息聚合体。他凑身向前，将这个聚合体轻轻推进莱修的脑部。

女人露出得逞的表情。

霎时间,莱修的身体如被电击一样剧烈颤抖起来,意识中更是翻腾不休,一段尘封的历史在他的面前展开,那是舰合城的资料库中所没有的。

他看见了很多以前所没看到的——

他看见族人们被感染的黑纹爬满全身,失去理智,变成袭击市民的可怕怪兽;

他看见族徽在炮火中飘零,异变的飓光战士被瑟利家族的战士斩杀,鲜血流遍了整个星球的土地。

他看见轨道之上,遍布战舰,仅存的十几个飓光战士正与欧菲亚的联合舰队发生战斗,他们身上的飓光凝甲不断被黑纹侵蚀,不断被战火吞没。

他看见战火纷飞,父亲颤抖地跪倒在地,向优岚家族的天穹守护,献上飒因族的旗帜。

他看见机甲、武器和尸体如雪花般坠落在飒因族的三艘旗舰上,像是为旗舰披上一层死亡的外衣。

他看见投降的飒因族人和仅剩的三艘残破旗舰被不断放逐,最终被安置在离欧菲亚星球五十多光年远的火漠星上。

他看见数个联盟的渲晶师在火空中建造起巨大的封膜,将他们囚禁其中。

……

……

莱修跪倒在地上大口地喘气,冷汗涔涔。大量的信息冲击着大脑,隐藏于其中的真相如玻璃般破碎开来。

原来裴叔从头到尾都是骗人的,说什么联盟是为了隔离治疗飒因的病，其实只是将他们放逐到火漠星而已。封膜不是他们的保护壳，而是个巨大的囚笼。

"现在了解得够清楚吗？"女人朝着莱修步步靠近，"有多少英雄抵挡住了赛忒兽的攻击，却枉死在你们飒因一族手中。"

莱修精神恍惚，无法控制地呕吐起来。

其他的参观者发现这里的异常，慢慢聚拢过来，但在看清女人的面容后，都只敢在几十米外观望。人们窃窃私语，带着恐惧和好奇打量着莱修。

"你以为联盟会将你们放出来吗，"她冷笑，"你错了，你们飒因人将会永远在那里腐烂。"

莱修脸色愈加苍白，周围略微知道历史的人听到飒因这个名字，都面色发白，神色惊惧，仿佛莱修是一个随时都会引爆的炸弹。

这时，半空中突然出现一个疾速落下的身影，稳稳地降落在莱修面前，挡住不断逼近的女人。

裴叔！

莱修认出这熟悉的背影，但是比起平日里的慈祥温和，此刻的他更多了沉稳如山的气质。

"原来是优岚之虎啊，好久不见，你还是这么气度不凡。"女人浅笑。

周围有人惊呼起来。

优岚·裴络，优岚家族第二舰队总司令，同时也是优岚传奇凝甲"风虎"的继承人，被称为优岚之虎。忒弥西议长评价他"如王者般隐忍，又如猛兽般残忍"。一生战绩煊赫，曾带领优岚第二舰队将残存的赛忒兽军队击退十数光年，奠定了优岚家族军事实力的优势。

他的衣饰大部分是纯净的白色，裁剪得体，边缘齐整，装饰着家族特有的纹饰。唯独背部的白色底纹上分布着一些奇特的浅黄色斑纹，那正是风虎的传奇性武器——獠镝。

"尤旦希，你想干什么？"裴络声音沉稳，带着慑人的力量。

"很简单，我只想让他知道真正的历史，"尤旦希毫无惧色，挑眉看着岚虎："而不是生活在虚假中。"

裴络刚想说什么，却发现身后的莱修突然向尤旦希冲过去，那几个保镖想拦住，却被他灵活闪过。飞洛寒家族的渲晶师举起手，发出一个能量冲击，将莱修远远弹开，撞到后面的台子上。

尤旦希看着倒在地上的莱修冷笑："你们飒因一族早就该消失了，如果你们当时和赛忒兽同归于尽，至少还能留下一个美名。"

莱修盯着那块斯坎星系的石头，咬牙挣扎着想爬起，眼睛如狼一般盯着尤旦希。

"可怜的孩子，你是不是弄错了攻击目标？"尤旦希讥讽地笑起来。

莱修一怔，忽然意识到什么，抬头望向裴络，瞳孔因恐惧而变大。裴叔的形象和刚才影像中屠杀飓光战士的优岚族的天穹守护重叠在一起，只是比那时的年轻英武，现在的他变得更加地沧桑了。

"你，是你……是你杀了我的族人！"

莱修跌倒在地，脸色煞白。

岚虎身形未动，眼角隐含一丝痛苦。他感觉到莱修目光中的依赖渐渐消失，被恐惧和仇恨所替代。

"你没有被感染，只因为你是一个实验品而已，"尤旦希对这一幕很是满意，"而这个实验……"

一道白影闪过，她的话戛然而止，众人这才发现岚虎的手不知何时已经掐在她的脖子上。那几个保镖也没反应过来他的行动竟会如此地迅疾，只能慌忙地拿枪指着他。

现场的气氛一时紧张起来。

"他们拯救了联盟,是联盟的英雄。"裴络表情凝重,字字沉声,"永远都是。"

浓重的杀气突然从岚虎的身上汹涌散出,周围的人都发出一声胆战的惊呼,感觉自己正身处恐怖的战场之上。尤旦希脸色发紫,面露不忿,却发不出声来。

这里的骚乱已经引起天穹城护卫军的注意,他们正迅速朝这边赶。裴络冷哼一声,猛地松开手,女人忙大口呼气,白皙的脖子已变得紫红。

"也罢,既然他们愿意,就让联盟的英雄,在那个破地方慢慢腐烂吧!"她瞪了一眼裴络,带着保镖飞身离开这个盘区。

护卫军驱散了人群,他们都认出裴络的身份,并没有说什么。

裴络看着蜷缩在地的莱修,坚忍的心中泛起一阵痛楚。

"莱修,你没事吧。"裴络想去拉起他,却被躲开。

"让我回家。"莱修冷冷地说。

莱修紧抱着发冷的身体,他的世界已经完全颠倒过来,不知道还有什么可以相信,他突然无比想念舰合城,想念破败的火漠星,想念那个调皮的巨疯团。

## 五　囚星巨穹

裴络的座舰划过星光,向着火漠星漫跃而去。

船舱中,莱修紧紧抱着身体,蜷缩在座位上,双眼空洞,有意无意地与裴络保持着距离。

"为什么要这么做?"莱修突然问,"为什么一直骗我?不告诉我真相?"

"这是你父亲作出的决定。"驾驶位上的裴络说,"他希望飒因族的后代不用再背负沉重的过去。"

"可为什么那些人这么恨我们,害怕我们?"莱修淡金色的眼睛带着迷茫和痛楚,"我们到底做错了什么?我们不是救了很多人吗?我们只是生病了而已啊。"

"有时候我们会害怕不了解的东西。"裴络目光炯然,"但飒因族是联盟的英雄,这一点没有人能改变,英雄注定不会被遗忘,莱修,你要永远记住这一点。"

莱修却像没有听见他说的话,只是喃喃自语,精神恍惚。

裴络叹口气,启动飞船的定向催眠系统。莱修在体内微晶的作用下，连日来的疲惫一涌而至，开始沉沉睡去。

翼虎号在太空中无声地前进，舰外一片虚无，但在裴络的眼中却浮现出战火纷飞的场景。

那场惨烈的斯坎星系战役，飒因族拯救了联合舰队，并奇迹般地幸存下来。

人们正要庆祝时，却惊愕地发现，幸存的飒因族人竟然成了可怕的侵染者，他们的身体都出现了蚀晶黑纹。

整个联盟震惊无比。

蚀晶是神秘邪恶的异类微晶，会使人的身体和精神产生难以逆转的异变，最终变为狰狞恐怖的赛忒兽。人们对付这些侵染者唯一的办法，就是彻底杀掉。

飒因人虽然奇怪地没有完全变异，依然保持着人类的特性，但是经历过赛忒恐惧的人们早已经成为惊弓之鸟。飞洛寒是受赛忒损害最严重的家族，因此对被感染的飒因族无比忌惮，想彻底剿灭，以绝后患。

而优岚家族则决定保护飒因人，因为他们曾是联盟的英雄，不应得到如此的结局。

被感染的飒因人意识混乱，与飞洛寒和优岚的军队展开了决战，那是一场惊天动地的战斗，飞洛寒的首席惩法长——尤旦希的父亲，在这一役中重伤瘫痪，飞洛寒狼狈撤退。

裴络和其他优岚精英不得不杀了幸存的所有飓光战士，才最终让飒因人投降，被驱逐到火漠星上。

忒弥西议长带着五个能力强大的渲晶师，花费数月在星球的大气层外建造了一个特殊的微晶牢笼——封膜，抑制了蚀晶的活性，才让他们彻底清醒过来。

历史如烟，浓厚缭绕，从此过去了近百年。

裴络眉头紧蹙,神色凝重,回想起尤旦希那充满报复的眼神。他清楚她为什么这么仇恨飒因族,当年那一役,她的父亲重伤瘫痪后,无法承受战败的羞辱,自此一蹶不振,精神错乱,后自杀身亡。

有仇务尽,这是飞洛寒族的铁血信条。

翼虎号从漫跃状态中降速,慢慢泊入火漠星的同步轨道,接入英祭塔的中转中心,裴络准备送莱修回舰合城,却被他拒绝。

"我自己下去。"莱修背对裴络,冷冷地说。

裴络一言不发,看着前来接应的埃萨克人。除了为首的一个叼着雪茄的埃萨克小子一副满不在乎的表情外,其余的看到他,身体都不由自主地哆嗦起来。

"我不希望再发生这种事情,"裴络对他们冷冷地说。

"是,是。"那些埃萨克人颤颤巍巍地说。

电梯不断下降,莱修静静地看着外面。

"我叫猛扎姆,以后会是这个部落的战酋。"那个埃萨克小子对他龇着牙,"以后给我乖乖地待在城里别乱跑,记住了吗?"

"你也给我记住了,我是飒因族的少主。"莱修突然说,回视着猛扎姆,"飒因人不接受任何威胁"。

猛扎姆一愣,他发现在离开火漠星这短短的两天时间里,这个飒因人眼神里多了些不一样的东西,这种东西他很熟悉,是仇恨。

莱修走出英祭塔,飒因族的护卫队在塔外迎接着他。他抬起头,惊愕地发现昏暗的天空中飘浮着无数颜色各异、莹莹发光的小圆球。他好奇地伸手接过一个,发现这些小球上密密麻麻地写着"莱修你在哪""快给我滚出来"的话语,还有一些对埃萨克人的各种谩骂。他认出这是萤琳的字迹,不禁莞尔。

还是这么爱胡闹啊。

护卫队将他接回舰合城中,还没落地,一个蓝色的身影就飞速地跳过来，扑入他的怀中，是蓝露。莱修正要抚摸它，不料被一记凌空飞脚踹得倒退了几步。

莱修还没站稳，飞脚的主人又冲过来紧紧抱住他，声音带着哭腔。"你到底跑哪里去了？我怕再也见不到你了。"

莱修愣住，然后也紧紧抱住她，这一瞬间，他只觉得这里是全宇宙最温暖的地方。

"只有我能绑架你，听到了吗？别人没有这个权利。"她的手臂半露着，黑纹侵染的痕迹变得更加深了，触目惊心。

"好，我答应你。"莱修轻声地说。

停留在轨道上的裴络看着这个画面露出微笑。这时，通讯器上突然出现家族防务部发来的一条命令。

"MX-143星系，有一伙来历不明的空盗组织袭击家族的采矿基地，请第二舰队速度前去清剿。"

裴络眉头紧皱，偏偏这个时候，时间点真是惊人的巧合。他最后看了一眼舰合城，启动翼虎号的漫跃引擎，离开了这片星系。

莱修经过街道时，发现无论是灰色的高楼上，还是阴暗的角落里，舰合城的居民都在看着他，似乎在无声地欢迎他回来。

莱修的眼睛慢慢变得湿润。

曾经的辉煌飒因，曾经的战场王者，付出巨大牺牲拯救了联盟，现在却只能和埃萨克人在这个破败的星球上争夺生存。

这不公平。

他听见隐藏在城市里微晶系统中的哀鸣，虽然真实的历史被删改，但是烙刻于飒因族的伤痕和苦痛却永远不会消失。

"我回来了。"他大喊一声，声音在整个城市飘荡。他朝这些以前他所害怕的居民努力地挥手，从这一刻起，他不再害怕他们，因为他清楚他们忍受着怎样的苦痛，也真正明白了飒因一族继承人的重担。

当晚，巨疯团举行了盛大的庆祝仪式，舰合城也变得比平时热闹许多，烟花在天空爆出无数绚丽的图案。

"和我讲讲你这次跑出去的经历吧？"萤琳靠着莱修的肩膀，蓝露在一旁蜷曲成一团，闭眼而眠。

"天穹城是个很壮观、很美丽的地方，像一朵莲花，那里的人啊，住在各种不同大小的圆盘上面。天空是蓝色的，又大又红的鸟不停飞过……"

他描述着看到的一切，却唯独没有提起那个折磨他的飞洛寒女人的事情。

萤琳安静地听着，遐想着他所描述的那个世界。

时间静静流逝，此刻仿佛永恒。

"我带你去看一样东西。"萤琳突然说。

莱修还没反应过来，就被她拉上飞摩，一路飞到舰合城的最高处。

"来这干什么？"莱修问。

"嘘，看。"萤琳伸出手来，她的手套慢慢发亮，这时一直昏暗的天空突然出现点点星光，璀璨炫目。

"这是怎么回事？"莱修愕然，他很清楚，无论舰合城的微晶系统怎么调控气候，在这个季节是无法看到星空的。

"厉害吧。"萤琳得意地抬着头，"其实我们一直都在研究封膜，看看能不能破解它。但是它的结构太复杂精巧，目前我们还只能做到轻微的影响。这些亮点就是我们用扰膜器干扰封膜的结果。"

莱修完全被眼前的景象震撼了，这些亮点远比真实的星空美丽得多。

"那次你们跑出舰合城就是为了安装扰膜器？"他问。

萤琳得意地点头。

绝对的女疯子，莱修暗叹，心中却涌起一种莫名的情愫。

两人并排站在一起，陶醉地欣赏着这片人造的星空。

"巨疯团的名字其实原来是具风，"萤琳轻轻地说："风雨的风，具体的具。"

风，具，莱修默念，飓光的"飓"字。

"其实我们最初成立这个团体，只是想给舰合城带来一些活力，我们不想看到族人每天生活在绝望中。"平时活泼洒脱的萤琳此刻显得恬淡又平静："其实我知道，他们都没忘记在太空自由翱翔的感觉，都希望再次看到异星球瑰丽的景色。"

晚风吹来，莱修的衣服不停抖动。

"我会让所有飒因族人看到外面的世界。"他认真地说。

萤琳微笑，一瞬间，她仿佛看见飒因的战舰已经启航。

"我们最后会变成怪物吗？"她突然问，看着蔓延至手腕的黑纹。

"不会啊。"他笑起来，"你现在就是一个偷了我的心的怪物。"

萤琳的脸红了，然后……

"啊——"

正在街上闹闹哄哄的巨疯团和城里的居民都看见星空的背景下划过一道红光，向着地面坠落而去。

那是被萤琳从空中踹下来的莱修。

"流星啊，快许愿。"有人说。

在半空中坠落的莱修慢慢闭上眼睛，展开双手，感觉自己在飞翔。

虽然舰合城是个落后破败的城市，但却是他的城市；虽然城外充满劲敌，但依然无法扑灭他对太空的渴望——这些都深深地刻在他的基因中。

"让我加入你们吧。"他突然大声喊，"加入巨疯团。"

"就等你这句话。"萤琳带着眼泪狠命地点头。

"我其实还有一句话。"莱修大喊。

"什么?"

"快救我啊,我就要摔到地上了。"

城市之中,喧嚣更甚。

半空中,莱修的目光又落向舰合城最中心的那个不停旋转的圆球形建筑,他能清晰地感觉到,那里有什么东西正呼唤着自己。

那一刻,莱修做了一个决定,一个疯狂的决定。

## 六　流年

一年之后，舰合城。

时间仿佛已经将这座城市遗忘，城市中的黑色显得更加浓郁，点点微光在灰霾中时隐时现。一阵喧闹声让街上突然变得活跃起来，市民们带着抱怨和惊慌的神情四散奔逃。

散落漂浮在空中的信息站画面发生变化，同时播放着同一个影像，那是飒因族的动态族徽——分支成七把利剑的一团光芒。

"舰合城的市民们。"一个激昂的女声欢呼着，"有请我们敬爱的莱修少主闪亮登场，为大家带来空前绝后，无与伦比的表演。"

伴随着响亮的报幕，一阵引擎轰鸣声在城市上空出现，几个外形靓丽的飞摩随声而至，技艺娴熟的驾驶员让它们拼在一起，身着红衣的莱修威风凛凛地站在飞摩顶部拼出的平台上，风舞动他的衣服如同一团跳动的火焰，旁边的信息站从各个角度直播着这个场景。

"是巨疯团，快跑啊。"

有人喊出这个让所有人头疼的称号。莱修的嘴角却露出一丝笑意，得意地四处招手，仿佛听到的不是抱怨而是欢呼。这时从另一个建筑中也绕出一个队伍，那是一群张牙舞爪的赛忒兽，为首的是性感妖娆的撒壬，后面跟着几个怪兽小弟。

人群中发出几声惊呼，但很快发现那只是真人乔装加上虚拟影像形成的。

"来得正好，赛忒，受死吧。"飞摩上的莱修身姿挺拔、英姿飒爽，这一声大喊颇有几分风采。突然他的身体在全息虚拟的帮助下幻化成一个闪闪发光的身影，手中出现一道光芒，直指半空中咆哮的虚拟赛忒兽。

观众的眼中映照出这个闪亮的身影，一时竟然寂静下来，回忆起那些久远的往事。

随着莱修的指挥，飞摩俯冲而下，直冲向赛忒怪兽小队，双方很快纠缠成一团，一路打打杀杀，所到之处无不鸡飞狗跳，怨声四起。

"好，莱修少主顺利地将赛忒兽逼到绝路，现在是最后的对决。"解说员在一旁解说着这激烈的战斗。

站在飞摩上的莱修突然保持静止，积蓄着力量，等赛忒兽群快要靠近时，他一个漂亮的起身纵跃，手中光芒乍起，瞬间刺穿了最前面的撒壬，代表着对方生命值的色条骤然暗淡下来。

"击杀成功。"解说员大呼，撒壬的伪装撤除，露出气愤跺脚的萤琳。

莱修没有停止，继续对剩余的赛忒兽展开追击，他向下俯冲，对着正在溃逃的赛忒兽头部直戳下去，又有几个被"杀死"，但位于末尾的那只赛忒兽却灵巧避过他的直击。莱修怔了一下，那只赛忒兽的尾巴一扫，直袭向他的面门，他已经来不及闪躲。

"少主，不好意思了。"假扮成赛忒兽的少年高兴地叫了起来，"这一次你输了。"

莱修抬起双手下意识地抵挡，强大的冲力将他直接甩向地面，狼

141

狈不堪。

"好。"一旁的萤琳高兴地跳起来。

"精彩,精彩。"一个粗厚的声音随着脚步靠近。

莱修从地上爬起来,抬头看着眼前庞大的阴影。那是一个穿着夸张厚重的机械盔甲的埃萨克人,盔甲上装饰着特有的兽骨和羽毛。他嘴里咬着一根巨大的雪茄,与周围环境格格不入,旁边站着的几个风格类似的埃萨克护卫。

"猛扎姆战酋,我们不是说好在城防站见面吗?"莱修脸色黑下来。

"我这不是想看你的精彩演出嘛,你们的守卫还真难缠,我都说了和你从小相识,想来叙叙旧,他居然敢拦我,我只好让他休息一下了。"

莱修脸有愠色,埃萨克战酋却一脸满不在乎的神情。"我说莱修少主,我的人在哪儿呢?"

这时巨疯团的人也全部降落下来,对埃萨克人保持着警惕。莱修点点头,几个埃萨克人从飞摩的后备箱里被抬了出来。他们个个脸色青白,身上一片呕吐的污迹,看来刚才一系列的高空翻滚让他们痛不欲生。

"要什么条件才能放了他们?"猛扎姆眯眼吐出一个烟圈。

"很简单,你们退出格朗山脉,里面的矿藏都归我们。"莱修说。

"战酋,这小子太狂了吧。"旁边的一个护卫正要冲过来,被战酋肌肉虬结的手臂拦住。

"这个要求是有些过分了,我的这几个儿子可没这么值钱。"猛扎姆脸上带着戏谑的笑,目光突然瞟向一边,"这个小妞长得还不赖,搭上她的话我倒是可以考虑一下。"

扮演撒壬的萤琳此时穿着性感,被埃萨克人这色迷迷的目光扫视，有些恶心地呸了一声。

"这样你的下一代也不用受这个赛忒兽之咒的痛苦了，不是很好吗？"猛扎姆阴鸷地笑着。

莱修的手中亮出一道光芒，直指战酋。"我看你这次谈判完全没有诚意。"

"诚意？埃萨克人只对真正的战士有诚意。"猛扎姆把雪茄在手上按灭，"而不是一直躲在后面的胆小鬼，只能靠表演来发泄痛快。"

"很好。"莱修向前走出一步，"今天本少主心情不错，就让你好好领教一下。"

"好。"猛扎姆哈哈大笑，"至高战神库伊姆在上，如果你能赢得了我，我就答应你的要求。你要是输了嘛……"

他猥琐的目光又扫了一遍萤琳。

"输了本小姐就跟你走。"萤琳恶狠狠地回瞪战酋，又转过身看着莱修，"你听到没？"

"那我倒是挺想输的。"莱修笑起来，本能地矮下身，躲过了战酋犀利的攻击。

广场空出一大片地方，巨疯团迅速在四周布置好防护装置，以免在比试的过程中伤及无辜。

一高一矮的身影分别站立两端。

"莱修，飒因族天穹守护。"莱修按照天穹守护比试的礼仪躬身报出自己的名字。

"哦，我记得联盟好像剥夺了你们培养天穹守护的资格。连标志性的凝甲都没有，你是自封的吧？"战酋猛扎姆咬着雪茄说，周围的埃萨克人一阵哄笑。

莱修被这句话激怒，手上的飓光纹路瞬间启动，能量四涌，能环剑聚出一道艳丽的光芒，朝战酋刺过去。

"脾气还不小。"战酋的武器是一个铁锤样的炮筒,浑身长满倒刺,刺间泛着深蓝色的光芒,用一条合金打造的粗链缠绕在手臂上。他巨大的臂力将这武器舞动得呼呼作响,然后手一挥,铁锤划出一道蓝色的弧光,直击那团袭来的红影。

莱修早有预料,身姿微动,将将擦过铁锤的边缘,手中的光芒依旧指向战酋的胸口。

战酋却不避不闪,任由光芒灼烧刺破盔甲,没入他的胸口之中。他的脸上露出一丝痛苦混杂着享受的表情。

一击得手的莱修刚露出欣喜的表情,只听背后传来一道风声,心中生起警觉,却已来不及。

战酋半途发力将铁锤拉回,袭向莱修的后背。无法躲避的莱修硬生生承受了这巨大的一击,飞了出去,摔落在地时,还滑出去好几米。莱修一阵恍惚,还没站起来,一只沉重的大脚就踏在他身上。

"可惜啊!飒因族的天穹守护就只有这种能力吗?"

"莱修,"一旁的萤琳着急地喊着,"你没事吧?"

战酋猛吸一口雪茄,胸口的伤口正快速愈合。他抬头看着想冲上来的巨疯团,凶狠的表情一时竟镇住了他们。"让我来告诉你们吧,你们之所以还能够活在这个星球上,是因为我们克扎部落的保护。这个星球原本是我们开荒殖民的,现在却成为你们的囚牢。"

他突然举起铁锤,锤子前面的盖子滑开,一个导弹射向太空。几分钟后,导弹像是突然碰到什么东西,炸开了,爆炸的焰火勾勒出一个球壳状微晶造物的轮廓。

"飒因族现在只能躲在封膜下面,像一只丧家狗一样。"战酋疯狂地笑起来。

周围陷入一片死静。

"你再说一遍。"被他踩在脚下的莱修一脸血迹,挣扎着想爬起来。

这时萤琳抬起头来,似乎发现了什么,她的意识立马进入一个信息流。片刻后她的视界中叠加出一幅动态影像,一个外形优美的飞舰从漫跃状态显现出来,向星球轨道驶去。那艘舰身上显示着一个图案——一只睁开的眼睛,眼眸中星光点点,正是优岚家族的族徽。

"他来了。"萤琳有些惊慌地说。

被压在脚下的莱修咬着牙,左手的手臂晶纹发亮,刚才摔倒时落在旁边的能环剑收到感应开始启动,慢慢升起来,一道能量流从它的中心射出,刺向猛扎姆战酋毫无防备的头部。

"去死吧。"莱修大喊。

天空之中突然出现一个亮点,那亮点急速增大,顷刻间化为一个白色的身影出现在广场上。没有人能看清他运动的轨迹,这个白影一脚将惊愕的战酋踢飞。莱修刺了个空,能量流消失,圆环掉落在地上。

萤琳跑过去,扶起重伤的莱修。

"莱修,闹够了没有?"裴络收起身形,厉声斥责。

"这是我的城市,飒因的家,我爱怎么闹就怎么闹。"莱修猛然抬起头,汗水打湿的头发垂落眼前,凶狠的眼神从发间显露出来,"不用你来多管闲事。"

"你这是对长辈说话的态度吗?"裴络不怒自威。

"长辈?"莱修仰头而笑,"你忘了你的姓是优岚吗?"

裴络一时语塞,这时城市护卫队终于赶到,巨疯团的所有队员都被戴上磁性套锁。

"把莱修关进静思室,其他人关到禁闭间。"裴络命令道,转身朝倒在地上的战酋走去,每一步都散发出迫人气势,一脚踏灭落在地上的雪茄。

"猛扎姆战酋,希望你能清楚联盟赋予你们的职责。"他语带杀气,"那就是保护这个星球,防止飒因族受到外界的干扰。要是像今天这种事再发生,我不介意我的功绩上再加上克扎部落的名字。"

战酋狼狈地站起,虽然他比裴络的身形要高大一些,但却感觉自己在他的面前无端矮了一截。他冷哼一声,转身想走开。

这时被护送离开的莱修忽然回过头来。

"今晚,大地之上,用男人的方式做生死决斗。"他冷冷地说,"如果你能赢我,整个地面都归你,舰合城的人从此再不踏足。如果你输了,你们就给我乖乖地待在那个破塔上。"

"你能做这个主吗?"战酋意味深长地瞥了一眼面色凝重的裴络。

"你忘了谁是飒因族的族长吗?"莱修冷酷地转过身去,"有些事外人永远无权插手。"

战酋突然大笑起来。"有趣,飒因族真是很有意思。好小子,我会等着你。埃萨克人重视承诺,如果你敢耍我,我发誓,定会带着手下踏平这里。"

战酋拍拍屁股,挥手让护卫将自己的几个儿子带上,沿着原路返回。

裴络望着莱修消失的背影,这个让无数军人崇敬,让敌人闻风丧胆的优岚天穹守护,此刻却露出无奈的苦笑。

## 七　过去与新生

三艘战舰形成的城市中心，飘浮着一个球形建筑。它通体暗红，表面蒸腾着丝丝黑气，这就是舰合城的智能中心——中枢室，它负责调控整个城市微晶系统的运行。

一道白影骤然而至，悬停在中枢室前面。中枢室感应到他的身份，裂开一个口子。裴络闪身飞进去，小口慢慢在后面闭合，仿佛从未出现过。

房间里比外表看上去要明亮得多，光亮如在水中晃动，在墙壁上投影出斑驳的倒影。中心的平台上显示着舰合城里的实时动态影像。一个佝偻的身影站在旁边专注看着这个影像，姿态中隐隐带着一股饱经沧桑后的淡然。

"穆戈，我又来看你了。"裴络一进来就大呼小叫，全没了平日里的威严。他挥了挥手，房间中间出现一个虚拟的棋盘，立体地伸展开来。

三维围棋，双方需要在三个维度上进行对弈，棋盘上的黑白棋子逐渐显现，可以看出是一个残局，黑子已经呈现势衰被困之势。

"我早就在等着你了。"瘦影转过来，声音中带着艰涩的嘶哑。

裴络执白，瘦影执黑，两人心无旁骛，专心棋局，如同他们年少时一样。

"莱修真是越来越叛逆了。"裴络思考着棋局，平时端着的架势只有到了这里才会放下，"比联盟的那些议员都难对付，我还是更喜欢小时候他安安静静的样子啊。"

自那次从天穹城回来后，莱修性格大变，整天和那群巨疯团的小孩混在一起，在舰合城里肆意妄为，还指挥这些小孩去地面和克扎部落发生冲突。靠着他惊人的战术能力，几十人的巨疯团竟然将克扎部落从占领区打退不少。

"正常的青春期叛逆而已，我们这么大的时候比这还要夸张。"瘦影面带笑意，"放心，他会慢慢懂事的。"

裴络点头，想起少年时的无忧岁月，嘴角浮起若有若无的微笑。

"我担心他今晚和克扎部落的决斗。"裴络皱眉，他和埃萨克人打过无数次交道，并没有留下很好的印象，特别是克扎部落，他们的行事准则甚至不被其他埃萨克部落所容忍，生性狡猾，背信弃义，所以只能沦落到这个偏远的贫瘠星球。

从那次莱修被偷偷带到天穹城的事来看，克扎部落已经和飞洛寒家族暗中勾结很久了，这些迹象让他不安，但是最近几年他一直忙着剿灭空盗，无暇顾及，只得暗中留意克扎部落与飞洛寒家族的动作。

"他现在被关在静思室，应该不会发生意外。"瘦影安慰道，"你不用太担心，小络。"

裴络微笑，如果让那些部下知道他竟然会被称为小络，他们肯定会大惊失色吧。他不再多说，相信克扎部落也不敢太过放肆。

"现在联盟的情况怎样？"瘦影问。

"最近倒是发生了几件事情，"裴络一边算着棋路，一边说，"光域边境的一些地方开始发现有大量赛忒活动的迹象，有几个星球被摧毁。据说其中一个是埃蕊族的行星，天谐星，当初的殖民建设是为了守护一些机密，但现在随着行星的命运一同被抹灭了。更恐怖的是，联盟内竟有宗教团体信奉赛忒。"

"疯了吗？"瘦影似乎有些意外。

"具体的细节我也不太清楚，是个叫'黑色星云'的组织。联盟安全局应该会处理。"

棋局不断变化，裴络开始皱眉。

三维围棋不仅是一种游戏，更能够检测出一个人的心性，比起原本稳扎稳打的风格，黑子的走势已变得越来越凌厉逼人。

"一种控制不住的杀意。"瘦影知道裴络在想什么，"一种很奇特的感觉，似乎想杀人是为了解救他们，甚至有很多次我都差点屈服了这个念头。"

裴络默然。这就是侵染者最恐怖的地方，与埃萨克人的狂血战士不同，当侵染者完全异化后，他会完全被杀意控制，陷入一种疯狂而盲目的杀戮之中。

"至少修儿身上没有侵染者的痕迹。"瘦影欣慰地笑笑，目光中透露出慈祥的父爱，"他不用忍受这种痛苦。"

"这种人会越来越多的。"裴络肯定地说。他突然面色大变，不知何时自己的棋局已经落了下风。

"哎呀，这个棋子我放错了，能不能悔一步，啊不，两步。"裴络说。

瘦影无语。

"那就一步行不行？"裴络央求。

"你就是这样做舰队司令的吗？"黑影无奈。

棋局缓缓推进，时间慢慢流逝。

"看来今天只能到这了,每次都只能下这么几步。"瘦影疲惫地说,"小络,可以开始'清除'的过程了。"

裴络点头,收了棋局,又从手中飞出一个立方体装置。这个立方体光彩灿烂,表面不断闪烁,慢慢飘至瘦影的头顶上,它中间的核心脉络一点一点舒展开来,覆盖住黑影的头部,和他的微晶产生链接。

裴络控制自己的微晶接入到这个仪器中,开始对黑影体内的蚀晶进行"清除"。

只是过了片刻,黑影便面色苍白,汗水涔涔。立方体不断闪烁,将大量纷杂而无序的影像投射在房间之中。

一个黝黑的星球,星球轨道上飞过遮天蔽日的黑影。

一些魅惑的声音夹杂在背景中,轻声细语,却又恐怖莫名。

燃烧的城市、痛苦的咆哮、屠杀的惨烈,战场中各种负面的情绪与号叫、血液、死亡……每一个细节都在快速重放,里面有大量当年他带领优岚家族的军队对飒因进行围杀的画面。

虽然裴络每一次都告诉自己,如果不那么做的话,飒因一族终将被欧菲亚联盟消灭,但是无数个夜晚,他依然会从噩梦中惊醒。他没有做记忆屏蔽,这是他的责任,他必须背负这些记忆,背负这些责任。

这么多年来,"愧疚"无时不刻不在折磨着他,每次看到莱修眼睛的时候,这种感觉就会变得更加噬心。

但是他没有后悔,他相信赛忒兽之咒能够治好,这是他的信念,是支撑他一直走到今天的原因。

但很多时候他却慢慢感受到自己力量的极限。这一盘下了多年的棋,它的结局终将会如何?

裴络身前的瘦影发出一声声凄惨而压抑的吼叫,但这痛苦的声音被房间完全隔绝。

今夜的舰合城依旧如往常一般平静，几丝难以查明的扰动出现在城市一角。

静思室是飒因族人用来反省自身的地方。

四周的墙壁连接成一个巨大的水池，里面游着埃蕊族培养出的体态修长、色彩斑斓的鱼类，它们在调性灰暗的舰合城中显得有些另类。

埃蕊常说鱼的记忆很短，冥想时应该学习它们放下过去的精神。有些飒因人的血液里也流着埃蕊祖先的血液，受过冥思文化的熏陶。飒因族族长经常会将自己关在这里静思，当他们醒悟过错的时候，会在鱼食上写下忏悔的话语，投在缸中。如果鱼吃下了鱼食，他们才能够出去。然而这种鱼比乌龟还耐饿，十天半月不进食是常有的事。

莱修盯着这些自由自在的鱼，过去如果这么容易被忘记，那么苦痛又有什么意义？

睡在身旁的蓝露突然支起耳朵，颠跛着跑到门边，伸出脚插入门锁。蓝露曾在埃萨克人的围攻下受过腿伤，萤琳给它的腿安装了一个微晶外壳，里面放入了控制程序。当它进入门锁的控制模块后，萤琳就可以从外面把锁破解，打开大门。正是依靠这个方法，他们这个组合能打开舰合城内所有的门，如入无人之境。

"蓝露，你好像又长胖了。"

跳进来的萤琳一把抱起蓝露，拼命地揉着它的头。它像能听懂似的，负气地咬住她的手腕。萤琳吃痛，回敬地扯住它的尾巴。莱修微笑地看着这一幕，萤琳和白天妖娆的打扮不同，运动型的衣服勾勒出姣好的身材，栗红色的头发经过特殊处理，发尾跳跃晃动着几缕红光，显得青春又时尚。

她坐下来，背靠着莱修，继续逗着蓝露玩。

"你的绑架功力越来越进步了。"莱修笑起来，"这次连克扎部落战酋的两个宝贝儿子都被你绑来了,我本来只是让你随便绑两个埃萨克士兵过来就行。"

"那是。"萤琳得意,"不做到这种程度,他能乖乖过来谈判吗?"

莱修感受着背部传来的温暖,突然说:"你看到了吗?舰合城的子民看到'飓光'时的眼神,那么动人,他们都没有忘记'飓光'。"

萤琳微笑。

莱修抬起头,目光沉寂。"我能感觉到,他们都在期待着我们的战舰再次翱翔太空的那一天。"

那一瞬间,他的眼睛既像深不见底的水,又像两颗剧烈燃烧的超级恒星。

萤琳感觉到他的身体在微微颤抖。

"一切都准备好了吗?"他问。

萤琳点点头,就像一只温驯的小猫,眼神却透露出掩藏不住的担忧。

"修,你确定要这么做吗?"她问。

"当然,我等这一刻已经很久了。"他平静地说。

萤琳不再说话,只是感受着他那平稳的心跳,自己慌乱的心也跟着平静下来。

"岚虎叔叔天天在战场风吹日晒,皮肤还这么好,看来很注重保养啊!你一天到晚这么心事重重,小心未老先衰。"萤琳嘟囔着嘴。

莱修微笑,这个不太高明的玩笑冲淡了紧张的气氛。

时间已经差不多了吧,他测算着,站起身来,这时几十个虚拟影像依次出现在房间里。莱修扫视着他们,这是一支由飒因族少年组成的队伍,他们身体紧绷,神色严肃,如整装待发的军队,每个人都佩戴着秘密修好的能环剑。

"出剑。"莱修下令。

所有人手中的飓光纹路都亮了起来，能环剑亮出光芒，一时间，整个房间化为一片光的海洋。

"飓光不灭。"莱修此时的风采如同历代飒因族的族长，自信而坚决。

"飓光不灭。"所有人一起呐喊。

莱修走到门前，却像是突然想起什么，抓起一把鱼食投入鱼缸中，那些似乎饿了很久的鱼过来一阵抢夺。

莱修猛推开门，冷风吹来，夹杂着熟悉的城市气息。他一跃而出，不远处的飞摩飞过来稳稳接住了他，莱修猛然加速，化为一道红影绝尘而去。同时，几十个闪亮的身影从舰合城的角落中同样骑着飞摩而出，朝着大地上飞去。

大地之上，被一圈黄灯围出的钢铁方阵正等待着他们。

片刻间，从中枢室里疾速飞出一个白色的身影，紧随他们其后。但他刚一离开，一个水纹般抖动的物体便消失在尚未关闭的中枢室里。

## 八　灵动战影

夜色浓郁，活跃的火山使火漠星呈现独特的地貌，处处是锐利的火山岩，仅有的绿色植物是蔓延在石头上的苔藓。

几百个穿着各种混搭风格盔甲的埃萨克战士围成钢铁的方阵，他们不断锤击着皮质战鼓，鼓声浑厚激荡，营造出肃穆的战场气氛。

天空出现几十道亮光，莱修一行人降落在方阵中，激起一阵风沙。他们沉默地分散站开。莱修早已经穿戴好凝甲，面目隐藏在头盔下，稳步走上前去，摆出迎战的姿态。

埃萨克的阵营里，一个庞大而结构复杂的机器突然跳了出来，这个机器贯彻了埃萨克人制造武器只求简单粗暴，不讲究合理性的风格，各种攻击性的东西被野蛮地拼凑在一起，散发着杀戮的气息，它的体形比莱修大出几十倍，如大山一般矗立在他面前。

"小子，你有胆量来应战，"机器前门打开，露出叼着雪茄的战茜，"还算有些讽因族的风骨。"

莱修闭口不言，身姿挺立，冷冷地对着战茜。

"为了尊重你，我特意拿出我的祖传宝贝。"战茜控制着机械手臂拍打机甲的胸膛,发出让人头晕的震动。

莱修并未回答,只控制手腕上的能环剑悬浮起来,一把剑瞬间成型。

"嘿……呦……嘿……吼……"

四周的埃萨克战士打着节拍,发出有节奏的喊声,为决斗壮着声势。

决斗开始。

莱修猛跳起来,直击这个杀人机甲。机甲也瞬间发动,挥舞着手中的乌头锤袭向空中的莱修。

乌头锤划出道道气势磅礴的轨迹,后者迎头而上,红色的战影围绕着巨大的机器不停攻击,能环剑和机甲的能量罩碰撞出蓝色的弧光。

这是夜色中的死亡之舞,每一方都试图主导舞蹈的走向。

两旁的观众紧张地看着场上的打斗。

战酋渐渐感觉有点不对劲。莱修的战斗方式和白天完全不一样,不再一味地猛冲直撞,而是机敏地闪躲,自己的蛮力攻击对他基本无效,每一击都在打空,这种感觉让他郁闷不已。相反,莱修却能趁他分心的时候,找准攻击点,冷不丁来上一击,这一击往往具有极强的杀伤力,机甲的能量罩眼看就要支撑不住。

"妈的,躲来躲去的像个娘们一样。"战酋大骂一声,故意露出一个破绽。莱修果然趁机攻了过来,机甲突然浑身一抖,上万伏特的电流自机体放出。莱修始料未及,被电流击中,盔甲一时间功能紊乱,坠落在地。猛扎姆连忙上前一步,一记乌头锤重重落下,似有万均之力,眼看就要砸在莱修的身上。

一个不显眼的灰点突然飞出,准确地击中战酋手中的锤子。

战酋只觉被一道外来的力量冲击,本该落在莱修身上的锤子却只是擦过他的肩膀。

"中。"

莱修趁机欺身上前，挥着能环剑直捣机甲的胸部，破坏了它的自感平衡模块，然后一个侧翻拉开距离。本来设计就不太合理的机甲顿时轰然倒地，灰尘四起。莱修欢快地跳上机甲，控制能环剑喷射出的能量化为一道道细小的针，猛插在机甲内部。

"妈的，你使诈。"战酋在机甲里愤怒地大喊。

那个灰点向空中飞了回去，与此同时，一个白色身影带着力量和技巧的极致美感从天而降。白影的飞行单元功率全开，拖出一条蓝色尾迹，稳稳落在决斗场上。

"岚……岚虎。"周围埃萨克士兵一阵哀号。

裴络朝前走来，埃萨克战士畏惧地让开一条通道。裴络盯着正在攻击的莱修，眉头紧皱。他不允许任何人伤害莱修，因为他是飒因族的希望，所以刚才他情急之下才用獠镝化解了危机，但如果莱修失手把战酋杀死，那后果也不堪设想。

"莱修，你在舰合城里胡闹还不够吗？"裴络沉声。

裴络沉着脸走过去，将莱修从机甲上拉下来，一把取下他的头盔，却只看到一头漂亮的秀发飘散出来。

裴络一脸震惊。

"裴叔叔好。"

穿着莱修红色凝甲的萤琳吐了吐舌头，带着恶作剧般的笑容。这时战酋顶开舱盖钻了出来，发现心爱的机甲上面被画了一个人脸，细看之下，才认出是面前这个女孩的自画像。

原来她刚才是在金属上作画。

"我的宝贝。"战酋痛苦地惨叫。

"你不是喜欢本小姐吗？那就给你本小姐的签名图。"萤琳心情无比畅快，对他扮了个鬼脸，白天受的怨气终于通过刚才的战斗发泄出来，"还有我劝你少抽烟，空气的污染指数这么高，还抽得这么猛，小心死得早。"

战酋正要发作，却看见旁边怒气更盛的裴络，便恶狠狠咒骂一声，开始查看机甲是否还有补救措施。

"怎么是你，莱修在哪里？"裴络变得愠怒起来。

"我不能说。"萤琳扑闪着眼睛，做出一副无辜的样子。

"那只好对不住了。"裴络没空纠缠下去，他伸出手抱住萤琳的头部，手中的微晶纹路顿时闪耀起来。

"你，你干什么，"萤琳害怕地喊道。

"只是看看你的记忆。"裴络说着强制激活了女孩脑部的微晶，开始读取她的记忆。她意识里的信息纷繁杂乱，裴络仔细地搜索着他要的信息。片刻后，他猛然抬头，直视城市上空，神情凝重。

原来莱修的目的竟是这样。

他正准备松手，却突然感觉到从对方的微晶意识中窜出一阵反噬的光流流入他的体内，等他察觉时已经来不及了，身体瘫软下去，斑驳的蓝点在裴络的凝甲上无规律地闪动，他体内的微晶瞬间紊乱起来，身体出现麻痹感。

萤琳拍拍灰站起来，一脸抱歉。"裴叔叔，对不起，好歹我也是个渲晶师啊，早就在体内埋了一段微晶扰乱程式，你现在要躺个十分钟咯。不过这些埃萨克的杂兵对你来说，还是绰绰有余吧。"

裴络怒意更甚，他何曾受过这样的戏弄，但是身体的微晶紊乱，一时无法有任何动作。

萤琳得意地打了个响指，巨疯团的少年们发动他们的能环剑，直指向前，亮成一片光带。

"进攻，攻下英祭塔。"她欢快地大喊起来。

"进攻。"少年们顷刻间兴奋起来,冲向埃萨克人的阵营。

萤琳不好意思地对裴络吐了吐舌头,飞上半空,灵巧地躲过几个追击的炮火,消失在灰霾之中。

埃萨克人也反应过来,组成大大小小的阵列开始向巨疯团发起攻击。少年们红着眼杀入阵中,顷刻间便形成几个战斗的漩涡,杀喊声和爆炸声四起。

几个埃萨克士兵看见倒在地上的裴络,表情痛苦,纷纷猜测他正被什么禁制着。在简单地试探后,这些好战贪功的埃萨克战士便如潮水般向他涌去,转瞬将裴络的身影淹没。

"小的们,给我灭了岚虎。"战酋站在机甲之上,大喊着,"谁杀了他,我就直接封他做主战酋。"

"上啊。"这些埃萨克人顿时疯狂起来,如果这次能够打倒岚虎,那么克扎部落就会在所有部落里名声大噪。

裴络站起身,杀气四溢。

莱修静静地等待着。

地面的爆炸声传到这里只剩下轻微的噪声,但火光却染红了附近的夜空。他能够感受到巨大的能量在这个星球上流动翻涌着。

计划正在一步步进行。

莱修潜藏在阴影中,深金色的瞳孔中倒映着中枢室复杂的外部结构。

他在等,等待着预定的时机,他并不着急,因为这一刻他已经等了很多年。

从他加入这个让居民无比头疼的由不良少年团体组成的巨疯团,靠着他的战术和对城市的了解,巨疯团恶作剧的程度与日俱增。城市护卫队因顾忌他少主的身份,对巨疯团也是无可奈何。莱修很快顶替萤琳成为了这里的老大,气得她和自己冷战了一个多月。

但这并不是他的目的,他从不是简单想打退什么埃萨克人,他们根本不配做他的敌人。

他的目标,永远只有一个。

他抬起头,看着大气层中时隐时现的封膜,视界中叠加出一幅参数详尽、每一个微晶脉络的走向和功能都被标记出来的封膜结构设计图。

从天穹城回来后,他发现那个飞洛寒家族的女人放入自己记忆中的不仅仅是尘封的真相,还有这幅封膜的设计图。他没有告诉萤琳这幅图真正的来历,只说从数据库中偶然得到的。

他隐隐猜测到那个女人的用心,但他并没有退缩和畏惧。

有了这个设计图,他的目的就变得越来越可行起来。在漫长而无聊的时光里,他用络合器演算着无数的方案,一次次地失败,一次次地推翻重来,一次次发射着更多的扰膜器。

终于在一年前,萤琳发现扰膜器相互之间的链接,已经形成可以控制封膜的分布式系统。

他离目的更近了一步。

但这些还远远不够,他还需要拿到一样东西。

夜晚的火漠星无比寒冷,但莱修却非常享受这个感觉,就像那些埃萨克人和飞洛寒家族的冷言冷语,寒冷能让他清醒。

他的注意力再次集中在中枢室上。莱修几乎到过舰合城的每一个角落,唯独这里他还没有进去过。这里就像一个神秘的禁地。他能感应到里面隐藏着什么——这是来自血脉深处的感应,从小开始,那个声音就不停呼唤着他,他需要的东西就在里面。

但是中枢室有着最严密的防护系统,它通过微晶维持着能量的交互,没有任何其他的管道可以进入。

只有一个办法。

每隔一段时间，裴叔都会来舰合城一次，每次他都会进入中枢室待不少时间，而离开时也总是一脸疲惫，他并不清楚裴叔在里面到底在干什么。

现在，这成为他仅有的机会。

他很清楚，裴叔优岚之虎的称号不是白得来的，他是个极端谨慎的人。

所以莱修制定了一个更加谨慎的计划。

为了今天，他们已经秘密排练了好几年。

他有意在今天挑起飒因和埃萨克之间的纠纷，提出生死决斗，这样裴络才不得不去阻止，从而离开中枢室。而这时，隐身状态的蓝露会趁机进入室中，然后萤琳在战场上用微晶程式对他进行暂时的干扰，吸引埃萨克人用人海战术将裴叔暂时困住，这样他才能继续实行计划。

虽然计划失败的可能性极高，但他也只能放手一搏。

片刻后，萤琳飞回他的旁边，一脸疲惫。莱修投去关心的目光。她摇摇头，表示没事，举起右手，手套上浮现出复杂的界面，那是中枢室的控制系统。

萤琳紧张地破解着，中枢室的系统比之前碰到的所有系统都要复杂得多。

时间一点点地过去，他不清楚埃萨克人到底能把裴络拖延多久。

"好了。"萤琳舒口气，"破解成功。"

中枢室的门终于打开，一道裂缝如液体般向外分开，蓝露从里面迅速窜上莱修的肩膀。它吐出一个能在短时间内隐形的装置，身体像是看到了什么恐怖的东西一样微微发抖。

门口幽深影动，像是通往异界的入口。莱修深吸口气，坚定地走了进去，萤琳紧随其后。

眼前的景象却让闯入的两人都怔在原地。

一个黑影以可怖的姿势悬挂在中间，无数的导管从他的身体中分散开来，巨大的能量在这些导管中流动，数个繁杂的图案浮现在黑影的四周。

莱修举起手中的能环剑，它的光芒驱散黑暗，映照出一个骨瘦嶙峋的男人轮廓。他灰白色的长发披散在身体上，像是被重压多年的囚犯。

萤琳发出一声惊恐的尖叫，捂着眼睛躲在莱修的后面。

"父……父亲。"

莱修慢慢走上前去，声音发颤。

## 九　飓光再现

莱修就没见过父母，他出生后几个月，母亲就去世了。很多时候，他怀疑父亲也早已去世。

他只是从一些残存的影像中见过父母的模样。父亲面目俊秀，总是爱笑，但眉宇间是化不开的忧伤。母亲静婉贤淑，喜欢开着车四处兜风。

如果他们没有被感染，说不定现在是一个美满幸福、让人羡慕的家庭？

虽然设想过各种中枢室内的情形，但远远比不上眼前的现实残酷。

莱修脚步沉重地向前走去，无法相信这个几乎不成人形的老人是自己的父亲。他的脸和身体大部分都被黑紫色的铁质皮肤所覆盖，显得无比狰狞恐怖。他的生命气息非常微弱，只有胸口微弱的起伏能够证明他还活着。

从他的背后伸出的导线连着数百个光团，细看才发现，那些都是飓光凝甲。飓光凝甲是为熟练掌握飓光晶纹的飒因族战士所提供的，

裴络

萤琳

莱修

火漢星

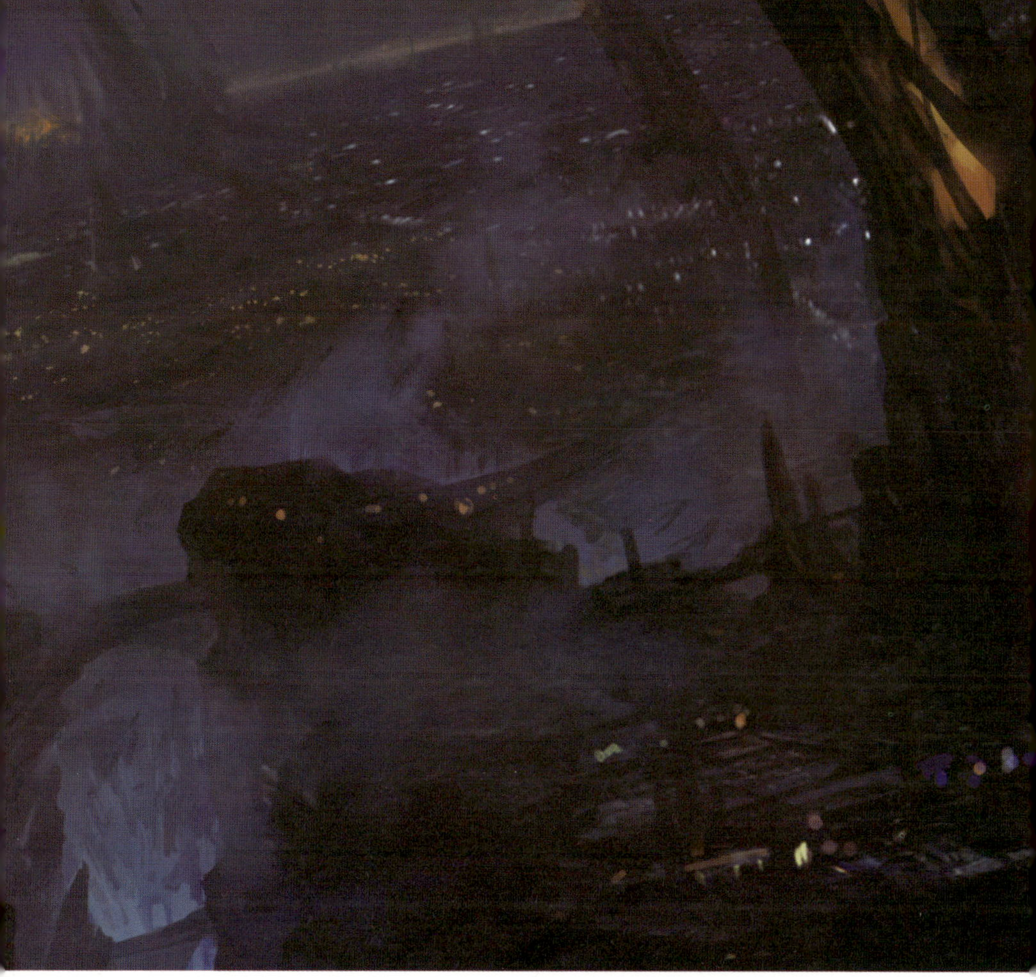

飒因一族

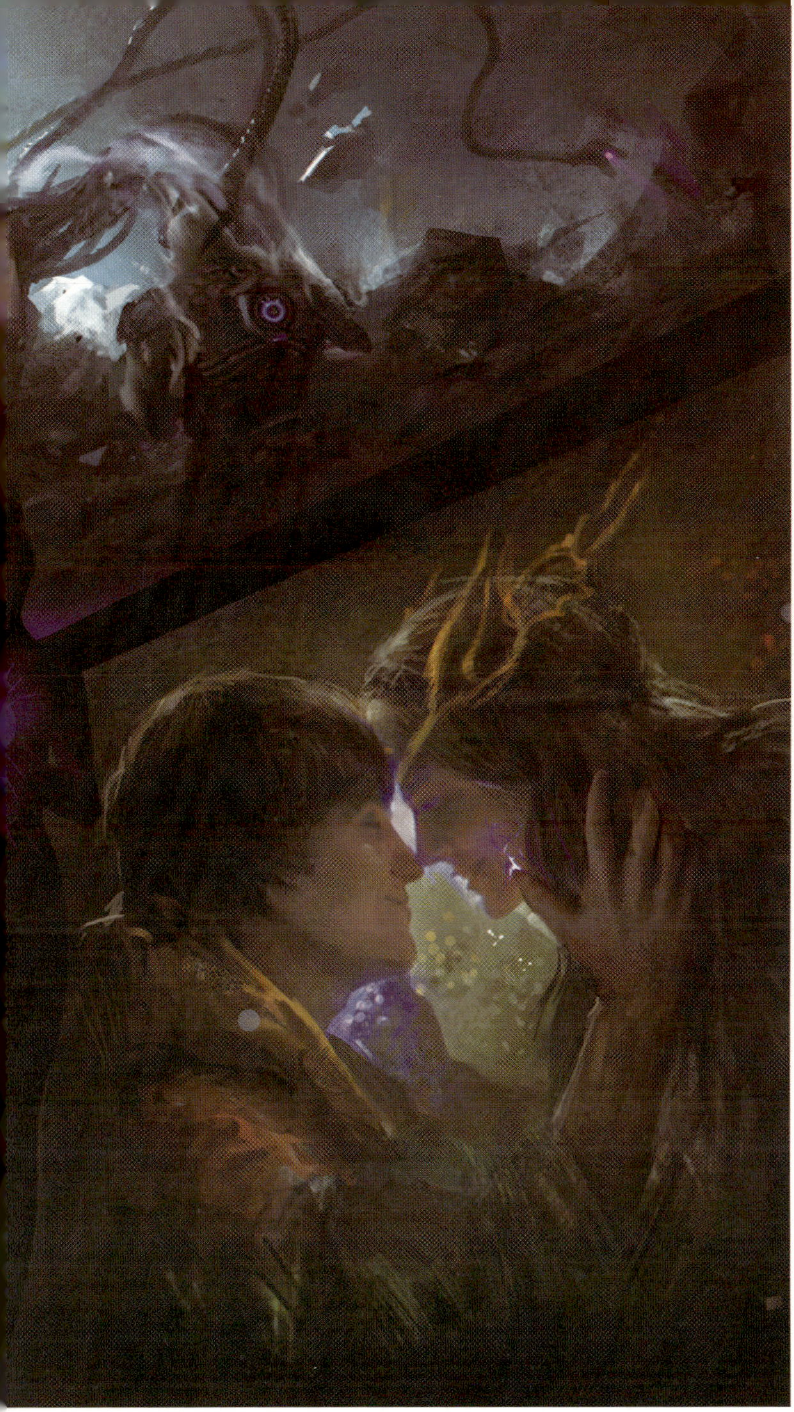

封膜之内

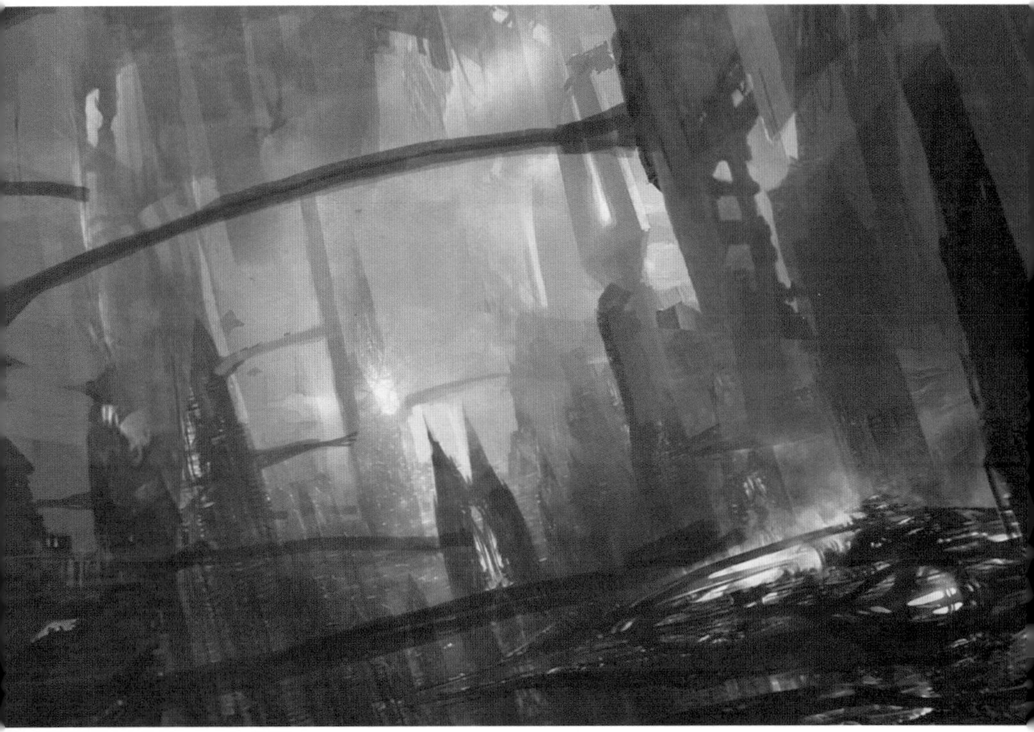

克扎部落的城市

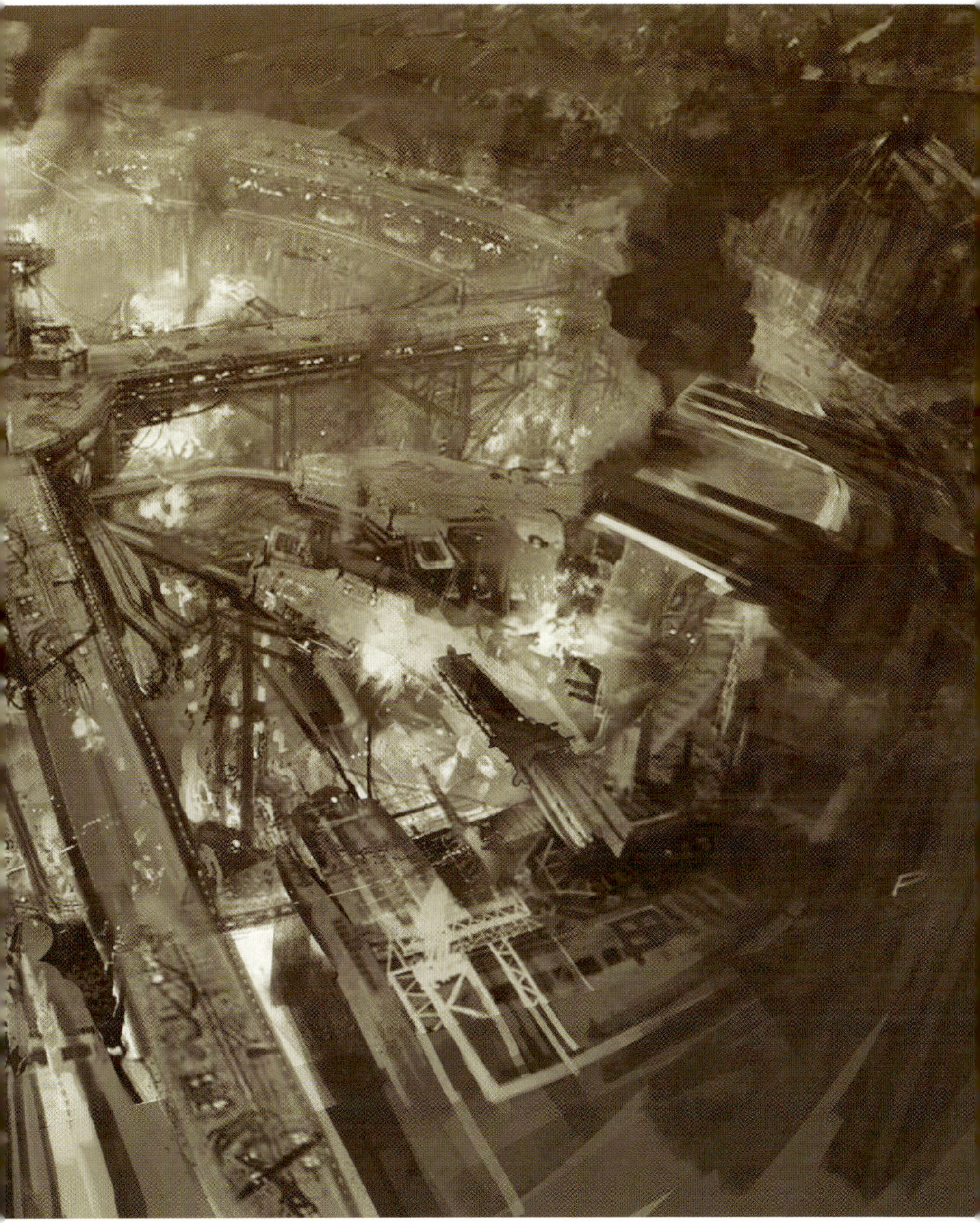

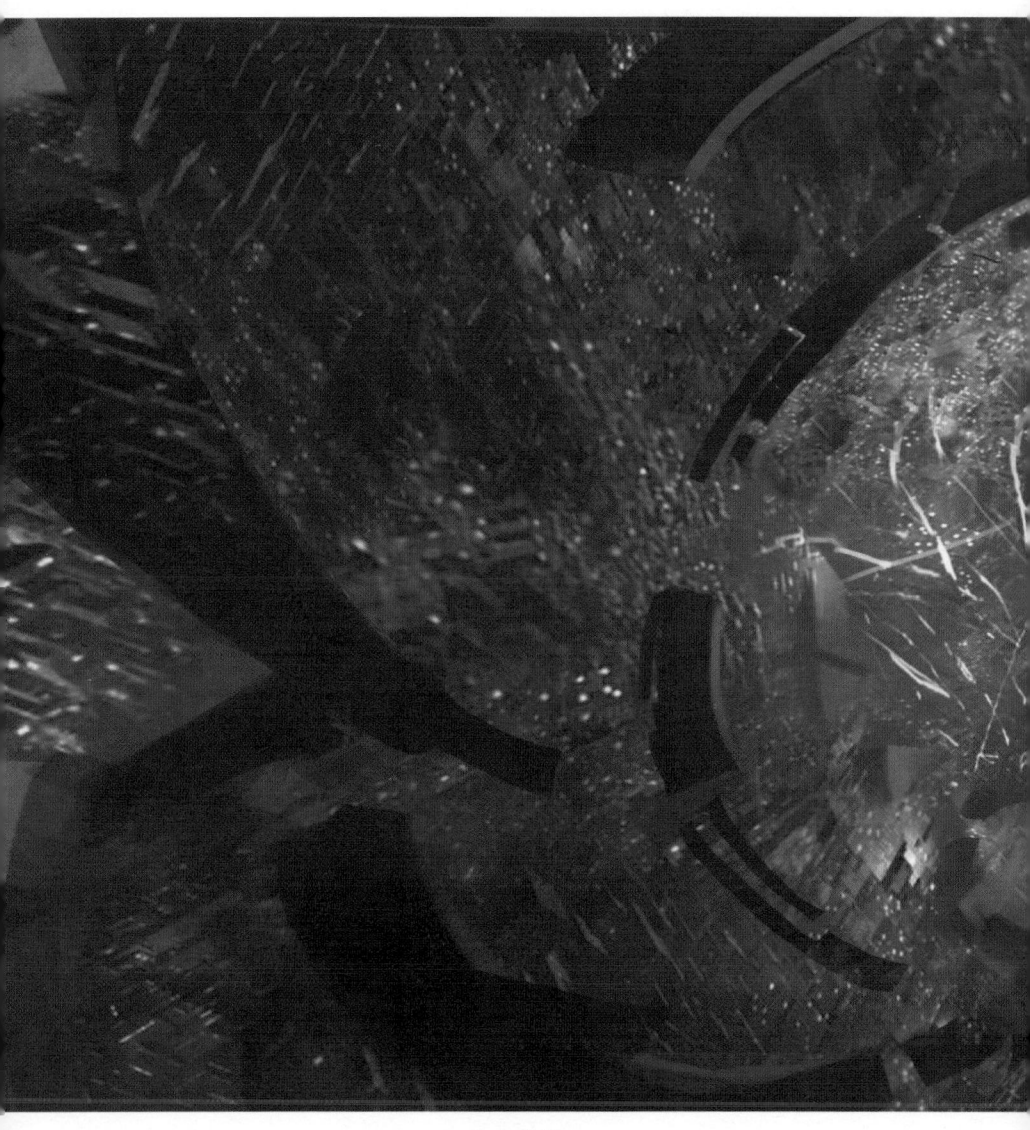

舰合城核心

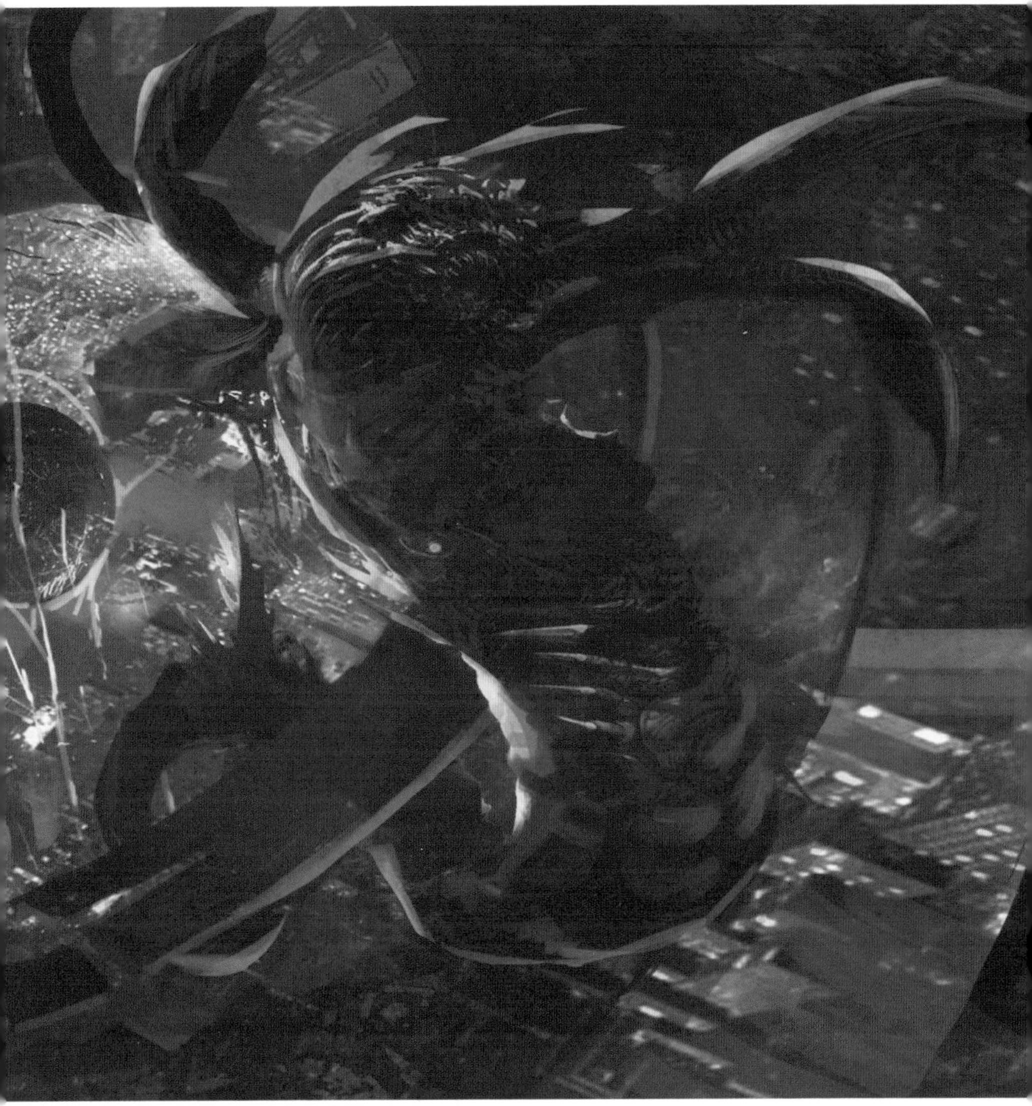

中枢室

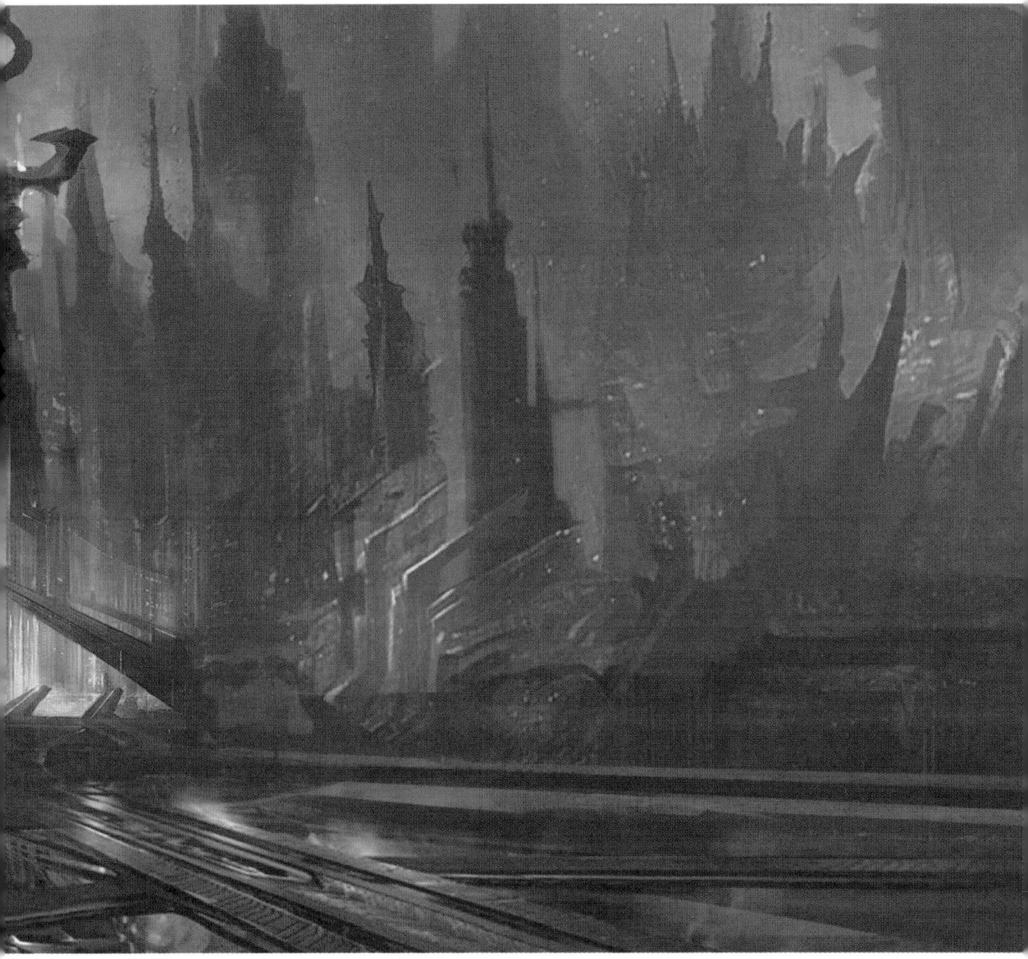

微晶黑化

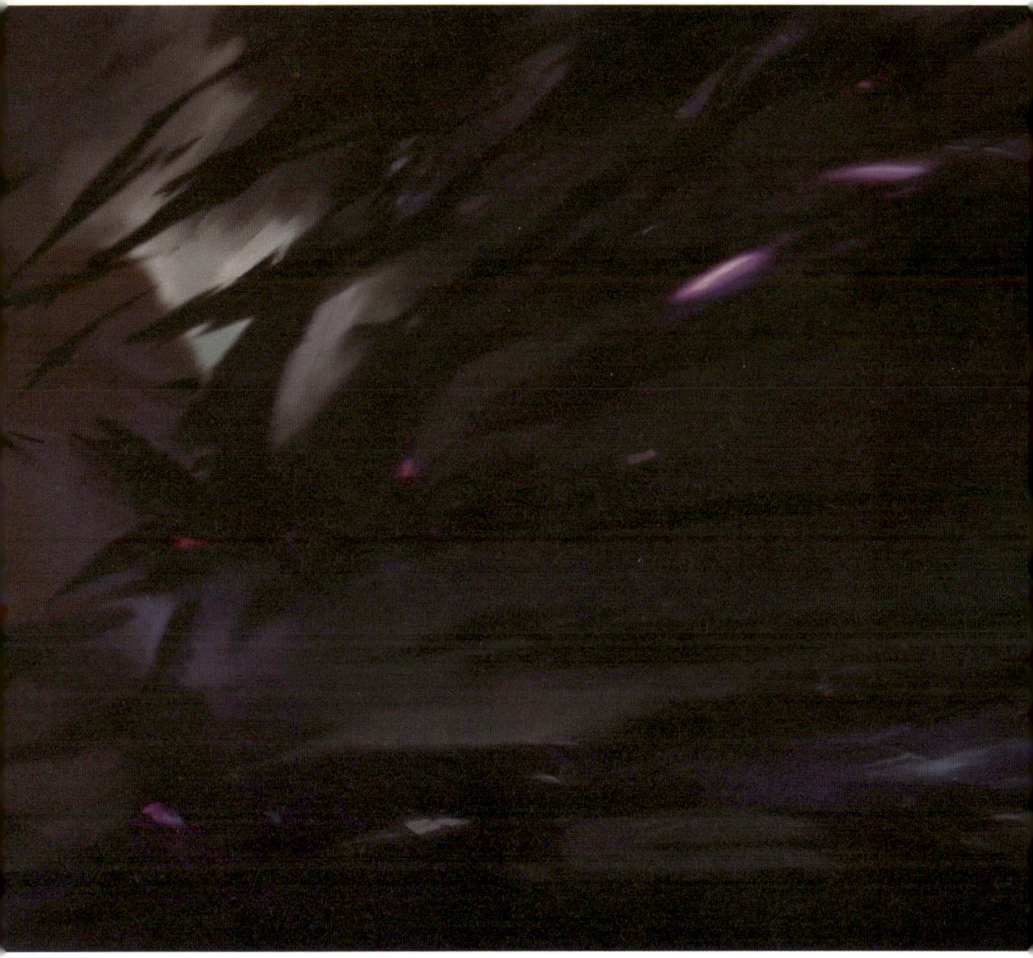

异变的莱修

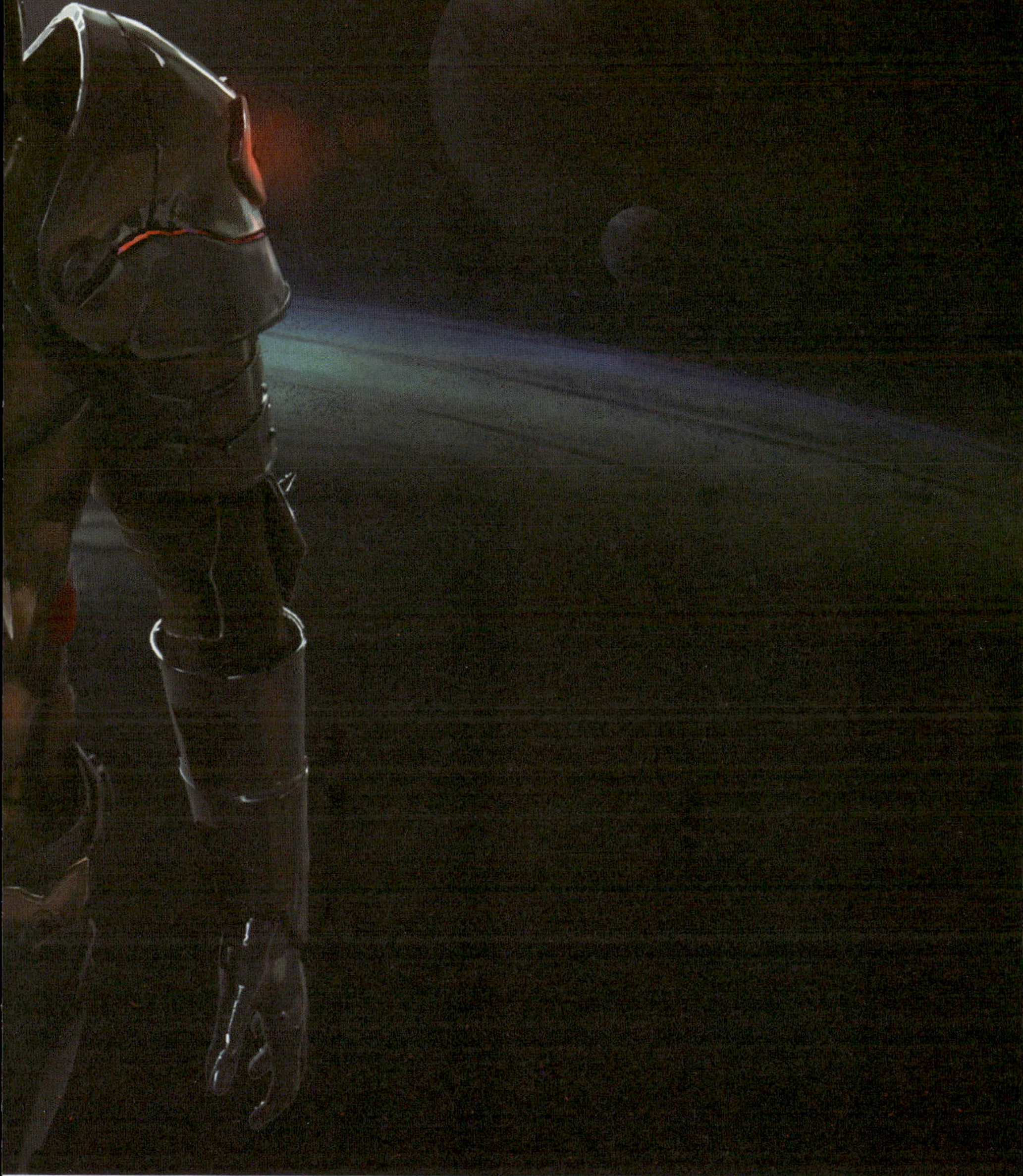

共生

能够让他们更好地发挥战斗能力。它们静静排列在父亲的身后，像是等待出征的战士——只是它们早已经失去主人，无法再次启动。

这些凝甲都遭受了不同程度的损坏，有的腹部洞穿，有的头盔消失，而且或多或少都被蚀晶侵染。黑色的东西不断从盔甲中流入导线内，像是有活性般沿着内壁进入父亲的身体，黑色纹路在他皮肤上如潮水般层层蔓延闪现。

莱修的眼角抽动，他能感觉到异样的能量在整个空间中涌动，这些密集的黑色物体让他产生极不舒服的感觉。

"父亲，你这是，这是在干什么？"莱修的声音颤抖，他似乎能体会父亲正在遭受的痛楚。

老人的意识却似乎处在昏迷之中，双眼虚散，没有焦点。

自从在天穹城了解到过去的真相后，他就一直怨恨父亲。为什么当年要乞求别人的怜悯窝囊地躲在这个星球上，但看到这一幕，他心中的怨恨却消散无踪。

萤琳紧紧地握着莱修的手。

裴络的影像突然出现在房间里，带着压制不住的愤怒，虽然他现在被潮水般的埃萨克士兵所围攻，但还是勉强能够让意识远程投射进这个房间里。

"莱修。"他厉声吼道，整个空间仿佛都在震颤，"你太让我失望了，你竟然想擅自打破封膜，你知道这会造成什么后果吗？"

裴络的内心到现在还是无比震惊，刚才从萤琳脑中读取到他们的计划，发现莱修真正的目的竟是想打破封膜，这简直可怕得近似于疯狂。这个联盟首席渲晶师的造物，有着可以抵挡核弹冲击的能力。

"因为我们属于太空。"莱修面色平静，"终将回到太空。"

"你应该清楚，感染的人一旦没有封膜的保护，便会变成赛忒兽，联盟与你们的协议就会失效，将对你们进行完全的抹杀，你这是将他们带向死路。"

"裴叔,只要在欧菲亚之光所在的地方,我们就能保持对蚀晶的压制,不是吗?"莱修微笑,"你不明白,被困在这个地方才会让我们真正地变成怪物,没有希望没有未来的怪物。"

莱修语气沉着,带着不属于这个年龄的成熟,裴络一时无言。

"我们的命运只会掌握在自己的手中,我会证明给联盟看,证明给所有嘲笑我们的人看,我们并不会败给赛忒之咒。"莱修的神情变得坚定,"我现在要做的是一个飒因族继承者该做的事,继承飓光凝甲。"

坚强,是来自对痛苦的认知。

他看着那些闪耀的光团,金色的眼眸中亮起淡淡的微晶纹路。

"我们将会重建属于飒因族的荣耀,我要让世人再听到'飒因'这两个字的时候,只会感到颤抖和敬畏。"

"愚蠢。"裴络身体微微发抖,"你难道看不出来它们已经被侵染了吗?你知道这么多年来你父亲躲在这里干什么?他是在牺牲自己,将这些凝甲里面的蚀晶引导到体内进行净化,但是就算这样,也不能够完全去掉这些蚀晶体。它的活性比你想象的更加恐怖,我每隔两年便会来帮助他压抑蚀晶的活化,一个不小心,他随时都会完全变异成赛忒兽。"

莱修沉默不语,只是紧紧握着萤琳的手。

"知道为什么你和别人不一样,没有遗传到蚀晶吗?"裴络咬着牙,眼神严厉:"那是因为你母亲冒险用了当时还不成熟的技术,但是……"

他顿了顿,似乎不愿提及这件悲痛的往事。"但是她也因为实验的副作用而失去生命,你这样做,对得起她作出的牺牲吗?"

莱修怔在原地,眼中的光彩顿时暗淡下来。

"你是飒因族的希望,他们做的一切都是为了你,为了你不再受侵染,为了你不再受折磨,为了你成为一个合格的飒因族继承人,你难道还不明白吗?"

房间里的气氛变得哀伤凝重。

片刻后,莱修突然微笑起来,带着释然和坚决。

"这么多年,我经常看着族人被侵染所折磨,却无法感受他们的痛苦。"他缓缓地说,"我常常想,如果连他们的痛苦我都不能体会,又怎么能做一个合格的继承人?"

妈妈,对不起,原谅儿子的不孝。

莱修心里默念,朝着最前面的一副凝甲走去。他伸手触摸它,感受它体表的温度,他能够感应到这些凝甲的特殊性。这是曾经与爷爷缔结过契约的那副飓光凝甲,也是飓光军团的核心。

它的温度如热铁般灼烧着他的手心。

"快住手!"裴络怒吼,转向萤琳,"你必须阻止他,你是感染者,比谁都了解被侵染的痛苦。莱修如果强行植入飓光,痛苦会是你的几百倍。"

"莱修,裴叔叔说得有些道理,"萤琳迟疑起来,"这件事太危险,我不希望……"

莱修摇摇头,打断她的话,温柔地看着她。"我已经经历过最大的痛苦,也已经拥有最珍贵的快乐。"

萤琳读懂了他的眼神,他的微笑有着莫大的镇静力。她点点头,手中射出信号指令,中枢室将裴络的影像屏蔽在外。

莱修缓缓跪下来,脱掉上衣,他的肌肉紧绷,微晶的光华隐现其中。

"开始吧。"他平静地说。

萤琳靠近过来,两人手牵着手,牵得如此紧,仿佛未来就攥在他们手中。她的控制手套发出微光，飓光之核像是受到牵引，飘浮在莱修背上。它的形态不断发生改变，如活物一般慢慢渗透进他的皮肤中。

现在进行的是凝甲的缔结仪式，莱修低语着远古的天穹守护受封时的宣誓词。

"天穹之城，吾生所志，星之所在，卫我家园。"

周围隐隐响起附和之声，仿佛所有的飒因战士都在旁边一同宣誓。

飓光逐渐进入莱修的身体，渗入他的每一个细胞，更深入他的灵魂，和他体内的微晶系统缔结在一起。他发出低沉而痛苦的嘶吼，身体微微颤抖。一旁的蓝露害怕地用耳朵将身体整个遮住。

仿佛亘古的记忆在深处苏醒，曾经有过的荣耀和屈辱在意识中层层绽放，再睁开眼，莱修的瞳孔中透出乌金色的光华。

莱修站起身，背部如同镶嵌着一朵锐利的花朵，只是有些脉络隐隐发黑。

他坚定地走出房间，萤琳紧跟其后。

在莱修背后，那个老人突然艰难地睁开浑浊的双眼，看着他离去的背影，艰难地抬起手，想去触摸什么，却颓然落下。

大地上的战火已经燃至高潮。

火光升腾，爆炸四起，荒野上遍布各种机器的残骸和埃萨克人的躯体。巨疯团的少年们并不纠缠于战斗，他们在灰霾和夜色的掩护下，如鬼影般四处游走，手中的能环剑骤然闪现。

在他们的搅动下，整个克扎部落都陷入混乱之中，战士们疲惫地四处奔走，不知道何处才是对方攻击的重点。

混乱的战场上，唯有一处陷入白热化的战斗。埃萨克士兵相互踩踏，层层叠高，尸体早已堆积成一座钢铁般的小山，鲜血将这一片地方染得殷红。他们完全杀红了眼,朝着中心不断宣泄着火力,而被他们包围起来的那团白影,接连将惨叫着的埃萨克人抛飞出去。

战酋站在一个机甲的头顶上,嘴里猛吸着三根雪茄,他并非执着于击倒裴络,既然讽因族要挑起战争,那么就彻底搞大一点。

"小的们,占了舰合城。"

战酋指挥着大部分兵力,开始在英祭塔的中间将各种废旧的机器聚集成一座向外延伸的金属桥梁,试图搭上几千米外的舰合城。舰合城的边防部队发现这一点,开始不断朝他们进行反击。

这座桥梁不断被毁灭,又不断被重建,上面堆满埃萨克人的尸体。当金属桥梁最终接近舰合城的边缘,冲在最前面的一个埃萨克战士仰天怒吼,一阵助跑,在桥梁的尽头突然跃起。

就在他的脚刚要接触到舰合城的地面时,一道光芒闪过,将他的身体切成几段,坠向地面,他的视网膜上,最后留下的画面是一个疾速飞过城市夜空的闪亮流光。

飓光重生。

所有舰合城的讽因族人都感应到一种无比熟悉的感觉。他们抬起头,目光跟随着那道流光,看着它势不可挡地冲向战场。

"这,这是什么?"战酋被这个气势完全震慑住。

莱修伸出手,左右手的能环剑合为一体,形成和他身体等长的巨大光剑,能量强度达到百万焦的级别。他冲向金属桥梁,光剑所挥之处,血气四溢。埃萨克战士号叫着,成批地坠落。

各种火力倾泻过来,在莱修的身边爆炸,他却毫不躲避,飓光凝甲迅速吸收着爆炸产生的能量,变得更加灼烈。

动如飓风,形如光耀,此谓飓光。

桥梁上的埃萨克人眼见不敌,潮水般向后退去,中途被挤掉下桥的不计其数。莱修挥剑斩断桥和塔的连接点,桥梁顿时从空中坠落。

莱修飞近英祭塔，这个表面装饰华丽的钢铁巨塔瞬间启动防御系统，子弹、炸雷、炮弹，如暴雨般向他倾泻而来，鲜血不断洗刷着凝甲的表面，像是一件血衣。凝甲一阵闪耀，鲜血瞬间被高温蒸发，他的身影笼罩在一团蒸汽之中，受损的凝甲正迅速地自我修复。

伴随着团团火光，莱修终于突破防御圈，手中的光剑不断划过巨大的塔身，在上面留下一道道深达几米的割痕。

裴络从埃萨克士兵攻击的缝隙中看到这一幕，心中涌起复杂的感觉。多少家族曾领教过飓光凝甲的可怕，但是他也清楚，莱修还未能完全控制它，它所发挥出的能力不过才百分之一。

不能再让他这么疯狂下去了。

裴络眼露寒光，低吼一声，面孔因愤怒而狰狞。

那一瞬间他的白衣闪现出汹涌的光华，光亮从他的背部溢出，逐渐覆盖全身。那是一套银白色的凝甲，线条凌厉，封纹闪耀，蕴含着强大的能量。凝甲背后如骨节般的脊柱无比显眼，能量在其中如液体般缓缓流动。

杀意瞬间充溢在整个空间中，周围的埃萨克战士无法抑制地畏惧发抖。这就是优岚之虎，当他终于动怒醒来时，将势如猛虎咆哮，藐视万物，无人可挡。

裴络屈指向前，武器獠镝在控制下悬浮在身前，尖端闪烁的能量点，瞬间组合展开成锯齿状。每个獠镝相互感应，释放出巨大的力场，形成无形的力场之矛，这就是岚虎凝甲的完全形态。

獠镝呼啸，裴络如猛虎下山冲了出去，鲜血与尸体铺成他的道路。

莱修的注意力全部集中在塔身上，他顶着埃萨克人的攻击执着地挥舞光剑砍向塔身。很快，塔身上满布焦黑的剑痕，并逐渐发生崩塌，大块的塔体剥离坠落，下面未及时躲开的战士都不幸遇难。

但英祭塔是联盟最顶尖科技的创造物,在如此猛烈地攻击下,塔身依旧未完全倒塌。

莱修喘着气停下来,慢慢调整呼吸,能环剑消失,飓光将所有能量汇聚在盔甲的表面,如一团阳光出现在这硝烟弥漫的战场上。

飓光不灭,莱修心中默念。

突然,那团身影跃动,重重地撞在英祭塔的砍痕上,磅礴的能量波四散开来。塔身终于断裂,裂缝快速蔓延。

伴随着巨大的碎裂声,英祭塔彻底断成两截。上面一截在冲击中不停摇晃,并带动整个封膜跟着摆动,丧失同步速度的星球和封膜无可避免地发生宏观级别的碰撞。在星球的另一面,两者的碰撞点产生巨大的冲击,大陆板块之间相互碰撞引发地震,火山群异常猛烈地喷发。

无数埃萨克人的建筑在地震中坍塌。

"快行动。"莱修命令萤琳。

安装在封膜上的扰膜仪开始运行,舰合城的一角,萤琳的手套上浮现出封膜的构造图。她快速地控制着纷乱如麻的信号,引导撞击能量的走向,让这股能量对封膜的结构产生有效的冲击。

这个传奇性的封膜终于从被撞击的地方逐渐裂开。清脆的开裂声在整个星球回响,甚至盖过战场的炮火声。所有人都停止战斗,胆惧地看着天空的异变。

封膜碎片坠向大地,如同一场碎片的暴雨。

莱修从倒坍积压的建筑堆上慢慢站起,昂首向天,面露微笑。看着星光从天空的裂缝中洒向大地。他仿佛闻到了不一样的气息,那是自由和希望的气息,如此纯粹,如此让人着迷。

困住飒因族多年的封膜在这一刻终于被完全破除。

舰合城中一阵骚动,突如其来的巨变让他们措手不及。多年来,封膜已经成为他们生活的一部分，但是现在一切都变了。

这时太空中出现一阵异样的空间扭曲，在火漠星的星系里，数百艘华美的战舰从漫跃状态中显现出来。舰身的家徽表明他们来自飞洛寒家族。他们在跃出的瞬间就将所有的火力系统锁定了火漠星。

"来吧。"仿佛是早有预料，莱修指着天空高声呐喊。

话音未落，莱修只觉脖颈发凉，尖啸之声在身后响起，仿佛一头猛虎咆哮着咬向他的后背。他脸色惨白，想逃避却已来不及。

裴络如死神一般，直取莱修的性命。

但突然，一个黑影出现在莱修背后，替他挡住攻击。

裴络愣在原地，整个战场仿佛都安静下来。

## 十　无形封膜

莱修转身，看着那个落在地上的黑影，刚才的狂喜突然化为彻骨的冰冷。

"父，父亲。"

莱修愣在原地，父亲全身紫黑，机械质感的突刺从他的各个关节支出，上面的微晶纹如迷彩般变动，在火光的映照下，可怖而诡异。

裴络踽踽地走过来，神情悲戚。

"穆戈，你为什么要这么做？"裴络声音颤抖。他清楚发生了什么，穆戈强行运行体内的蚀晶，进入了赛忒兽化的过程，并挣脱束缚，从中枢室飞来这里，以身体抵挡住了刚才一击，替莱修挡住了自己那具有毁灭性的一击。

穆戈的肉体已再也压制不住蚀晶的侵蚀，迅速地赛忒兽化，双眼变得赤紫，体内传出组织异变的声音。

"其实我也很想出来看看啊。"他望着空中的舰合城平静地说，"天茫逐辰，拓穹为疆，是我一直的梦想，只是或许我们都逃不出去了。"

"修儿。"他转过头,目光中是沉淀多年的慈爱和歉疚,"你终于长大了。"

莱修一动不动,仿佛被隔绝在战火的喧嚣之外。

"那盘棋终究是下不完了。"穆戈微笑着对裴络说,仿佛回到年少的时光。

"再给我几年,我的棋力肯定会超过你。"裴络缓缓举起手,目光隐藏在阴影下。

獠镝在拳头附近排列形成强大的力场之矛,一击射去,穆戈的心脏瞬间被穿透。后者身体的异变停止了,他不再挣扎,慢慢化为光点,消散于虚无。

莱修发出一声嘶哑的吼声。

天地间风云涌动,万物齐喑。

飒因族的人仿佛感应到什么,齐齐停在原地,所有巨疯团的队员也都望向这个方向。

飒因族第十四代族长,飒因·穆戈,结束了他充满痛苦的一生。

战争仍在继续。

从飞洛寒舰队的腹部飞出无数的机甲和战机,领队的是几个身穿金黄凝甲的天穹守护。这支队伍穿过封膜的裂缝,在大气层划出道道火光,落在战场上,加入克扎部落和飒因族之间的战斗。

"给我把舰合城攻下来。"旗舰上的尤旦希冰冷地命令。

在飞洛寒部队的援助下,战局很快发生逆转,顷刻之间,潮水般的埃萨克战士已经形成对舰合城包围的趋势。

裴络联系上飞洛寒的旗舰。

"岚虎裴络,为什么每次见面你都怒气冲冲的,这样对身体不好。"出现在视界中的正是眉目浅笑的尤旦希,"没想到飒因族竟然打破了封膜,试图逃离,幸好我们的舰队在周围巡航。"

裴络紧盯着这个气质冰冷的女人。火漠星离最近的殖民星球也有近两个标准时的航程，飞洛寒的舰队却能在这么短的时间内赶到，肯定早有预谋。

"这件事该怎么处理要由联盟来定夺。"他沉声道，"你们未经授权直接干涉是违背盟约的行为，请立即停止攻击。"

"真是笑话，"尤旦希并不在意他的威胁，"像这种紧急情况，联盟也不介意我先斩后奏吧。"

她露出迷人的微笑，裴络却从她的眼中看出深深的仇恨。

"当他们冲出来的时候。"她身上惩法长的标志发出森冷的光芒，"我们的火力线将把他们全部绞杀，这是对他们的判决，是几十年前就应该执行的判决。我会让你知道，判决可能会迟到，但绝不会缺席！裴络，你没法再挡住我们了。"

飞洛寒舰队的攻势依旧如潮，埃萨克人全力配合，舰合城内处处是爆炸的硝烟。

裴络望着这个战场，他就像失去利爪的老虎，没有任何的军队可以调度。他的瞳孔在不断凝聚力量，寒芒毕露。

舰合城的防卫系统开始工作。

莱修强忍住悲痛，提速飞向城市上空，在最高的建筑物上，切换出凝甲的扩声功能。

"飒因族的子民们，这么多年的囚禁终于结束，没有什么能阻挡我们。"他激情宣讲，"辰星才是我们的故乡，无垠才是我们的疆域，让我们一起去夺回属于我们的自由！"

飓光凝甲一瞬间光芒万丈，直射苍穹。

巨疯团的队员们斗志大增，浑身光芒闪耀，硬生生将飞洛寒舰队的攻击抵挡住了。莱修胸口起伏，静静等待着——当所有飒因族人启动飓光晶纹，他们的光芒将无法忽视，那个时候他们将势不可当。

以他的战术，他有信心突破飞洛寒舰队这种规模的封锁。

舰合城里一阵骚动，三艘战舰的武器系统被一一激活。飒因族人从迷茫中渐渐清醒，仰头看着飓光凝甲在空中发出灼人的光芒。这一刻，飓光的光芒仿佛穿越了时空，从亘古一直照耀着，从未熄灭。

"飓光不灭。"呐喊声此起彼伏，他们感到体内有一种渴望在蠢蠢欲动，纷纷向着战舰的作战武器跑去。

突然一个白影飞向舰合城的上空，超越了莱修。他的背部释放出无数亮点，这些亮点交叉纷飞，如猛虎之舞。

强烈的微晶信号从这些亮点中发出，巨大的影像在舰合城上空展开。

莱修惊愕地看着半空之中威严的裴络，飒因族人也停下脚步，抬头看着空中的影像。

在这纷纷杂杂的影像中，展现出可怖的内容。飒因族人的身体被黑纹不断侵染，变成一个个恐怖的赛忒兽，它们面目狰狞，散发着死亡的气息。

一个白影带着部队出现，势如破竹地绞杀着这些异变的人。

那是年轻时的裴络，是将飒因族驱赶到这里的噩梦。

一切如同莱修在天穹城所看到的那样。

一种异样的情绪袭来，颓败和死亡的气息笼罩舰合城，城内顿时陷入一片死寂。裴络巨大的威压将飓光的光芒也遮蔽起来。

不，不应该是这样。

莱修变得惶惶不安。他又大吼了几遍，但未得到任何回应。他望向白影，不明白为什么族人会是这种反应。

"萤琳。"他突然高声下令，"启动三艘战舰！"

但是没人控制武器系统，根本无法突破这样的防护线。

"少主，还是放弃吧。"巨疯团一边撤退一边围拢过来，将莱修护在中间。

"混蛋，我有让你们放弃吗？"莱修推开挡在前面的人，眼神中的疯狂却慢慢熄灭，多年的努力，换回来的只是这样的结果吗？

他想笑，也想哭。

但是开弓没有回头箭，现在只能拼死一搏杀出重围。

战舰丝毫未动。莱修狂怒。

"萤琳，你在干什么？"他朝着中枢室飞去。

战舰上，尤旦希咬牙切齿。这个裴络又一次像拦路虎一样挡在他们面前。随后，她露出微笑，虽然她也不清楚为什么飒因族突然丧失了逃跑的勇气，但既然这样，那就没必要采用防守待敌的模式，可以改用主动模式了。

"舰队听令，切换到空战模式，给我把舰合城全部摧毁。"

飞洛寒舰队进入大气层，攻击慢慢逼近舰合城，几颗导弹突破舰合城破旧的防御系统，在街道上爆炸开来。

城市之中，市民们四散奔逃，如同被驱赶的羊群。

硝烟和战火笼罩舰合城，飞洛寒舰队有备而来，攻击力无比强悍。

裴络控制着自己的武器尽可能地抵挡住飞洛寒的火力，脸色变得苍白，他的体力正在慢慢耗尽，气息紊乱，开始力不从心。他勉强地防御着，再坚持一会儿就行了，他已经通过自己的战舰联系上家族，而家族又联系上联盟议会，现在需要的只是时间。

这时，他感觉到一道渲晶师的控制信号在空间中涟漪开来。

在这个信号的控制下，飘浮在空中的封膜碎片被激活，并慢慢聚集起来，边缘逐渐拼接融合在一起。片刻后，竟形成一个带着巨大弧度的圆柱，巍峨地矗立在空中。

裴络切换微晶信号探测模式，扫视舰合城，发现中枢室内站着一个身影。她的周围浮现出层层影像，控制手套发出强烈的微晶反应——正是她在操纵封膜碎片。裴络愕然，他所被授予的权限也仅仅只是打开一个可以进出火漠星的缺口，为什么这个小女孩却能控制封膜发生如此复杂的形变。

他的眼角剧烈跳动，看到了她身体上的异变。

正向中枢室飞去的莱修也发现封膜碎片的变化，他神色惊骇，穿越导弹和炮火的轰击，加快了速度。

与此同时，越来越大的圆柱形封膜被星球引力所牵引，带着慑人的气势朝着星球表面坠去。飞洛寒舰队发现这一变化，迅速从封膜的笼罩范围内撤退。

"琳，你在做什么？"莱修飞进中枢室，"快给我停下。"

萤琳回过头，她的半张脸上爬满黑纹。

"对不起。"萤琳说。

伴随着一声巨响，这圆柱形的封膜如同一个巨型罩子深深嵌入大地中，将舰合城笼罩其中，与埃萨克军队隔绝开来。一些躲闪不及的埃萨克人被活生生切为两半，飞洛寒舰队的攻击也被挡在外面。

舰合城的居民发现，他们的城市被罩在这圆柱形封膜里面，如同一个精致的玩具。

萤琳精疲力竭，向地面倒去。莱修冲过去，将她紧紧地抱起，巨疯团的队员也都迅速靠过来。

"停止吧。"莱修扔下能环剑，飓光熄灭，身心俱疲，"一切都结束了。"

飞洛寒舰队的炮火如骤雨般轰泄在这个新的封膜上，但它优良的能量吸收能力将这一切全部化解。裴络落在舰合城上，神情略微放松。

"这怎么可能？"尤旦希愤怒地从座位上站起，眼看着就要摧毁舰合城,却被这突然的变化挡住了攻势。

这时联盟的标志出现在飞洛寒旗舰的荧幕上,一个严肃的声音从里面传来。

"接下来的事情将由联盟紧急事务官处理,请飞洛寒舰队在火漠星轨道整肃待命。"

尤旦希的嘴唇咬出血丝,拳头重重地砸向座椅。

## 十一　联盟审判

夜凉如水。

骚乱已经平息，飞洛寒舰队悬停在轨道上，尚未来得及掩埋的尸体遍布舰合城，喧闹的火漠星此时变得无比寂静。

昏暗中的舰合城比以往更显暗淡。各处亮起点点微光，那是飒因人特殊的葬礼仪式。他们生来就携带微晶，死后肉体将被特殊处理，体内的微晶会进入城市中，成为城市的一部分，永远留存。

一处向外延伸的高台上，立着一个红影，万千个复杂的图像浮现在他身前。他的神情近似癫狂，并没有受周围肃穆气氛的影响。他挥舞双手，将这些图像以眼花缭乱的速度变化着。

星球三维图、兵力分布图、封膜剖面图、飞洛寒舰队射程、星球运行轨迹……

缜密地演算任何可能的方案。

莱修推算着每一个可能，每个能够化解目前状况的可能。

他一刻都不敢停下，怕一停下就会陷入深深的忏悔和愧疚中，只有不断地思考才能让他从情绪中抽离出来。

片刻后，他恶狠狠地将络合器砸在地上，心中一片悲凉，说什么逃出封膜，说什么重返太空，原来只是一个不自量力的笑话。

他静静俯瞰着这个充满苦痛的城市，这里记载着他的成长，也记载着他的过错。他想起和巨疯团一起在这里调皮打闹的时光，而现在舰合城却因他自以为是的计划落得如此下场。

原来自己永远只是一个长不大的熊孩子。

身后有脚步声慢慢靠近，却又停在一旁，踌躇不前。

"琳，我并不怪你。"莱修露出苦涩而释然的微笑，"或许我们只能生活在这里，这样也很好不是吗？那些埃萨克人再也不能骚扰我们了。"

莱修抬起头，看着空中那道封膜的内壁。

他终于明白一个事实，这么多年的囚禁之后，族人心中早已经铸起了一道隐形的封膜，那就是对外界的恐惧。

就算火漠星的封膜可以摧毁，心中的封膜，又该如何打破？了解再多的战术，也战胜不了族人心中的恐惧。

或许我没有担任族长之位的资格，他想。

萤琳没有说话，她只是捡起散落在地的络合器，认真地修理起来。莱修走过去，仔细抚摸着她手臂上的黑纹，上面已经有黑紫色的骨刺露出，触目惊心。他心中一阵剜痛，每一次使用微晶，赛忒兽的侵蚀就会更加严重。

"答应我，以后不要滥用你的能力。"

"嗯。"

萤琳靠在他身上，莱修感觉到有泪水滴在飓光的凝核上，又被迅速吸收掉。泪水涤尽了血腥之气，又填补上几分哀伤。

一阵困意袭来，莱修陷入沉睡之中。

梦中，他看见飒因的舰队破空而来，族徽——一团耀眼的光芒，每一个向外的分支都形成一把利剑——闪耀在每一个星球上。

祭祀之厅，一场隆重的仪式正在进行。

宽阔的大厅四周立着飒因历代英雄的雕像，一座长方形的黑色尖碑悬浮于大厅中心。尖碑上，每一个刻度都记载着他们历史上曾经发生过的事件，但刻度在某个时刻上终止了。

一个晶莹剔透的椭圆形棺摆放在尖碑下面，里面躺着已经赛忒兽化的族长。飒因的高层围在四周，脸色肃穆，却掩藏不住内心的惶恐和不安。他们不知道飒因的命运会走向何处，联盟将如何处置这一次的事件。

首席执政官端着一个盘子，上面摆着族玺，准备对新任族长进行加冕，但他不确定是不是还有这种可能。

一个白色身影缓步踏入大厅，威严的目光扫过全场，朝着水晶棺走来。

执政官身形微颤，努力保持着风度。他们骨子里都害怕裴络，当初他一手屠杀了几乎所有的飒因族战士，从那时起，他就已经成为飒因族人的噩梦。

"你们都下去吧，我想一个人待会。"他说。

飒因族高层互望几眼，带着复杂的心情离开。大厅里，只剩岚虎一人。

裴络看着躺在棺中的挚友。穆戈表情安详，静静的像只是睡着了。

你终于从一生的痛苦中解脱出来。

裴络抚摸着水晶棺，微微颤抖。他默默地眺望着这个布满伤痕的城市，神情中满是悲伤。

裴络曾在此度过五年时光，那时他只是家族里一个正在接受培训的天穹守护。他久仰飒因族军阵的厉害，于是带着几百个士兵故意挑衅，结果被穆戈轻易击败。他执拗地要拜雷炀为师，却总是被穆戈赶出来。

他的嘴角浮现微笑，想起了过往的很多细节，想起他和穆戈经常为优岚和飒因族谁的舰队更强而争吵，想起他们一起偷偷跟踪马迪尔家族的最美继承人，想起他们一起被老师惩罚在冰天雪地里裸体狂奔。

那些久远的记忆，此刻却如此清晰。

他征战一生，几乎到过每一个瑟利的城市。每一个天空之城都有着人一样的特质，有的像灵动少女，有的像优雅贵妇，有的像活力少年。而舰合城，这个他度过少年时期的城市，如今看来就像是一个垂暮的老人，经历过无数的风雨，现在只是静静地看着时光流逝。

岁月消散，孰能安息。

他从怀中拿出一个投影设备，已陆续有六个影像悬浮在空中。其中四个是负责处理联盟境内紧急事件的事务官，另外两个则分别是带着自傲神色的尤旦希和克扎部落的战酋猛扎姆。

裴络眉头微皱。

"飒因族袭击克扎部落，破坏封膜，他们的行为已经违背和联盟之间的约定。"尤旦希面色郑重，"尊敬的联盟事务官，我提议，我们应该彻底铲除他们。"

"只是些小孩子犯下的错。"裴络反驳。

"小孩子？"尤旦希的表情像是听到了好笑的笑话，"小孩子能够摧毁英祭塔，小孩子能够控制封膜，他们差点就灭了整个克扎部落，这会恶化瑟利和埃萨克人的关系，难道你不清楚吗？"

尤旦希带着控制全场的气势，露出阴冷的笑。

裴络并未回复。他很清楚，这次的事件是飞洛寒家族长期经营的结果，她又怎会不好好利用。

"优岚可以在念仰星域提供给克扎部落一个新的居住地，还有必要的经济补偿。"裴络突然说。

念仰星域是优岚家族重要的利益地带，星球资源丰富，环境适宜，很显然这是一个充满诱惑的许诺。

然而战酋摇头。"别以为我不晓得优岚家族在那星域都干些什么。前阵子那星域的曼奴堤斯星上，几个埃萨克部落爆发了大规模战争，死了不知多少人。幕后黑手是谁，谁都心知肚明。"

"星球你选。之后全权归你们，你不会在上头看到第二个部落的踪影。"

战酋这才咧嘴笑出来，露出熏黄的牙齿，但满意的表情还没持续几秒，就被尤旦希狠狠一瞪，吓得立马变了脸色，连忙咳嗽几声。"岚虎阁下，你应该知道，管理一个部族是很难的，飒因族恶意破坏决斗仪式，又把我们的部落毁成这样，如果不拿出态度，我这个战酋恐怕就……"

话音未落，战酋就感觉到另一道凛冽如刀的目光盯着自己。即使是虚拟影像，裴络突然爆发的威压也让所有人暗暗心慌，这是通过无数的战争和生死磨炼出来的气质。战酋一时僵住，不知道该怎么说下去。

"飒因族现在还生活在封膜的囚禁下，并未违背联盟的约定。"裴络说，"这次和埃萨克人之间的斗争也只是常规的纠纷。"

"死了这么多人在你岚虎的眼中只能算是个小纠纷，是吗？"尤旦希冷笑，"你是把我们当作小孩子了吧！"

"看来只好提交至最高审议会，请他们详细调查定夺了。"裴络语气镇定。

尤旦希冷哼，如果要详细调查的话，莱修被她带出火漠星并偷偷灌输封膜设计图的事情恐怕也会曝光，这并不是她想要的结果。

气氛一时凝滞。紧急事务官也难以决断，他们很清楚，这起事件背后牵涉到优岚和飞洛寒两大家族长期以来的争斗。

这时，一个瘦弱纤细的身影走进祭祀之厅，在裴络的旁边停下，吸引住所有人的目光。那个女孩昂头看着六个影像——丑陋而恐怖的黑纹已经爬上她原本清秀的脸。

"这次的行为是我们巨疯团闯下的祸，和其他族人无关，我们愿意以生命来承担这次的后果。"她平静地说。

此话一出，所有人都无比意外。

但这个女孩的表情表明，她是认真的。

尤旦希仇视地看着这个女孩，她原本以为这个飒因族的渲晶师只是颗被利用的棋子，没想到她竟然能够控制封膜再次将舰合城保护起来，破坏了她原本天衣无缝的计划。

尤旦希突然大笑起来。

"很好，既然有人主动承担责任，那件事就很好解决了。我提议对他们处以死刑。身为飞洛寒家族的惩法长，我很愿意亲自来执行，我会把整个过程展示在全联盟面前，以儆效尤。"

裴络默然，这虽然残酷，但已经是最好的结果。

事务官们都舒了一口气，这次危机终于算是过去了。

"紧急议会通过，飒因族萤琳一众私自聚集攻击封膜，造成克扎部落严重伤亡，被判处死刑，立即执行。由飞洛寒执法长尤旦希担任行刑官，全权负责。"

说完，事务官们的影像一个个消失。

"岚虎，你以为事情会这么过去吗？"尤旦希神色阴冷地对着裴络，"你太天真了，这件事情很快会引起其他家族的注意，他们的命运早已注定。"

她话锋一转，仿佛诅咒。"但在这之前，我会好好享受我的复仇，虽然这远远不足以填满我的怨恨。"

终于，她的影像也消失了。

裴络看着跪倒在地的女孩，隐隐蹙眉。

莱修从沉睡中醒来，是时候为自己的轻狂行为接受联盟的惩罚了。

他站起身，却发现身体不受控制，正诧异间，听到一阵脚步声走了过来。他抬起头，看见裴络领着萤琳走在前面，巨疯团的队员紧跟其后。他们都穿着飓光凝甲，虽然刚刚经历过一场战争，汗水混杂着血迹，满脸疲惫，但他们却个个都挺直着身体。

一行人在他的面前停下。

"希望你能反省自己，对得起这么多人的牺牲。"裴络冰冷地说。

莱修疑惑。当他看向那些少年时，他们的神情躲闪，一瞬间他便全明白了。

"现在我是飒因族的族长，没有我的允许，谁也不能带走我的任何一个子民。"

他大喊，挣扎着想站起来，却是徒劳。

萤琳轻轻地走过来，手中捧着飒因族的族徽，细心地接入到莱修的衣服上。徽章融合在衣服中，一阵波动闪过，衣服缓缓变形，片刻后形成一套带着高贵装饰的贴身衣服。

"真的很适合你。"萤琳紧紧拥抱住他。莱修浑身一颤，原来身体的异常是萤琳在他沉睡时动的手脚。

"照顾好自己。"她轻吻他的额头，嘴唇温暖，"我们一直都相信你会是个好族长，终有一天飒因的族人都会为你感到骄傲。"

她又蹲下去摸摸蓝露的头。"从今天起记得要好好减肥哦。"

"萤琳，你给我停下，巨疯团，你们都给我站住，我以飒因族族长和巨疯团团长的身份命令你们，给我停下。"莱修大声喊。

萤琳决绝般转身离开，再没回头。

飓光战士集体对着他们的团长，飒因族的族长庄重地行了个礼，转身紧跟萤琳。

莱修咬着牙，牙齿间渗出丝丝血迹。他无法动作，只能眼睁睁看着他们走远。

舰合城的起落平台上，银白色的翼虎号早已停在那里。巨疯团的少年们挨个登上战舰，每个人都最后深深看了一眼他们所生活和长大的舰合城，然后毅然地走进舰内。

蓝露突然从远处跑过来，在舱门就要关闭时，猛然跳了进去。

翼虎号启动，越过顶端的封膜，消失在晨光微曦的天色之中。莱修如雕塑般站立原地，仰头看着天空，眼中满是泪水。

## 十二　刑罚

翼虎号尾部划出浅蓝色轨迹，进入星球的同步轨道，远离飞洛寒舰队的战阵之外。

那些手带电磁镣铐的巨疯团队员们挤在舷窗旁，看着外面的星空，眼神中满是惊讶和好奇，仿佛他们出来是观光而不是接受死刑。

裴络看着这一幕，心中一阵酸楚，这是他们第一次到封膜外面，却也是最后一次。

埃萨克人开始收拾战场，熔浆依旧四处流淌，这个本就荒凉的星球现在更是满目疮痍。而破损的舰合城被圆柱形的封膜包裹着，就像一个巨大的展览品，只有过去，没有未来。

他看着站在最后面的那个女孩，她正在逗着蓝露。

裴络走过去，伸手去摸蓝露，却差点被它咬到。

"都怪莱修把它给带坏了。"萤琳微笑着说。

"你是一个善良聪明的女孩。"裴络说，"如果莱修能像你一样就好了。"

"莱修是很调皮。"萤琳安抚着蓝露，"但我们都相信他会是飒因族最好的族长。裴叔叔,你不要怪他。"

"你很爱他,是吗?"裴络突然说。

"是啊。"萤琳大方承认,嘴角含笑,"替我把它还给莱修。"

萤琳把蓝露放到裴络怀中,后者使劲挣扎。

裴络点头答应,抱着蓝露转身离开。

行刑开始。

巨疯团进入飞船的分离舱,球形的舱体从飞船分离出来,调整姿态向飞洛寒舰队飞去。这个时候从飞洛寒旗舰中也飞出一个很小的球形装置,接入了分离舱的控制系统。

舰合城内,气氛压抑,寂静无声,所有人都看着这一幕。漂浮在四周的信息基也在播放着行刑的细节过程。

飞洛寒的旗舰上,尤旦希已经穿上她作为家族五阶惩法长的衣服,简洁硬朗的剪裁透出让人窒息的威压感。

惩法长,渲晶师的一种,是飞洛寒家族政治体系中的重要组成部分。他们会对家族内部大大小小的事务进行审判,并执行判决,他们从小就进行严格的训练,熟知种种律法和刑罚手段。

尤旦希双手的控制手套亮起,刑罚之笼的影像出现在她面前。她挥动手臂,几个银亮的管子从舱体伸出,分别插入巨疯团队员的体内。信息流接通,他们的微晶链影出现在尤旦希的控制仪上。

尤旦希的手指不断操作,控制着他们体内微晶的运动。片刻过后,这些少年发出痛苦的叫声,五官扭曲,豆大的汗水不停落下。

尤旦希的脸上浮现出享受的表情。在她的控制下,他们体内的微晶会慢慢改变形态,分解他们的骨头并刺破周围的组织和器官,最终被自己的骨头刺穿而亡,这就是排名飞洛寒家族十大酷刑第十位的"骨刑"。

多年来的怨恨终于在这一刻得到宣泄。她要将这个过程更加地延长,要让这个过程显示在飒因族面前,折磨他们。

父亲未完成的任务,将由她来完成,家族的耻辱,将由她来洗刷。

不对,一丝异变扰乱她的控制。

她发现那个女孩的微晶系统出现强烈的波动,观看这一过程的人们都发出惊呼。屏幕中,萤琳的双眼呈现纯粹的暗紫色,全身的微晶纹如水波层层涌动。她将双手插入刑罚之笼,侵入控制中心。

刺管从队员的体内抽出,所有的飓光凝甲都进入战备状态。

"有意思。"尤旦希冷笑,"死亡前的挣扎总是让人兴奋,可惜啊,一切只是徒劳。舰灵,让舰队进入火力全开状态。"

裴络惊愕地看着这一系列突发状况,看到这些飒因族的少年整装待发,如同正要出征的飓光战士。他怀中的蓝露也发出兴奋的吼叫。

刑罚之笼的门被破坏打开,飓光战士向着飞洛寒舰队冲去,舰队密集的火力也随之而来,倾泻在他们的身上。

飒因族少年们依旧顽强地前进着,试图攻击到舰队。裴络皱眉,虽然飓光凝甲拥有可以吸收能量的能力,但是其中的技巧和实力却因人而异,这些少年只是刚刚穿上它,根本没有能力来熟练操控,这种行为无异于自杀。

片刻后,这些飓光战士再也承受不住如此强烈的攻击,从太空中直直坠落下去,在封膜周围砸出一个个深坑。

短暂的喧闹又恢复平静。

舰合城中,莱修已经恢复行动能力。他快速调出控制程序,下达着命令。他没有露出悲伤的表情,只是泪水止不住地往下流。

这些傻瓜。他在心中暗骂。

身在翼虎号上的裴络突然眉头微皱,他感应到那些坠落地表的飓光战士的微晶场还在活跃着,甚至有越来越强烈的趋势。

与此同时，封膜上的扰膜器开始运作，一层层的微晶波纹扩散开来，封膜的内外表面都发生剧烈的形变，到处都是快速生长的突刺。内表面的这些突刺缠在舰合城上，与之合为一个牢固的整体，而外表面的突刺则更加的疯狂，其中一条无限地生长，几乎要直接攻击到飞洛寒的旗舰。

"怎么回事？"尤旦希惊道。她这时才发现刑罚之笼中的女孩并没有逃走，她的双手纷飞操作，正是她控制着这些变化。

"惩法长。"舰灵突然报告，"封膜的底部有异常。"

舰灵切换出一个图像，上面显示的是火漠星的实时全息扫描透视图。

"封膜的下部正不断向下延伸，已靠近地幔层，那些飓因族战士还活着。"

"什么？"尤旦希忙放大图像，代表飓光战士的光点不断向封膜的底部靠近，飓光凝甲的能量已经在地壳中融化出一个通道。

"他们到底想干什么？"尤旦希和裴络同时疑问。

就在这时，舰合城出现一丝难以察觉的振动，并很快变得剧烈，像是地震来袭。

裴络在空中一览无遗。和封膜连合在一起的舰合城正快速地从地底升起，就像是节节拔高的雨后春笋，几十秒后，封膜完全从火漠星飞出。星球像是整个被切除一块，直入地幔，甚至可以清晰地看到岩石的分层。

那些飓光战士紧紧地抓住封膜的边缘，身上的凝甲发出最深沉的轰鸣。城市的底部像是亮起一个巨大的引擎，那是由身着飓光凝甲的战士组成的动力引擎。原来他们假装攻击舰队从中骗取了大量的能量，现在用这些能量将城市从火漠星上彻底分离开来。

眼前这一幕无比震撼而壮观。

伴随着圆柱形封膜的抽出，火漠星巨量的熔浆沿着地缝冲出，最高喷达几百米，将周围所有的一切都吞没。在这样的掩护下，封膜中的舰合城冲破星球的引力束缚，如飞船一般驶入太空之中。

即使是经历过无数战争的裴络，也被眼前这一幕震惊。

那些巨疯团的队员，飒因族的少年，用他们的双手托着整个飒因的未来，朝着远方毅然飞去。

## 十三　永指向前

舰合城以这样超出想象的方式脱离星球。猝不及防的飞洛寒舰队对封膜发起凌乱的攻击，但全都被封膜挡住并吸收。

舰合城眼看就要冲破封锁线。

巨量的熔浆从星球的裂口冲涌出来，几千米高度的熔浆如巨龙火舌将飞洛寒舰队包在其中，虽然他们及时启动了防护罩，但还是受损严重。与此同时，熔浆喷发所产生的强大电磁脉冲影响了战舰的远程通信系统，致使火漠星上的通信和外界隔离开来。

星球上，高温熔浆四处奔涌、洒落，吞噬着一切道路上的阻碍。埃萨克人四处逃窜，他们缺少进入太空的战舰，熔浆如死神对他们紧追不休。

"飞洛寒舰队，飞洛寒舰队，我是猛扎姆，请求支援，请求支援。"战酋对着联络器大喊，不远处，埃萨克人的金属建筑和族人被熔浆吞没，化为熔浆的一部分。

尤旦希直接关掉通信设备，她的眼中只有那不断远去的封膜。她无比恼怒，这些人竟然在她的眼皮底下玩这一出，竟然把她给算计了。她决不允许这样的事情发生，决不允许他们就这样逃脱。

在她的指挥下，飞洛寒舰队从慌乱中恢复过来，展开追击战阵，但这个时候舰合城已经达到最高速度，将他们远远抛在后面。

舰合城内，巨大的加速冲击被微晶系统所消化，因为莱修早已启动了战舰的宇航模式，被安置在舰体避难中心的市民并没有受到太强烈的冲击。

"你们怎么那么傻？"

莱修站在中枢室里，之前全黑的房间现在被切换成透明。他从这里可以看到舰合城的每一个细节。

他的神色并没有像其他人那么震惊，因为这个计划的轮廓是由他构思的。刚才在高台上他以疯狂计算来掩饰内心的不安，设计了大量的逃脱方案，这就是其中之一：将封膜和舰合城绑在一起，利用封膜的保护功能避开飞洛寒舰队的攻击，逃离星球。这是一个疯狂得近似不可能的计划。

在这之前的无数个夜晚，他都在想着怎么逃离这个封膜，计划详细到每一个可能的细节。但是这一次他不想这么做。他明白，这些计划没有任何意义，他的族人已经习惯了这里，习惯在封膜下生活，在他们沉默的那一刻，他已经心如死灰。

没有希望，何须挣扎。

但是萤琳在帮他修理络合器时看到了这个计划，并带领着巨疯团义无反顾地执行下去。

莱修的眼眶湿润，他克制着自己，不让自己失控。

他们带着必死的决心，只为完成他的一个疯狂的构思。

只因为他们没有放弃哪怕一点点的希望，只因为他们依旧相信他！

莱修想起他们第一次偷偷闯进府邸尝试绑架他的那一幕，这么多年过去,他们依旧是那些疯狂爱闹的少年,依旧是对自由充满渴望的飒因族人。

作为他们的族长,自己又有什么资格放弃。

这时莱修的身旁有影像断断续续亮起,将他围在中间,那是巨疯团的所有队员充满活力的微笑。

泪水模糊莱修的双眼。

"不愧是莱修少主,能够想到这么惊天动地、举世震惊的计划!"

"琳姐说她已经把控制封膜的序码植入你的络合器中,你掌握后就可以控制封膜口的开启。"

"这样下去,很快就能启动漫跃引擎,让舰合城进入亚空间里,那些飞洛寒的笨蛋再也追不上你们了。"

"族长,对不起,以后的路只能你自己走,你的运气会永远那么好的,是吧,不然怎么会拿下琳姐呢?"

他们只是漫不经心地说着,语气平常,仿佛只是随意聊天,但莱修发现,黑纹早已侵染他们的全身,他们的意识正渐渐迷糊。

"我不允许你们就这么死去,你们将会是帮助飒因族发扬光大的功臣啊,难道你们都忘了吗?你们这些不遵守诺言的王八蛋。"

莱修觉得自己是那么没用,只能看着一切发生。一道薄膜,隔绝了希望和牺牲,隔绝了无数难尽的话语。

他们身体上的黑纹越来越密集,随着盔甲一起变为赛忒兽特色的异质结构。他们变得狰狞而恐怖。

"再见了,少主。"他们微笑着说。

在异化为赛忒兽的前一刻,他们离开了封膜,朝着飞洛寒舰队的方向冲去,这样他们在彻底变为赛忒兽后,会优先攻击离得最近的威胁。

莱修怔怔地看着他们一个个飞身离开封膜,一个个变为完整的赛弍兽。他们在生命的最后一刻，依然在为舰合城争取着逃跑时间。

然而，化身为赛弍兽的他们依然不是舰队的对手，在火力的强攻下，他们很快被击杀。那些亮点一个个暗了下去……

封膜还在不断加速，即将要达到进入漫跃状态的速度要求。

此时一道疾光如闪电般划过太空，那是裴络的翼虎号，以其卓越的加速性能超过了飞洛寒舰队，直到与封膜同步。翼虎号前端发射出一道信号，封膜表面出现裂口，它迅速地飞了进去。

翼虎号是停在中枢室上方，裴络从腹部飞下，中枢室自动为他打开，他却没有进去。以前来看望穆戈的情景恍如隔世，现在里面只站着一个瘦弱的红影，那些飑光凝甲已经空空如也。

莱修无视他的出现，静静看着外面。

"莱修。"裴络说，"停下吧，再这样下去只会有更多无谓的牺牲。"

虽然他惊愕于莱修竟然能够做到这种程度，但是一切都该结束了，联盟恐怕早已派出部队朝这里进发。

莱修转过身，飞到中枢室外面，面对着裴络。他觉察到舰合城上所有人的目光都聚焦在自己身上。他是他们的族长，肩负着整个飒因的未来，他的每一个抉择，都将影响到这数十万人的命运。

这一刻，他体会到了父亲身上的沉重。

飑光覆身，光芒暗敛。

他手中的聚能剑启动，直指裴络，毫无畏惧。

"就算这样你也不肯放我们走，是吗？"莱修说，"只要我们在这个封膜里，就受欧菲亚之光的保护。"

裴络没有回答，他的武器也瞬间启动。

他们都明白，站在各自的立场都无法说服对方，只有一种方法可以有效解决，那就是胜者为王。

这一刻,莱修心志坚定,从天穹城回来时对岚虎的畏惧已经荡然无存。因为他知道,自己必须打败他,必须打败这个来自飒因族最深处的梦魇源。

一红一白,两个身影瞬间发动。激烈的碰撞在舰合城上空爆出灿烂的火花。

裴络的心抑制不住地颤抖,他想起小时候在这里陪莱修练剑的时光,谁能料到有一天他们真的需要生死相搏。但是他的攻击没有一丝的迟疑,愤怒转化为力量和凌厉的攻势,优岚猛虎的利齿会撕碎任何一个胆敢挑战他的人。

莱修更多的是在防御,他所要做的只是拖延时间,直到舰合城进入漫跃状态的那一刻。

随着他不断使用能力,黑纹在他身上以缓慢的速度增长着。

舰合城的市民都在注视着这一场激烈的打斗,封膜进入太空后,他们从一开始的惊愕转为复杂的感情。神秘、浩瀚的太空唤醒了他们灵魂深处的希冀。同时,黑暗又带给他们一丝不安。这场打斗像是他们内心斗争的体现。红影和白影纠缠在一起,不断冲击到建筑物上,碎片纷飞,烟尘四起。

一个信号传到莱修的意识中,他一阵欣喜。舰合城已经到达临界速度。他迅速启动漫跃系统,三个战舰的引擎同时发动,封膜附近的星光逐渐扭曲,这是要进入亚空间的征兆。

裴络的攻击有些迟缓,看来一切已是来不及阻止了。

这个时候封膜的表面突然投射出一道影像,那是一个躺在地上痛苦扭曲的女孩。她的身体正在异化成赛忒兽的模样——周身泛着黑紫色的光泽,不断有机械状的结构在身体表面形成——还剩下半张脸还维持着正常的状态。

"萤琳!"

莱修一时心神不稳——他以为萤琳早已被舰队杀死——疏于防御，被一道猛烈的力场冲击推飞到封膜的另一边。待他控制住身形时，裴络已不见踪影。

这时，从舰合城的几个方向同时传来爆炸声。莱修惊慌地抬起头，看见战舰引擎的位置冒出火光。裴络浮在中枢室前，面色冷峻，收回了武器。

舰合城从漫跃过程中猝然停止，巨大的反震让城市的建筑断裂开来。莱修发出一声凄吼，努力又再一次化为乌有，在接连的精神冲击下他接近崩溃，身上光芒黯淡。

"当飒因族只知道逃跑的时候，它就已经彻底失败了。"带着浅笑的尤旦希摩挲着悬浮椅，"过了这么多年，飒因族的技术已经落后到这种程度了吗？就这种缓慢的漫跃加速还想逃跑，真是可笑。"

"既然想逃，那就让你们彻底逃个痛快吧。"她发出命令，舰队的炮火继续轰向封膜。

裴络起初不明白为什么她要进行无谓的攻击，但很快发现这些炮火带着目的性。它们巨大的冲力使得没有动力的封膜调整角度，朝着这个星系的恒星加速飞去，过不了多久，这个封膜就会和里面的舰合城一起，在恒星的高温中化为乌有。

莱修显然也发现了这一点，他发疯般朝着封膜飞去。封膜出现一个缺口，他义无反顾地飞了出去。裴络想去阻止，却已经来不及。

莱修飞到外面，用身体阻挡轰向封膜的炮火，毫不闪避，密集的炮火瞬间淹没了他的身影。纵然是飓光凝甲，也无法承受这样猛烈的攻击，片刻后，莱修再无动作，如死去般静静地漂浮在太空之中。

"莱修。"裴络大喊，他感应到莱修微晶场正在不断消失。

但是尤旦希的炮火依旧不断轰击着昏迷过去的莱修，连同那些已经变成赛忒兽的巨疯团队员的残骸一起，向着已经被熔浆覆盖的火漠星飞速冲去。

裴络驾驶着翼虎号试图前去阻止,却也被飞洛寒舰队的炮火拦下。他只能眼睁睁看着这一切的发生,那些躯体终于被火漠星的引力捕获,坠入滚烫的熔浆中,逐渐沉没下去。

飓光凝甲本来是能够承受住熔浆的高温,但它的机能已被赛忒兽毁掉大半,现在根本毫无抵抗力。

裴络靠在座位上,双手掩面,旁边的蓝露对着外面发出一声声凄厉的叫声。

"穆戈,对不起。"他声音哽咽。

他回想起在病床前抱着还是婴儿的莱修,穆戈在旁边温暖地笑着;他想起在自己的武器上烙下天穹守护一生最重要的生死誓言——护卫莱修,至死方休。

破灭如幻影,他终究无能为力,命运总是向他开玩笑,一个巨大的玩笑。

他必须要阻止悲剧扩大化。

裴络朝着飞洛寒的旗舰飞去。旗舰允许了他的停泊请求,抱着蓝露的他被引领进入到舰桥之中。

舰桥之上,尤旦希淡定地指挥着对封膜的攻击,封膜越来越靠近恒星。

蓝露看见躺在地上昏迷不醒的萤琳,冲到她的旁边,用身子轻轻蹭着她。

"该停下了。"裴络踏前一步,气势逼迫,"尤旦希,为什么你一定要赶尽杀绝?"

尤旦希突然提高声调,像是在法庭上宣判结果。

"他们被赛忒兽感染了,这就是他们的原罪。他们明知道会引起恐慌,明知道会造成那么多不幸还是跑了回来。"她直直盯着裴络,表情变得扭曲,"他们应该自我毁灭,而不是苟且偷生。这是被赛忒兽感染后的本能。"

尤旦希围绕着裴络不断走动着。

"岚虎,其实你也很累吧?"她的手指轻轻拂过他的脸,"你因为他们犯下多少罪恶,其实优岚家族早就想弃掉你这颗不受控制的棋子。所以你只能不断地建立功勋,好让自己得到家族的重视,才有资本保护好飒因族。"

裴络的身体微微颤动。

"你最终将自己变成这样的存在,暴戾嗜血。虽然你是战场上的英雄,但没人敢真正亲近你,现在,你也该从这样的诅咒中解脱出来了。"

尤旦希的话充满着极度的诱惑,似乎唤起了裴络深藏在内心的苦楚。

"你错了。"裴络陡然清醒过来,"他们并不是怪物,也没有罪,只是这个世界不知道如何对待他们。"

"岚虎,你从来没有真正了解过他们。"尤旦希露出微笑,笑容中又带着略微的哀伤,"我一直在监视他的成长,我比你更理解他,那种被人嘲笑、被人排斥的感觉,因为这些年我也是这么过来的。"

裴络沉默。

"那个孩子的感觉只会比我更深刻,他们未曾感觉到这个世界的温暖,对这个世界也不会有任何的感激,只要给他们任何一个可能,他们就会冲出来。"她的声音冰冷,"他们是关在笼子里的猛兽,不只是因为他们被赛忒兽感染,更是因为他们所遭受的待遇。是你,一手造就了他们现在。"

"住口。"裴络的头隐隐作痛。

"他们的行为也证明了这一点不是吗?"尤旦希冷笑,"我只是给了他们简单的设计图，就引诱出他们内心的邪恶，所以他们才会毁坏封膜，甚至毁掉火漠星，不计一切后果地逃跑。"

"够了。"裴络怒吼，凝甲所在的位置阵阵发亮。

"真是一头愚昧易怒的老虎。"尤旦希摇摇头，"但你已经阻止不了我对他们的惩罚了。"

裴络踏前一步，直逼尤旦希。她的护卫立刻挡在她面前，冲突在所难免，这个时候房间里突然响起歌声。

裴络侧过头去，发现是躺在一旁的萤琳在唱歌，曲调悠扬、舒缓，却带着抚慰人心的力量。她的表情恬淡安然，仿佛现在只是和莱修静静地坐在平台上，看着朝阳从天边缓缓升起。

"飒因族的族歌吗？"尤旦希讥笑，"刚好为飒因族送葬。"

话音刚落，她发现岚虎和其他天穹守护都突然看向外面，脸色剧变。循着他们的目光，她看见封膜里原本黑暗的舰合城现在却亮起无数的灯光，微晶纹路如水波般蔓延开来。

歌声齐响。

与此同时，星系之中，一道奇特的微晶场开始波动，引起这里所有人体内的微晶一阵翻涌，脸色煞白。

裴络眼瞳微聚，长久以来在战场培养出来的警觉告诉他，一个巨大的力量已经从蛰伏中苏醒。

## 十四　浴火重生

　　封膜在炮火的冲击下继续向着恒星不可控制地飞去，已经能看见恒星的大气层。舰合城的温度越来越高，城市的微晶系统已然崩溃。
　　飒因族人惊恐而无助地等待着毁灭的降临。这时，他们听到一个熟悉的声音，轻柔地唱起飒因族古老的族歌。
　　星光璀璨，在暗夜里镌刻永恒。
　　舰队游弋，在航向希望的路上。
　　谁在此聆听，在此仰望。
　　明天我就要离开，去群星间寻找故乡。
　　……
　　……
　　歌声回荡，如一湾清泉沁润每个人的心灵，他们轻轻跟着唱起来，回想起过往的时光，那些颠沛流离，充满黑暗的岁月。
　　感染后被不同家族追杀时的绝望；
　　为了存活下去的痛苦；
　　不断被用作各种实验的耻辱；

……

……

但是在黑暗中,却始终存在着一缕光芒。

那些在舰合城里嬉闹打闹的巨疯团少年,那个爱笑的女孩。他们的少主拼尽全力,只为他们能够逃离火漠星。他们都相信着自己的族人,虽然被侵染,但他们并不是赛忒兽,也拥有生而为人的自由。

理解黑暗,才能拥有光明。

某些东西轰然坍塌,那是长久以来压抑在心中的封膜。

舰合城里的人们都站了起来,脱去身上的伪装,露出隐藏的黑纹,他们不再害怕,也不会再逃避。

整个城市灯火通明,舰合城笼罩在一片光明中。此刻,黑暗已被驱散,那些隐藏在城市微晶系统深处的美好记忆浮现出来,化为舰合城上空无数个影像。

孩子的嬉闹,女孩的欢笑,战士的高歌,族长的教导。

这些影像层层叠叠,安抚着每个族人的内心。

黑暗。

窒息的黑暗,无边的混沌。

意识慢慢陷入虚无,记忆却逐渐明晰。

舰合城的边缘,几十个少年姿势不一地享受着晚风,畅饮着不知从哪里偷来的烈酒。旁边的蓝露也忍不住尝了一口,醉醺醺地上下乱窜。

"如果有一天我们的病被治好,能够出去的话,你们最想干什么?"莱修喝口酒,问。

"我要去看看天穹城,游历各个美丽的星球,在天空之钥上面刻上'到此一游'。"

"我要吃遍天下所有美食,我的坟墓也要全部由食物建造而成。"

"我听说'魅鸾'星上盛产美女,给我一笔资金,我会让飒因繁荣壮大。"

"那你还不如娶个埃萨克女人,她们一次能生十几个。"有人一旁打趣,引起一阵哄笑。

"我说,你们的愿望能不能更有出息些?"莱修无奈。

……

……

所有人一起开心地笑着,讨论着,憧憬着希望和未来。

多么简单的愿望,多么平常的要求。

可是他们已经一个个地死去,那些简单的愿望都已经无法实现。

他伸出手,这些影像一个个融化消失。

好热,炙烧灵魂的热。

这里是哪里?

是地狱,还是绝望的尽头?

他听见无数的声音,看见无数的影像。

他看见先祖们对他露出笑脸,一代代飒因族的英雄,披星戴月,开疆拓土,他们的族徽永不落下。

但这些都在炎热中化为虚无的灰烬。

就这样结束了吗?他想。

没有结束啊,你听,你仔细听,那是萤琳的歌声。

越来越清晰。

这是族人的呼唤。

飓光不灭,他们说。

他露出欢笑,但又很痛苦,太迟了,他缺少力量。

力量一直就在我们的体内啊,它从未消失,一个说。

少主，飒因的未来就靠你了，一个说。

族长，你的运气还没有用尽吧，一个说。

他听见他们的声音，就在他意识的深处响起。

这些声音熟悉又陌生，带着不可抵御的蛊惑。

好，这一次我们一起，你们再也不能背着我擅自行动了，他说。

遵命，族长，他们说。

在人们无法看到的地方，莱修身上的飓光凝甲发生剧烈的变化，蚀晶飞速地进化，分出无数的黑紫色触须缠绕在周围的飓光凝甲上，将它们拆解，又拼凑到莱修的身上。渐渐地，飓光的伤口开始愈合，损坏的部件逐渐修复。

一道强大的微晶信号波动扫过整个空间，甚至影响了微晶武器的运作，战场突然诡异地安静下来。

波纹震动传到舰合城内。多年前那场战争熔铸在三艘战舰上的机甲、小型战舰开始从岁月沉积的躯壳中剥离出来。飒因族人走上前去，驾驶这些机器，一个规模不大的飓光军团慢慢成形，慢慢聚拢起来，他们身上的光芒在太空背景中有节奏地闪烁着，频率逐渐趋于一致。

"飓光不灭。"

人群中一个苍老的声音喊道，更多的声音附和着，汇成一道意志的洪潮。

如同验证这句话，一个光亮的身影从火漠星冲出来，划出一道耀眼的流光。这团光向四周发射出数道光芒，仿佛飒因族族徽从宇宙背景中显现出来。

飓光之剑，所指无垠。

光团中的莱修扬起手，封膜上突然出现巨大的缺口，飓光军团列阵而出，向着飞洛寒舰队冲去。

"这是怎么回事?"

尤旦希大惊失色,她问舰灵,后者正在做战场生命特征信号扫描。

"好像,"舰灵皱眉,"所有飒因族人都进入深层赛忒兽化了。"

裴络瞳孔微缩,呆立地看着眼前的变化,他最担心的一幕终于还是发生了。

"尤旦希,"他严肃地说,"你现在需要赶紧撤离这里。"

尤旦希却置若罔闻,脸上浮现出一抹笑意。她也感到恐惧,只是这恐惧却激得她浑身兴奋地颤抖起来。

"你看到了吗?岚虎,他们终究成为了怪物,屈服于他们的原罪。"

裴络知道现在已无法阻止她。神色紧张的飞洛寒士兵在战舰甬道上奔跑,他们不知道将要迎战的是怎样的怪物。尤旦希指挥战舰迅速排列成阵,向着飒因族的军队迎去。

裴络从舷窗看着外面战场的情形,突然瞪大了眼睛。

漆黑的太空中,飓光凝甲的光芒显得无比璀璨。裴络却看到了其他人没法知晓的细节。他们的排布乱中有序,攻守有方。

飓光战阵,他记起这个战阵的名字。

这是利用飓光武器的特性所演化出来的一种对战战阵,历史上,飒因一族就是靠这个战阵取得了卓越的战绩。在撒壬之战中,也是靠这个战阵,他们才从赛忒兽的围困中给联盟军杀出一条生路。

那也是飓光战阵最后一次亮相。

这一次,它却是在这样的情况下重现。

赛忒兽和飓光的结合,又会产生怎样恐怖的杀伤力?

优岚之虎内心的惧意正无法控制地滋长。

## 十五　飓光战阵

飓光，沉寂于暗，又浮现于明。

莱修的身影穿梭在整个战场，飒因的飓光军团围绕着他。这一次，他终于能够像先辈一样，指挥着令自己骄傲的军队击溃任何挡在他们前面的障碍。

能量在他的全身涌动，斗志充斥着每一个细胞。他现在的感受无比美妙，自己的意识仿佛和整个飒因族联通在一起，掌握着战场的一切细节。他的脑海中浮现出先祖通过无数战斗淬炼出来的精华——飓光战阵。

飒因族的恐怖，不仅仅在于飓光凝甲本身，更在于他们围绕着凝甲衍生出来的独特的军事战阵，其最根本的思路，是让飓光晶纹产生的微晶能量凝聚体在战士间相互穿梭融合，交织攻击，在紧密配合的情况下，可成倍地放大攻击力。

但它也存在着明显的缺点，这种战阵需要近距离切入敌方才能真正发挥威力，导致伤亡率大增，而同时，它对战士的要求非常高，每一次使用都伴随着极大的风险。但是，飒因族人却用一次次行动证明着战阵的可怕威力，它的特性已经深入飒因族的灵魂，并一代代延续下去，恒而不灭。

深入敌阵，永指向前。

现在，飞洛寒舰队就处于这样的战阵之中。

一道道能量巨大的光流攻击在战舰的能量层上，激起层层火花。这些光流在飓光战士的手中相互穿梭，形成一道密不通风的光网，将舰队笼罩其中，同时阻挡下所有的攻击。

虽然飒因族现在的飓光战士数目很少，但飞洛寒的士兵却感到对方似乎无所不在，正遭受着360度的全方位攻击。面对这样的火力，飞洛寒舰队的抵挡显得无比脆弱，舰队里的士兵惊惧地看着外面的战场，斗志不断崩溃。

一旁的裴络也是暗中心惊，现在的飒因族战士表现出来的实力，足以对欧菲亚任何的军事组织造成威慑，让人震颤不已。他们在以惊人的速度适应着战场，掌控着战场，引导着战斗的走向。

冲杀在前面的莱修宛如地狱来的恶魔，双眼赤红，飓光凝甲拖出的尾翼长达百米。他手中的能环剑不断扩大，庞大而充沛的能量一次次冲击着飞洛寒的舰群，一个个战舰爆炸成一团团火花。

裴络清楚，莱修还并不能完全发挥这个战阵的威力，这需要多年的训练和实战磨合，现在的他们只具其形，未得其神。

但这已足够让人胆寒，飞洛寒的战舰在顷刻间折损近十分之一，狼狈得毫无反击能力。旗舰上的尤旦希气急败坏，却又无可奈何。

在光阵的阵中，莱修显得特别闪耀，他是中心，也是灵魂。

古老的战意在他的体内灼烧，这一刻，他如同王者般不可阻挡。

"飒因族第三代族长，为'初明皇'攻下欧菲亚东大陆最坚固的碉堡，此一役，死亡一万五千人。"

"飒因族第四代族长，在弥森星球上追击反叛军，并将他们一举剿灭,此一役,死亡九千人。"

"飒因族第十一代族长,在冈崎星球力战埃萨克联军,成功牵制了埃萨克人的攻击方向,此一役,死亡五万九千人。"

"飒因族第十三代族长,在斯坎星系,从赛忒兽的围困中拯救瑟利联合舰队,此一役,死亡二十万七千人。"

……

……

一句句,一件件,都是飒因族辉煌壮丽的历史,每一个数字都包含着飒因族的血和泪。

莱修的声音侵入每艘战舰的通信系统内部,振聋发聩。

旗舰上,尤旦希惊慌失措,她的兵力在交战中迅速地消耗下去,屏幕上表示阵亡的红点以触目惊心的速度激增。她终于认识到飒因族的恐怖,心中泛起绝望。

"惩法长,我们的舰队快撑不住了。"舰灵双眼闪烁,里面流动着瞬息万变的信息,将战场的情况如实分析报告。

飒因族的火力已经撕开舰队的阵形,形势再这么发展下去,毁灭将是唯一的结局。

"让我来吧。"一个浑厚的声音说。

尤旦希转头,看见裴络神色庄重地站起来。她愣了一下,露出意味深长的微笑。

要亲手毁掉多年来所守护的东西,这种好戏她可乐意看啊。

"好,岚虎,我倒要看你怎么指挥。"

裴络并未理会她。他有自己坚定的信念,这个信念远远高过两个家族的隔阂,也远高于对飒因族的愧疚。虽然这么多年来他拼尽一切保护着他们,但当他们变成赛忒兽的时候,他也会毫不留情地消灭他们。

战场上，清晰的指令传达下来，飞洛寒舰队开始分成数股进行迂回攻击，尽量避免和飒因族正面冲突。

在莱修小的时候，他们就在仿真游戏里进行过无数次模拟战役的对抗。莱修不断研究着爷爷留下来的战术，从小就展现出惊人的战斗天赋。但那毕竟只是虚假游戏，而裴络早已经历过无数次实战。

在裴络的指挥下，飞洛寒舰队在躲避的过程中逐渐与飒因拉开距离，有效地分散了莱修的攻击。

数个飓光机甲连续被击毁，飓光战阵出现漏洞，不断向内收缩，但是裴络依旧无法追踪莱修的行动，他如同鬼魅一般在战场的各个角落神出鬼没。

星系之中，处处都是战火的光影。

片刻后，局势逐渐逆转，飓光战阵被分割围攻，双方在兵力上的悬殊终于体现出来。飞洛寒往往是几十个战斗单位围住飒因族的一个兵力进行攻击，飓光凝甲相互之间难以产生呼应，光网更是无法形成。

尤旦希的神色放松下来，裴络却不敢有丝毫的懈怠，此时一道剧烈的流光出现在旗舰的舷窗外。

正是莱修。

他的左手已变成闪动着能量脉动的恐怖利爪，不断撕扯着战舰的外壳，所有飓光的能量在这一刻汇集成一点，火花四溅，裂纹不断增加。

伴随着一声痛苦的厉吼，莱修的手穿透战舰的能量罩，扯下战舰的外壳，迅速冲了进来。

几个飞洛寒的天穹守护迅速飞过去，试图拦住莱修，但他的凝甲瞬间暴涨，将他们的能量转换吸收殆尽。他们全部都丧失动力，瘫软昏厥过去。

"死。"

莱修扭曲的神情中挤出一个字,瞳孔中倒映着一个白色身影。

裴络凝结出战意,凝甲瞬间覆盖全身,獠镝启动,迎敌而上。

踏出,攻击。

莱修的飓光战甲配合着能环剑使出一道道凌厉的进攻招式,而裴络的獠镝一会儿化成力场之盾,一会儿化成力场之矛,和莱修激烈地对抗着,碰溅出耀眼的火花。

"莱修,用你的微晶能力控制住蚀晶的扩散,趁现在还来得及。"裴络一边抵挡一边焦急地说。他已经发现,黑纹正不断地向着莱修飓光战甲中间的凝核侵蚀过去,并渐渐侵入其中。一旦这里被侵蚀,那莱修再也没有挽救的可能,将和他的父亲一样,彻底变成一个赛忒兽。

可是莱修却像没听见,依然不断地攻击。

裴络的体力渐渐下降,加上莱修赛忒兽化后能力的增强,他很快支撑不住,步步后退,一个疏忽,被莱修抓住破绽,猛烈的能量冲击将他砸在墙上。莱修的能环剑分裂成无数细小的光刃,刺破裴络的凝甲,扎进他的皮肉,鲜血喷溅。

岚虎的微晶系统被破坏,他的凝甲不断萎缩至原本的形态,脸上血色全无。

"小子,你应该看这边。"一个冰冷的声音突然说。

莱修转过身,双眼的光芒如妖瞳闪亮,尤旦希正用枪指着一个全身黑紫难以认出面貌的人。

"琳。"莱修放开浑身浴血的裴络,能环剑直指尤旦希,"你给我放开她,听到没有。"

"让你们的军队停止攻击。"尤旦希继续威胁着萤琳。

"你个混蛋。"

莱修怒吼一声，眼中的紫色光芒更加浓烈，左侧眼眸中的黑纹不断向脸上蔓延，空气中的温度陡然上升。

"很好，就这样，变成赛忒兽吧，释放你心中的恶魔吧。"尤旦希笑着，手中的枪更加逼紧萤琳的颈部，一触即发。

莱修扬起手，更加疯狂地攻击着舰桥，到处尘烟弥漫，但尤旦希只是冷冷地盯着他。

烟雾之中，一个蓝色的身影突然跃起，猛咬在尤旦希的手臂上。她尖叫着用力甩手，枪声随之响起。蓝露被甩落到墙角，腹部有血迹慢慢渗出。莱修的能环剑陡然射出，一阵惨叫，尤旦希的手臂被整个切下。

"去死吧。"莱修大叫一声，控制着能环剑舞出一道锐利的流光，直指尤旦希的要害部位。她惊恐地后退，似乎已忘记如何躲避。一个身影突然闪出，替尤旦希挡住了这致命的一击。

顷刻间，光芒已经完全没入此人的体内。

"琳。"莱修愣住，身上的飓光消散而去。

萤琳露出微笑，紧紧地抱着莱修，一如以前。

强大的能量灼烧着她的皮肤，但她没有松手，泪水滴落在凝甲上。莱修身上的黑纹正慢慢消退。

"对不起。"他看着怀里的萤琳痛苦地说。

此时在战场上，失去指挥的飞洛寒舰队溃不成军，被飓光穿透的战舰不断爆炸出绚丽的火光。

"曾经击退赛忒兽的飒因族现在却变成了赛忒兽，真是讽刺，啊哈哈。"尤旦希捂着断臂，冷汗直冒，"联盟军就快到了，你们没有可以进入漫跃的引擎，不过，你们还有一个办法能逃出去……"

尤旦希忍着痛，表情扭曲。"那就是把我们全部都杀掉，用我们的战舰逃跑。"

莱修毫不理会，抱起昏迷的萤琳，身影孤绝。

他的眼角抽动，望向前方的虚空，似乎感应到了什么。

"你还等什么，时间已经不多了。"尤旦希凄冷地笑，"你们这些有罪者，虽然这次我没能惩罚你们，但是总有一天，你们会得到应有的报应。"

莱修的能环剑突现在尤旦希的面前，高温炙烤着她的皮肤。

"不要。"裴络勉力地说。

能环剑的能量聚形成一根极细的能量针，刺入尤旦希胸口，她张开口，却发现发不出任何声音。莱修的凝甲慢慢收归于核心，身体上残留的恐怖黑纹时隐时现，给他增添了一丝邪魅的诡异，让人完全无法看透。

"飞洛寒舰队所有的指挥官。"他通过旗舰的通信器平静地说，"你们的惩法长已被我控制，如果还想她活命的话，就马上停止攻击。"

飞洛寒的舰队慢慢放弃抵抗，飒因族也逐渐收敛攻势。

"所有人进入封膜内。"莱修又下令。

飒因族的军队押送着飞洛寒的舰队返回封膜中。莱修则抱着萤琳回到中枢室，裴络和尤旦希也被押送进来。

"你想干什么？"尤旦希恢复了声音。

莱修没有回答，只是将萤琳轻轻放在一张软床上。

裴络看着战后的舰合城。战舰的引擎已经毁坏，他们无法进入漫跃状态逃脱，那么现在，又将何去何从？

繁星无语。

整个星系的空间突然颤动起来，大量舰队从漫跃状态下显现出来，遮蔽星空。舰队分列成不同的战阵，将封膜围在中间，旗舰上风格迥异的标志表明他们来自不同的瑟利家族。最后漫跃而出的，是一艘无比庞大的巨型战舰，它带着无上的威严降临在圆阵中间。

这是联盟军武器中威力最强大的——女王号，隶属于女王忒弥西。

"你们已经逃不掉了。"尤旦希头发散乱，捂着伤口狞笑着。

## 十六　临终幕曲

联盟数据库中编号为 GAT-4851 的星系，原本空旷寂寥，此刻却排列着近千艘战舰。

火漠星已成为一片熔浆的海洋，地表上的建筑早已荡然无存，那些之前还在狼狈逃命的埃萨克人也在顷刻间灰飞烟灭。在巨大的内压下，星球还在不断地向外膨胀，几百年后，它将全部碎裂成星际尘埃。

舰合城中，却是无比的宁静，残破不堪的封膜内到处是残骸。战士们围绕在舰合城四周，警戒着外面的变化，平静地等待着他们的命运。

萤琳躺在莱修的怀中，虽然封膜抑制住她变异的速度，但侵染已经太深，变异依然在她的体内发生着。

"看，这就是我们的星空。"

莱修指着外面那些闪亮的光点说。那是守护着舰合城的飓光军团在微微闪烁，他们聚集在一起，形成了动人的星空之图。

"真美。"气息微弱的萤琳笑着说。

多么安静又美丽的星空,虽然他们被重重包围,但此时此刻,至少这片星空属于他们。

时间仿佛静止。

莱修感受着怀中萤琳微弱的心跳,似乎自己的心跳也跟着减慢。

"我是不是比女妖还美?"她问,神色依然如此调皮。

"你永远是世界上最漂亮的。"莱修抚摸着她慢慢异化的脸颊。

"那是因为你看的女人还不够多。"萤琳微笑,"不过我现在要是再假扮撒壬的话,就不用化妆了。"

莱修内心绞痛,她永远都是这么乐观。

"修,我们会成功逃出去吗?"萤琳又问。

"当然,你难道不相信我吗?"莱修笑道。

"抓紧最后的时间亲热吧。"尤旦希冷笑,"她的异化已无法停止。"

话音刚落,尤旦希只看见两道亮光刺目而来,遽然悬停在眼前,她感觉睫毛被烧掉。

"修,她说得没错。"萤琳的呼吸渐渐微弱,却依旧带着笑容,"我可不想就这样默默地死去,让我再为飒因做最后一次贡献吧。请巨疯团团长,不,请莱修族长下令,这次我保证不违抗命令。"

莱修眼中噙泪。

"只要将封膜和还完好的飞洛寒战舰绑在一起。"莱修笑着说,"通过战舰里引擎的共通作用,就可以让舰合城再次进入漫跃状态,而利用封膜的保护,我们可以突破联盟军的封锁,当初连赛弌兽都不能困住我们,这次也只是小菜一碟。"

"你总是有这么多稀奇古怪的办法。"萤琳说,脸色苍白。

裴络恍然,原来莱修将飞洛寒舰队押送到封膜中是为了这样的目的。尤旦希在一旁冷笑。裴络明白,联盟军强大的封锁线绝不是这么轻易就能突破的。

萤琳缓缓从床上下来，仿佛回光返照般恢复了精神。她走到昏迷的蓝露旁边，手按在它的心口，让正常的微晶流入蓝露体内，包裹起它重伤的心脏。

"我的微晶已经和蓝露永远在一起，它就代表我。"萤琳无力地笑着，"修，记得带我去看外面的世界。"

莱修狠命点头，身体抑制不住地颤抖。

萤琳转过身看着外面。她的手套再次发出微晶控制的光芒，封膜在无形的信号指引下，逐渐发生变形，表面再次生长出无数的突触，缠绕在已经被清理出来的完好的飞洛寒舰队上，将它们捆绑在封膜表面。

萤琳的眼睛逐渐变得紫黑。

看着她的背影，莱修突然想起那一夜，萤琳也是这样认真地操控着眼前的界面，昏暗的天空出现璀璨的群星，那么美丽。

正在操作的萤琳突然顿住，转过身来，一双紫黑色的眼眸妖艳慑人。刚刚清醒的蓝露跳出来，想靠近却又有些害怕地看着她。

裴络面色陡变，她已经完全变成了一个赛忒兽。

一道笔直的光芒准确地穿透她的心脏，毫无痛苦地终结了她的生命。她眼中的色彩瞬间黯淡。

"你最美的样子永远在我的心中。"

莱修冲过去接住倒下的萤琳，将她紧紧搂在怀中。蓝露发出凄凉而尖厉的叫声，用头蹭着她慢慢冷却的身体。

裴络默然，他知道这个女孩在莱修的生命中占据着什么样的位置。一旁的尤旦希怔怔地看着这一幕，神情有那么一瞬黯然下去，片刻后却又恢复冷漠。

"你想以我们为人质来突破联盟军的防守？"她冷笑，"你太天真

215

了,我的舰队已经做好随时牺牲的准备,至于岚虎,优岚也无法用他来作为交换你们的筹码。"

裴络看着四周,莱修已经关闭了舰合城对外的通信设备,虽然尤旦希这么说,但联盟之所以到现在还没有采取行动,看来是确实顾及里面这么多人质的问题,只要处理得当,事情或许还能有所转机。

"我并不是想绑架你们,只是想让你们看看,我们飒因族,从来就没有败给赛弌兽,也不是什么怪物。"莱修打开一个冷冻舱,将萤琳的尸体慢慢放进去,神色无限哀伤。

"就算他们最终会变为赛弌兽,但在这之前,他们永远是飒因族最好的子民。"

冷冻舱缓缓闭合。

"你们出去吧。"莱修突然说。

尤旦希错愕,几乎不敢相信所听到的话。

莱修的目光深情地望向舰合城,露出微笑。"飒因族人的战术里没有绑架,绑架也只是萤琳才能有的权利。"

看着莱修脸上熟悉的神情,裴络放下心来,眼前这个被侵染的莱修依然还是那个有着信念的少年。

尤旦希突然向莱修扑过去,却被裴络抱住。她歇斯底里地吼着,神色癫狂。"杀了我们,快杀了我们,不然我们又将沦为家族的笑柄,你听到没,不要在这里假装仁慈。"

裴络的手中放出微晶信号,尤旦希倒在他的肩上昏迷过去。

"莱修……"裴络想说什么,却被打断。

"我一直以为自己一无所有。"莱修温情地笑,"但我错了,在这个封闭黑暗的地方,我却收获了这个宇宙中最珍贵的东西。"

裴络愣住。

"谢谢你,裴叔,这么多年来,为我们承担了这么沉重的过去。"

他面色沉静,"但我们需要接受自己的命运,你不需要再继续保护我们了。"

裴络久久地盯着他,点点头,背着尤旦希朝外飞去。

飞洛寒的旗舰启动,搭载着尤旦希、裴络和所有的飞洛寒士兵,朝着封膜外面驶去。

舰桥上,尤旦希失魂落魄地坐在座位上,裴络在旁边接受着治疗。

"为什么那个女孩要救我?"她喃喃自语,紧紧抱着头,"为什么莱修又要放了我?"

"他们虽然被感染,陷入黑暗,但却拥有人性中最美好的东西。"裴络望着越来越远的舰合城,想起莱修最后的话,露出微笑。

真正的英雄不在于取敌人之性命,而是能够宽恕罪恶。正是有这样的人,才能真正给予人们希望和自由。

尤旦希扭过头去,肩膀耸动,似乎在低声抽泣。

一个影像出现在舰桥之中,那是飞洛寒的家徽。

"尤旦希,你和你的父亲一样让我们失望。"一个嘶哑的声音传来,毫无情感。

"我的父亲是个英雄。"她抬起头,目光毅然,露出无比释然地笑容,"他从没有让我失望。"

影像愣了片刻。

"这得取决于你接下来的行动。"那个声音说完,幽然消失。

裴络望着半空,微微蹙眉。

"尤旦希,和我一起向联盟陈述这件事情的前因后果吧。"他说。

"岚虎,你太天真了。"尤旦希笑容苦涩,带着无奈和决绝,"有时候我真希望能像你一样。"

裴络盯着他,从她的神情上,已隐隐猜测到会发生什么。站起身，全身一阵疼痛。

"尤旦希，你没必要走到这一步。"他语气深沉，指着战舰里的士兵，"你不能这样对待他们，不能这样对待你的族人。"

"或许这是我们应该接受的审判。"尤旦希看着她的族人，一贯冰冷的神色此刻却消失不见，那些族人一个接一个地站起来看着她，表情平静，坦然接受着接下来的命运，"舰灵，启动战舰的自毁程序。"

裴络企图阻止，却被旁边的几个战士压住。

"对不起。"她闭上双眼，"有时候我想，自从撒壬之战后，看似正常的我们是不是其实也早已被赛忒兽感染，早就逃不出去了。"

"毁灭程序启动。"

舰灵的双眼爆出光芒，战舰的引擎疯狂运转，将能量送往战舰所有的节点。

连续的巨响，尤旦希的所有旗舰在飞出封膜的那一刻全部炸毁。

"裴叔。"

莱修看着眼前连续的爆炸，心像被突然剜去一块。他想起小时候裴叔陪他度过的无数夜晚，给他讲过的数不清的有趣故事，在生命最黑暗的时候，是他为自己涂抹上最初的那一抹白色。他知道，在他无法看见的地方，裴叔为飒因做过更多的事情。

是自己的所作所为使得他遭遇这样的结局。

对不起。莱修默默地说。

残破的封膜在缓缓地加速，如此坚决。在这样的局势下，这样的努力就像是一场沉默的滑稽剧。

飓光不灭，永指向前。

莱修有条不紊地发出操作指令。哪怕只有万分之一的希望，他都不能放弃，因为这希望是无数人用性命换来的。

战舰的引擎依次点亮，就像一片璀璨的星空。

引擎还在不断地同步加速。

封膜外,女王号的主武器开始运作,庞大的能量从能核中汹涌而出,被倾注在一个微小的结构中,形成一个微不可见的黑洞。这个黑洞经过一条长长的磁性导轨被导出,向封膜射去,任何被击中的目标都会在亿分之一秒内向内坍缩成一个没有体积的点。

此刻,即是终结。

联盟军的高层都屏气凝神,所有人都在等待着这一幕,等待着飒因一族的终结,他们要亲眼看着他们覆灭,亲眼看着他们的噩梦消失。

莱修的眼前一片黑暗,但他已经不再害怕,因为他和族人紧紧连在一起。

虽然身在膜中,心却在膜外,与星辰同在。

通过周围扭曲的星光,他看见那个黑洞如无声的死神向着封膜靠近过来。

一道微光突然出现在众人眼前,笼罩住整个封膜。莱修惊讶地看着这一切,认出这是裴叔的武器所形成的防护膜,獠镝在外面散发着全速运转的光芒。

而联盟军从另一个角度看着这一幕:在"黑点"将要命中的一瞬间,裴络的獠镝所形成的力场保护膜突然出现,令这气势汹涌的攻击稍微偏转了一个微小的角度,但却足以使得攻击失去正确的方向。黑洞最终命中那颗正在膨胀的火漠星,它在一瞬间消失无踪,过程中形成的电磁风暴让所有战舰的武器系统暂时失灵。

这时裴络的影像出现在中枢室内,复杂的表情中带着严厉、疲惫、坚决。

还有欣慰。

"莱修,你终于成长为一个合格的族长,记得你的责任。"裴络对他说，一如小时候的教导，"也记住你们苦痛的根源，是赛忒兽，而不是人类。"

信号中断。

"裴叔。"莱修咬着牙，缓缓举起左手放在胸间，那是裴叔教他的，天穹守护最高的致敬姿势。

捆绑着数个战舰的舰合城进入了漫跃状态，联盟军再也无法阻挡。舰合城进入亚空间，消失在众人的视野之中。

裴络看着消失在星空中的舰合城，露出微笑。尤旦希在引爆战舰的前一刻，将他推出了战舰，他才得以幸存下来。

他清楚尤旦希为什么采取自毁的行为，只有这样，飞洛寒家族才能将舰队毁灭的罪责推到讽因族的头上，她这一支族才不会背负家族的耻辱，才有可能恢复他们的名誉。

"我们是不是早已被赛忒兽诅咒，早就逃不出去了。"

裴络想起尤旦希最后绝望的表情，更回想起撒壬之战后所发生的许多事情。

究竟谁在膜里面，谁又在膜外面？

究竟谁被赛忒兽感染，谁又是正常的人？

他想起天空之钥所发出的欧菲亚之光，大家何尝不是被封闭在这样一个封膜中呢，一个无形的封膜？

我们是否有打破它的能力和勇气。

他的意识慢慢进入昏迷状态，微晶过度的使用让他的身体机能紊乱。背后，联盟军的两个天炽者朝他疾速飞来，从不同的方向朝裴络射出克晶弹。

裴络体内的微晶机能被冻结，他的表情，凝固在微笑的那一刻。

## 尾声　未知航路

一周之后。

未知的星空，未知的领域。

一个造型怪异的物体从漫跃飞行的亚空间中降速出现，犹如一个制作失败的水晶球。这就是新的舰合城，飒因人流浪的家乡。

莱修站在最前面的舰桥上，紫黑色的蚀晶瘢痕已爬满半条手臂，蓝露静静地躺在他的肩膀上，发出意义不明的呼噜声。

旁边的频道里播放着一则紧急新闻。

联安局第062072号全域通缉令：

飒因族在族长莱修的带领下强行启动飓光战阵，打破封膜，炸毁火漠星，屠杀克扎部落。经欧菲亚联盟合议委员会调查核实，飒因族已构成破坏和平罪，根据其罪行下达通缉令。

通缉范围覆盖联盟全域，一旦发现飒因族踪迹，拥有就地格杀的权力。此通缉令由联盟总决议长忒弥西亲手签署，即刻生效。

飞洛寒家族惩法长尤旦希全力阻止飒因族的逃跑，但在战斗中不幸牺牲，特授予其紫金勋章。

优岚家族第二舰队总司令裴络私自协助飒因族,违背联盟规条。现经联盟第一军事法庭判处无期徒刑,即日起关押至联盟特别监狱。

这道通缉令通过遍布联盟的星际网络,传播至光域的每一个星系,每一个星球,每一个城市。

莱修关掉频道,神色平静淡然。他知道,飒因族将如老鼠般在这个世界逃窜,黑暗的每一处都潜伏着巨大的危机。

但是至少,他并不孤独。

莱修轻抚着蓝露,感受着萤琳的微晶散发出的晶场,无比安心,她从未离开过自己的身边。

支离破碎的舰合城里,居民们开始重建战后的家园。

族人赛忒化的现象越来越严重,他们必须更靠近欧菲亚星球,才能借助欧菲亚之光克制住这种异化。对于他们来说,这是一步步迈向更危险的地方,如同飞蛾扑火。

但是他们并不惧怕,因为飓光不灭,永指向前。

舰合城的引擎加速启动,消失在茫茫群星之中。

欧菲亚联盟议会里,气氛压抑凝重。

"优岚家族正全力追捕飒因族,"面无表情地用官方腔调发言,不时看向下面飞洛寒的议员座位,上面空无一人,"但是决不允许外人干涉我们的星域。"

下面顿时喧哗声一片。

一周之前,飒因的舰合城从火漠星逃离之后,根据探测,他们现在正逃到优岚的管辖范围中。三天之前,飞洛寒联合其他十几支瑟利和埃萨克的军队想进入其中搜寻,却被优岚族的边防军拒之门外。

根据联盟规程,联盟成员独立行使星域管辖权,除了联盟中立军之外,其他人无权干涉。

坐在首位的忒弥西议长看着有些嘈杂的会场,突然一阵疲惫。近百年来，联盟的各种内斗耗尽了她的精神，飒因族这一次掀起的波澜却更加巨大。

她对整个局势有些力不从心。

在场的人们尚不知道赛忒在光域边境卷土重来的威胁有多严重。事实便是联盟中立军的实力已不及五大瑟利家族，边境防御必须仰赖这些昔日宿敌的合作。然而近日发生的事，让忒弥西感觉希望渺茫。

大门突然向两边划开，一个瘦削的身影迈着轻盈的步伐走进来，逆光将他的轮廓雕刻得无比锐利。

现场安静下来，都默默地看着这个突然出现的老人。他头发稀疏灰白，身形佝偻，一只假眼空洞地转动着，步伐虽然很轻，却有着雷霆万钧的气势。

他是飞洛寒现任族长，飞洛寒·度因，以一己之力振兴飞洛寒家族的传奇人物。

老人面色悲戚，手中端着一张黑白肖像，那正是去世的尤旦希，是他最得意的学生，却在最好的年华死去。

族长突然站定在会场左侧，那里竖着一排旗子，是联盟所有成员的旗帜，依次排列开来，随风飞舞。

老人身形一闪，只见飞洛寒的旗子悠然飘下，落在他的手上。

现场一片哗然，忒弥西也震惊地站起来。

老人没有说话，只是用族旗盖上尤旦希的遗像，然后转身，沿着来路一步步走出议会大门。

脚步声回荡在空间里，所有议员面面相觑。

虽然老人没有说一句话，但众人都很清楚他表达出的决心：飞洛寒将彻底脱离欧菲亚联盟，他们会不计任何代价，深入优岚家族的星域，只为毁灭飒因一族，复仇。

一阵眩晕袭来，忒弥西差点倒在座位上，旁边的秘书眼疾手快想扶住她，但女议长示意自己没事，重新站直了身子。

会议在古怪的氛围中解散，议员们匆匆离开，没再说任何一句话，他们都预感到一场政治的巨变将会席卷整个联盟。

忒弥西回到位于联盟大楼顶端的办公室里，冷冽的空气让她清醒不少。她从阳台上看出去，正好可以看到那恢宏壮观的天空之钥。

她仿佛看到即将到来的血雨腥风正在联盟上空凝聚，飞洛寒这次的退盟将会引起不可测的连锁反应。

联盟这艘船，将航向何方？

忒弥西闭起眼睛。

窗外，天空之钥的光芒似乎有些黯淡了下去。

（全篇完）

# 雾殇

沥书——著

## 零　楔子

未知的星系，未知的星球。

沙漠炎炎，硝烟滚滚，火舌卷着灰烬，猛烈的炮火声中，不断有建筑轰然坍塌。

一个浑身沙土的少年在地上艰难爬行着，身后拖出长长的尾迹。他的衣服破烂，皮肤被划出道道伤痕。

十几个筋肉虬结、裸露纹身的埃萨克战士在火光中走过来，手中端着各式链锯枪，嬉笑地跟在这个挣扎的少年后面，为又摧毁了一个地方而无比兴奋。

少年停了下来，背靠一间小厂房的墙壁，轻轻喘着气。

"离开这里吧，"他擦擦脸，露出有些清秀稚嫩的容貌来，"这个星球是会愤怒的。"

埃萨克的蛮战士们突然愣住，然后集体大笑起来。头领啐了口痰，端起装饰着骷髅头的重机枪，对准了少年。

少年平静地看着黑洞洞的枪口。

扳机扣下，火舌亮起，一梭子弹射进了少年的体内。

少年重重地倒在地上，这些蛮战士发出胜利的欢呼，不断对着天空倾泻着子弹，兴奋而疯狂地叫喊着。

少年失去光彩的眼眸中倒映着这些埃萨克扭曲的影子，他身体下的沙子突然慢慢而剧烈地跳动起来。

下一瞬间，一股高达几十米的龙卷风突然诡异地凭空出现，将正庆祝的蛮战士全部卷入其中。这道强劲的风暴像一台搅拌机，将战甲和枪械绞得粉碎，惨叫和哀号声混杂在一起，然后渐渐消失。

风暴又诡异消散，沙子混合着血水落下，形成一场诡异的沙雨，将地上所有的火都扑灭，也将少年埋葬在下面。

风吹过，一切归于平静。

## 一　血色沙雨

　　一艘梭形星舰划过太空，它满身的伤痕和补丁，乱七八糟的涂装，像是被丢弃在垃圾堆里的各种战舰的零件，被没有艺术品位的盲人强行拼接在了一起。

　　此刻的它做着各种高难度动作，时而一百八十度翻转，时而断崖式拉升，这并不是在表演特技，而只是在狼狈地逃跑。

　　它身后正跟着一支庞大的舰队，舰船上的标志表明它们是飞洛寒家族的边境护卫队，它们排列整齐，气势汹汹，像是一队鲨鱼正在追捕前面那条可怜的沙丁鱼。

　　"不就是拿了他们一个引擎，用得着这么兴师动众吗？"舰长的座位上，一身红衣的赤璃盘腿坐着，拿着计算器兴奋地算着这个引擎可以卖多少钱。

　　她身后的柜子里正摆着那个"拿"来的引擎，它浑身通亮，构造精美，散发着诱人的光芒。赤璃看它的目光，就像是看着热恋中的情人。

　　砰。

飞洛寒主舰猛烈地撞击过来,舱内一片摇晃,东西倒了一地,能量罩和冷却阀也开始支撑不住,发出断裂的声音。

"老大,难道你忘了?你连他们的队长也一起绑来了。"

驾驶位上,身形肥胖、一头脏辫的卡尤尔一边紧张驾驶着,一边抱怨。

赤璃转过头,看着一旁被绳子倒吊着的飞洛寒军官,制服上的肩章表明他是一名中阶星士。这名星士一副宁死不屈的神色,只是嘴里塞着的毛绒玩具让他显得有些滑稽。

"谁让他在我拿引擎的时候对我毛手毛脚的。"赤璃冷哼一声。

舰身又剧烈地晃动了一下,飞洛寒的主舰锲而不舍地撞击,因为队长在里面,所以才不敢贸然开火。

"再这样下去,'复利号'就要散架了。"卡尤尔满头大汗,控制台上一片红色的警报,维修员四处奔跑着修复漏洞,到处都喷着蒸汽。

"游戏也该结束了。"

赤璃放下计算器,额角的伤疤开始变亮,周围出现了一些微晶纹路。她拿出盘在腰上的鞭子,这条鞭子晶莹剔透,里面隐隐透出流动的光华来,表明它是一件造价不菲的晶械。

她一鞭挥过去,精准无误地将吊着星士的绳子打断,对方掉在地上,毛绒玩具也从嘴里掉落。星士不断地挣扎着,无比愤怒。

"得罪飞洛寒的人从来没有能善终的,你最好乖乖地跟我回去。"星士有些猖狂地叫嚣。

赤璃装作没听见,又是一鞭挥出去,缠在了星士的脚上,鞭子上的光亮不断闪烁着,星士只感觉身体突然虚弱,似乎有什么东西正从身体里抽离出去。

"唔,"片刻后,赤璃收起鞭子,"你作为一名星士,竟敢贪污家族给边防军的军饷，还是那么大的数目。"

星士愣住，不明白自己的秘密怎么被这个女人知道的。

赤璃得意地收起鞭子，将星士拉了起来，推到舱门旁。

"记住，"赤璃冷冷地说，"让你的手下不要再追了，不然你这贪污的事情就会出现在飞洛寒的新闻里。"

星士一身冷汗，慌忙点头。

赤璃满意地给他戴上一个呼吸头盔，拖到排压舱内门口，一脚踢进排压舱里。

"旅途愉快。"

赤璃拍下按钮，伴随着巨大的轰鸣声，排压舱外舱门打开，星士被吸入太空之中，在空中不停打着转，头盔下是惊恐的眼神。

飞洛寒的舰队看到了被释放的队长，立刻停止下来，去捕捞他们的首领。

趁此机会，复利号立刻调转方向，卡尤尔一个加速，星舰立刻消失在飞洛寒的舰队前面。

飞洛寒的主舰里，星士好不容易被捞上了上来，他已经在太空中快被冻得发紫。

"这件事绝对不能让上级知道。"他铁青着脸命令。

"是。"众人齐声。

"我们还要继续追击吗？"一个士兵问。

"不用。"星士的眼睛里夹杂着恐惧和狰狞，"前面就是幽隐星系了，会有人替我们好好招待他们的。"

复利号的速度开始降了下来。

他们现在正靠近一个巨大的气态行星，它的表面变幻着梦幻般的颜色，将舱内映照得五彩斑斓，如同梦境一般。

"好像甩掉他们了。"卡尤尔如释重负地瘫在座位上，所有人都发出一阵欢呼。

赤璃则接通了黑市的几个买家，正站在引擎前面激烈地讨价还价。这时通信界面上出现了噪声，影像有些断断续续，最后彻底中断了。

"怎么回事？"赤璃不满地问，眼看一个卖家就要被她狠宰一笔。

"气态行星的磁场太强，有1.2特斯拉，"卡尤尔一边吃着冰冻酸奶，一边看着显示的数据，"对通信造成了影响。"

"做完这趟该升级下设备了。"赤璃抱怨，在星图上查看着这个星系的状况。

幽影星系，这名字有点古怪，星系的恒星是个昏沉沉的红巨星，它已燃烧完了一生，正迈入生命的垂暮时期，整个星系只有眼前的这颗气态行星，而它也只有一颗孤零零的卫星。

"先降落到那颗卫星上吧，"赤璃下令道，"我的爱舰也该好好做个检修了。"

卡尤尔熟练地操作着界面，星舰平稳地朝着卫星表面降落过去，卫星表面笼罩着稀薄的云层。

赤璃看着窗外安静的景象，却有些坐立不安，按逃走的方向估算，这里是飞洛寒家族和埃萨克部落冲突集中的盈熙星域。按照常理，埃萨克和飞洛寒家族在疆域方面一直都是冲突不断，这里应该会有大量的埃萨克战舰在巡航才对，可是一路过来，并没有看到任何埃萨克军队活动的迹象。

赤璃一边摩挲着盘在腰间的鞭子，一边在信号不好的星系网络上搜查关于幽影星系的消息，奇怪的是，上面的消息寥寥无几，似乎有人在刻意隐藏这里的存在。

赤璃皱起眉，打开一个空贼才能访问的非法暗网查询资料。

星舰穿过淡薄的云层，眼前的景象让所有人惊愕不已。星球表面是无边无际的血红色沙漠,掩埋着一些破损不堪的建筑遗迹、战舰残骸、武器零件,看来这里曾经发生过不算小的战斗。

而让众人感到最惊奇的是,血红色的沙子不断从地面向空中流淌,又缓缓落下。这场永不停息的沙雨落在那些遗迹残骸上,像是一场星球的祭奠仪式,祭奠着那些在战争中逝去的灵魂。

"这血色沙雨是怎么回事?"卡尤尔边吃边拍照。

科学官操控机械手臂将一部分沙子接进来,快速地做出分析。

"沙子里的金属含量非常高,应该是那些建筑不断被风蚀,金属颗粒混入了沙子中,氧化后形成的这种血红色。气态行星的磁场很强,所以才形成了这种景象。"

赤璃这时在空贼暗网中找到了唯一的记录,那是一张模糊的照片,照片上是埃萨克某族的雷霆兽的庞大头骨,上面刻着复杂的占卜文。

雷霆兽是他们的宗教神兽,只有最重要的消息才会记载在它的头骨上。

"谁懂埃萨克语?"赤璃问。

一个船员走过来,赤璃把这张照片给他看。船员看着上面的占卜文,脸色逐渐变得凝重起来。

"说的什么?"赤璃问。

"一首歌谣,也是埃萨克的军事禁令,"那个船员紧张地咽了口唾沫,"幽影之星,白色死神,百十年来,凡进入者,无一得归,自今日起,列为禁星,不得入内。"

船员们陷入沉默。

白色死神,赤璃默念着这四个字,是什么样的存在才让埃萨克人都不敢靠近。

突然,卡尤尔一声尖叫,众人都快被吓出心脏病来。

"怎么了？"赤璃冲了过去。

卡尤尔手指颤抖地指着窗外，一个白色的身影立在不远处。他凭空站立，身形影影绰绰，缥缈不定，戴着一个只露出眼睛的白色面具，如同幽灵一般。

白色死神！众人愕然失色。

"离开这里。"他举起手来，频道里出现这句扭曲的话，不断跳动着，让人毛骨悚然。

卡尤尔浑身颤抖。"老，老大，我们还是走吧，惹不起惹不起。"

"装神弄鬼，"赤璃哪肯就这样被吓走，"也不看看老娘是谁，给我撞过去。"

卡尤尔趴在驾驶界面上，死活不肯让开。

"老大，我们是来挣钱的，不是来送命的啊。"

其他船员都哀号起来，越邪门的地方，就是舰长越喜欢的地方。

"越危险的地方才越藏有大宝藏，"赤璃一脚踹开卡尤尔，抢过驾驶位，毫不犹豫地驾驶着星舰，朝着那个身影撞过去，"我倒要看看你有什么能耐。"

就在星舰正要撞上的时候，那个白色的身影突然消失。赤璃愣住，卡尤尔又大叫起来，众人发现，那个白色身影竟然就贴在窗户表面。

他的眼神冰冷，正死死盯着里面的众人。

赤璃也感觉一阵毛骨悚然，这时科学官却突然发现了什么，他走近窗户前，打量着那个身影的细节。

"这是海市蜃楼，"科学官兴奋地指着外面的白影，"他脚下有沙地的影像，他是用沙漠的热空气造成的幻影来骗我们的。"

赤璃愣了一会儿，咧嘴大笑起来，想不到自己竟然被这样的小把戏骗到。

"我倒要看看你的真身在什么地方。"赤璃咬牙切齿。

那个白色身影似乎察觉到自己的计策被识破,有些恼怒地叹口气,挠了挠头,像个调皮被抓获的少年。

这个少年看向赤璃,指了指她的身后。

赤璃疑惑地转过头去,面色突变。

窗户外面,一阵连接着天地的巨大沙暴不知何时出现,高近千米,遮天蔽日,正向他们席卷而来。

赤璃还未来得及反应,风暴就将星舰彻底吞没了进去。

赤璃

银雾

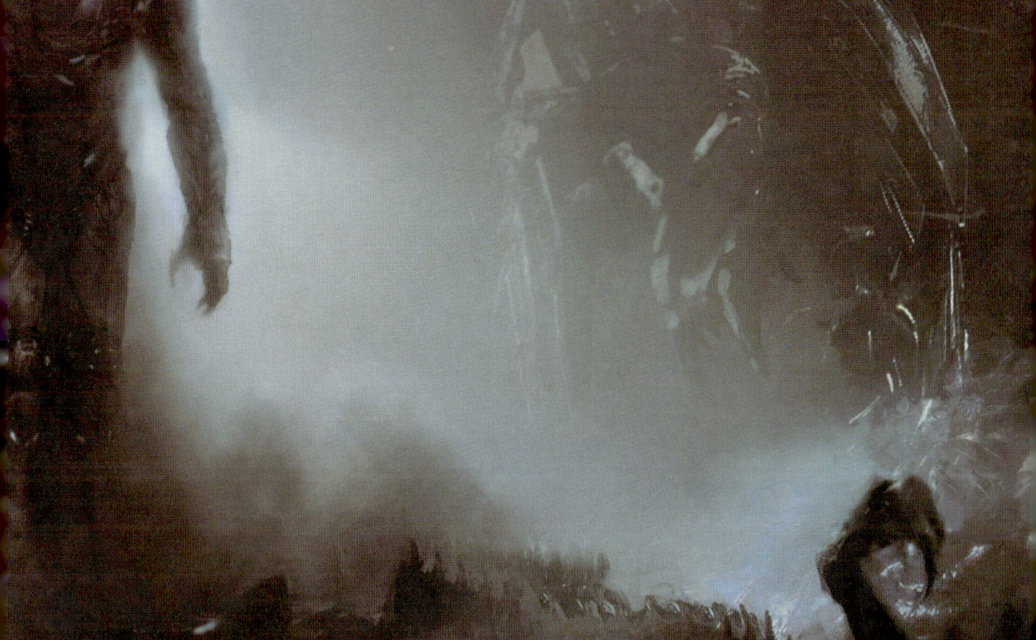

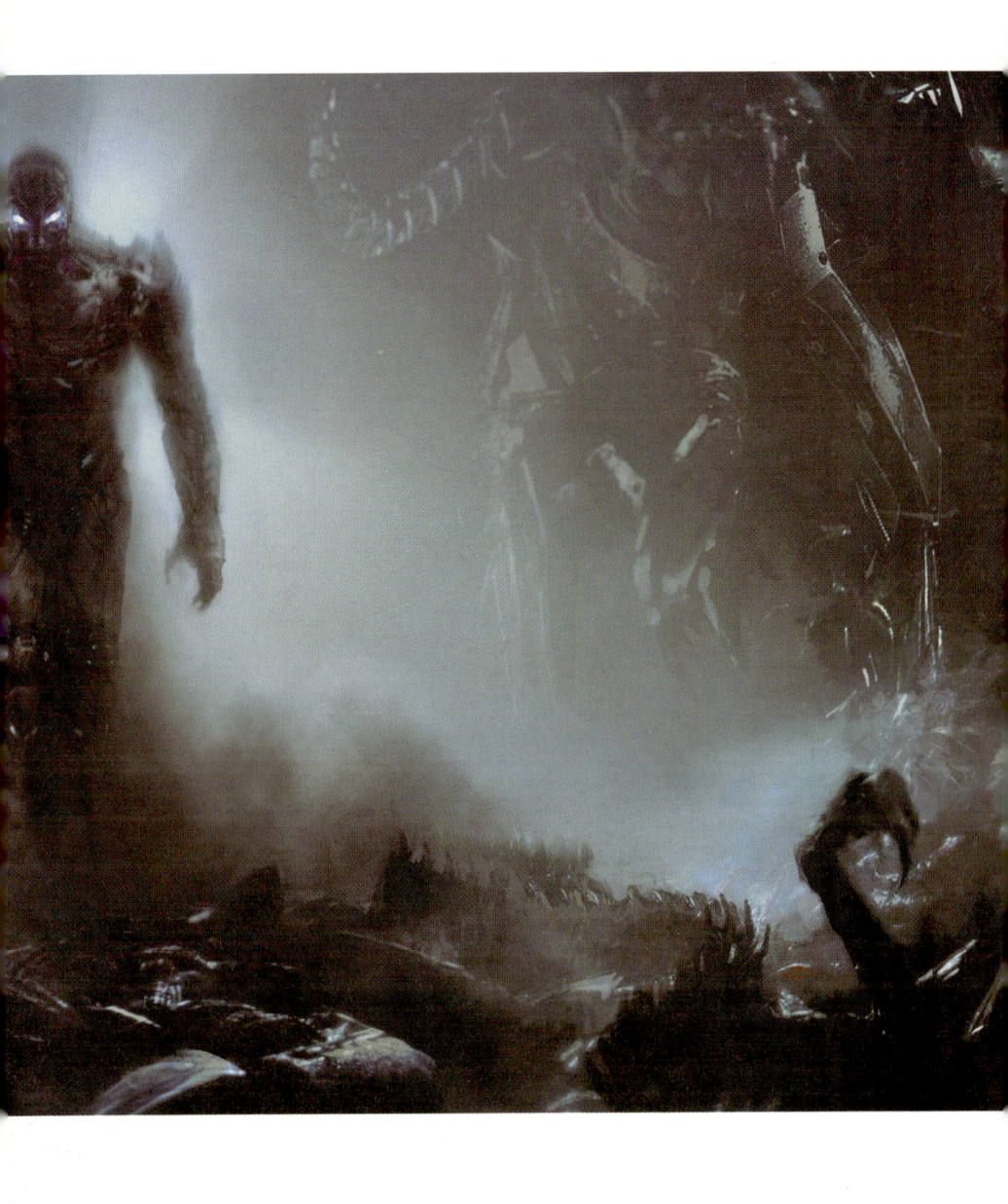

元人遗迹

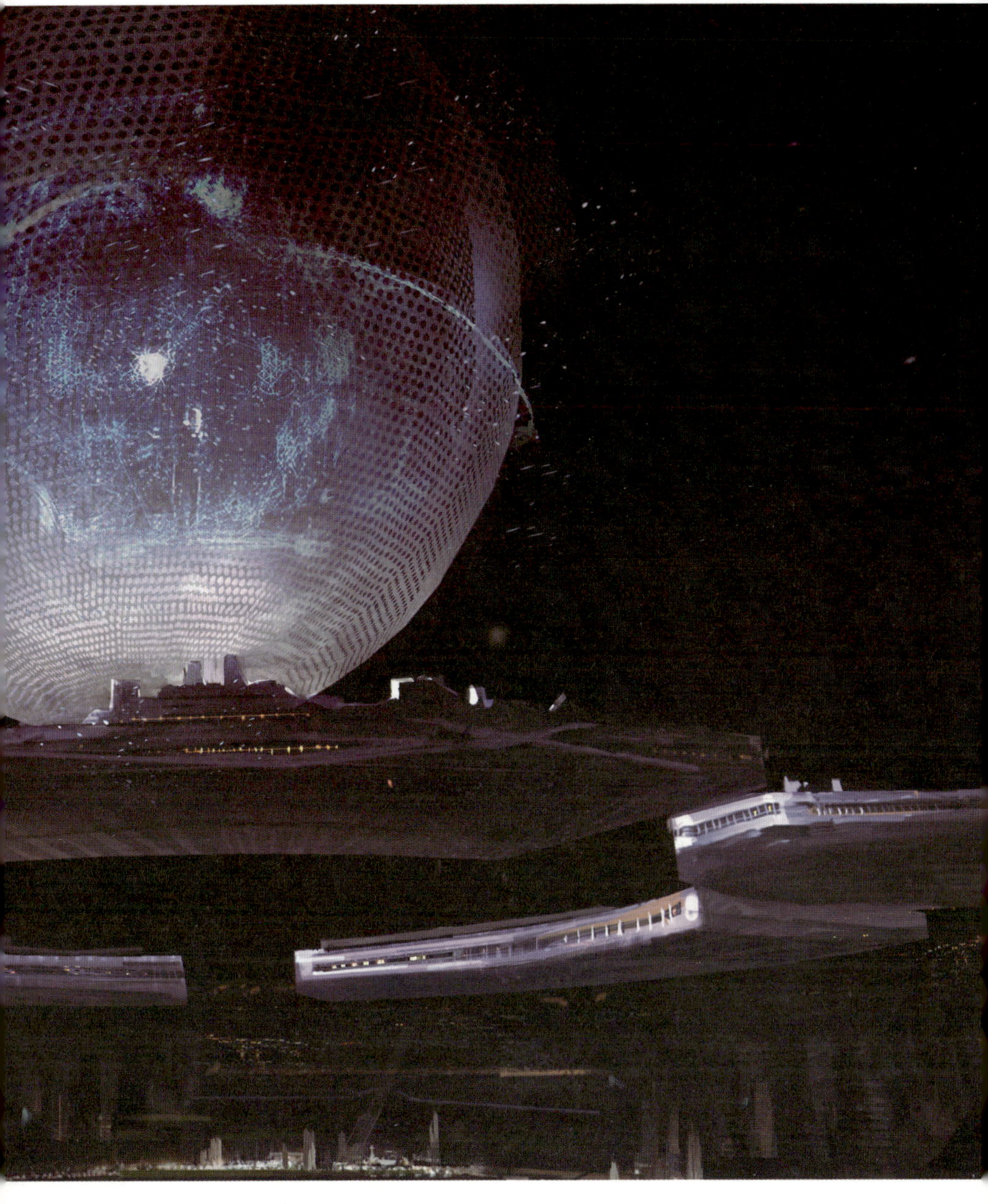

百年孤独

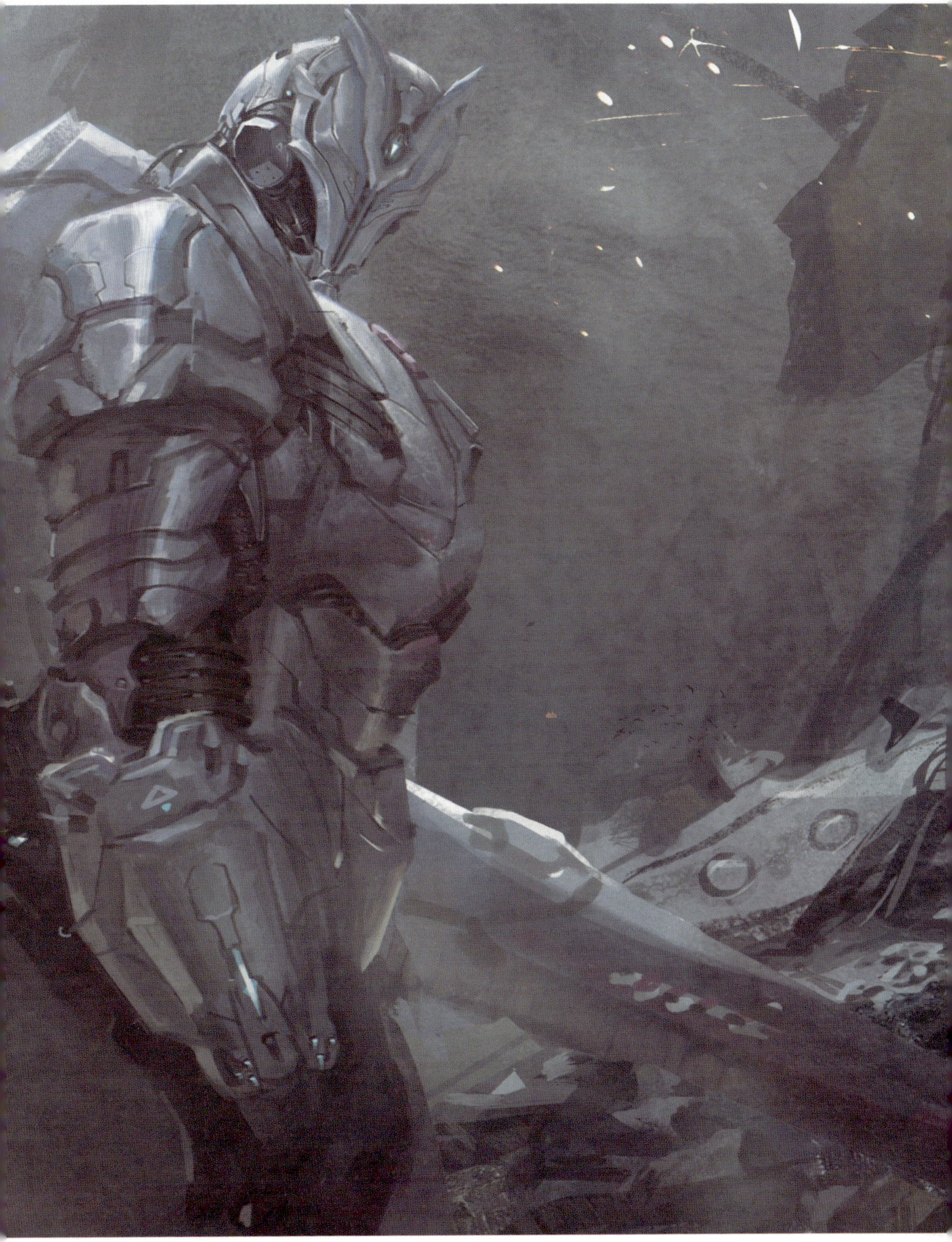

边境传说：末日之战

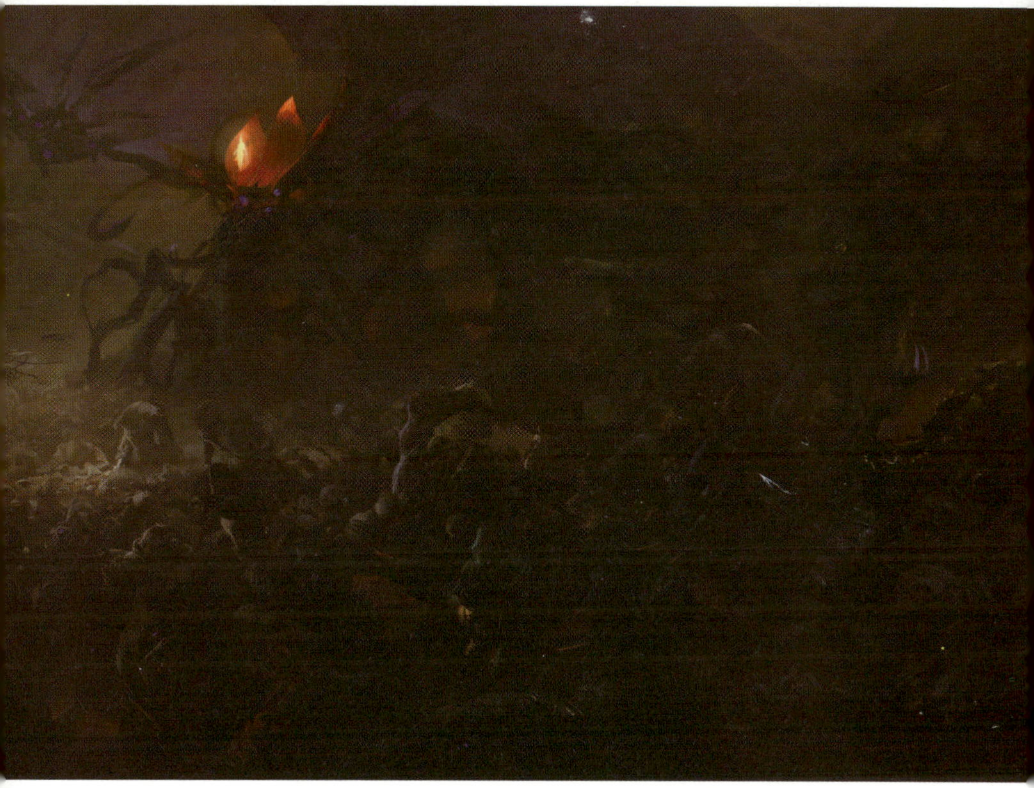

边境传说:议长忒弥西

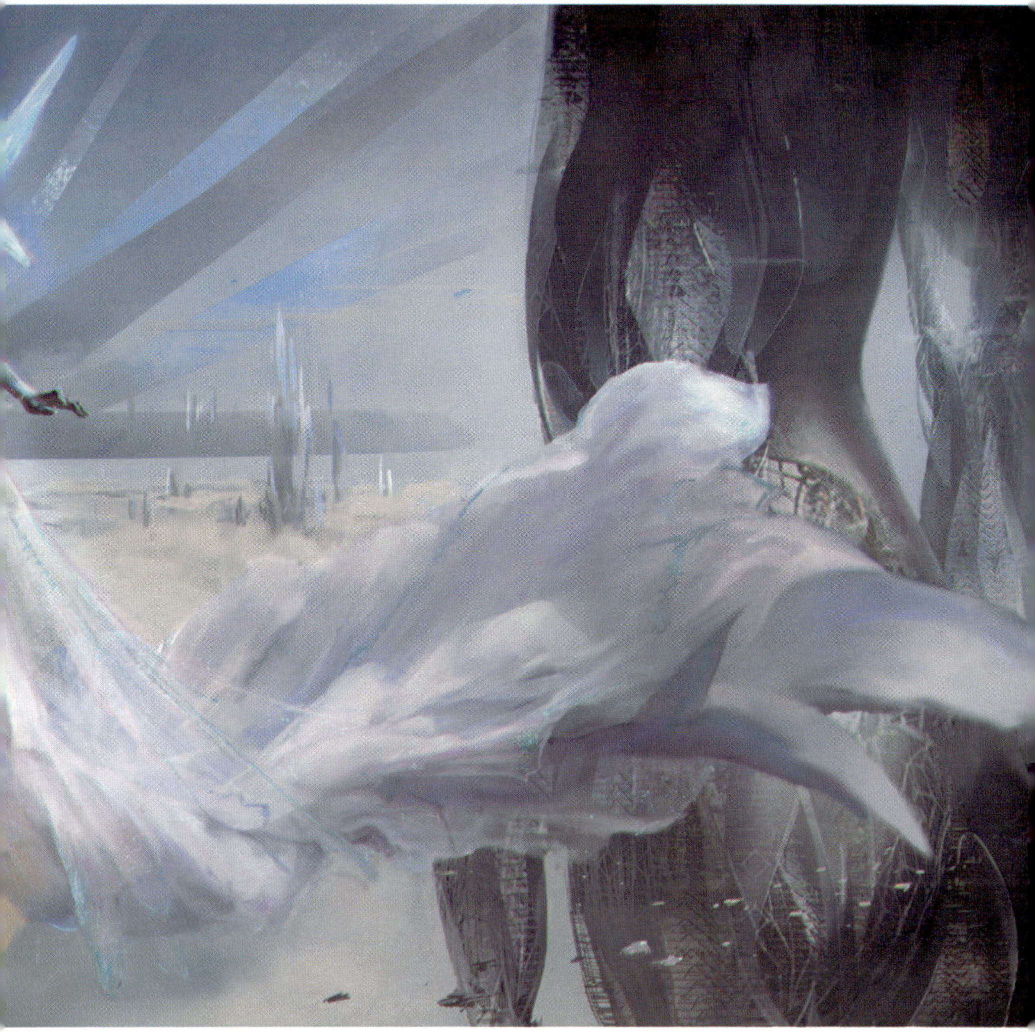

毁灭边缘

## 二　金属风暴

巨大的沙暴沿着沙漠快速移动着，气势汹涌，粉碎沿途的一切障碍。

沙暴之中，复利号不受控制地剧烈颠簸，如同一片在狂风中徒劳挣扎的叶子。里面的船员被搅动得头昏脑涨，到处翻滚，卡尤尔压在了赤璃的身上，被她一脚踢开。

赤璃忍住想吐的冲动用鞭子缠住一个支架，勉强维持住身形。外面一片天昏地暗，他们就像在一个巨大的搅拌机里。

"这风暴到底哪来的？"赤璃操作着驾驶界面，战舰勉强维持住了一些平衡。

"可能是这里的沙子金属含量太高，战舰的电磁扰动了沙雨的平衡，"科学官一边翻滚一边分析，"就像是蝴蝶效应般的连锁反应，导致了这个风暴的突然出现。"

一些船员抓住旁边的东西，稳定住身体站了起来。

屏幕上疯狂闪动着各种红色警示，星舰的护盾能量已经告罄，现在的舰体完全裸露在风暴之中。沙尘颗粒在外壳上不断地撞击出密集的声音，舰身上甚至开始出现破洞。

这样下去，他们很快就会命丧沙海，船员们脸色苍白，恐慌的情绪蔓延开来。

赤璃察觉到众人的异常，突然将手中的鞭子抖动起来。随着鞭子的抖动，她的周围出现大量的幻象，是埃蕊的水中圣庙，埃蕊人在齐声祈祷。幻象四散开来，充斥周围的空间，船员们被幻象中的祈祷声安抚，情绪逐渐变得平稳。

断了的电线接口处火花四溅，破损的灯光不停闪烁，时明时暗。

风暴中，因为金属摩擦生成的电流汇集在一起，形成紫色的闪电，骤然亮起，如同枝丫般延伸开去。虽然景色很漂亮，但船员们根本无心欣赏。

飞船依旧无法脱离风暴，船体的几块铁板已经被掀开，揉成一团，瞬间搅灭。

难道我就要命丧在此了吗？赤璃咬牙，她才不肯屈服在这里，但似乎已经到了穷途末路。

"风暴里金属含量这么高，只要能让风暴的温度降到零下几十度，"卡尤尔大喊，"就可能冻结金属的活性，让它变脆，我们或许能冲出去。"

众人看着他，卡尤尔脸红起来。他是从冰箱中得到的启发，由于经常吃冰淇淋把勺子忘在里面，结果冰冻一夜拿出来就完全脆碎掉。

"这个办法可行，"科学官兴奋起来，"液氮可以短时间内冷却周围的环境，可以到零下一百多摄氏度。"

所有人的目光都看向旁边柜子，里面正锁着从飞洛寒那里"拿"来的引擎，他们都很清楚引擎的构造，里面就存储着大量的液氮，它原本用来冷却系统。

"不行。"赤璃冲过去抱着柜子，这么挣钱的玩意比自己的命还重要。

星舰的一个侧翼被风暴撕开，时间已经越来越紧迫。

"行吧，那就用吧，"赤璃忍着痛，打开柜子，"不过下个月的工资每人减半。"

科学官和卡尤尔忙招呼着船员拆开引擎的外壳，取出其中的一个圆球形零件，这就是液氮罐，船员们将它放在投放口。

"准备好了。"

所有人都屏住呼吸，卡尤尔按下按钮，赤璃不忍去看。

液氮罐落入风暴之中，被强大的力量迅速挤压爆裂。一阵白雾扩散开来，在风暴的风壁上结出一块白色的凝结块。

就是现在。

卡尤尔操作着星舰，一个加速，驱使它向着这个一闪即逝的通道冲过去。

所有人开始祈祷。

星舰撞上凝结块，伴随着一阵脆裂的声音，他们的眼前豁然开朗起来。

逃出来了。

星舰从风暴的白色冷却洞口中冲了出来，像是撞破了墙壁。那个洞口迅速被其他的沙子所填充，风暴继续向着原本的方向前行，和他们拉开距离。

众人欢呼起来，赤璃舒了口气。

但卡尤尔依旧不敢放松，星舰现在破损严重，摇摇欲坠。他打起十二分的精神，控制着动力不足的星舰，要让它平稳降落在沙漠上。

星舰离沙漠表面越来越近，甚至可以看清沙漠上血红色的细节。

赤璃突然愣住，她看见前面耸立着一间奇怪的建筑，在这个遍地沙漠的环境中，它竟然没有被埋没，还保持着完好的外观。

"那是！"赤璃眼尖，看见建筑前站着一个身影，他戴着面具，正是刚才装神弄鬼的神秘少年。

星舰来势汹汹，眼看就要撞上少年，但是他根本没有躲避的意思，只是冷冷地看着，张开双手，似乎要拦住星舰，保护后面的建筑。

"妈的，尽添麻烦。"赤璃暗骂一声，冲过去抢卡尤尔的驾驶位置。

"都抓紧了。"赤璃大喊，船员们迅速反应过来，蜷曲身体，寻找保护。

星舰贴近地面，底部已经犁出了一道痕迹，赤璃猛地向旁边侧转，星舰整个侧翻过去，从那个少年旁边惊险擦过。

少年有些意外，看着侧翻的星舰插入沙漠里，拖了几百米之后才终于停止下来。

船员们都直起身来，一阵头晕目眩，幸好没有人受重伤。

"给我把他抓起来。"赤璃的肩膀被擦出一条血痕，她指着不远处那个愣住的白衣少年，对卡尤尔命令。

卡尤尔点点头，神情变得严肃。

微晶之力——敏捷，卡尤尔双脚血液中的微晶瞬间被激活，奔跑的速度越来越快，肥胖的身体此刻却无比灵活。少年还没反应过来，只见一道虚影闪过，卡尤尔的身影突然出现在他的背后。

少年被卡尤尔重重地打倒在地。他正想挣扎，却被赤璃挥鞭缠住了手脚。赤璃摘下他的面具，愣住了。

那是一个衣衫褴褛的少年，身形瘦弱，面色稚嫩，皮肤异常的光滑，让常年风吹日晒显得有些黝黑的赤璃无比嫉妒。

少年抬头看着她，神色有些木然，又有些敌视。

赤璃举手，愤怒地揍了少年一拳。"你刚才不要命了吗？"

少年冷笑一声，指着远处已经慢慢消散的沙暴。

"这是星球的愤怒，它会保护我，"他一字一句地说，"会杀了你们这些闯入者，你们赶紧离开。"

"他的精神好像有些不正常啊。"卡尤尔小声地说，"是不是受了什么刺激。"

"你们才不正常，"少年激动起来，"要是我的主人银雾醒过来，你们想跑都跑不掉了。"

赤璃懒得和这个古怪的少年废话，让人把他绑起来带了下去。

卡尤尔疑惑地站在这个古怪且朴实无华的建筑前，它虽然被风沙侵蚀了部分，但显然被保护得很好。

"赶紧给我打开。"赤璃无比气愤，她损失了引擎，星舰的维修费又得花一大笔，这里面最好是装满了宝藏。

门被激光刀切割开来，从里面涌出一团浑浊的空气，众人呛了几口。

有人扔出一个燃光弹，突然明亮起来的情景让众人都吃惊地张大了嘴。

里面是一个巨大的酿酒车间，中间是几条已经停止的生产线，机器里塞满了尘土。但是在几个储物角落里，却高高地堆放着一个个巨大的不锈钢储酒桶，卡尤尔"嗷"的一声就扑了上去，像是看见了久未相见的亲人。

想不到经历了这么多的战火，外面的世界早已经毁灭，这个酒厂却还能保存得如此完好，经历过时间的发酵之后，酒反而变得更加醉人，真是讽刺啊。

赤璃用手摸索着机器的表面，无限感慨。

酒的芬芳和灰霾的味道混合出奇怪的气息，赤璃眼光扫到对面的墙壁，影影绰绰中，她觉得看见了什么奇怪的东西。

她走向那堵墙，小心地扫掉表面的灰尘，发现墙上写着几行字，每个字都有一人多高，从她的经验来看，它们都是用血写成的。

赤璃退了几步，才看清这些字的内容。

宇宙洪荒，星汉浩渺，一人如芥子，万界似须弥。

赤璃一字字地读下去，感觉一股悲壮凄凉的情绪萦绕心间，这个人是以怎样的心情刻下了这句诗。

她低下头，看到最后写着一个铁笔银钩的名字——银雾。

这不就是那个奇怪少年所说的主人的名字吗？

赤璃看着周围的一切，原本的怒气突然消解下去，只留下无奈的笑。

难道这就是那个执拗的少年拼命也要保护的东西？

星球的风暴那么危险，他是怎样在其中躲避生活的？

尘沙那么大，他又是怎样坚持保护好这里的？

这，一定很难吧。

银雾，应该是对他很重要的人吧？

## 三　一生守护

夜晚的沙漠和白天形成了鲜明的对比，刺骨的寒冷仿佛被释放出来的野兽四处肆虐，但是却在火光面前止步不前。

星舰已经被翻了过来，正在紧急检修，经历过沙暴和硬坠落，它竟然还能保持运行，实在是个奇迹。

旁边的一个角落里正燃着一堆篝火，被烤得冒油的肉嗞嗞作响，香气四溢。

船员们围坐一圈，大口吃喝着，酒杯盛满从酒厂搬来的酒。他们扯着皮、吹着牛，不时爆发一阵大笑。卡尤尔满脸通红，得意地敲着杯子哼着歌，跳着不知从哪里学来的舞蹈。

红色的沙雨不断落下，与家乡的雨比起来，别有一番风味。

包扎着伤口的赤璃手握滚烫的杯子，旁边被绑着的少年放弃了挣扎，警惕地看着周围这群陌生人，如同受伤的小鹿。

"这是主人最喜欢的酒。"少年有些发怒。

"酒要大家一起喝才好喝。"卡尤尔笑道。

赤璃看着这个无名少年，突然想起墙壁上那句奇怪的诗。

"银雾?"

"那是主人的名字。"少年低下头,心事重重。

"那你叫什么?"

少年沉默,似乎不想回答这个问题。

"你们是什么人?"少年突然反问。

"我们是猎空团,"赤璃灌下一口酒,自豪地说,"无拘无束,自由自在。"

船员们爆发出热烈的呼喊声,少年被吓了一跳。

"这里只有你一个人吗?"赤璃又问,"其他人呢?你的家人呢?"

"都去世了,"少年黯然片刻,又露出微笑,"只有主人和我还活着。"

"他在哪?"赤璃疑惑,手下已经搜遍整个星球,并没发现任何其他人活动的痕迹。

"主人是最好的,"少年看着夜空,眼神中满是笑意,"他已经睡着了。"

"那不就是死了吗?"双手拿满兔腿的卡尤尔凑过来,被赤璃一脚踢开。

清冽的酒冲击着胃部,赤璃陷入沉思,猜测着事情的来龙去脉:这里曾经发生过一场大规模的战争,所有人都死了,只有少年活了下来,他一直不肯接受主人死去的事实,所以一直守在这里,守着主人的过去。

沙雨依旧在不断落下,赤璃的内心突然抽动了一下。

"小子,你让我们受了这么重的损失,"赤璃摇晃着杯子里的酒,"这些酒远不够赔我们的,那就只能把你的命赔给我了。"

少年疑惑地看着她。

赤璃突然一把搂过他的肩膀,猛站起来,对着正在狂欢的众人大声咳嗽一声，所有人都停下来看着他们的老大。

"我宣布，"她举起酒杯，"我们的猎空团，从现在开始，又多了一个船员。"

所有的船员都举起了酒杯，齐声欢呼。

"等等，"少年努力从赤璃的手中挣脱出去，"你怎么能这样？我又没有答应。"

"老大抢人从来不需要对方答应的，"打着酒嗝的卡尤尔凑过来，"这里的一大半以上，都是这样被她弄过来的，是不是，兄弟们？"

众人又是一阵欢呼。

赤璃拿过一个酒杯开始倒酒，然后递给少年，少年看着满满的酒，身体似乎颤抖了一下。

"这里好久没这么热闹过了。"他突然说。

赤璃一怔，他的语气，像是一个历经世事的老人，和外表实在相距甚远。

"好好醉一回吧。"她真诚地说，"你也该放下了。"

少年看着酒杯里自己模糊的倒影，似乎被打动。孤独多年，久违的热闹，他咬着牙接过酒杯，仰着脖子猛灌下去。

赤璃笑了笑。

"这是什么？"少年喝着酒，好奇地指着她盘在腰上的鞭子问道。

赤璃解了下来，鞭子反射着火光，莹莹发亮。

"这是蜃鞭，它跟我的记忆联系在一起。我可以用它吸收别人体内的微晶记忆，也可以用我的记忆来攻击或者帮助别人。"

赤璃轻轻抚摸着它的表面。"它是我弟弟制作的，他是最厉害的渲晶师。"

少年似懂非懂地点头，赤璃看着他的眼睛，觉得他和弟弟很相似，眼神同样无比清亮。

一阵冷风吹过，火光乱舞，喝多的人都开始有些站不住。夜色入深，舷窗上凝结出厚厚的雾气。

赤璃醉眼蒙眬地抬起头，看着悬在天空巨大的气态行星，它变化出几个影子重叠在一起。

看来我也喝多了，她转过身，看见那个少年还在站着，一杯杯地猛灌着烈酒，好像是在喝水一般，船员们被他灌倒了一片，只有卡尤尔还勉强坚持住。

赤璃摇摇头，真是丢脸，这么多人灌不倒一个毛头小子。

少年又灌下一杯酒，刚才还正常的表情突然迷乱起来。

"这就是醉的感觉吗？"少年低声疑惑，猛然栽倒在地。

"主人就要醒过来了，"倒在地上的少年像是突然想起什么，对着赤璃迷糊地喊着，"你们，快走，快……危险……危险。"

他的声音戛然而止，身体剧烈抽搐后陡然停止，这可不像是喝醉的反应。

"你怎么了？"赤璃过去喊，对方却没有任何回应，她伸手触摸少年的额头，心脏猛地一跳。他已经浑身冰凉，这种感觉实在太熟悉，生命正在逐渐离开这个躯体。

"这……怎么可能？"赤璃愕然，刚才还好好的，怎么突然就变成这样。

"快叫醒队医啊，还愣着干什么？"她大喊，卡尤尔慌忙去倒在一起的人群中找出医生。

赤璃无比焦急，在她看不见的波段里，一个强劲的信号从少年的体内发射出去，消失在茫茫太空之中。

混沌阴暗的某处，虚空似乎掌控着一切，仿佛一切都掩藏在未知之中，正如宇宙开始之初。

透明的玻璃舱中，躺着一个浑身赤裸的人，极度的寒冷压制了身体机能，但是他的感官却接收着来自各处庞杂的信息。

行星在成形，恒星在燃烧。

这个世界正在平稳运行。

简单的规律支撑着这个星系的运行，一切都是那么完美。

一丝意外的干扰出现在这些纷杂的感应和回忆之中，被不断放大，舱中的人身体慢慢颤动起来。

这个信号中包含着危险的警示。

外面难道又要被打扰吗？他的潜意识开始慢慢沉入，自我意识开始慢慢觉醒过来。

解冻程序开始启动，生命激活系统启动，温度上升，氧气量增加……

舱门打开，男人缓缓走出来，等不及身体被解冻，猛然睁开眼睛，银白色的雾气瞬间萦绕全身。

是谁，又敢来侵犯我的领地。

## 四　沉睡迷雾

　　晨曦初露，曙光扫过破旧的舰体，从巨大的舷窗中透射过来。战舰内大部分人依旧还在宿醉的酣睡中，一部分醒了的正在清理舰身上积累起的几厘米厚的沙子。
　　那个无名少年安详地躺在某个休息室的床上，队医给他盖上了白色的床单，摇摇头退了下去。
　　"我们连他的名字都还不知道呢？"卡尤尔整理好少年的衣服。
　　"他应该见到他的主人了吧。"
　　赤璃神色肃穆，轻轻叹口气，这个结局对他来说反而是一种解脱。她额头的印记又微微亮了起来，她要把遇见这个少年的故事永远记下来。
　　气氛哀伤，突然外面有人惊叫起来。
　　舰身一阵晃动，爆炸声接连传来，赤璃和卡尤尔面面相觑，向外跑去。
　　灰黄的沙雾中不知何时出现了一架单人式战机。它在空贼的星舰上空不断盘旋，发射出各式导弹，在舰体上炸出一朵朵焰火。

竟然被偷袭,赤璃用鞭子不断打醒还在做美梦的船员。

"都快给我滚起来!敌人都打上门了。"

明明对这个星球进行了彻底的搜查,可是为什么有一艘战机?它是从哪里冒出来的?

赤璃迅速集结清醒过来的队员展开反击。在她有些不成章法,混乱矛盾的命令下,队员启动了战舰的火力和防御系统。在密集的炮火攻击下,对方那艘战机开始处于下风,眼看就支持不住。

赤璃也亲自控制着一个机炮位,大喊着发泄般攻击。

战斗持续几分钟后,船舰发出的一束激光正中这架莫名出现的战机的腹心,它的尾部开始冒烟,在空中摇摇欲坠,向赤璃这边坠落过来。

混蛋,谁打的炮。

赤璃一个狼狈地翻身,堪堪躲过坠落的战机,却看见战机的机体似乎被某种力量扭曲着向内塌陷下去。

轰隆!!!

战机从舷窗中撞穿过来,赤璃感觉到一阵耳鸣,周围在猛烈地摇晃,玻璃混着钢合金散落一地,十几个反应慢的人被气浪炸飞,撞在舱壁之上,昏迷过去。

尘烟中,赤璃抖落身上的沙土,战机的残骸还在熊熊燃烧,但是下一刻的事让她不敢相信自己的眼睛。

一个巨大的铁球从里面滚了出来,裂开,飘出一团白雾。

这团雾聚散不定,但是可以隐约看到是个人形的轮廓,而那层雾就像是包裹在外面的轻纱。此时这团诡异的雾反射着熊熊火光,像是一团移动的火云。

这是什么,赤璃的脑子一时有些短路。

卡尤尔对着发愣的赤璃大叫:"老大,他的能力看起来很强悍,小心。"

原来是微晶之力，赤璃醒悟过来，不过这样的微晶之力倒还是头一次碰到，恐怕和欧菲亚的那些天穹守护是一个级别的。

剩下的七八个船员连忙掏出武器，朝着这团雾不断射击，子弹射入里面，却没有任何反应。

众人愕然，那团雾气突然膨胀开来，裹住几个地上散落的部件，使其浮起来，又猛地抛射出去，准确地击打在那几个船员的身上，他们全部都被这巨大的冲击力撞晕过去。

那团雾向床上少年的尸体缓缓移动过来。

"G-42……你又给我……留下一个……烂摊子。"雾里有人开始说话，一字一顿，声音干涩刺耳，仿佛说得很困难。

喂，我才不是烂摊子，赤璃刚想反驳，却感觉到雾气之中有个凌厉的眼神看了自己一眼，她立马决定继续保持沉默。

原来，这个谜样的少年叫做G-42，真是个奇怪的名字。

这团雾气突然慢慢消散开来，里面出现一个人形轮廓。等雾气完全散去，才发现对方是一个男人，赤璃的脸"噌"地就红了起来，慌忙捂住双眼。

这个突然出现的男人赤身裸体，没有穿任何衣服。

"老大，现在还在乎什么廉耻啊！"卡尤尔大喊。

卡尤尔启动微晶能力，猛地向神秘男冲了过去，准备用自己的体重将对方扑倒，却被对方灵巧躲过，一掌反击在颈部晕过去。

神秘男无意纠缠，抱起少年的尸体就朝外面走去。

"放下他。"赤璃大声呵斥道，一抖手中的唇鞭，缠上神秘男的手臂。鞭子上顿时出现各种迷离幻象，各种恐惧的记忆交杂在一起，朝着神秘男汹涌冲过去，他的身体顿了一顿，似乎是被这些恐惧的记忆所影响。

赤璃还没来得及高兴,就看到一缕白雾从神秘男的身上飘出,瞬间围裹住她的头部。猝不及防的赤璃发现四周白茫茫一片,像在梦境之中。她感觉呼吸不畅,周围的空气在急剧减少,她挣扎地向前走几步,瘫软在地,手上的蜃鞭也掉了下来。

意识消失的前一刻,她看见男子抱着少年转过身来。他的身形很普通,深深印刻在脑海中的却是他那双眼睛,像是经过了千年的等待和沧桑。

赤璃终于明白,为什么这些恐惧的记忆对他完全没有作用,因为他所经历的事情,要比这些恐惧的记忆还要沉重得多。

她突然想起沙漠酒厂墙上的那行字。

银雾,应该就是他的名字吧。

赤璃的意识终于完全被黑暗所占据,彻底昏迷过去。

一阵嘈杂的呐喊声和脚步声向着这边涌来,神秘男皱了皱眉,雾气再次膨胀,充满周围的空间,已经散成零件的战机部件被这缕缕雾气牵引控制着,按照原先的顺序再次组装在一起,仿佛是毁灭过程的倒放。

片刻之后,一架外形丑陋的战机诞生,似乎还具有飞行能力。

另外一些雾气,缠绕着赤璃的四肢,将她缓缓抬了起来。男子将少年的尸体小心地放在战机的后座,同时控制雾气将赤璃也搬了进去。他坐在战机的驾驶舱上,瞬间启动,战机从裂开的舷窗中呼啸离去。

一切只不过发生在几分钟之内,现场只剩下一片狼藉和受伤船员的哀号声。

封闭的房间,逼仄而压抑,高能灯照亮所有的细节,净化器疯狂过滤着久已沉积的空气。

瘦高苍白的男子把少年放在床上,手指轻动,雾气如丝线飘出,进入少年冰冷的体内。片刻后后者的身体突然开始嗡嗡作响,大量的酒水从体内渗透出来,又马上被床吸干。

少年的双眼缓缓睁开,恢复了往日的神采。

"主人。"他看见男子,露出欣喜的表情,翻下床来。

银雾没有理睬他,周围的雾消散不见。他转过身,带着复杂的眼光看着刚刚一起带回来的女子,她的额头亮着特异的微晶纹路。

"异种。"他眉头紧皱,"G-42,把她绑起来。"

"是,主人。"少年伸出手,轻松地抬起赤璃,将她熟练地绑在旁边的一个台子上。

"G-42,为什么你会被他们弄成这样?"银雾皱起眉,"而且身上有这么重的酒气,他们难道发现酒厂了?"

"主人,我……我想拦住他们的……"

G-42踌躇着不知道该怎么回答。

"这么多人,"银雾挥了挥手,"确实不好应付,这次不怪你。"

他走到一个控制台前,点击几个界面,一幅全息影像跳了出来,里面显示的是入侵者的星舰情况。

"上一次醒来距离现在多久了?"他突然问。

"恒星年八十年四十二天十三小时。"少年没有丝毫停顿地回道,仿佛时时刻刻都在计算。

"还是没有任何消息吗?"

"没有。"少年迟疑了一下,然后回答。

银雾的神情变得无比失望,他操控界面,全息影像立马切换了一个场景,显示出空中那颗巨大的气态星球。星球瑰丽多彩、夺人心魄,他眼中狠戾的神色顿时柔和下来,又旋即变化,从最深处奔涌出一股炽热,接近疯狂的炽热。

"我不能在这待得太久,"银雾沉声,"需要尽快消灭他们。"

"是。"

G-42恭敬地站在主人身后，看着被绑着的赤璃，她表情痛苦，额头的晶纹疯狂地闪烁，似乎正在经历一个噩梦。

赛忒的触角幽紫狰狞，屠杀着周围的亲人；

血液将土地染成殷红，惨叫声充斥着城市；

无助，痛苦，迷茫，恐惧。

所有情绪宣泄于一点，刺激着她的神经，唤醒着她的意识。

活下去。

她听见弟弟的声音。

身体对外界的感觉慢慢恢复，赤璃吃力地睁开眼，模糊中发现自己在一个陌生的地方。她突然意识到什么，马上又把眼睛紧紧闭上。

"喂，变态狂，你没有穿衣服啊！"

"你可以猜猜。"

这是那个少年的声音！赤璃猛然睁开眼，看见刚刚还躺在地上的少年正微笑地看着自己。

她记起来这个少年似乎叫做G-42，真是一个奇怪的名字。

"你，你不是死了吗？"赤璃愕然。

"死？"G-42笑起来，"我只是机能暂时停止而已，主人把我又救过来了。"

这是怎么回事？难道他从一开始就是设计欺骗我，想把我绑到这里？我堂堂舰长竟然被一个小毛孩骗到，以后还怎么出去混！

关键是，他们一个诈骗犯，一个暴露狂，想对我一个女流之辈干什么？

她想动一动僵硬的身体，却发现自己被无形的力量困在一块立着的台子上，根本无法动弹。

她环顾四周，这里是一个巨大的舱室，布局粗糙凌乱，风格和瑟利的建筑有些许相似，却又有很大不同。所有的设备上都蒙了一层灰，窗外漆黑一片，难道这就是他们藏身的地方吗？

这时她才看见那个突然袭击他们的男子，还好现在他已经穿上了合体的衣服，坐在一头简陋的桌子旁，正盯着一盘外形可疑的食物，皱紧着眉头，似乎无从下口。

"你是他们的头领吧？"

男子突然开口，放下手中的刀叉，放弃了对食物的努力，他的声音没有了刚才的艰涩，流畅无比。"自我介绍一下，我叫银雾，是你们闯入的这个星球的主人。"

果然是那个在墙上用血写字的人？

"你怎么知道我是首领？"赤璃问。

G-42指了指他的衣服，赤璃一低头，差点骂出声来，该死的卡尤尔，为什么把她一个人的衣服做得那么显眼，上面还绣着斗大的"头领"二字。

"你们来这干什么？"银雾问。

"你又没在外面立个牌子，写'外人禁止入内'，凭什么我不能进来？"赤璃非常生气，"你为什么要突然袭击我们？"

"是你先伤害我手下的吧。"银雾指着G-42。

"你怎么能乱冤枉我？"赤璃暗暗叫屈，"明明是他自己喝多才倒下的。"

话没说完，她就发现气氛好像有所改变，G-42紧张地看着他的主人，而银雾也转过头去看着他。突然，银雾一脚踢向G-42，后者飞撞到墙上，砸出几道裂缝，然后倒在墙角一动不动。

赤璃一时有些发懵。

"你竟然学着喝酒，"银雾失望地看着G-42，"还学会了违抗命令，是不是我给你的自由太多了？看来过会儿要好好地修理你。"

"对不起，主人。"G-42的声音变得有些嘶哑，这一脚看来让他受伤不轻。

这到底唱的哪一出？赤璃越发不明白了。

"你们是来干什么的？"银雾凑近她，气场带着迫人的力量。

"我们……我们只是路过的。"赤璃努力摆出一副纯善的模样。

"你不说没关系，我对这个也没什么兴趣。"银雾往虚空中一点，那里凭空出现一个全息影像，是赤璃的星舰，船员们并没有不管她自己逃走，这让她感到非常欣慰。

"你挟持我，是想让他们交出赎金吗？很可惜，我们穷得只剩下债务了。"

"挟持？"银雾愣了会儿，突然笑起来，"你想多了，刚才我体力还未恢复，把你带来，只是想用你来牵制他们，这样，他们就不会逃走了。"

"现在我的体力也恢复得差不多了，"他冷冷地说，"是时候去彻底消灭你们这些入侵者了。"

看着对方的表情，赤璃非常确定他并不是在开玩笑，而赤璃也相信，他完全有这个能力。

"为什么你要这么做？"赤璃抓狂，为什么会有这么不讲理的人？就因为灌醉了G-42？

"闯入这里就是让你们死的理由。"银雾冰冷的语气中是决绝的杀意，他打开门，门外是更加幽深的黑暗，"G-42，好好看着她，不要再让我失望了。"

"是，主人。"

G-42缓缓站起来。

"你以为以你的能力可以和一个星舰抗衡吗？"赤璃突然说。

"等会儿你就知道了。"

银雾的身影正要消失的时候，赤璃突然大喊。

"我不想知道你们为什么要守在这个荒芜的地方，我他妈也没兴趣，但这也不是我们造成的，你们的悲剧不该算在我们头上。"

银雾突然风一样冲回来，双手猛然掐住她的脖子，神情陷入不可抑制的狂怒之中。

"你们这样对待自己的创造者，你们整个种族都有罪，这是你们的原罪，"在赤璃快窒息而死的前一刻，他才松开双手，"等你看到拥有的一切被毁灭的时候，或许你能体会到我的心情。"

赤璃低下头，猛烈地咳嗽起来，大口大口地吸着空气，脖子上浮现出清晰的掐痕。

银雾转身走开，身影融入黑暗之中，消失不见。

赤璃艰难地抬起头。

一个疯子，危险的疯子，说着一些让人听不懂的话。

但是直觉告诉她，猎空团现在正面临比以前任何时候都更凶险的危机，而她却只能看现场直播，还是被绑着的。她焦急地盯着全息屏幕，停在沙漠的星舰还是一片平静，间或有几架轻型侦察机进进出出，看来是在寻找她的踪影。

卡尤尔现在应该是整个星舰的代理首领，但是一想到他不靠谱的性格，她就很头疼。

虽然不明白那个叫银雾的男子说的是什么，但是现在最紧要的是从这里逃出去。她奋力挣扎，四肢的束缚却越来越紧。

"没用的。"

刚刚被踢了一脚躺在墙角的G-42爬了起来，"这个平台是由高吸附性材料制成的，人体会直接粘在上面。"

赤璃似乎没听见他说的话，只是咬紧牙关，拼命地前倾着，虽然疼得满头大汗，但也不肯放弃。G-42神色复杂地看着她，似乎有些不忍。

## 五 异种原罪

一个清瘦的身影在沙漠中缓缓移动。

冰冷的夜风让银雾狂躁的心情逐渐冷静下来，这里的地貌和上一次醒来相比已经有了很大的改变，但是他依旧迅速地找到被黄沙掩埋的酒厂。

他面无表情地从钢门被切割开的口子走进去。这里有明显被折腾过的痕迹，一片狼藉。他拿起一瓶酒，仰头喝下，酒水混着泪水落下。

这一切都该让他们负责，那些异种们。

银雾咬着牙将酒瓶在墙上砸碎。

在这个星球沦为战场的那些天，他躲在这里，用自己的鲜血将曾经的话刻下，希望能留下一点纪念，却没想到自己能侥幸活下来。

活下来，一切就还有可能。

他抚摸着自己的血迹，难以自抑地唱起歌来。

雾气从他的身体中飘向周围的机器，无形的力量将它们拆解开来，变成一个个零件。这些悬浮的零件突然急速射向那些酒桶，酒桶炸碎，巨量的酒喷涌出来，其中几个零件碰撞在一起，擦出火花，迅速点燃这些烈酒。

整个酒厂变成一片火海。

银雾的身影在火海中如鬼魅般扭曲变形，只露出锐利的双眼，如同暗中潜伏狩猎的猛兽，要择人而噬。

时间越来越紧张，赤璃看着在那闭目养神的G-42。

她原本以为G-42是因为家园被毁才精神失常，没想到那个银雾才是真正疯狂的人，G-42从头到尾只想帮助他们逃开，可是现在才明白过来，已经太晚了。

"我知道，你们因为家园被毁，很悲痛，很伤心，你的主人甚至不愿意接触外人，"赤璃尽量让自己的话显得更有说服力，"但是相信我，杀戮只会让他更加沉迷其中，你也是这么想的，不是吗？"

G-42身体僵直，看来正说中了他的心事。

G-42叹口气。"对不起，不过现在说这些都没用了，我已经尽力了。"

"我知道我们错了，"赤璃几乎要抓狂，"但是应该给我们一个改过的机会吧。"

"我早就和你说过，主人苏醒后，他会消灭掉所有的人。"G-42在椅子上坐下，神色萧然而痛楚。

赤璃有些颓然，不过现在还不是放弃的时候。既然知道这个G-42本性善良，那一切还有机会。

"反正我的手下和我很快就会死了，"赤璃表情变得惆怅起来，"在这剩下的时间里，就让我来讲讲我们的故事吧，希望还有人能记下来，也不枉我在这个世上白活一场。"

G-42疑惑地看着她。

"你知道卡尤尔为什么总是喜欢不停地吃东西，因为他哥哥是为了给他抢夺一个面包中了陷阱而死……还有大强为什么总是在腰里别着一个布娃娃，因为那是他在战场受伤时碰到的一个护士给他的，那个护士所在的医院后来被埃萨克军队炸毁……还有，还有那个瘦子……"

赤璃一桩桩，一件件地说出手下的悲惨往事，添油加醋，绘声绘色，百十来号人的过去能记得这么清楚，多亏了她强悍的微晶记忆能力。

片刻之后，她已经是声音哽咽，眼含泪水。

G-42的神色开始变化，赤璃更加动情地讲述起来，差点把全部船员祖宗十八代的悲惨历史都说出来。

"那个外号叫'丐王'的，总喜欢搜集破烂，其实他以前真的就是个乞丐，他的老家被一个瑟利的贵族强占，他混在偷渡船里才逃出来……"

G-42的身体开始颤抖起来。

"够了，够了，你别说了，"G-42在室内急速地来回走动，焦灼不安，"不要给我出这些道德选择题，我不会违背主人的命令。"

全息视频里星舰还平静地驻扎在原地，看来银雾还没有赶到那里。

"主人应该是先去酒厂了。"G-42说，"每一次醒来，他都会去那里品尝贮藏好的美酒。"

"要不这样，心地善良的G-42。你现在悄悄过去，告诉我的手下们这里的情况，让他们离开，这样你主人也不会知道。"赤璃提出解决办法，"他应该也是在气头上而已，等想通了自然就没事了。"

G-42停在原地，思考了一会儿。

"他们怎么会相信我？"他问。

"这样，你把我带过去，我来告诉他们，你再把我送回来。"

G-42面色凝重，似乎在考虑这个方案的可行性。

"我怎么能相信你到时不会跑？"

"你拿着枪指着我总行了吧，快，来不及了，虽然你主人的实力是很强，但是双方打起来，肯定都会有所受伤。"

赤璃几近吼叫。

"那好吧，"G-42像是下定了很大的决心，"但是我要蒙住你的眼睛。"

"随便，赶快点。"

G-42四处翻找，只找出一个黑色尼龙袋，赤璃也顾不了这么多，让他赶快给她戴上。G-42想了想，突然拿出一颗红色药丸，让她吃下。

赤璃现在受困于人，自然没办法反抗，只好顺从咽下。

"这是颗拥有自爆能力的胶囊，"G-42说，"如果你想逃跑的话，我立马会引爆它。"

好狠的少年，一点怜香惜玉的觉悟都没有，赤璃还没抱怨完，头上就被套上了袋子，她顿时感觉眼前一片黑暗。

"松开点口子，你要憋死我啊。"赤璃大喊。

G-42走到控制台上，按下一个按钮，赤璃突然感觉自己的背后猛然一松，但是长时间的麻痹让她无法站立，摔倒在地，差点昏过去。

"希望现在还来得及。"赤璃着急地说，感觉自己的额头好像撞出了血，不过此时已无暇顾及。

G-42牵着她的手向前走去，两人的脚步声回荡在一个听起来很空旷的空间里。片刻之后，她又感觉周围温度急剧下降，有粗糙的风迎面吹来，应该是到了外面。

G-42引着她坐上地行摩托，摩托无声息地启动，沿着沙漠急速向前驶去。

赤璃的眼前依旧是一片黑暗，心情无比焦急。突然，不知从哪里传来一阵歌声，听起来悲壮又凄婉。

歌声中带着一股奇怪的魔力，混合着自己此时的心情，将她带入一个可怕的回忆里面。在那个她一直不想触碰的回忆中，黑暗和紫色是永远是不变的背景色。

那是赛忒的颜色。

她回忆起那个时刻，自己被赛忒的异兽追入山洞之中。

恶臭的血腥味扑面而来，她已经完全丧失活下去的信心。

弟弟突然跳过来，将刀插入异兽的身体之中，自己的胸口也被它咬出一个大伤口。

"小火，坚持住啊，没了你我该怎么办？"赤璃抱着他痛哭。

"姐姐，活下去，"弟弟笑着说，"去闯荡，去看见更多的精彩，做一些轰轰烈烈的事情，死后再慢慢告诉我。"

年幼的赤璃狠命地点头。

原本压在记忆深处的过往，此时此刻却随着歌声，仿佛再一次亲历。

赤璃抚摸着额头有些发烫的晶纹，她发誓，要带着弟弟的愿望，去看遍整个光域各种离奇有趣的事情，当然最重要的是活下去，不计一切地活下去。

"是主人唱的。" G-42突然说。

某种情愫被深深牵动，她竟然隐隐有种想哭的冲动。

"你哭了。"G-42说。

"风大。"

"可你不套着袋子吗？"

"住嘴。"赤璃隔着袋子瓮声瓮气地说。

这算什么？自己竟然被想杀死她的人的歌声打动哭了，真是没出息。

那个叫银雾的，究竟经历过什么，才会变成现在这样的变态暴力裸露狂？为什么会对我们这么仇恨？他口中所说的异种和原罪又是什么意思？

赤璃越想头越大。

"其实主人原来并不是这样的，只是发生了很多事情。"G-42像是看穿了她的心思，突然说。

一阵突然的爆炸声打断两人的对话。

"他们是不是已经打起来了？"赤璃紧张地说，G-42赶紧加快速度，后面扬起沙尘的尾迹。

## 六　沙场对战

"前方出现不明人影。"

坐在舰长位置上的卡尤尔收到手下的消息，拿起战术望远镜，看向那个一步步向着他们靠近过来的人影，表情变得严肃起来。

那团银色的雾气，不会错，就是那个闯入战舰带走老大的人。

自从舰长被突然出现的人带走后，已经过去了一天半，船员们一直在星球四处焦急地寻找，却没有任何发现，没想到主凶竟然自己过来了，当然他绝对不会是来自首。

"要活的。"

卡尤尔发布命令，所有人都做好一级迎战准备。

银雾踏着黄沙走来，几艘战舰的灯照射出他瘦削的轮廓，战舰的火力锁住了他，十几个船员从船上跳下来，迎了上去，拦住他的去路。

船员们拿着磁暴枪对准银雾，一女一男从队列中走出来，一个左手裸露半截，上面是紫色的微晶纹；一个赤裸上身，微晶纹如同古老的神秘符号遍布全身，他们是星舰里战斗力最强的"紫闪"和"铁甲"。

银雾似乎没有耐心和这群人周旋，突然急速地冲了过来，速度越来越快。

紫闪和铁甲也立刻启动微晶能力，进入战斗状态。

战斗一触即发，紫闪打了个响指，手指间亮出一道电光，和旁边队员射出的子弹同时袭向银雾，但攻击却像落入黑洞之中，没有任何反应。更多的子弹倾泻而出，在周边炸起一蓬蓬沙土，却只听见像是打在铁块上的锵锵声。

紫闪咬牙，大喝一声，微晶能量瞬间暴涨，更多的闪电对准了银雾。电光闪耀之下，一旁的铁甲看见雾气里面似乎飘浮着无数奇形怪状的小块，这些小块泛着幽光，在雾气的控制下组合拼接成各种形状，像一个天然液体性质的盔甲，在男子身上流转，替他挡住攻击。

"闪姐，小心。"

铁甲突然说，同时向紫闪跳过去，可是还是慢了一步。雾气中突然射出无数子弹，密集得如同一阵暴雨，就像是刚才射进去的都被它"吐"出来一样，紫闪和几个持枪的护卫顿时被射中，倒地不起。

"快去把他们救上来。"卡尤尔满脸焦急地命令。

而在战场上，战斗还在继续，铁甲并没有迟疑，趁子弹射击完毕的瞬间，向着银雾跳冲过去，两只拳头带着破风之势袭向银雾，打在他的护甲之上，巨大的力量让银雾倒退了几步。

"受死吧。"铁甲怒吼道，又欺身攻击过去。

"好。"

船上的卡尤尔开始为他呐喊助威，却发现铁甲的攻击慢慢吃力起来。

那团诡异雾气中的小铁块却又瞬间组合成一道巨剑的模样，随着银雾双手的指挥而动，不断刺向铁甲，在他的皮肤上划出道道火花，后者双手交织在胸前，被这巨剑攻击到不断矮下身去。

"这等能力，也敢在我面前卖弄。"银雾冷笑，似乎享受着折磨猎物的快感。

赤璃气喘吁吁地踹开主控舱大门的时候，卡尤尔正在椅子上紧张地吃着薯片看着沙地上的战斗。

"诶，这位戴尼龙袋的小子，你是想趁机打劫吗？可惜现在不是时候。"卡尤尔不慌不忙地说。

赤璃一把扯下尼龙袋，一脚踹向卡尤尔。

"我看你一点也不为我担心啊，不过看在你们没有弃我而走的分上就原谅你了。"

"呀，舰长，我还以为你英勇牺牲了呢。"卡尤尔开心，同时略带遗憾地说道，"要不是被那个怪物袭击的引擎系统还没修好，我们早就走了。"

赤璃一时气结，想自己还是被G-42关回去看现场直播吧。

卡尤尔这时注意到了跟在赤璃后面的G-42，大为吃惊："他怎么也一起来了，难道你成功说服他弃暗投明了？"

赤璃摇摇头。"等船一修好，我会尝试去拦住那个人，你们就趁机赶快撤走吧。"

"舰长，原来你这么大公无私，不过我很怀疑你能不能拦得住他。"卡尤尔神色凝重，"他好像比上次见面的时候厉害多了。"

赤璃跑到舷窗前，看着战斗的细节，己方的火力网已经被打得零落不堪，闪电和铁甲都重伤倒地，生死不明。

"他的微晶之力看样子是能够利用那层雾气，在短时间内对物体进行精密的拆卸和组装，简直太匪夷所思了，要不要考虑拉他入伙啊，这样修理工都免了。"

那如恶魔般的身影绞杀着周围一切生的气息，雾气之中裹挟着血腥杀伐的味道。

G-42也站在窗前,喃喃地说:"主人,怎么会这样?"

赤璃看着他的侧脸,突然一阵心痛。

看着自己亲密的人变成这样,一定很痛苦吧。

是该有人来阻止他了。

你凭什么随便抹杀别人的存在,比悲惨,这里的任何一个人都是这个世界的弃儿,我就不信我带出来的手下还干不翻你一个人。

"所有人注意,准备,"赤璃威严的声音在船舰中响起,"放弃修理引擎,全力迎敌。"

"你不是说过让他们马上离开的吗?"G-42不解地问,"难道你不怕我启动毁灭胶囊?"

"对不起,忘了告诉你,空贼,经常是背信弃义,不守诺言的。还有,你确实学不会狡诈,"赤璃对着G-42笑笑,"下次记得不要喂那么甜的药丸。"

G-42一时愣住,自己的计谋就这样被轻易拆穿了。

赤璃点头示意,卡尤尔立马过来将刃刀指着G-42的后背,后者并没有反抗,只是看着窗外的情景,脸上浮现出复杂的表情。

"帮帮我的主人。"他突然恳求地说,"他被困在过去出不来了。"

"我答应你。"赤璃认真地说,挥了挥手,两个船员走过来,将G-42押了下去。

赤璃坐回舰长位置上,现在紧张的氛围却让她开始冷静下来,刚才陷入黑暗的过程中,思维无比清晰,隐隐之间似乎感觉到一些什么。

她看向那团雾,那个本身更像是一团迷雾的男人。

所有的线索似乎都串成一条,但内核却又似有似无。

我需要更多的证据,她想。

赤璃的双手在控制台上飞舞，检查着战舰之上还剩下的武器状况。在下面的战场上，更多的火力加入到与银雾的战斗之中，但是对方靠着诡谲的微晶之力，空贼团人数的优势并不能占得丝毫便宜。

"看来我们需要动用那个了，卡尤尔。"赤璃平静地说。

"你确定，舰长，"卡尤尔摇着头，"那可是很耗钱的，而且并不一定能保证成功。"

这是一场赌博，但是值得。

"我会亲自上场，还有，你也要和我一起去。"赤璃果断地说。

"不要吧，"卡尤尔不断摆着手后退，"我还是在这里等你凯旋，为你庆功比较好。"

赤璃点点头，又有两个船员过来架住绝望挣扎的卡尤尔。她转过身，朝着门口走去，后面的卡尤尔也哀号着被拖着跟在后面。

星舰前的沙地上，银雾顶着密集的火力网缓慢而坚定地前进着，一边防御，一边利用雾气卷起周围散落的枪械进行反击。

身穿轻型防护战甲的赤璃悄悄站在支架的阴影处，仔细地观察着战场的局势。

"行动。"她轻声下令。

所有战舰的灯在一瞬间突然暗了下去，所有人一愣，只有星球反射的淡淡光芒照着这个战场。

但是战斗依然没有停歇。

下一秒，所有战舰的灯又在同一瞬间打开，功率全开，强烈的灯光交织在一起，每个人的眼睛都被这个突然的变化弄得无法适应，看不清眼前的任何景象，完全是白花花一片。

就在这一瞬间，赤璃跳了出去，直冲向目标所在的地方。

额头的晶纹瞬间亮起来，靠着超强的记忆力，赤璃在灼目的白光亮起的前一刻，记清了银雾所处的位置，和路上所有的障碍。

这样的突发情况下，对方应该也一时很难反应过来。她冲向记住的位置，无声无息地绕过所有阻碍，但是却没碰到银雾。

当然，对方不是傻子，肯定会有所反应。赤璃大喊一声，随便朝外试探性地出击。有脚步声突然靠近，她感觉到有雾气控制着物品试探地向她里攻击过来。

就是现在，赤璃向前走了一步，引爆了藏在身上的克晶弹。

克晶弹，是对付瑟利人强有效的武器，为瘫痪瑟利人的微晶能力而特制。它爆炸后，并不会和一般的炸弹一样形成火力伤害，而是会影响甚至瘫痪体内的微晶系统，缺点是攻击范围较小，容易被躲开，而且起效时间长，最重要的一点，就是贵，空贼团总共的储量也不超过几个。赤璃是逼不得已，才会用这个差不多是同归于尽的方法。

启动的那一瞬间，她也是非常心痛的。

灯光此时终于恢复正常，所有人看见场中央，赤璃和银雾都以很奇怪的方式倒在地上。

"你怎么会在这里？难道……"

银雾身上的雾气不断散去，被操控的物件也散落在地，他挣扎着想爬起来，却又不断倒下去。

他的表情非常震惊，体内的纳米机器在慢慢脱离控制，浑身像是被千万根刺扎一样。

"卡尤尔，你还愣着干什么？"

一旁的卡尤尔开始发动起来。微晶之力-迅捷，他冲了出去，像是一阵疾风，手中握着闪着寒光的刃刀，刀锋直取站立不稳的银雾。

银雾咬着牙，用雾气控制住两个铁棍向着卡尤尔掷去，后者想躲开，却还是由于速度太快、惯性太大一时来不及变向，被准确命中，闷哼一声倒下。倒下前的一刹那，他用力地丢出了刃刀。

刀发出尖啸之声，将再也无力抵挡的银雾的胸口划出一道血口，然后直直扎在旁边的沙地上。

卡尤尔早已晕了过去。

赤璃无奈地摇摇头,卡尤尔,你也该减减肥了。

"G-42已经被我扣押,你已经没有任何胜算,"赤璃对着银雾说,"乖乖投降吧,不过在那之前,我有个问题想问你。"

赤璃头疼欲裂,竟然想不起自己到底该问什么,刚才的克晶弹对她同样有效,她脑中的微晶此时已完全紊乱。

"该死的异种,你以为我败了吗?你大错特错了。"银雾突然狂笑起来,大喊一声,"G-42,你还在等什么?"

赤璃心中一惊,突然听见玻璃破碎的声音。她回过头,看见一个黑影竟然撞破了刚修好的舷窗,从几十米高的空中急速落下,稳稳落地,然后向这边急冲而来,有船员反应过来,向着黑影开火,子弹落在他的身上,却没有一丝反应。

竟然是G-42。

他走过来,蹲下将银雾轻轻扶起。银雾艰难地喘着粗气,狠狠地说:"G-42,快,灭了他们。"

G-42转过头来,直直地看着赤璃,眼神中哪还有一点悲伤,满满的都是慑人的杀气,浑身爆发出一股迫人的力量感。

赤璃浑身冷汗,没想到G-42的战斗力这么强悍,现在的他们早已是强弩之末,看来今天是彻底交待在这里了。

气氛凝固。

G-42却什么都没有做,眼神中的杀气散开,仿佛又变回了那个柔弱的少年。他轻声对银雾说:"对不起,主人,你现在身体和心理都需要马上休息,再拖下去,会有生命危险。"

"你这个叛徒,"银雾的身体淌着血,拼着力气怒吼,"竟然敢违背我的命令……"

G-42突然伸出手,按住银雾的头部,一股微弱的电流流出,后者便昏沉沉地睡了过去。

赤璃愕然,G-42转过头,眼神冷漠地看着她。

"或许你说得对,待在这里只会让主人更加沉迷杀戮,"G-42抱起银雾,没有任何表情,"我们会离开这个星系,这下你总该满意了吧。"

"如果你们还想继续追击我们,"他的神情里依旧带着抹不去的固执和警惕,"我会毫不客气地毁灭你们。"

"明白,"赤璃点点头,对手下命令,"给他一架战机。"

船员驾着一架二手的战机过来,G-42把昏迷的银雾轻轻扶上轻型战机,自己坐在驾驶舱上,最后朝这个星球望了一眼,关上了舱门,似乎没有任何留恋。

引擎启动,战机的航迹在黑暗的天边消失,突破大气层,进入到太空之中,远远消失不见。

赤璃吃力地站起来,捡回卡尤尔的刃刀,交给一旁的船员。

"把这上面的血液采集起来,送去实验室分析。"她无奈地看着肥壮得把地面砸了一个坑的卡尤尔,"还有,赶紧给这个死胖子准备些吃的。"

## 七　元人遗迹

起伏不平的沙漠上，蹒跚地爬行着两个身影。

"舰长，为什么我们还不走，还要赖在这里？"

满头大汗的卡尤尔问走在前面的赤璃，他从腰上系着的一串香蕉上取下一根剥开，现在白天的气温好像比前几天更高了。"我们都搜了这么久，也没什么发现，除了遗迹就是破烂，连酒厂都被炸了。"

刚才他们经过酒厂的时候，发现它不知何时已经被炸塌，沙子将整个都填埋了起来，还犹自冒着浓烟。

"你不奇怪当时我们为什么没发现银雾吗？"赤璃抖抖腿上的沙子，擦着汗说。

"这里这么大，又是人家的主场，谁知道他当时躲在哪个旮旯里，漏过很正常。"卡尤尔耸耸肩。

沙漠的热气将两人的身影模糊开来，赤璃想起她被困的那个房间。"他们两个守在这里这么多年，对外人这么排斥，不可能只是为了这片废墟的星球，肯定还有别的隐情。"

卡尤尔摇摇头，他很清楚舰长的性格，一旦发现一点神秘有趣的事情，定会把它彻底搞清楚为止。

"你是老大，你说了算。"卡尤尔擦着汗说。

"我什么时候让你失望过？"她拿出一份报告，扔给卡尤尔，"还记得从你刀上采集来的血液吗？我让实验室对他的细胞进行了分析，结果很有趣。"

卡尤尔盯着报告上密密麻麻的那些他不认识的符号，有些头大。

"这不折磨我吗？舰长，你就直接告诉我吧。"

"他的细胞里没有微晶。"赤璃直接说出结论。

"什么？"卡尤尔睁大眼睛，"怎么可能，不会是检验结果出错了吧，所有人都看见了他用的能力，那层雾气，应该是微晶没错啊，虽然这种能力很少见。"

"你还记得吗，卡尤尔，"赤璃兴奋起来，"银雾突袭我们的时候，是裸体的，你有没有注意到，他浑身没有任何微晶纹。"

"我一个大男人注意人家的裸体干吗，再说当时情况那么乱，谁会记得起来？"

赤璃笑笑，卡尤尔明白，以她超强的记忆能力，做到这一点并不困难，只要愿意，恐怕她可以立马画出银雾的全身裸体图。

对于瑟利人而言，微晶纹是一个人微晶能力的证明，和家族、血统、后天成长有着密切的关系，譬如赤璃的超忆、卡尤尔的超敏捷性、紫闪的闪电等等。瑟利人一生下来，细胞中就带着微晶，并随着他们的成长而不断变化，赋予每个人特殊的能力。像银雾展示的那种高超的能力，是不可能没有任何微晶纹的，或许某些很强的人可以做到隐藏微晶纹这一点，但是细胞里却无论如何都不可能没有微晶的存在。

"所以你才会让我刻意和他战斗，以获取他的血液？"卡尤尔抱怨，身上的伤还隐隐作痛，"不过我还是不明白，这种事情怎么会发生呢?"

赤璃神秘地笑笑。"符合这个条件的可能性并不多,但是我还需要一些证据来证实我的猜想。"

她突然像是发现了什么,停下来,露出惊喜的神色。

"就是在这一块了。"她对着卡尤尔说。

她回忆着昨晚的细节,虽然一路上都被G-42蒙住眼睛,但是记忆并不光是来自视觉的信息,其他途径的信息也会在她的记忆里面留下痕迹,比如气味、声音甚至包括感觉这种很虚的东西。

经过一夜,G-42骑车带她经过的地形并没有太多的改变,她刚才一路根据回忆,重建他们当时驶过的地形,现在可以十分肯定,她被困住的地方就在这一块沙地下面。

"开工。"赤璃用通讯器联络船舰,叫来十几个船员,并带上必备的挖掘工具。

十几个人热火朝天地挖掘了半天,被眼前露出的东西震惊住了。他们站在一个无比平滑、晶莹剔透的平面上,仿佛是一个巨大的水晶,甚至可以隐约看到里面的细节。但是它的材质并非金属、也非晶械,仪器也测不出它的准确构成,近乎无瑕的表面有着极为精密的刻痕,这些刻痕有着某种规律,似乎是一种古老的语言。

根据探测仪的粗略测定,整个表面不止这一块,向外延伸有很大的面积,到视线尽头。

"这可是个大家伙啊,"卡尤尔啧啧称叹,"这可赶上忒弥西议长大人的座舰了,光卖材料都能发上一笔。"

船员们非常兴奋,指不定这里面就有什么宝藏。

"来,给我把外壁切开。"卡尤尔招呼着同伴,就要开工。

"不准破坏这里。"赤璃阻止了他们的行动,弯腰小心地观察着四周,突然走到一处类似舱门的地方。赤璃敲了敲,用力打开,顿时外面的风汹涌地灌进去，差点把她吸进去，幸好卡尤尔眼疾手快，猛力拉住才避免了危险。

"我说老大，你不要老是这么一惊一乍的。"卡尤尔揉着差点被拉脱臼的骨头说。

赤璃似乎没有听见，拿起电筒照射进去，下面幽深一片，寂静无声。

"这会不会是个陷阱？"卡尤尔盯着幽暗的洞口说。

"少废话，"赤璃将一根绳子丢下去，另一边让人固定好，"你和我下去，其他人留在这里继续清理积沙。"

两人简单装备了一下，循着绳子慢慢下滑。

"喂。"

卡尤尔大喊一声，声音在这里回荡不绝。

战术灯强烈的光芒勾勒出细节，他们仿佛是行走在巨人的肚子里。赤璃仔细观察着周围，这个被时光和风沙掩埋住的建筑向内不断延伸，神秘的符号在各处隐没。

"这到底是什么？"卡尤尔疑惑，"好像不是战舰啊。"

赤璃没有回答，继续向前走着。

所有的舷窗外都是漆黑一片，就像是运行在星空之中，那些积沙里面似乎有些不知是人还是动物的骸骨。

卡尤尔一个不留声，碰到一个突出的支架，差点绊倒。

"小心点。"赤璃小声说。

"舰长，那里有光。"卡尤尔谨慎地说，仿佛怕吵醒谁，赤璃却大步走了过去。

前面突然豁然开朗起来，两人身处一个巨大的圆球状空间里，中心是一个十几米高的庙宇式台座。台座威严肃穆，静静伫立，被十几个结构复杂、相互嵌套的圆环体包裹着，这让赤璃想起了欧菲亚星球的天空之钥。

"这,这是干什么的?"卡尤尔仰着脖子,接连而来的冲击已经让他脑子短路。

赤璃兴奋地触摸那些圆环,它们光滑的表面无比冰凉,神秘的符号时隐时现。

而在这个台座的旁边,建有一个简陋的小屋,和周围的环境有些格格不入。走到近处,赤璃终于确定,这里就是她被困住的那个房间,里面的灯还亮着,在整个建筑里像是一座孤岛。

"这里以前应该是某个人的房间吧。"卡尤尔熄灭了战术灯,好奇地四处观察着。

"是那个银雾的。"赤璃猜测。

她在一个桌子旁停下,这里摆着几张照片,每张里面都有一个笑容开朗的少年和有些呆滞的G-42,那个少年摆着各种鬼怪的姿势,开心地笑着。

从眉眼来看,这个少年应该就是以前的银雾。

到底是什么改变了你?

赤璃望着周围,仿佛在触摸另一个文明,浓重的历史感让她安静下来。一路走来,她发现这艘船舰的设计风格和瑟利的战舰有些相似,但却又带着独有的东西。有种复古的感觉。

"看来,我的猜测没错。"赤璃突然说。

"什么?"正在翻箱倒柜的卡尤尔抬起头来。

"虽然不可思议,但是,"赤璃难以压制自己激动的情绪,声音似乎都在颤抖,"他们,很有可能是元人。"

卡尤尔愣了片刻,摇摇头,似乎在确定是不是在做梦。

"你说什么?"卡尤尔再次确认,"元人?"

"对,元人,"赤璃的目光注视着那个宏伟的台座,"也就是传说中我们瑟利一族的先祖。"

"怎么可能?"卡尤尔实在不敢相信,这个想法实在太过匪夷所思,他怀疑赤璃是不是被绑架时把脑子给弄坏了。

关于瑟利人的来历,盛传着各种不同的说法,但只有一点可以肯定,他们并不是从自然界中进化出来的,而是来源于一个科技发达的种族,因为某种原因才来到欧菲亚星球,并以它为中心不断发展光域现在的文明。而这个神秘的先祖种族,一般的瑟利人都称呼他们为"元人",但是他们认为,元人早已被遍布银河的赛忒一族所毁灭。

真没想到,会在这里发现元人可能的线索。

没有微晶的细胞,强悍的能力,奇怪的言行,高超的科技等等证据,都符合元人的形象,但是这些还不足以让她确信,直到看见这艘舰船。

赤璃激动地伸出手,触摸着战舰的身体,上面的一些特征让她感觉无比熟悉。那是八年前的事情了,她和一个朋友曾经闯进过一个被联盟政府秘密藏匿的地方,看见过那艘"诺亚之船",那艘隐藏着瑟利人发源秘密的古老船舰。

而那艘船舰的细节,和现在她所在的环境,有着很大的相似性。

"真是太不可思议,我原以为他们早就被赛忒灭掉了,"卡尤尔了解舰长,不会说没有根据的话,"原来我们竟然和元人干了一架,而且还打败了他们,以后我们又有吹嘘的资本了。"

卡尤尔大笑,脸上却不无可惜之色。

赤璃环顾四周,想起那墙上的血字,想起G-42站在沙漠上孤独的身影,想起银雾近乎发狂的愤怒……

"那他们怎么会这么仇恨我们?"卡尤尔不解。

"我想,"赤璃将这几天发生的事情梳理了一遍,"他们应该是把我们当成赛忒了。"

卡尤尔倒吸一口凉气。

赛忒,银河的毁灭者,毁灭了元人,也给瑟利带来无数的苦痛,将他们束缚在一百光年内的光域之中。

这就是,银雾所说的异族,所谓种族的原罪。

"怎么可能?"卡尤尔更加糊涂了,"我们和那些杂种有这么多的不同,怎么可能会弄混呢?"

赤璃摇摇头,这几天发生的事情还有很多不解的地方,她原本以为可以在这里找到更多决定性的线索。

"可惜他们已经走远,你说的可能永远没法证实,"卡尤尔遗憾地说,"不过这里也太寒酸了,难怪他们会走。"

"如果你很珍惜某个东西,"赤璃突然问,"你会轻易地将这个东西交给别人吗?"

"当然,如果生命受到威胁的时候。"卡尤尔毫不犹豫地回答,换回赤璃的一个白眼。

"以他们的实力,我有种感觉,"赤璃想起G-42最后那倨傲的眼神,"我们可能根本就不是他们的对手。"

卡尤尔皱眉,自己醒来之后也听说了这件事,那个G-42实力非常的强大。

"那他们为什么离开?"他问。

"这只有一种可能,那就是这个东西并不是他们真正所珍惜的东西。"

赤璃的嘴角牵出一丝浅笑,抬起头,目光似乎穿透上面厚厚的黄沙,卡尤尔也跟着疑惑地抬起头来。

"那里藏着更大的宝藏。"赤璃眼中闪着兴奋和狡黠的笑容,"我们怎么能错过。"

卡尤尔心中哀号一声,不知道又有多大的危险在等着他们。

## 八　被遗忘者

实验体0530007号。

实验体0530007号。

他听到冰冷的声音在叫醒自己，几个模糊的白影在眼前走动。

他睁开眼睛，一阵猛烈的疼痛从脑部贯穿尾椎。

——你现在拥有了微晶的能力，我们在你的主要组织中植入了机械囊，里面存储了大量的纳米机械体，它们经过精密设计，让你可以利用脑感应的方式来进行操控，试试看。

白影们说。

他点点头，意念所动，大量的纳米机械个体从皮肤毛孔中渗透出来，在光的照射下表现出如雾状的状态。

他随心所欲地控制它们，形成不同的形状，仿佛它们就是他意念的化身。

释放、收回，他控制着这些微晶进行着机械的拆解和组装，逐渐熟练。

——根据你的能力，你的代号叫做"银雾"。

白影们露出笑容。

他笑起来,终于有自己的名字了。

——我们要交给你一项重要的任务,去银河建造我们的星门。

白影们说。

他点点头,开心地笑了起来。

这时旁边一个神色有些羞涩的少年走出来,紧张地看着他。

——这是你的伙伴,G-42。

白影们说。

——你好,主人。

少年紧张地说出第一句话。

银雾从昏睡中醒过来,浑身的刺痛感让他忍不住呻吟一声。他感觉精神极度虚弱,疗休站的探针刺入他的身体,开始恢复受损的纳米体。

G-42站在一旁,神色焦虑,看见主人醒过来后瞬间转为惊喜。

"为什么不听我的命令?"银雾闭着眼睛,生气地质问G-42,"为什么不杀了他们?"

他们现在正在一个透明的穹顶状建筑之中,里面摆放着各式精密的仪器。

穹顶建筑外的草原上,种植着各种植物,充满着盎然的绿意,甚至有一些动物在其中追逐嬉戏,与先前荒漠中的景象完全不同,却又带着莫名的压抑之感。

"主人,当时我们处于劣势,我怕和他们战斗会伤害到你,"G-42小心翼翼地说,"而且……"

"够了。"银雾怒吼起来,愤怒充斥全身,"你以为骗得了我吗?为什么你要放走她?"

"我感觉他们不是坏人,我只是想……想以一种更好的方式让他们离开。"

"你难道忘了我们的任务吗？"银雾恶狠狠地看着他。

"我不敢忘记，"G-42条件反射地回答，"倾尽一生，守护星门。"

"是他们，毁了我们的家园，毁了一切，我们不能放过任何一个闯入这里的人。"银雾愈发激动。

"对不起，主人。"G-42有些慌张，显示屏上的某个数据在剧烈跳动，"那些人只是简单的空贼，对这颗星球毫无兴趣，而且也不可能发现这里，他们很快就会离开这个星系。"

"这么多年过去，你的行为出现偏差也在所难免，或许现在是时候重新修理修理你了。"银雾叹口气，似乎很疲倦，闭上了眼睛。

G-42难以察觉地颤抖起来。

"给我这些年的入侵数据。"银雾接着下令。

G-42点点头，双眼莹然流动，在空中投射出一些快速播放的影像，都是银雾和不同人战斗厮杀的场面，旁边配以简单的数据分析。

"我们曾经遭受过总计二十三次入侵，可以看出，他们的科技在逐渐上升，似乎也不断分成不同的亚种，这是他们的解剖数据。"

界面上出现瑟利、埃萨克、埃蕊各种族人的详细解剖数据，还有瑟利几个大家族的晶纹信息。

"算了，不用看了。"银雾闭上眼，疲惫地挥挥手，他现在只想赶快进入冬眠舱，再次沉睡过去。

这时穹顶突然变成鲜艳的红色，两人愣住，这表示有人侵入了这里。

"这……不可能。"G-42摇着头。"他们不可能发现这里"。

一幅影像跳了出来，里面显示的赫然是赤璃他们破破烂烂的星舰，正朝着这里进发而来。

"很有意思，"银雾笑了起来，"他们很聪明，竟然能找到这里，但是也很愚蠢，竟然会来这里。"

G-42叹口气。

"我再给你最后一次机会，"银雾的眼中闪着慑人的寒芒，"去消灭他们，彻底消灭他们，不然我就只有消灭你。"

"是，主人。"G-42低声应道。

## 九　隐藏星系

舰桥上一片忙碌。

"你是说这个行星有古怪?"卡尤尔手里拿满炸肉串,满嘴油光,一边吃一边问。

"恩。"赤璃正在修理着䗪鞭。

星舰此刻停在气态巨星的近地轨道上,从远处看,这颗巨型行星并没有什么特别,但到近处,通过机器严密的扫描才发现,这个行星的体积竟如此巨大,竟然快赶上一个正常恒星十分之一的大小。

行星的表面散发着淡淡的光晕,到处是五彩斑斓的漩涡,靠近两极的地方流淌着炫目的极光,看久了竟然有种晕眩的感觉。

赤璃仔细看着它的参数。

按照通常的情况,这样的气态行星很少拥有固态表面,条件恶劣,并不适合居住。他们进入这个星系的时候,并没有关注这个行星,但是现在看来,这颗行星比她认为的要特殊得多。

她很清楚地记得,被银雾绑在地下的时候,他就正盯着这个行星的全息影像,这表示他很看重这里,而且……

"它的运行轨道很诡异，"赤璃皱眉看着界面上有些螺旋形的行星轨迹，"这里面肯定有所猫腻。"

"可能是个陷阱，"卡尤尔担心道，他们已经向里面发射了几个无人探测器，可是却没有任何回信，里面的磁场和辐射都离奇的强烈，"我们还是趁早走吧。"

赤璃摩挲着脖子上的坠饰，似乎在思考着什么。

"富贵险中求。"赤璃露出微笑，下达了命令。

在卡尤尔和众人不断祈祷的声音中，星舰向着气态星缓缓驶进，片刻后就进入了大气层里面。

"低速航行，保持警戒。"赤璃不敢放松警惕。

外面朦胧一片，浓稠昏暗，却隐隐散发出一些诡异的光芒，就像一个五彩斑斓的梦境，这里的电磁干扰依旧很强烈，仪器都受到了严重的干扰。

行驶了十多分钟，没有意外和任何发现，就在赤璃快失去耐心的时候，前面陡然空旷起来，所有人被眼前的情景震慑住，一起站了起来。

"我的天呐，这是哪？"

所有人面面相觑，相互确认并不是自己出现的幻觉。

他们的眼前，竟然出现了一颗暗淡的恒星，只是这颗恒星像是风中残烛，亮度很低。视野范围内，还可以看到一些流浪的陨石，围绕着恒星缓缓运行着。

"这……到底是怎么回事？"赤璃看着这个景象，梦呓般自语，她想象了很多种可能，但这完全超出了她的认知。

探测的数据不断被分析出来，这里似乎是一个典型的星系，随着星舰的逐渐深入，他们更加确认了这一点。

但是这就是它的不合理之处。

他们明明是往气态行星里面去的，怎么会跑到另一个星系，难道刚才经过了磁暴地带，它们竟然做了一次空间传送，到了别的星系？

事情太过诡异，他们一时反应不过来。

"导航员，怎么回事？"赤璃问。

"我们收到探测仪的数据，正在绘制周围的环境模型，"导航员汇报，"但毫无疑问，这里就是行星的内部。"

行星的内部竟然隐藏着一个"星系"，这怎么可能？什么样的条件会形成这样的景象？

赤璃逐渐冷静下来，额头的印记不断发亮，她的记忆中从来没有人看到过这种资料。

凡事必有因。

既然自然条件不会产生这种现象，那就表示现在只有一种可能，这里是人为的。拥有这种能力和技术，远远超出了他们的想象，但却进一步增强了她关于元人的猜测。

透过舷窗，她看着进来时经过的气层，那里星星点点，犹如宇宙浩渺，就好像这个星系的太空背景墙，带着一种刻意的痕迹，让人极度不舒服，像是有双眼睛在看着他们。

看来果然是有猫腻，赤璃隐隐兴奋的同时，还有，一点点的，恐惧。

元人，真是神秘莫测的种族。

胡思乱想间，卡尤尔突然叫了起来。

"老大，有不明物体正在靠近我们。"

屏幕上切出不明物体的外貌，那是一艘样式古朴的战舰，通信系统一阵嘈杂，片刻后屏幕上出现一个熟悉的身影，是G-42。

赤璃并没有太大的激动和意外，看来这个行星中的星系，确实是他们所建。那是不是代表着，还有更多的元人住在这里？

双方建立了通信联系。

"为什么要跟过来？"G-42露出生气的表情，"为什么不离开？我已经给了你们这么多次机会。"

"G-42，我们不是敌人。"赤璃态度诚恳，"我来并没有恶意。"

对方脸色阴沉，似乎并不想听她解释。

"毁灭他们。"一个声音在他的耳边说。

"犯我家园者，虽远必诛。"G-42沉声说道。

随着这句话，众人看见，G-42所在的战舰的舰体突然如逆鳞般层层张开，无数的小黑点从里面飞了出来。

该死，赤璃知道现在说什么也没有用，只有先打一场再说。

"A级攻击形态。"赤璃下令。

星舰的能量罩开至最大，船员们快速乘坐上小型战机，片刻后几十架战机从舰腹中飞了出去。

密集的小黑点朝他们飞驰过来，那是数量庞大的正立方体状小黑块。探测器显示，这些黑块外表光滑，只有一个拳头大小，发出能量光束。

几秒间，它们已经变换了多种阵形。

这些战斗单元像是有灵性一般，能够相互之间配合进攻，进退得当，反应迅速。

赤璃的二手战舰的战火很难锁定这些幽灵般的目标，而且大面积杀伤性的武器也极度匮乏，面对密集的攻击有些力不从心。

最终，所有的战机都被切割开来，每架战机旁边都围绕着数量众多的小黑块单元，一些战斗力差的舰只，防护层很快接近耗尽，这些黑体不断对着船舰的外表展开攻击。

"外敌入侵，引力系统受损，动力输出功率下降。"舰体内到处是凄厉的警报。

四周不停震动，各种求救和警报的信息在赤璃的控制台上如潮水般出现，卡尤尔也在一旁慌乱地处理着危机情况。

赤璃突然站起来，她知道银雾肯定在某个地方监视着他们。

"我知道你们是谁，你们是元人，不，或者应该叫你们，人类。"

G-42的动作突然停顿，进攻却没有停止，反而变得更加猛烈。

"什么种族的原罪？难道你们不知道真正毁灭你们的是谁吗？我原本以为你们只是家园被毁的可怜人，结果我错了，你们只是不讲道理的疯子。"

赤璃用尽力气叫喊着，神情中充满愤怒和不解。

通信频道里，所有船员都被舰长的这一番话所吓倒，差点相互撞机。

元人，这里面的是元人？

G-42似乎接到了什么命令，他的动作停了下来，所有的小黑块也一瞬间停止攻击，分散开来，从里面射出一缕缕莹蓝色的光线。

赤璃喘着气，等着下一刻会发生什么。

虚空中无数的光线相互交织，不断形成一个轮廓，一个巨大的身影从黑暗的背景中浮现出来。

那是银雾的形象，他仿佛充盈在整个天地之间，脚踏虚空，头顶苍穹，一目悲哀，一目愤怒。

卡尤尔含着食物的嘴巴大张着，赤璃更加愕然，面对着这个光的巨人，他们都生出一种极度的渺小感。

赤璃仰起脖子，看见银雾巨大的眼睛中那轻蔑的眼神。

"异种们，"银雾的声音在空间中响起来，"你们总算是知道我们的身份了，我原本以为，过了这么多年，我们已经从你们的历史书中消失了。"

猜测得到了印证，赤璃的内心一阵抑制不住的颤动，那个传说中的种族果然还存在着。

"我们还活着,你们很失望吗?"银雾冷笑。

"不,银雾,你听我说,毁灭掉人类的是赛式,不是我们,"赤璃大喊,"我们整个欧菲亚联盟都在对抗赛式,我们是朋友,不是敌人。"

"你以为我和G-42一样容易被你们欺骗吗?"银雾抬起手,巨大的手指指着他们,"你们就是那个被改造过的种族,每一个细胞里都充满着肮脏的变异微晶。"

"你的雾不也是由微晶构成的吗?"赤璃无所畏惧地反驳回去,"你有什么资格说我们?"

"哼,我的纳米体要比你们的微晶高级得多,它只是我的工具,而不是身体的一部分,"银雾挥挥手,"够了,你们这群蝼蚁,我不想和你们纠缠这些。"

赤璃有些抓狂,面对这蛮不讲理的家伙,真不知道该怎么办。

"你不是想知道这是哪里吗?"

银雾带着骄傲,双手大开,像是要拥抱整个虚空。"这里就是第二太阳系,是那个曾经被你们毁灭的星系的再现。"

太阳系?!

赤璃的脑海中无数电光闪过,熟悉而古老的词语从以往的经历中浮现出来,那个传说中元人的诞生地?

"我永远忘不了我的故乡,"银雾的神情黯淡下来,"可是我再也回不去了。"

一瞬间,透过这个影像,赤璃似乎能感受到他巨大的悲伤。

"难道以前的那些失踪者都是被你消灭的?"

"你很聪明,"银雾冷笑,"这里没有谁能来打扰,所有外来的闯入者都必须死。"

"我不相信。"赤璃浑身颤抖,"你们是元人啊,是曾经给予了我们起源,给予我们一切的元人,怎么能干出这种事情?"

"你想要证据是吗?很好,我满足你。"

银雾的幻影突然变幻消失,取而代之的是各种不同的战斗场景。

赤璃和船员们吃惊地看着这些记录下来的影像。

影像里,沙漠里不时出现不同部落的埃萨克战士,眼神冰冷的G-42举起手臂,掌心出现大量的数据,沙漠中顿时出现一道巨大的金属风暴,将这些闯入者完全绞杀。

爆炸,死亡,挣扎……

黄沙又将所有的战斗痕迹完全掩埋。

赤璃闭起眼睛,不忍再看,身体不停地颤抖。

他们遭遇的意外风暴,竟然是元人利用技术控制出来的,而这背后的凶手,竟然是这么一个看似懦弱的少年。

影像中的G-42像是地狱恶魔,浑身浴血,没有任何的情绪波动。

可怕又可怖。

赤璃咬着牙。

没想到总是喜欢欺骗别人的她却被骗得如此彻底。

说什么是家园毁灭的受害者;

说什么不希望主人堕落,原来自己就是恶魔;

说什么瑟利的祖先;

你们……

你们比赛式更加邪恶。

"怎么样?"杀戮的影像消失,蓝光闪过,银雾的形象又重新交织出来,"你们满意了吗?"

满意?不,是愤怒。

赤璃咬着牙,眼神中似乎要喷出火来。

"银雾，还有 G-42，你们不是想消灭我们吗？你们不是很遗憾没能参与太阳系里和我们的战争吗？很好，那我，"她表情严肃，昂首指着巨大的银雾身影，"以欧菲亚联盟之名，向你们提出挑战，让我们来一次真正公平的战争。"

卡尤尔和所有人都呆住了。

银雾的身形一阵抖动，看来似乎心有所动，如果当初自己还在太阳系的话，或许人类的结局会完全不一样。

可是，终归只是个假设。

巨大和微小在相互对峙。

良久之后，清冷威严的声音响彻在这个小型的星系之中。

"好，很有意思的要求，我答应你。"银雾举起手来，一束激光从巨像的手指中射出，指向茫茫虚空，"这道线的尽头就是我所在的地方，我会在那里等着你们，只要你们能占领这个星球，我就放过你们。"

"好，一言为定。"赤璃咬着牙说。

"颤抖吧，不自量力的人。"银雾的影像幽然消失，笑声回荡在星舰的整个空间中。

G-42 的战舰也向后退去，他抬头看了赤璃一眼，似乎想说些什么，却欲言又止。

## 十　百年孤独

透明穹顶之中，银雾从"全感投射系统"中抽离出来，深吸口气。

"元人"，他们现在就是这么称呼曾经辉煌的人类的吗？真是令人作呕。

他们每一个个体，都带着毁灭人类的原罪，都是无耻的窃取者。整个银河，整个宇宙，本来只属于我们人类，而你们，竟然毁灭了你们的创造者，占领了这些不属于你们的地方。

银雾看着玻璃里自己的倒影。

恍惚间，过往沉淀的记忆突然浮现在眼前，猝不及防。

人类文明的发展一直快速向前，在对外界进行改造的同时，科学家对人体本身的改进也得到突破性发展，那就是微观尺度的纳米元技术。

这种技术，简单来说，就是将活性纳米机器植入到人体内，改进人类的器官，从而增强人的能力，大大延长人类的寿命。

银雾属于第一批改造成功的人，根据其自身特点，他拥有了能够控制雾状的纳米元,并拥有强大的机械组装和拆解能力。

他被光荣地赐予了代号——银雾。

得益于此,他终于可以实现自己探索宇宙的梦想。

以前需要多人进行的星际开拓殖民,现在只需要很少的人就能做到,因为他们都拥有强大的纳米元能力。

他和G-42一起来到这个星系,开始漫漫建造星门的任务。

在和地球偶尔的通信中,他了解到,纳米元技术已经升级换代,新一代植入者的纳米元被编码到遗传物质中,能通过遗传逐代传递下去,这相当于创造出了一个新的物种。

他很开心,但他未曾预料到,灾祸就此诞生。

后来和地球的通信都是断断续续的,他只能粗略地了解到,这些新的创造物开始反叛,开始对人类展开进攻,摧毁了太阳系。

那些可恨的异种。

此后的每一天,他都生活在煎熬之中,再也没有地球的消息,完全失去了联络。

他不知道该怎么办,只是继续在这里进行着星门的改造工程。他像是被这段历史遗忘的一个人,被遗忘在银河的这个荒凉角落里,陪伴他的只有一个智能AI——G-42。

但是他一直坚信地球还存在着,一直等待着他们的到来。

在漫长等待的时间里,他以自己的力量,建造了这个第二太阳系。

他一直在这里等待,孤独地等待。

原本以为宇宙如此深邃浩渺,没想到最终自己却被冷酷地隔离,被束缚在这个荒芜的所在。

究竟已经过去多少岁月,他已经记不清,这里的日期早已混乱。

他记得自己初次使用雾化之力时的喜悦;

记得踏上征途时的雄心；
记得联系不上故乡时的恐慌；
记得这里沦为战场时他藏在酒厂里的绝望和无助；
记得陪伴自己永久的孤独和无望。
可是为什么来的都是那些异种！
为什么他们想要夺走自己的一切！
……
……

银雾愤恨地捶打墙壁，目光中升起压抑百年的杀气。
来一个公平的战争？
正好，这不是很有趣吗？
银雾几乎压制不住自己内心的癫狂，双眼中灼烧着疯狂的火焰。
在这第二太阳系里面，人类和他的创造物们会再次进行一场战争，就像多年前他未曾参与的那场。
我要证明给整个世界看，人类从来都不会被打败。
他站在穹顶外的草地上，天际那颗恒星的余晖笼罩在他的身上，一如以前的太阳般温暖。
来吧，他在心里呐喊。
赤璃的星舰此时隐藏在一颗行星后面。
这颗行星经过初步探测，直径约只有三千米，它缓缓地自转，表面呈现一种精致的蓝色。经过检测分析，大气中存在大量的甲烷，而地表则覆盖着薄薄的冰层，精致得宛如一件艺术品。
赤璃被此景迷住，痴痴地看着。
"照理，这么小的星球，引力是不可能吸住大气的。"卡尤尔一边吸溜着面条一边说，"应该是用一颗陨石改造而成，在里面放了精致的引力控制系统。"

"很美，不是吗？"

赤璃欣赏着这颗人造行星的每一个细节，将它刻印在脑海之中。究竟是怎样的动机，才会让他们花费如此气力和时间来做这种事情。

"你是怎么看待元人的？"她突然问。

卡尤尔差点被呛住，连忙喝了口水。

"崇敬和感恩，他们赋予了我们瑟利的一切，所以我们完全没有和他们起冲突的理由啊。再说，以我们的实力恐怕不够人家塞牙缝，这里还是他们的主场，"卡尤尔担忧地说，"要不我们冲出去吧，通知欧菲亚联盟这件事，也足够我们出名的了。"

赤璃默然，上一次能够侥幸逃脱还是因为G-42的帮助，现在她的身体还没完全恢复，加上对这里环境不熟悉，秘密武器也已经用过了，再怎么算，胜算也是小得可以忽略不计。

"你还记得当初我为什么成立猎空团吗？"赤璃突然没头脑地问。

卡尤尔有些疑惑，不知道她为什么突然冒出这一句。

赤璃摸着额头的伤疤。

"遗传给了我记忆强化的能力，以前我很感激，因为我能记住生活的点点滴滴，但是弟弟死后，我才发现，这其实是个诅咒。以前的回忆总会突然跳出来折磨我，所以我才会组建猎空团，不断找寻各种刺激，接触各种新鲜事物，希望巨量的记忆能够稀释掉这些过去，"她低头笑了笑，"而且，这也是弟弟临死前的愿望。"

赤璃抚摸着坠饰，不知道自己为什么突然说出这些，是不是因为感受到即将到来的战争带来的绝望。

"能够和元人大战一场，这应该是个不错的经历。"赤璃露出微笑。

被整个世界抛弃的人代表整个世界挑战厌恨整个世界的世界创造者，这个故事，弟弟一定非常喜欢吧。

"可是……"卡尤尔依然有所顾忌。

"打完后我们会庆功三天，流水席。"

"坚决打倒元人，"卡尤尔立马高呼起来，神情激奋，"可是，老大，队员们对元人天生的崇敬和畏惧该怎么办？士气是个很大的问题啊。"

赤璃转过身，露出熟悉的邪魅笑容，卡尤尔知道，自己完全多虑了。

训练台上，赤璃看着下面有些散乱的队列，所有人都屏息凝神地看着她。

"我们空贼团不曾畏惧任何人，不管是哪个种族，就算他是元人，但在我们的眼中，他只是我们最大的猎物。"赤璃说，"我们将靠这场战役，名震银河。我们要让整个银河知道我们猎空团的存在，我们将要比最耀眼的恒星还要醒目。"

台下霎时间群情激奋，百十来号人的喊声震天作响。

赤璃抚摸着坠饰，露出满意的微笑，觉得自己的分寸把握恰当，心里都快对自己折服了。

"老大，讲得不错啊，"卡尤尔一边拍手一边问，"只是你的手怎么这么抖呢？难道是害怕了？"

"兴奋，是兴奋。"

赤璃回到房间，疲惫地倒在沙发上，她很清楚，这一次的战斗中，她的手下会大部分，不，甚至可能会全员都葬送在这陌生的星系中。

这么做，真的值得吗？

沉思间，一个全息影像突然浮现在房间里。

是G-42。

赤璃却似乎没有太大的惊奇，也没有兴趣去看他。

"对不起。"G-42认真地道歉,"我不是有意瞒你,只是很多东西我无法控制。"

G-42看着自己的手,仿佛为自己曾经的杀戮而痛苦。

"你不是元人吧,你到底是什么?"赤璃平静地问。

"你很聪明,我确实不是一般的人类,甚至不能算是一个人,"G-42露出自嘲的微笑,"其实我是AI。"

AI,高级人工智能,赤璃心里一惊,再次打量起G-42来。她以前见过不少智能AI,但只是一些笨重原始的机器,没有一丝灵气,原来元人的AI技术这么高级,简直比真人还要栩栩如生。

"这里的星系很美不是吗?"G-42静静地说,"我总是喜欢站在沙漠里静静地看着它。"

"你们为什么要躲在这里?"赤璃问,她有太多的疑惑,都快把她逼疯了。

"因为我们已经没有别的地方可去,"G-42神情黯淡,"其实主人原本只想探索宇宙,开发这个星系,他只是一个可怜的孩子,这里是他最后的心灵港湾。"

"这不是你们杀害那些人的理由。"赤璃依旧愤怒,"总有一天,你们会被更强大的势力发现,到那个时候,你们根本无法抵抗。"

G-42轻轻地叹口气。

"刚被造出来的时候,我只是一个简单的舰载AI,"G-42陷入温暖的回忆,"是主人赋予了我情感和真正的生命,我不希望他受到任何伤害。"

赤璃默然。

"但我也不希望你们再受到伤害,我希望你们现在能离开这里,"他带着希冀的目光看着赤璃,"我会提供你们安全离开的线路,主人是不会发现的。"

"你不担心他会惩罚你吗?"

"不会,"G-42露出微笑,"主人其实并不是个坏人,你们不了解他。"

房间里的灯光掩藏着赤璃的表情。

真正不了解他的人是你啊,她很想说。

"不,"她断然拒绝,"这场仗,我们打定了。"

"可是……"G-42似乎还想争取一下。

赤璃走过去关闭了通信系统,G-42的影像悠然消散。

"我们战场见。"她声色冰冷。

## 十一　决战时刻

这场特殊的战争已经开始。

在赤璃的指挥下,她的战机编队簇拥着主星舰,排成长尾队形,小心顺着银雾所留下的光线指引的方向前行。

编队经过一个个精美的人造行星,这些行星的外表各不相同,有的有着美丽的光环,有的奔涌着狂暴的飓风……除了这些行星之外,这个星系中还存着数量众多的彗星和陨石,它们时不时从船舰旁边掠过。

越深入,赤璃越能感觉到其中蕴藏的美感,虽然都是人为制造,但却带着自然运转的深刻内蕴。

一个蔚蓝色的星球出现在光路的终点,和别的行星不一样,它带着一种富有生机的美,仿佛孕育着巨大的希望。

赤璃听过一些传说——人类的起源就是在一个这样的蓝色星球之上。

地球,他们曾经提到过它的名字。

但是现在,它却只是一个战场。

赤璃深吸口气，将杂念摒除在外。

银雾站在草地上，看着轨道上的那些黑点，清冷的目光仿佛是看着一群前来送死的猎物，G-42则静静地站在他的身后，掩藏不住内心的担忧。

那些黑色的方块在大气层中缓缓浮沉，排列成规整肃穆的矩阵，映射着恒星的光芒。似乎感觉到星舰的靠近，方块迅速变动，朝着对方攻击过去。

"开始进攻。"赤璃下达命令。

战机迅速排成互相支援的阵形，和那些小黑块纠缠在一起。战机不时会被黑块的激光击中爆炸，但在迅猛地攻击下，战机的粒子炮也快速形成一道火力网，成功将那些黑块牵制住。

趁此机会，主星舰绕过它们，突破大气层朝着地表而去，而那些黑块也无意追击。

"降落。"

赤璃凌厉地命令道，随着这句命令，十几个光点从每个战舰的腹中激射而出，划过大气层，如流星般落在地面上，砸出一个个深坑。

尘烟散开，一架架巨大的巨甲士露出狰狞的面目来。

赤璃的心脏加速跳动，这些二手巨甲士是从埃萨克的手中低价收购来的，希望能顶点用。

空战不行，微晶之力也不是一个层次，那只有尝试机甲的近战搏击了。

银雾的身形不及巨甲士的十分之一，他看着这些丑陋的机器，嗤声冷笑，意念所动，身体四周迅速笼罩起那熟悉的银色浓雾。

"G-42，"他冷冷地说，"这次你在旁边看着就行。"

"是，主人。"G-42向旁边退去。

银雾缓缓向前，走动时带起如彗星般的尾迹，隐藏着他的面目，只露出粗浅的轮廓。

巨甲士的火力不断朝着银雾倾泻过去，火光四起，战斗正式拉开序幕。

巨甲士的战斗系统追踪锁定银雾，各式攻击性武器在后者周围接连炸开，却总能被对方灵巧地避开。

银雾鬼魅般的身影中分出一条条细支状的尖锐物体，只有头发丝那么细，它迅速刺破最近一个巨甲士的能量罩，侵入到战甲之中，破坏它的神经链路。巨大的身影轰然倒下，身上的亮光骤然熄灭。

"注意配合和躲避。"战舰上的赤璃沉着指挥着，"他的雾气有效攻击范围在十五米左右。"

剩余的十几个巨甲士此时迅速形成一个火力包围圈，将银雾团团围住，火力交织成网压制着他，那团雾气不断向内缩去。

但是这些二手的机甲火力持续能力完全不够，在它们武器系统冷却的瞬间，银雾冲了出去，突破了它们的攻击圈。

片刻功夫，战场上已经又躺着几个被打倒的巨甲士，它们的外表完好无损，但是却丧失了所有的行动机能，里面的队员也不知生死如何，没有任何回应。

赤璃开始流汗。

卡尤尔也驾驶着一架巨甲士，他怒吼一声，战甲的形态突然间发生了变化，分出四对机械臂，同时大量的能量输入至能量罩上，带着震慑性的气势，向前踏出几道裂纹。

其他几个巨甲士也切换成近战模式，从几个方向同时朝着银雾冲过去。

"兄弟姐妹们，给我拼了。"卡尤尔大喊，率先攻击到银雾面前。

最野蛮、最直接的战斗此时才开始，巨甲士们庞大的身躯将银雾笼罩在身影之下，带着磁暴的拳头狠命砸向对方的身体。

尘土纷飞，电光四起。

银雾不断跃起落下，躲避着这疯狂密集的攻击。周围的土层接连爆裂炸起，他的雾气聚成细支状，刺破巨甲士的能量罩，并将它们一个个地瘫痪掉。

巨甲士的战斗力迅速衰减，但银雾也被这暴雨般的密切暴力所压制，稍一疏忽，卡尤尔的重拳便砸在他的身上。巨大的冲击力让他在地面上拖出一道痕迹。

趁此时机，卡尤尔大踏步跨过去，几个机械臂合而为一，混着泥土捞起对方，紧紧地握合在拳头之中，猛力碾压。

"为了我的流水席，你乖乖受死吧。"卡尤尔浑身青筋暴起。

突然，银白色的雾气从拳头的缝隙中流散出来，慢慢渗入战甲的手臂，并迅速切断神经控制链。

战甲的动作缓慢下来，卡尤尔感觉到它已经开始不受自己控制。

妈的，时机不会再有第二次。

巨甲士仰天长啸，发出一阵惊天动地的怒吼。它猛然张开大口，幅度达到极限，直至撕裂嘴角，冒出火花，一口咬住银雾，然后把所有的力量灌注到腿上，跳至空中，离地几十米。

阳光在战甲上画出一道弧线，凄美绝伦。

突然，银雾的一只手臂破甲而出，迅速撕裂开战甲的表壳，带出几道火花。

"快动手啊，老大。"卡尤尔在通信频道中大喊。

就是现在，赤璃咬着牙，迅速按下手旁的一个按钮。

一瞬间，没有任何预兆，一道血红色的激光自天而降，穿破迷雾，带着死亡的气息，准确地打在战甲之上，瞬间将它连着银雾完全气化。

战场变得平静下来。

这束高集能的激光是从主母舰中发射出来的，赤璃根据银雾的攻击特点制定了这个计策。但是激光打击需要精确的坐标，所以卡尤尔选择用战甲困住对方，跃向早已设定好的打击点，和对方同归于尽。

激光只出现了不到0.001秒，却瞬间改变了战斗局势。

大地之上开出一个大洞，边缘平整，深不可测。

躺在地上的卡尤尔喘着粗气，对着天空比了一个OK的姿势。刚才那一瞬间，他抓住时机从战甲里面跳了出来，靠着一身肥肉才存幸下来，只摔断几根骨头，但是激光周围的高热量也把他烤得面色焦黑。

此时，所有剩下的巨甲士都转向，朝着一直在旁边没有动作的G-42围过去。

下一刻，他们却又都停止了行动，因为周围大地开始剧烈震动，从底下传出轰隆声，还没等他们反应过来，一个身影就跳出那个孔洞之中。

凭着多年战斗中训练出来的对危险的直觉，卡尤尔迅速下令让所有队员的能量罩开至最大。

那个浑身泥土混着血迹的人，露出恶狠狠的目光。

是银雾。

"我没兴趣陪你们玩下去了，"冷绝的声音中是无尽的狂傲，"比大是吗？很好，现在让你们看看我真正的实力。"

G-42这时也走了过来。

银雾狞笑着，话音刚落，原本围绕在他四周的雾陡然膨胀数百倍，扩散至周围几百米的空间里，巨甲士们发现他们仿佛被笼罩在一个雾状的囚笼之中。

雾气附着在战场上丧失战斗力的战甲之上，并渗入其中，机甲发出古怪的声音，像动物在咀嚼食物。

接下来发生的事情让所有人都不敢相信自己的眼睛。

战甲开始迅速解体,仿佛有一双无形的手将它们有序地拆散开来,控制台、冷核聚引擎、神经链,各个功能零件被完整地卸下悬浮在空中,而战甲里面昏迷的队员则被扔了下来。

这里像是突然变成了一个巨大的制造车间。

这些拆卸好的零件飞速地聚拢在G-42和银雾周围,无形的手开始灵巧地将它们迅速组装在一起,附着在G-42的身体上。

不是还原战甲,而是,完全的重组。

一个比巨甲士还要大几倍的轮廓在浓雾中显现出来,带着毁天灭地的气势。

战舰上的赤璃看着这一切,瘫软地坐在座位上,那是一个充满着毁灭力量的G-42,他的外形怪异,像是虬结的怪石,表面武器密集地排列在一起,带着绝对的恐怖气息。

银雾猛然跳到最高层,没入战甲之中。

两人似乎合二为一,这个怪异战甲的引擎发出粗重的呼吸,身形直立起来,缓慢踏出一步,整个空间仿佛都在震动。

银色的雾气从战甲周身渗透出来,围绕在四周,像是披上了一层精巧的伪装罩。

"那么,"冰冷的声音宣告,"屠杀开始。"

剩下的几个巨甲士徒劳地反抗,火力在对方身上起不了任何作用,很快被它完全碾压。它们破碎的零件再次被雾气卷起,不断组装进G-42的身体之中,让后者的身形变得更加庞大起来。

此时的战场之上只剩下卡尤尔一人,他挣扎起来,利用微晶之力不断逃避着攻击。同时不断将自己带着的刃刀朝着对方徒劳地扔过去,转眼间,周围已摆了一地的刃刀。

"异种,毁灭吧。"银雾似乎很享受慢慢折磨的过程。

卡尤尔此时避无可避，锁在一个墙角，眼看就要被对方的巨脚踩死。

"对不起，你中陷阱了。"陷入绝境的卡尤尔突然笑起来。

刃刀分化，启动。

卡尤尔全身的微晶纹路都亮了起来，那些散落在地的刃刀也响应般开始发光，它们突然一分为二，二分为四，在原子层面疯狂复制自身。

"这可是我用半辈子的积蓄，找最好的渲晶师制作出来的武器。"卡尤尔喘着气说，"可是启动它需要的微晶能量非常巨大，使用一次便会让我体内的微晶变废。"

刃刀在他的控制之下向G-42疯狂地围绞过去，后者虽然拼命抵挡，但是受到攻击之后的刃刀却依然会在原本的基础上再次形成新的刃刀，很快G-42就被刃刀插满全身。

"但这也值了。"卡尤尔笑着说。

这些机器和战甲大部分都是由微晶组成，和刃刀中的微晶有着天然的感应力。刃刀释放出强烈的电磁信号，巨人G-42的行为开始失控，全身爆出无数火花，一个身影从G-42的背后弹射出来，直直地摔在地上。

无数的机械零件如雨落下，G-42巨大的拳头突然袭向已经精疲力竭、毫无防备的卡尤尔。

战舰上的赤璃尖叫起来。

战场上的硝烟散去，那个巨大的机甲保持着固定的姿势。

战舰在地表停下，赤璃急忙跳下来，朝着卡尤尔疯狂地跑过去，零件到处散落，浓烟渐渐消散。

"卡尤尔，卡尤尔。"她焦急地大喊着。

此时巨大的G-42突然动了动，将双手伸至她面前，缓缓松开，巨大的手掌里蜷卧着受重伤昏迷的卡尤尔。

赤璃心中泛起一丝颤动,她明白,是G-42在最后的时刻保护住了卡尤尔。

"对不起,我杀害了那么多的生命。"G-42的声调开始走形,却带着诚恳的抱歉,"可是我知道生命的珍贵和不易。"

"你是AI不是吗?"赤璃哽咽,"怎么能那么容易死呢?你喝酒还没有喝过我呢。"

G-42受伤的脸上露出微笑,他转头望向地上的银雾。

"主人,谢谢你,曾经赐予我生命的意义。以后都不能陪着你了,对不起。"

G-42眼中的光彩突然消散,他的身体依旧保持着固定的姿势,如雕像般凝固在这里。赤璃可以感觉到,生命的气息已经真正从里面慢慢消散。

"替我照顾好主人。"G-42最后说。

赤璃抚摸着他的身体,眼中噙着泪水。

一旁的银雾颓然地坐在地上,表情呆滞无神,似乎精神和肉体遭受到了双重冲击。

赤璃抱起卡尤尔,走向浑身血污的银雾,后者突然仰天长啸,神色凄厉,声调中饱含着种种不甘和失落。

信心、尊严、希望在一瞬间崩塌于无形。

"现在早已不是你们的时代。"赤璃走到他面前,冷漠地说。

有人过来,给失魂落魄的银雾戴上神经束链。

"现在,"她缓慢而坚定地说,"这里是我们的银河。"

银雾的眼神变得涣散。

"把他给我好好地关起来。"赤璃命令道。

## 十二　第二太阳系

绝望。

最深的绝望。

这种熟悉的感觉很久之前也曾有过。

是得知那个地球被毁灭消息的那天。

那个时候，屏幕里是地球上最德高望重的总司令，可说的那番话却像是愚人节拙劣的玩笑。

——银雾，地球已经毁灭，太阳系已经毁灭，人类，也已经毁灭。

银雾茫然地看着身旁工作的G-42，眼中含泪。

——我们回不了家了吗？

脚步声在外面停下，倚坐着墙壁的银雾缓缓睁开眼，几天的禁食让他面色苍白、身体虚弱，手腕上的特殊装置让他完全不能使用自己的雾气。

"为什么不杀我？"他的眼眸虚散无光，"其实不用很麻烦，直接把我往太空中一扔就行了。"

"我对这个星系很感兴趣，"赤璃没有接他的挑衅，"可不可以做我的导游？"

"劝你还是省省吧，我没这个心情。"

"你会的。"她露出笑容。

银雾转过头看着这个奇怪的少女，不知道她想要干什么。

战机划破苍穹，没入星空。

银雾被紧紧地束缚在赤璃旁边的座位上。透过舷窗，他看见一片繁忙的景象，星舰似乎在星系里忙着建造各种东西，无数的飞船在里面穿梭不息，每个星球的轨道上都运行着形态各异的简易太空站。

这些繁忙的景象，如此熟悉而又遥远，此时的第二太阳系，才更像一个拥有生气的星系。

战机掠过金星，布满火山的地表正被植物装点；

战机掠过火星，遍地的沙漠让有雨水滴落；

战机掠过水星，环形山下有动物奔跑。

战机又接连掠过木星、土星、天王星、海王星。

彗星点缀其间，陨石随处游荡。

银雾开始时有所触动，然后是无尽的愤怒，他的星系正在被异种们肆意改造。

"你这个混蛋，为什么要这么做？为什么要动我的东西？"

银雾终于无法抑制内心的愤怒，挣扎着想逃离束缚。

"这套系统，"赤璃指着座舱里两个奇怪的头盔，"可以将我们的思维联通，让我知道你内心所想，虽然对元人的效果可能差点，但是经过我的改进，姑且试试。"

银雾拼命挣扎，却只是徒劳。

"我很感兴趣，你究竟是怎么建造出这么棒的东西的？"赤璃从腰上抽出蜃鞭，将它牢牢地绑在银雾的手腕上。

"你，你放开我。"银雾的脸气得通红。

蠚鞭的纹路渐渐亮起，银雾虽然拼命挣扎，但是被神经束链控制着，只能无奈任凭蠚鞭的信号侵入自己脑内。

赤璃闭上眼睛，额头上的印记亮起，感受着从银雾身上汲取的那些过往记忆，仿佛经历了一遍银雾的过去。

往事如同烟雾般笼罩而来。

知道太阳系被毁灭的那一天，银雾在酒厂里大醉一场，醒来后，他知道自己不能再无谓地等下去，他决定做点什么。

这个星系是拥有两颗恒星的双星系统，所以他决定重建太阳系，这个第二太阳系，以那颗处于白矮星状态的恒星为中心。

当这个疯狂的想法出现时，他就知道必须去实现它。以他的能力还无法做到和亿万年宇宙的力量进行抗衡，所以一切只是个简单粗糙的模拟，第二太阳系在整体上只是真实的太阳系某种比例的缩小。

建造第二太阳系的过程很艰辛，需要进行大量浩大、琐碎的工作，但他有的是时间和耐心，还有 G-42 的帮助。

每个行星的性质都不一样，他们需要制订计划，就地取材。他们控制着星系里面的陨石，让它们运行在白矮星的轨道上，又利用重力控制器来设置重力场的分布，让这些"行星"不至于被白矮星的重力吸引进去。

八大行星、众多的卫星、陨石群，每一个细节都力求完美。

为了制造出几大行星不同的地貌和环境，每个的制作方法都不尽相同，中间有失败，也有痛苦。

整个工程耗费了几百年，这期间他不断沉睡又不断醒来。冰睡和完全冬眠不同，这种情形下，他的意识还处于部分活跃的状态，只有身体进入完全冬眠，这样他就能利用感应，来控制调整第二太阳系中行星的运行，而 G-42 则负责保卫工作，消灭出现在这片领域的侵者，如果碰到应付不了的情况，就会唤醒冰睡中的自己。

最终，星系的雏形慢慢形成。

为了遮掩，他们同时建造了厚达几万米的气态防护层，让它从外表看起来，像是一个简单的气态行星。

但是星系由于受到两个恒星的引力，运行并不稳定，于是他们又在各个星体上安装了感应和控制装置。利用感应，银雾可以远程轻微调整这些星体的运行，他仿佛是和这个星系融为一体。

他在静静等待，等待着人类的再次复苏；

再次，占领这个银河；

……

……

一个如史诗般的工程。

一个一生维护的奇迹。

庞大的信息量让赤璃一时无法消化过来，里面蕴含的孤独、绝望、狂怒的各种情绪更是让她喘不过气。

蜃鞭上的纹路逐渐熄灭，赤璃松口气，开始理解银雾的心情。

如果换做是她，在这种环境中，恐怕早就没勇气活下来了。

银雾从昏沉的状态中醒来，这些往事再次浮现，再次重新经历，让他有着比以前更加复杂的情绪。

"公平起见，我也会分享我的一些记忆。"赤璃微笑，不等银雾的反应，额头和蜃鞭的纹路再次响起，只是这次不是汲取，而是给予。

银雾的眼神变得迷离，幻象接踵而至。

数不清的星系，数不清的国家，数不清的经历；

赛忒的强大恐怖，瑟利的优雅高贵，埃蕊的和平睿智，埃萨克的凶猛好战；

银雾置身其中，仿佛在经历一场波澜壮阔的历史，一个生机盎然，争斗和希望共存的银河在他的脑中铺陈开来。

他"看见"无数联盟的英雄们誓死和赛忒战斗；

他"看见"欧菲亚之光将所有人保护其中；

他"看见"各个种族生命的强大和坚韧；

他"看见"赤璃带着船员们经历了一次次的冒险；

……

……

银雾的额头渗出汗水，这种程度的记忆分享对于身体是一个不小的折磨。

仿佛是经过很久，又似乎是一瞬，他再次醒过来，大口地喘着气。赤璃也不轻松，手开始有些颤抖。

两人都没有说话，各有心事。

这时战机开始减速，舷窗外出现一座透明的悬浮建筑，上面竖立着十几根漆黑的柱子。

"这里的每一根柱子，都代表着我死去的一个部下。"赤璃平静地说。

十几个太空坟墓游荡在周围，凄冷肃穆。

银雾的目光避了开去。

赤璃一个个地念完墓碑上的名字。

"我们感激银河，虽然有很多的暴力、不平、残酷，"她笑着说，"但我们都想在这里生活下去，去寻找一生中最美好的东西。"

"这个银河，还有很多的可能。这一切都是因为你们，是你们元人，给了我们这些。"

银雾依旧面无表情。

赤璃笑笑，让战机停在空中一个椭球形的建筑旁，银雾被押送了进去。

"这是一座单人监狱,特地为你打造的。"

"杀了我。"银雾看着赤璃,带着恳求。

"我很想杀你几百次,但是我答应过G-42,要好好照顾你,"赤璃有些失落,想起那个带着微笑的少年,"杀戮和死亡并不是点缀记忆最好的方式,虽然我不知道到底如何才能正确地对待过去,但绝不是在这里躲着舔舐伤口,把自己沉浸在杀戮之中。"

银雾愣住。

"你不是想待在这里吗?"她说,"那就好好待在这里吧,再没有人会来打扰你。"

"而这个星系,作为赔偿,从现在开始,就是我们猎空团的地盘了。谢谢,还有你给我的那些记忆。"

她冷冷地说道。

"这里将会对更多的人开放,整个银河的人都会知道这里。所以,你不要再奢想什么逃跑,已经完全没用了。"

"你们永远不可能拥有这里。"

赤璃转身离去的时候,银雾对着她的背影,突然决绝地说。

"那我们拭目以待。"赤璃头也不回地登上战机。

## 十三　毁灭边缘

"紧急报道，外号为'铁玫瑰'的女走私犯冲破了坚固的钢铁经线，正遭受联盟中立军的追捕。"

"最新消息，前阵子'飒因人'因试图冲破封膜，和联盟星舰发生战事冲突，今天被挖掘出来当初议长忒弥西紧急调令'女王号'前往镇压的真正原因……"

"据悉，已有确凿的证据显示，联盟边境有多个行星正在遭受赛忒攻击。我们目前无法联系到任何一颗边境行星。各家族都派出了星舰前往……"

"有传闻，飞洛韩家族军事防卫统帅的女儿飞洛寒·蒂菈儿下落不明……"

"……"

"……"

新闻上，不断滚动播放最近的热点内容。

"最近联盟的妖事真多啊，"卡尤尔感慨，"好久没有这么热闹了。"

赤璃没心思去理这些，她正观察着周围的摆设。她和卡尤尔现在正在那幢透明的穹顶状建筑里，这里布置简洁，摆在中间的是一个人形的冬眠舱，看来银雾这么多年来就一直在此冬眠。

"老大，你说我们把这里开发成一个旅游景点好不好？还有免费参观元人的项目，保证赚到手软。"

浑身都是绷带的卡尤尔眼中冒出憧憬的火花，经历过那一场惨烈的战斗，他的身体还没完全复原，就已经开始盘算如何从空贼华丽地转身为商人了。

"不行，这个消息一旦散布出去，"赤璃摇摇头，"恐怕我们就活不了了，那些大家族肯定容不下我们，我们还是好好做空贼这个有前途的职业吧。"

"一入贼船深似海，从此洗白是路人啊，"卡尤尔感慨，"不过，老大，你最近好像变得忧郁了，要不要让心理师看看。"

"你管得太多了。"

赤璃一脚把他踹成昏迷状态，她揉了揉太阳穴，消化银雾记忆的过程让她这些天一直恍恍惚惚的，因为实在是太过复杂艰涩。

"别人玩自闭都是找个角落待着，他倒好，直接造个星系，真是够个性的。"苏醒过来的卡尤尔继续大发感慨，"舰长，我们难道就一直把他关在那里吗？"

"先关着再说。"

赤璃心烦意乱地走出穹顶，来到外面的草地上，这里环境改造得非常宜人，天空蔚蓝，清新的空气让身体变得无比舒畅。

通过银雾的记忆，赤璃知道现在所在的这个星球就是按照原本的"地球"所仿制的。虽然可能远远比不上原本的那个壮观，但赤璃似乎能感觉到其中一种温馨的熟悉感，如母体般的熟悉。

银雾最后的那句话到底是什么意思？还是他在故弄玄虚？

不知不觉间，她走到了当初和银雾发生战斗的地方，这里经过简单的收拾，但依旧还是坑坑洼洼，一地的狼藉。她抬起头，看见G-42巨大的残骸，依旧如雕塑般屹立在大地之上。

赤璃靠着他的腿坐下，闭上眼睛。

G-42，我这样对待你的主人，你不会怪我吧？

我的弟弟也和你一样，不把自己的命当一回事，都是傻瓜啊。

心思驰骋间，腰间的通信仪突然弹出船舰导航员的头像，她一脸焦急的神色。

"老大，我们建立了整个星系的运行观测系统，发现一个非常糟糕的事情，"导航员深吸口气，"星系的行星轨道突然开始出现紊乱现象。"

"你说什么？"赤璃大惊站起来。

"这个星系看似稳定，但却有个致命的弱点，那就是外面还存在另外一颗恒星，它巨大的引力摄动会对这里形成干扰，让这里处于不稳定的状态，"导航员语气急迫，"多年来它一直处于一种自我调整的动态平衡之中，但是如果受到太大的扰动的话，这种自我调节能力就会遭到严重的破坏。"

不用导航员再多做解释，赤璃就知道会发生什么。

一阵寒意霎时间遍布全身，她忽然明白了银雾说的那句话的意思。

因为引力平衡被破坏，那些行星的运转都会偏离轨道，这个人造星系会无可避免地走向毁灭，它精美得像个艺术品，却也和艺术品一样脆弱。他们的贸然闯进，加上那几场激烈的战斗，都对这个第二太阳系的稳定造成了不可逆转的伤害。

"有办法补救吗？"她问。

导航员一阵沉默。

"好，知道了，我这就过去。"

赤璃关掉通信仪，拍了拍G-42的身躯，轻叹口气，转身离开。

银雾伸出手，墙壁传来一阵冰凉感。

那颗太阳的光芒透过囚牢的窗户照射进来，虽然暗淡，却依旧刺目，他睁着眼睛看着，就算酸涩流泪也没有眨眼。

因为，他知道，所剩时间已经不多了。

对这个他一手创造的星系，他比任何人都更了解。这么多年来，他建造了它，又守护着它，他一直沉睡在其中，几乎和这个星系融为一体。他能感觉到，不和谐的扰动已经在这个星系里出现，而由于系统的复杂性，这种扰动将会迅速扩大，直至无可挽回，而他只能眼睁睁地看着这一切，看着自己的心血毁于一旦。

银雾的嘴唇咬出血来，这一切都是那些可恶的入侵者造成的。更不可饶恕的，是那个性格霸道的女人，她不仅霸占了他的星系，还偷走了他的记忆，那女人的记忆这些天也在不断折磨着他。

银雾痛苦地抱着自己的脑袋。

还记得刚从地球出发的时候，他还是一个对未知银河充满探求欲的少年，而现在，经历过了种种事情，他只感觉到自己在浩瀚宇宙前的渺小，这是一个并不属于他的银河，在它的面前，自己显得那么可笑。

外面的世界已经变得纷纷扰扰，自己却还想着什么恢复人类的星系，这就和一只恐龙说想要重新建立恐龙王国一样可笑。也好，那就长眠在此吧，和这个星系一起，陨落消亡，再无痕迹。

这应该就是最好的结局吧。

长时间的阳光刺目，他落下来了眼泪。日光渐渐暗淡下去，如同人类文明的余晖。

不，就算死，我也不能屈辱地死在这个监狱里面，银雾突然猛烈地敲打起墙壁，寻找着突破的可能性。

我的星系，请帮助我，他在心里不断大声地祈祷，帮助我离开这里。

如同听到他的召唤一般，一个轨迹紊乱的陨石突然出现在不远处，它挟带着巨大的能量朝这个困着银雾的监狱撞过去，使它偏离了原本的位置。这个监狱很快被附近一个行星的引力所捕获，不断往下加速坠落。

在行星的大气层中，这座监狱很快化作一团火焰。

赤璃和卡尤尔匆忙回到舰桥之上，这里正处于紧张的气氛中，船员们都在忙碌地跑来跑去。

"现在情况怎么样？"赤璃问。

导航员向她展示了最新的星系运行图，上面密密麻麻的数据和箭头让她有些发晕。

"报告舰长，紊乱进一步扩大了，所有的行星都脱离了轨道，开始加速向中心的白矮星坍塌，三分之一的陨石和彗星已相互撞毁，"导航员指着星系边缘的两颗行星，"根据计算，这两颗体积最大的恐怕几分钟后就会撞在一起。"

天王星和海王星，赤璃记起它们的名字。

"只是个小麻烦，"卡尤尔语重心长地拍着导航员的肩膀，"我们很快就能解决，你说是吗？"

导航员给他一个白眼。

"没用的，让星舰迅速撤离。"赤璃神情变得严肃，立刻下达了命令。她非常清楚，这不是闹着玩的，现在只是毁灭的序曲，趁还来得及的时候赶紧撤离这里。

卡尤尔显得很痛心，他伟大的商业计划难道还没开始，就要搁浅了吗？

因为经历过和银雾的恶战,他们的战舰更显破败,好不容易重新启动了系统,星舰匆匆忙忙地朝着星系外面出发。

"防护罩都升至最大功率。"赤璃观察着形势,继续命令。

在星舰四周,各种陨石混乱地飞行着,形成各种无序的乱流,不时和星舰发生碰撞,爆出一簇簇短暂的火光。星舰一边试图用武器将它们击毁在安全距离之外,一边朝着外面加速航行。

在不远处,可以看到几颗行星如巨兽般莽撞地在这陨石群中冲撞,被一条无形的引力之线牵扯向那个白矮星毁灭的深渊之中。

"老大,你去干吗?"

卡尤尔看着赤璃从星舰尾部的战机发射区搬出一套轻型动力甲穿上,调出一艘双翼艇。

"去找那个该死的元人,"赤璃咬牙,"他设计的作品怎么能这么失败,你留下来负责把星舰带出去。"

"可是老大,这太危险了。"

"嗯,也是,"赤璃点点头,沉思了一下,看着卡尤尔,"那要不你去吧?"

"祝老大一路顺风,"卡尤尔立马变得义正辞严,"我保证会圆满完成任务,不让任何一个人落下。"

"卡尤尔,"赤璃踏进双翼艇中,"或许我并不是个很好的舰长,为了一己私利,为了找什么有趣的记忆,到处带着你们去做一些危险的事。"

她有些哽咽,没有说下去。从某种角度来说,她觉得自己其实和银雾差不多,为了自己那自私的愿望,伤害了那么多在乎她的人。

"舰长,这样抑郁可不像平常的你,"卡尤尔摇摇头,"我认识的赤璃,可是一个天不怕地不怕的女人,啊不,少女啊。"

赤璃笑笑,将自己舰长的外套扔给他。"如果我没回来,以后你就是舰长了。"

"老大，这怎么好意思，"卡尤尔摆出受宠若惊的姿态，"再说这个是女式的啊，我怎么穿出去见人。"

"嗯，是个问题，那你就去做个变性手术吧。"

还没等卡尤尔反驳，赤璃的双翼艇就从主舰的腹部发射出去，划出一道尾痕，朝着深空飞去。

"真是喜欢胡来啊。"卡尤尔摇摇头，开始研究自己肥胖的身体该怎么穿下这套女式的舰长服。

星球的山地之中，浓烟滚滚，银雾从爆裂的残骸中站起。

他浑身是血，一阵阵晕眩袭来，加上大地的震动，有些站立不稳，狼狈地趴在一块石头上面。他辨认出这里是"土星"的表面，和以前那个真正的土星一样，环境里都是大片的结晶氨。

此时，它原本美丽的卫星环正在不断坠落，到处都是爆炸，大气中尘埃弥漫，一幅末日的景象，而因为引力的拉扯，脚下的大地也开始出现一道道沟壑般的裂缝。

他能感觉到星系的疼痛和惨叫，那些入侵者，终于把毁灭带入了这个地方。

银雾支撑着站起来，神经束链已经摔碎，现在他可以用他的能力了。

雾气汹涌而出，他踏着熟悉的道路，走到一个外形独特的装置旁。在这个星系里面，很多地方都埋藏着必要的设备和武器，以抵御外来的进攻。

系统鉴别了他的身份，开始激活过来，银雾急速地操作着上面的虚拟键盘。片刻后，土星的中心，一个爆炸装置开始启动。

如果要毁灭的话，就让我亲自来毁灭。

如果不能生得快活，至少，要死得壮烈。

不该结束得这么耻辱，人类的终曲，要轰轰烈烈，无比瞩目。

我将制造出，一曲最终的狂舞。

震耳的破裂声响起，疯狂的色彩再次在他眼中出现，一艘外形古老的战舰从土星的冰层之中升了起来。

好久不见，我的战舰。

银雾朝着它坚定地走了过去。

## 十四　涅槃重生

一个红色的影子闪过。

时间不多了,所有行星的表面都已破坏殆尽。它们距离白矮星越来越近,速度也越来越快。

额头的晶纹疯狂地亮着。

赤璃驾驶着双翼艇娴熟地在乱流之中穿梭飞行,试图找到关银雾的那个监狱。这里一片混乱,她已经关掉了导航系统,只能借助自己的肉眼和异于常人的记忆力四处搜寻,但是到处都寻找不到任何线索。

一块彗星的碎片划过前方,她有惊无险地避过,却浮现出一个念头,难道监狱已经被这些东西撞毁了?

不可能,她立马否定这个可能性,那样的家伙怎么会是这样窝囊的死法。

那如果,他没有死的话,会去哪里。

她朝着一个认定的方向加速驶去,希望自己没有赌错。

银雾驾驶着座舰降落在海王星的表面,走到同样的一幢建筑里面，输入了一段指令。操作界面上显示，天王星刚从海王星的轨道旁擦肩而过，巨大的引力已经将两个星球对半撕扯开。

很好，很好，都尽情地毁灭吧。

他没有停留，继续驾驶着战舰飞往其他行星，在八大行星上都做了布置之后，最终回到地球，回到了自己的冬眠之地。

这里还算暂时平静，他望向天际，那颗已近暮年的太阳显得越来越近，几乎占据了大半个天空，几乎能看见它表面的日珥。

苍穹中乱舞的星体如同一幅抽象的油画，浓郁的色彩相互交织，无比妖艳。他打开一个虚拟界面，不断输入一些数据，虽然手不停地颤抖，但依然完成了操作。

片刻后，整个屋子变成了鲜艳的红色。界面关闭，他平静地走出屋外，在那里，组合后的巨大G-42依然保持着静止的姿势，仿佛是焊在地上的雕像，银雾在他的脚旁慢慢靠下，等待着这整个星系走向灭亡的过程。

一个亮点在脚边闪烁，他拾起来，发现这是属于G-42记忆模块的一部分。

银雾心有所动，开始读取装置，调出记忆体里的信息。记忆体受过冲击，展示出的三维影像模糊而又凌乱。

里面出现各种G-42的生活片段。

他看见G-42在沙漠之中一动不动地站着，静静地看着日升日落，风沙在他的躯体上不断积累，慢慢将他掩埋起来，他却只是平静地保持着微笑；

他看见G-42如恶神般对抗着各种侵入的势力，不断从血泊中勉力站起；

他看见G-42走进酒窖，想借酒来灌醉自己，喃喃自语："主人，到底醉是什么感觉啊？"

银雾的眼泪不由自主地流下，过往的记忆汹涌袭来，如此猝不及防。

——哇，G-42，你看，那颗恒星好亮啊，真美。

——主人，我正在计算调整航线。

——你能不能有点感情呐？

——主人，我会好好守护这个星系的。他们一定会来的，一定会找到我们的。

——是吗？

——是，主人，你知道我不会骗人的。

——主人，你为什么这么喜欢喝酒？

——喝酒，能让人醉，不用为任何事情发愁。

——是吗？我也要试试。

——哈哈，短路了吧，不过这也算是一种醉吧。

记忆体中浮现出一张照片，照片中一个笑着的少年骑在一脸郁闷的AI身上，那时的他少年轻狂，而G-42还只是个简单的舰载AI。

银雾的身体颤抖起来。

是不是冰冻太久，我的心早已经冷如冰霜？

是不是孤独多年，G-42已经变得和人一样拥有丰富的感情？

银雾站起来，仰望着G-42的躯体，巨大的阴影笼罩着他，仿佛一个渺小的存在。

原来一直以来，都是他在无怨无悔地保护着我。

对不起。

银雾将手放在G-42的身体上，雾气从他的手中逸散出来，渗入到这巨大的钢铁躯体之中。在他的控制下，这副躯体的外壳不断剥落，或大或小的零件在四周砸出阵阵尘烟，有些零件却被雾气轻轻托住，放置在旁边，又被无形的线牵引组合在一起。

慢慢地，一个熟悉的轮廓在他的旁边不断成形，它拥有和G-42一样的外形和面貌，只是眼神中完全没有了生气。银雾疲惫而颓废地停止下来，默叹口气，G-42的系统完全被毁，没有了修复的可能。

被他拆除的那架钢躯还剩下一些骨架，在大地猛烈的震动中开始支立不稳，带着迫人的声势砸向银雾。后者想要躲开，但刚才对雾气能力的使用已经耗尽了他的精神。

一个黑影突然从天空呼啸而至，将银雾一把推开，巨大的支架砸在这个黑影身上，扬起一团灰尘。

赤璃从这钢铁堆的空隙之中狼狈地爬起来，抖落身上的灰尘，盔甲的呼吸系统开始运作，自我修复系统也开始运行。

看来飞洛寒的二手盔甲还有点用。她抬起头，看见刚刚救下的银雾依然带着防备和怨恨的眼神看着她。

大气层中无数的流火如雨而下，天空仿佛如倒悬的大地。

"你为什么回来？难道是为了再次欣赏我的落魄吗？"银雾恶狠狠地说，"我说过，你没办法拥有这个星系的。"

他难以抑制地大笑起来，混合着绝望和悲戚。

"现在什么都没有了。"银雾看着自己的双手，"地球，太阳系，还有G-42，统统都没有了，你该满意了吧？"

"难道你也没办法让这个过程停止吗？"赤璃问。

"没办法了，我已经让所有行星的轨道锁死，它们最后都会坠向恒星，燃烧成虚无，"他的神情近似癫狂，"这里，就是我最后的坟墓。"

"可是……"赤璃刚想说什么，却被打断。

"你们已经毁了我的家乡，为什么连这最后的地方也不肯留给我？银河这么大，为什么连这么小的地方都不放过。"

银雾蜷缩起身体，就像一个小孩，一个孤独无助的小孩。

"宇宙洪荒，星汉浩渺，一人如芥子，万界似须弥。"赤璃突然缓缓念出这首诗，一旁的银雾愣住了。

"就像你诗中说的，银河这么大，有那么多的可能和未知，从来没有人拦着你，"她有些发怒，"为什么却要死死地躲在这里？你以为这些事是可以躲过去的吗？"

"就算你不破坏，这个星系很快就会变得不稳定，其实我一直在欺骗自己，或许我早就该死了。"

银雾凄惨地说。

话音未落，银雾感觉胸口一闷，他被赤璃踹倒在地。

"这一脚是我替G-42踹的，为了保护你，这么多年来他忍受了多少，你以为他只是个机器，我告诉你，他是个有感情的生命，比你有感情得多。"

G-42的躯体站立在旁边，静立无语。

"好，那你告诉我，没有了故乡，"银雾突然抬起头，擦去嘴角的血，"我又该为了什么活下去？"

同样的表情，同样的茫然和绝望。恍惚间，赤璃仿佛看见了小时候的自己，看见将死的弟弟微笑着对自己说，"为了我活下去。"

"好，"赤璃从腰间抽出蜃鞭，晶纹亮起，"你要理由是吗？我给你。"

赤璃咬着牙，将鞭子猛地向银雾抽过去。银雾神色茫然，根本没有躲闪，任凭鞭子抽在身上，鞭子中涌出的记忆侵入脑中。

银雾仿佛站在沙漠，看到G-42为了保护自己的酒厂，奋不顾身地拦在坠落的战舰面前；

鞭子又猛烈地抽下去。

银雾仿佛坐在篝火旁边，看到被绑的G-42看着星空，微笑着说，"我的主人是最好的人。"

一鞭鞭，直抽内心最柔软的地方。

银雾的眼神慢慢变得清醒，他突然抓住鞭子。

"够了。"他说。

"这就是理由，"赤璃大声说，"为了G-42这么多年的守护，你也得给我好好活下去。"

"可是人类已经不在了，"银雾凄笑，"我的任务结束了，我早就没了存在的意义。"

"不，"赤璃突然指着天空，"人类，也就是和你一样的元人，你的同类，现在还在这个银河存在着。"

良久的沉默。

银雾突然大笑起来，笑得都快喘不上气，笑出了眼泪。

"你疯了吗？"他说。

"我听过一些传说，地球在最后的时刻逃离了赛忒的毁灭，"赤璃的表情无比坚定。

"这怎么可能？"银雾的笑声停下来，"我凭什么相信你？"

"或许我在骗你，或许不是，"赤璃的声音掩盖过四周的地震声，"但是只要还有一丝的可能，不就应该去努力寻找吗？找遍银河的每一个角落，询问见到的每一个人，问他们：有没有见过该死的元人？"

银雾倒退一步，神色耸动。

"连这些都不去做，却只在这里折腾什么第二太阳系，这就是你努力的方式吗？"赤璃一口气说完，四周的空气开始变得稀薄起来，她大口地喘气。

"我这样对你们，为什么你还要做这些？"

"因为，"赤璃笑起来，"我们不是赛忒，你也不是赛忒啊。"

银雾愣住。

从这个行为奇怪的少女身上，银雾似乎看到了一些他早已忘记的东西。

"可是现在都已经来不及了,"银雾摇头苦笑,"现在的星系已经是一个无法逃出去的牢笼,而且……"

他走到 G-42 的身旁。"没有了 G-42,我也没有再去寻找他们的动力。以前我经常和他争论,AI 死了后到底会去天堂还是地狱,现在看来,他应该已经在天堂了,而我,只能在地狱,以后再也不能见到他了。"

"既然这样,那留在人间,不是会离他更近吗?"赤璃说。

银雾莞尔。"这有可能吗?我们已经逃不出去了。"

"不试试怎么知道,你为什么老是这么悲观?"赤璃听出他话里隐含的求生欲,兴奋地朝前跑去。

"你给我好好等着。"她边跑边说。

恒星的光芒开始变得灼目,温度急剧升高,引力也在急剧增大,赤璃能感受到身体开始变得沉重起来,每一步都迈得无比吃力。

时间快来不及了。

陨石不断从空中落下,赤璃的战甲功率全开,盔甲里隐藏的武器将陨石击成粉末。她好不容易才终于登上双翼艇,开始点火,但这个二手舰艇破旧的引擎无法对抗恒星巨大的引力,只能无奈低沉地轰鸣着。

"妈的,关键时候就掉链子。"

赤璃猛捶座位,脸色逐渐发白,难道真的要交待在这里了吗?不行啊,我还没享受够人生呢。

银雾冷眼看着她徒劳地做着这一切。

此时的天幕仿佛正进行着一场行星的狂欢,八大行星出现在视野之中,依稀可以看见它们各自千疮百孔的表面,像是一个个狰狞的面具,而无数的彗星、卫星的残体混落其中,不断地碰撞,碎裂成无数的碎片。

而另一边，太阳也张开巨口等待着他们的到来。

这个死亡的序曲，正在走向尾声，一切都已无可挽回。

银雾艰难地站起来，向着穹顶状的建筑走去，准备进入自己的冬眠机，平静地等待生命最后的时刻。

突然他听见一个熟悉的声音，那是机器正在启动的声音。

他惊愕地转过身，看见几丝细微的荧光在G-42的身体中不断流转，它眼中开始有某种光芒亮起，这光亮若有似无，黯淡得就快消失。

"G-42?!"银雾难以置信地喊着他的名字。

"主人……快，逃，出去……"

熟悉的声音响起，断断续续，带着嘶哑。

银雾揉揉眼睛，这怎么可能？G-42已经遭受了那样程度的破坏，他的智能系统已经完全崩溃，没有了修复的可能。

可是，眼前的景象却又如此真实，难道是自己临死前的幻觉吗？

火浪，高温，震响，周围的一切模糊起来，一切显得那么不真实。

他似乎看见G-42蹒跚地走到双翼艇旁，转头对着自己微笑。"主人……我们会……找到……他们的。"

赤璃似乎也发现了不对劲，对着走过来的G-42大喊，他却似乎没有听见，将自己残破的身体不断拆卸下来，往赤璃破旧的舰艇上拼接。

"G-42，停下来……"银雾反应过来，知道他要做什么，大步朝着前面跑去。

"快停下。"赤璃对正在拆卸自己身体的G-42大喊，却发现他抬起头似乎笑了笑，然后身体上的光亮再次熄灭，保持静止的姿态。

大堆流星的碎片向他们砸过来，眼看避无可避。

这时十几个小黑块突然出现，将那块碎片击落，然后保护在他们周围，形成一个安全的保护圈。

银雾咬着牙，坚定地走过来，走到光亮熄灭的G-42旁边。

"他应该是想让我把他的身体和你的战舰拼接在一起，"银雾流着泪说，"这样我们或许就有一丝逃出去的希望。"

赤璃看着保持着微笑的G-42，想象不到是何种原因让他再次走出了这几步。

银雾抬起手来，露出一丝微笑，眼神也慢慢变化，从绝望而开始变得蕴含希望和信心。

雾气从他身体弥漫而出，笼罩整个双翼艇和G-42的身体，并不断向两者的体内渗透，片刻之间，他们就各自拆散开来，然后以另外的方式组合在一起，如同一场华丽的魔术。

引擎系统在修正强化；

传动系统在修正强化；

导航系统在修正强化；

……

……

在银雾的能力操作下，这个原本简陋的双翼艇以惊人的速度不断地改变着外表形态。

烟雾散去，赤璃惊愕地发现停在眼前的是一艘完全不同的战舰。虽然风格很混搭，但是却能感受到它所蕴含的强劲性能，而原本站在那里的G-42已经消失不见。

"这，这……"赤璃有些瞠目结舌。

"这是新的G-42。"银雾温柔地说。他登上驾驶舱，开始启动战舰，引擎发出巨大的轰鸣声。

"还愣着干什么?"银雾对赤璃大喊。

赤璃这才惊醒过来,慌忙地爬进战舰里。还没等她坐稳,战舰就已冲出地面,巨大的后坐力将她紧紧压在座位上。

赤璃看着银雾认真的侧脸,露出笑容来。

这才应该是我想象中的元人。她全身开始放松,瘫软在座位上。

星系的毁灭乱流中,这艘战舰如同孤叶一般,对抗着巨大引力的牵引,逆流而去。

## 十五　再度启航

沙漠行星上，复利号在沙雨中静静地等待着。

穿着女式舰长服的卡尤尔在舰长的位置上坐立不安，炸好的鸡腿已经透凉。他和其他队员都紧紧地盯着空中那个急剧坍缩的行星，神色是掩藏不住的焦急。

那个庞大而妖异的气态行星向内急剧收缩，表面都是混乱的涡流，像一个起皱的气球正在揉成一团。

一幅末日的景象。

"快看，有东西冲出去了。"有船员大喊起来。

卡尤尔连忙凑近望远镜，看见一个奇形怪状，有着埃萨克不羁风格的战舰从行星的风暴中迅猛地冲了出来。

"舰长万岁。"卡尤尔看见驾驶舱里的赤璃，带头激动地大喊。

所有船员都欢呼起来，这艘奇特的战舰颠簸地降落在地面。舱门打开，一脸疲惫的银雾，肩膀上搭着快要昏迷的赤璃，慢慢地走过来。

卡尤尔戒备着上前，接过接近虚脱的赤璃。

"哇，好美。"有人说。

所有人都抬起头，第二太阳系的毁灭终于走向终结，所有的星体都不断投入到白矮星之中，瞬间的能量爆发引发巨大的磁暴，使得这里的大气产生了绚丽的极光。

"是啊，真美。"

银雾坐在驾驶舱中，带着复杂的心情看着这个他曾经待了数百年的"囚笼"最终毁灭。而在这颗饱受疮痍的沙漠星球上，已经连绵不绝几十年的沙雨终于停息下来，星球恢复了往日的平静。

"老大，这和我想象的画面不一样啊，"卡尤尔低声说，"不应该是你押着他回来吗？"

赤璃摇头笑笑，伸手要脱下卡尤尔身上的舰长服。

"我们不如把他绑了吧，送去做展览，元人啊，多有噱头。"卡尤尔恋恋不舍地紧紧拽着舰长服，"不然我们这趟的燃料费都赚不回来呢。"

赤璃一脚把他踢走，将舰长服利索地剥下穿上。

"因为我们已经完成了我的目标，"她伸了伸腰，"这样的结局才是最完美的。"

她轻轻抚摸着自己的䉜鞭，误打误撞毁了一个"太阳系"，还救了一个元人，这样的故事你会很喜欢吧？弟弟。

赤璃看着银雾，后者正在启动战舰。

"谢谢，"银雾对着赤璃真诚地说，"还有，对不起。"

"以后我们还会再见的。"赤璃对他摆摆手。

银雾点点头，转身向着战舰走去。

"那是什么？"

卡尤尔的声音突然颤抖起来，指着天空。那里突然出现了几十艘飞洛寒家族边境护卫队战舰，锐利的身躯闪耀出迫人的寒光，一副严阵以待的样子。

正中间的主舰上，正站着之前被赤璃羞辱的胖子星士，他狞笑地看着地上的这批空贼。

赤璃紧张地让手下摆出迎战队形，飞洛寒的人真是太卑鄙了，竟然在这个时候趁人之危，当初就不应该手下留情。

"现在怎么办？"卡尤尔慌张地问。

银雾却根本没将这些飞洛寒的人放在眼中，只是轻轻地打了一个响指。

沙漠的地面开始微微震动起来，沙漠之下，那个沉睡多年的宫殿般的星门仪开始启动。光滑的结构表面浮现出靛蓝色的光纹，像招展在蔚蓝海面下的幽深紫痕。围绕着台座的十几个圆环高速运转，巨大的能量汇聚在中心的一点上，向外猛然发射出去。

赤璃一行惊愕地看着脚下，地面上突然出现一个复杂精巧的图案，图案周围的空间一阵荡漾，出现水一样的波纹。刹那间，一个扭曲着光线的气泡将地面上所有人都笼罩在内。

"这是？"赤璃和船员们都无比惊讶，元人的科技真是如同魔法一般。

"撕裂空间的虫洞技术。"银雾微笑着解释，"G-42能够控制风暴也是因为这个，就当我送你们一程。"

赤璃忙带着手下登上自己的星舰，飞洛寒的炮火这时也突然宣泄下来，但却像突然被送到另外的空间，齐齐消失。

伴随着尖锐的声音，这个气泡悠然消散，地面上所有人一瞬间消失。

主舰上的飞洛寒队长和士兵都目瞪口呆，不相信般地擦擦眼睛。

"这不会是……"星士的声音颤抖起来，"快把这个情况上报家族长老。不，等等，把刚才的影像传输给摩根尼尔星的巴顿博士。"

虚无的太空中一阵水纹般的波动，一点光亮骤然炸开，星舰的身影突然在太空中显现出来。

刚经历了第一次虫洞跳跃的船员们一脸震惊，还在回味着刚才的感觉，卡尤尔似乎有些不适地跑去呕吐了。

赤璃站起来，突然面色惊喜。全息屏幕显示就在不远的距离，是一个散发着蔚蓝色光芒的星球，这正是她日思夜想的联盟中心——位于古央星域的欧菲亚星。

"不可思议。"她四肢舒展地躺在舰长椅上。

她下达命令，反常地把星舰指向通往欧菲亚星的星际航道。

"最近错过了不少好事啊。"她笑起来，"是该准备下一次冒险了。"

而在银河中的另一点，银雾的战舰也陡然出现。

周围的星体散发着柔和的光芒，太空依旧如以前那般美丽。

驾驶舱内，银雾抚摸着座舰的身体，突然笑起来，他终于想明白G-42最后为什么又复活了，应该是因为他的身体里混入了那些人所谓的微晶。

G-42，你没有死，你一直和我在一起。

"主人。"

界面的灯光一阵闪动，似乎是G-42做的。

银雾长笑一声。

银河这么大，果然还有很多奇妙未知的东西在等着他。

我的家乡，我的地球，请等着我，我们一定会找到你。

（全篇完）

# 筹码

余卓轩——著

"超新星发生的时候，核聚爆总是狂暴而猛烈。然而等多数星域里的人们肉眼能瞧见，已不知是多久以后。"

"时代的改变也一样。虽然征兆再明显不过，人们睁大眼睛也不一定看得见。"

古老而庞大的厅堂内，三道人影到齐，彼此间保持着一段距离。联盟安全局一级探员白严的口中叼了根枝干，枝干发出的绿光把他的环状衣领染上一层荧蒙。

"征兆？你们在说曼奴堤斯星的战火吧。目前持续了多久？"陆辛法的语气透露出不耐烦。他是联盟高等科技研究院的首席科学家，身形高瘦，眼袋厚沉，双颊深陷。

"整整七天。"回答的是第三人，一位女性。

"才七天？那倒不算长。埃萨克人常年都在打仗。"陆辛法对联盟势力纷争的理解一直带有偏激的色彩，"又是为了行星的矿场吧？这次又来了几个部族？"

"不是几个部族，是焰落族，石嚎族。"白严淡淡地吐出这几个字。

"那些野蛮人叫什么，谁管他呢。重要的是，战争就发生在我们锁定的'关键地标'上。"陆辛法扫视其他两人，"有对策吗？"

"焰落族是个历史悠久的部族，"白严凝重地说，心中对陆辛法的无知感到无奈，"就算在人口众多的埃萨克文明里，它也算数一数二的大部落。人数多达三百五十万。如果这场战争没调停好，对联盟的稳定会产生威胁。这比那星球藏有什么更重要。"他心里明白这句并非真话。

"曼奴堤斯星俨然已成了代理战争的战场，"女子再次开口，"那些埃萨克部族的士兵并不知道……在他们背后有无数双眼睛正盯着这场战役的结果。"

女子的银色长发高盘脑后，飘拂的衣裳底下透着光纹。她脸颊红润平滑，眼神哀愁，有股慈悲。看得出来战后这一百多年，光阴丝毫未在她的肌肤留下痕迹。她是欧菲亚联盟的最高议长——忒弥西。

白严点头道："正因如此，我们必须确保此事不会失控。"

白严的视线瞥向一侧。空旷的厅堂可容纳百人。墙壁厚实平滑，有等距切开的缝隙。昏暗的蓝色光晕从缝隙中投射进来；一同流入的，还有从机械中枢发出的，稳健的、宛如心跳般的声响。那声音如此规律，却给人一种不祥的感觉。

这星系的恒星是颗暗蓝色的超巨星，释放着三万度的热力。三人所在之处，距离该恒星仍有上亿公里，却明显感受到这颗老化的恒星正自负地绽放着能量。

而他们正位于一个隐蔽的地方——无人愿意殖民的星球，无人愿意探索的星系。因此，白严无法理解联盟中立军会选择在这儿驻点的原因，更难以推敲议长希望他和陆辛法亲临的理由。

"我猜推动埃萨克人自相残杀的，又是咱们瑟利人的那两大家族，对吧？"陆辛法冷笑。见其他人没反驳，他继续说："优岚，飞洛寒……整个光域被他们的斗争搞得乌烟瘴气。你们说，曼奴堤斯星这件事儿，怎有办法让那两大家族心甘情愿地待在幕后？"

"若他们可以直接介入，早就干了，何必发动这次的代理战争？"白严感到嗤之以鼻。

议长忒弥西开口："如果那两个家族公开撕破脸，除了双方的损失难以估计，也可能毁掉瑟利文明在联盟的地位优势。"她望向陆辛法，沉默片刻。首席科学家理解似的点头。忒弥西接着说："埃萨克人受他们分化，被压制了千百年，心里愤恨不平，盼望崛起。如果有天瑟利文明的地位因为内斗而衰败，各星球的天空之都将蒙受埃萨克人从地面反扑的恐惧。你说，哪一个家族愿意背负这样的罪名？"

白严发现议长的白皙面孔和百年前的记录画面一模一样。唯一不同的是，在她那亲切的声调底下多了一份永恒的沉重。他凝望忒弥西的脸，意识到某件事。"议长，所以你从中调停了？"

女议长露出一抹浅浅的笑。"你们联安局大可以放心。光域的稳定也是议会的第一顺位。只需知道，两大瑟利家族不会开战。"

"你有自信？"

"是的。"

忒弥西收回笑容，双瞳仿佛被一湾暗淡的湖水覆盖着。这才是她最常展现在公众面前的模样，一位富有传奇色彩的、神秘莫测的女性形象。

陆辛法忽然说："我们都偏题了吧？你们很清楚，星球上的那东西关乎全联盟的未来，这才是代理战争的真正理由？联盟中立军应该直接干预，封锁整个星球！它不该落入任何瑟利家族之手。只有身为最高科研权威的联科院，才有权力扣压——"

"首席，我们讨论过很多次了。"忒弥西的语气依然轻柔，眼神却改变了，"联盟的军队必须维持中立，不可介入此事。"

"白严，就连你也尝试好几次了吧？"陆辛法压不住恼火，还未放弃，转而向联安局探员求援，"尤其是飞洛寒家族。我们有充分的理由怀疑他们的研究已经超越我们联科院了。一个家族握有如此强大的技术，这难道对联盟的稳定不是威胁？你都不担心吗？"他又狐疑地转向忒弥西。"议长，有传言联盟中立军早已名存实亡。该出手辟谣时就该出手！"

"我让你们看样东西。"忒弥西打断他的话。

她高举双手，薄纱般的袖子从雪白的手臂下滑，光纹在手臂内侧闪现。

方正、光滑的墙壁开始扭曲。整个厅堂迅速变形，发出的声响却出乎意料的微弱。交叠的建筑物从四周包围过来，像巨人收拢双臂般，将三人怀抱在一个小巧的空间内。

白严试着维持无表情的面孔，陆辛法则勉强压下吃惊的神色。包括他们自己，所有瑟利人的体内都具备微晶。那是小如分子结构，甚至原子级别的微型机械粒子，充斥于细胞中，透过生育而传承。

微晶的万千功能为瑟利文明奠基，却只有渲晶师能以天然的方式与嵌有晶体的环境做互动。从百年前的末日之战起，忒弥西就被公认为史上最强的渲晶师。但每次近距离看她轻而易举地改变周围环境，依旧令白严震惊。她操控物理变化犹如恣意作画，在观察者的视野里，一切就像正在变体、折叠、收缩的几何空间。

三人缓缓腾空，仿佛逐渐失去了重力。

地板分裂开来，底端平台绽放一圈蓝光。在这个保持室温的空间中，三人无须接触开始剧烈震荡的地板和机体。平台中央的红圈生成了引力锁，像一双有力的大手牢牢抓住三人脚踝的信息结构，使他们朝同一方位聚拢。三人悬浮在狭小空间里，彼此靠得很近。

和联盟传说中的女议长仅隔一指之遥，让白严不自觉地绷紧身子。陆辛法也闭口，一声不吭。

压缩后的墙缝变了形，孔洞中的墙壁厚度仿佛无限延伸。白严隐约看见远方的器械扭转九十度角，发出绞动的声音。不，应该是他们所在的悬浮舱变换了角度。

说时迟那时快，外头的景色已开始流动——他们正在飞速前往某个地方。周围的机体发出不规则的震荡。

"议长，你做了什么？"陆辛法小心翼翼地问。

三人靠得如此之近，当女议长开口时，他们感受到她口中传来的温度与芬芳："这是由驻星厅堂转变的地层梭艇。我们花了点精力才把地质穿透轨道设计好，因此耽搁了叫你们来的时间。这是绝对机密。"悬浮舱被透明玻璃封住，外头昏暗的蓝光闪现一瞬，便遭黑暗取代。轰隆声随即覆盖听觉。现在唯一的光源来自脚下的红蓝光圈，以及忒弥西的手臂和双眸。

白严用手指压了压太阳穴。"议长，你屏蔽了我们的通信连接……不，你把我们散放在星球表面的天空粒子侦察网……全面屏蔽？"

"最高安全模式是必要的。我们现在要去的地方，没有任何随行的船员知道。"她静静地说。

身为天空文明的瑟利人，白严早已习惯双脚离地的感觉。然而，在震荡的梭艇中被引力锁的力场硬生生拖住腿，感觉依然十分不悦。显然移动梭艇采取了最高层级的物质分化技术，当他们朝地心推进，后方地质的密度变化将不留痕迹，令人难以追踪。

这说明事情的隐蔽性真如议长所言，属于联盟最高层级机密。

白严不确定议长想让他们看什么，但在等待的途中，他说出了近期才收到的一条情报。"有一件事，可能比曼奴堤斯星的战争更加急迫。"他小心翼翼地收起口中的绿光细枝，"我们获知在光域的边境地带，有许多星球同时失联了。"

"边境地带？"忒弥西露出警觉的神色。

陆辛法皱起眉头。"不会吧？那些瑟利家族把魔爪伸得那么远？"

"还不能确定是某个家族搞的。失联的星球有十几个。派去的探员全没了消息。"白严清了清嗓子，"但至少有两组边境的巡宇舰队说他们曾收到'异变信号'的干扰。"

忒弥西面色凝重。"请解释清楚。"

白严屏住呼吸数秒，他思考着下一句话怎么说更妥当。最后他索性放弃了，直白地道出口："有人说……他们在边境看见赛忒。"

女议长脸上一贯的优雅荡然无存，取而代之的是惨白的面容。这是他们第一次见到她这副模样。

耳畔的声音轰隆震荡。恐惧在彼此眼中清晰可见。

"从来没有这么多殖民星球同时断讯。一百年来……没有一次。"白严抬起头。"议长，现在联盟的内部局势不大稳定，我已采取必要手段，先防止边境的消息扩散开来。但这充其量只有拖延的效果。议会恐怕得……提前做好准备。"

"如果人们得知消息，尤其那些在外缘星域的人……他们会……"陆辛法结巴。

"会严重恐慌。"忒弥西看着白严说，"我明白你说的。议会和中立军没有足够的力量同时维护光域的稳定并面对赛忒入侵的可能性。"

"你打算怎么做？"白严问。

"我得想想。有更确凿的信息，第一时间告诉我。"忒弥西说。

三人一语不发，各自在沉默中度过接下来的一段时间。他们都是身处联盟顶端的人，代表身后的机构势力。白严是联安局的双眼，必须不计代价掌控联盟所有情资脉络。陆辛法当然希望用尽一切方法获得科技领域的突破，掌控军方与民生资源，让各家族受制于他。最令人无法捉摸的却是忒弥西……白严无法揣测女议长将做出什么决定。

沉默就像空气中的压力，随着每一秒增强。

女议长无来由地说："人类文明就像个钟摆，从左晃到右，从右晃到左。但在某些稀有的时刻，它却会出现彻底的位移。"

"什么？"两个男人异口同声，不理解地问道。

"要改变一个时代，其实不需要把钟摆停下来，对吧？"忒弥西瞟视过来，"只需要悄悄用手指，把座台轻轻推动一寸。"

白严点头。"有可能。因为人们的眼睛永远只注意晃动的摆锤。"

"是的。相比大幅度晃动的钟摆，底座被移动短短的几厘米，没人会知道。"她的手臂缓缓下摆，"等到多数人察觉时，时代已完成了跨度。"

梭艇缓了下来，轰隆声渐弱，陆辛法和白严在昏暗中感觉脚底再次触碰地面，绷紧的肌肉得到缓解。过了一会儿，墙壁缓缓绽裂，钢铁合成的大门就这样敞开了。

四周充满沉闷郁结的湿气，一时间难以判定他们在哪儿。忒弥西的双臂透过微晶送出信号，点亮不知何时已飘往远处的微型探照仪。

"这——"陆辛法下巴松垮，扫视大到看不见尽头的地底湖泊，以及它中央的庞然大物。

白严盯着它，投射在视线中的信息界面迅速就眼前的东西做出分析。"原来如此。原来这东西真的存在。"

在已知的远古遗迹当中，眼前这座最为特别。只有它的表面材质看来像干涸的血一般殷红。从体积和结构看来，大概率会符合假设。在如此偏远的地方，无人的 FR476e 恒星系之中，联盟找到了。

"不可能……这应该只是假说……我们连理论依据都匮乏……"陆辛法直愣愣地说着。

"目前还有谁知道？"白严问道。

"联盟最高阶级，不超过五位。现在包括你们俩，共七位。"

"挖掘团队呢？"

"他们不知道我们探勘这星球的目的，这辈子也不会亲眼见证到这东西。"忒弥西露出淡淡的笑容。

白严硬生生挤出一丝歪斜的笑。"连我们联安局也瞒住了，是吗？"女议长所作所为，其实和白严在曼奴堤斯星埋下的秘密因子如出一辙。他在心里讽刺地发笑。

"我一直想找适当的时机告诉你。"她转头，也朝陆辛法说，"当然，还有你，首席。"女议长向前迈出几步，脚下传来细微的水声。"我们无需告知议会，因为它早已被优岚和飞洛寒两大家族割裂了。"

这一刻，白严完全明白了。"难怪你说联盟中立军没必要被卷入两大瑟利家族的斗争，因为你握有他们所没有的特殊遗迹。"

"等曼奴堤斯星的战争结束，我会告诉你们一切。"忒弥西说，"现在先静观其变吧，看哪个瑟利家族……或是埃萨克部落，会收割这场战争的果实。"

白严盯着眼前，忽然有种错觉。远处微光照耀下，那宏伟的结构体和它的水面倒影，竟像一抹朦胧的唇线。他想起女议长之前淡然的笑容，几乎完美吻合。

"但是当这场战争结束之后，联盟又将如何？"陆辛法朝女议长走去。白严在一旁深深吸了口气。

"这就无人能保证了。"忒弥西面向远方的庞然大物，"无论幕后哪个家族获得最后的利益，现在我们都有了平衡的砝码。维护联盟的稳定是第一守则，即使边境出现危机。"

不对，白严心想，女议长并没有说实话。她在为未来做准备。

忒弥西果然未做出更多解释，只侧过头来。在幽暗空间里，她的嘴角再次勾起那神秘的笑容。

白严握住隐藏在袖口内的细枝，熄灭了绿光。"议长，我去那儿看看。"没等忒弥西回应，他便顾身沿着地底湖的一侧走去。他必须在有限的时间里，在这儿动用绿光细枝的特殊能力。

白严尚无法想明白，如果眼前这遗迹是最高机密，女议长为什么只带他和陆辛法来此地。这机密联盟不知道，瑟利家族不知道，就连议会也不知道。

但今天，他明白了一件事。女议长压住这筹码的动机，正代表她已看见了联盟的未来。从议会到欧菲亚行星，从十二大星域到尘埃边境……

忒弥西看见联盟必将分裂的未来。

（全篇完）

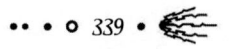

**作者介绍：**

沥书：在《科幻世界》《青年文摘》等平台发表多篇小说。和克顿传媒、华策影视等多家知名影视公司合作。文学作品包括：小说《龙吟于野》《最后的天使》《审判》《为兽》，其中《第二巴别塔》获光年奖三等奖，《为兽》获"微光计划"一等奖。编剧作品包括：网剧《武神赵子龙番外之再续千年未了缘》《代号404》《都市怪谈》；网络大电影《杀无赦》；电影《战龙》《心动制造局》；漫画《翼纪元》。其中《心动制造局》的剧本获美国电影协会"MPA"一等奖。

余卓轩：作家、编剧、世界设计。《冰与火之歌》作者乔治·R.R.马丁创办的"地球人奖"首届得主，《英雄联盟宇宙》首位官方签约的双语作家。曾获角川大赏银赏、台湾奇幻文学奖佳作，入围倪匡科幻奖。原创长篇小说包括《真理的倒相》和《白色世纪》三部曲，协作作品有英文漫画《Split Earth》，畅销22万册的非文学书籍《平台战略》，翻译作品有《马世民的战地日记》。文章刊登于《读者》《科幻世界》《哈佛商业评论》等杂志。目前担任多个漫画、动画、游戏项目的世界观架构师和剧本"医生"，合作方包括腾讯游戏创意设计部。

**光渊制作团队**

封面图案：黄凡
视觉设计：郑雪辰、尹川旸
插图：黄凡、李彦、郑雪辰、张亚平、尹川旸、代剑斌、梁雷、琳莉
故事监制：余卓轩
美术监制：李彦
世界观设定：光渊创意团队

联法

尘埃边境